庄　庸　杨丽君
王秀庭　吴金梅　主编

爽感爆款系统 （第3季）

中国网络文学阅读潮流研究

华语国际编剧节组委会
临沂大学中国文艺评论基地
中国青年智库论坛
中国青年阅读指数
中国网络文学网生评论家委员会

联合编撰

中国青年出版社

图书在版编目（CIP）数据

爽感爆款系统. 第3季, 中国网络文学阅读潮流研究 /
庄庸等主编. -- 北京：中国青年出版社，2020.6
　　ISBN 978-7-5153-6015-7

　　Ⅰ.①爽…　Ⅱ.①庄…　Ⅲ.①网络文学 – 文学研究 –
中国　Ⅳ.①I207.999

中国版本图书馆CIP数据核字〔2020〕第 074954 号

书　　　名：爽感爆款系统：中国网络文学阅读潮流研究（第 3 季）
主　　　编：庄　庸　杨丽君
　　　　　　王秀庭　吴金梅
责任编辑：陈　静　张佳莹
特约策划：张瑞霞　无萱草
插　　　图：92 幅
出版发行：中国青年出版社
社　　　址：北京东四十二条 21 号
邮　　　编：100708
网　　　址：www.cyp.com.cn
门 市 部：（010）57350370
印　　　刷：北京欣睿虹彩印刷有限公司
经　　　销：新华书店
开　　　本：710mm×1000mm　1/16
印　　　张：25.5
字　　　数：390 千字
版　　　次：2020 年 9 月北京第 1 版
印　　　次：2020 年 9 月北京第 1 次印刷
印　　　数：0,001~5,000 册
定　　　价：98.00 元

本图书如有印装质量问题，请凭购书发票与质检部联系调换。
联系电话：（010）57350337

目

录

导 论

爽感系统论：
从"爽感建构论"到"爆款价值论"

第一章

特定的一天：
史上最普通又特殊的测试日

第五章

绝境临界点：
从"宝藏男孩玻璃心"到"快乐废物计划"

第六章

爽感引爆点：
从"废柴流"到"退婚流"

第七章

V型拐点：
奇遇少年"缺陷—馅饼"机制

第八章

王炸武器：
预期逆转"不对称"爽模式

第九章

三年之约：
从"大小H杠铃"到"爽点矩阵"

第十章

修炼金三角：
从"天赋决定论"到"苦修意志论"

第十一章

选择论：
从唯性"心战流"到唯物"外战论"

第十二章

核心权益论：
从"隐性侵权现象"到"超级代价体系"

第十三章

双核驱动：
从"自我权益核"到"情感硬核钻"

第十四章

IP 调性：
从"圈层爆款"到"现象级爽品"

导 论

爽感系统论：从「爽感建构论」到「爆款价值论」

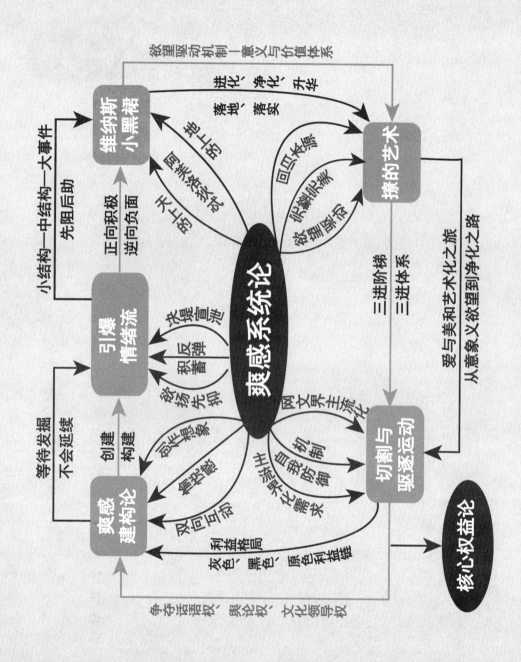

爽感系统论

维纳斯小黑裙
正向积极　逆向负面

引爆情绪流

爽感建构论

撩的艺术

切割与驱逐运动

核心权益论

小结构—中结构—大事件　先阻后助

等待发掘　不会延续

创建　构建

决堤宣泄　积蓄反弹　欲扬先抑

向作想象　愉悦感　双向互动

欲望驱动机制—意义与价值体系

进化、净化、升华

落地、落实

天上课落地　防上课落地

回归本源

欲望溯源

三进阶梯　三进体系

网文界主流化　自我防御机制　凝视化需求

灰色、黑色、原色利益链

爱与美义欲望到净化之旅　从意象义欲望到净化之路

争夺话语权、舆论权、文化领导权

爽点是什么东西？

爽文有什么意义与价值？

爽感又是如何建构的？

……

现在对爽点创造、爽文创生（创作和生产）、爽感建构机制体制的通常理解和诠释，都是基于欲望驱动、快感机制、娱乐原理。甚至，是拉低了层次，往较低层级来解读：把爽文诠解为一种欲望驱动的需求满足倒逼内容供给模式——是以较初级、较原始的生理欲望即时满足需求暗流，倒逼内容的供给，从而提供视觉刺激、感官机能满足的爽感体验潮流。

比如通过软色情和暗暴力，来刺激和满足从眼球到肉体的快感和娱乐——快感释放，娱人娱己……这就是爽感！

但真的是如此吗？

爽感是被建构的，爆款也是有意义和价值的！

我们将以开创爽文爆款潮流的天蚕土豆《斗破苍穹》为主要案例，庖丁解牛这种从"爽感建构"到"爆款价值"的结构、机制和原理。

《斗破苍穹》开篇数章，就将世界观、人生观和价值观等"三观设定"交代得干净利落，让我们轻而易举地扭开了萧炎人生的"总开关"。

第一章人衬人、烘云托月、今昔对比之下，揭开了萧炎曾经风光无限的少年天才神话和惨淡无比的废柴三年笑话——从神话到笑话，这就是萧炎残酷而现实的人生。他曾经跟萧薰儿提出的人生观——提放自如，做自在人——遇到第一个人生重要关头的重大考验。在这个实力为尊的斗气大陆里，你拿什么来做自在人？

第二章以极简史之笔法，勾勒了萧炎从地球穿越到斗气大陆的世界观。一如我们曾经说，世界观设定包括三大层次：第一，世界设定——这是什么世界？第二，世界"观"——从观念到秩序，这个世界的游戏规则是什么？第三，"观"世界——主角、作者包括我们自己，是如何"观"这个世界的。

这种划分虽疏而不密，天蚕土豆用笔虽简而不繁，但简约不简单，还是寥寥数笔，描绘出了这样一个神奇穿越少年和神奇斗气大陆的世界"观"和"观"世界。

特别是《斗破苍穹》在故事的谋篇布局之中，开好局，立好意，从"废柴逆袭流"到"退婚打脸流"，从"主角光环"到"三年之约"……构建了一个完整的阶段性和里程碑式的大事件、大情节、大爽点，从而让我们可以解读、诠释和建构一个完整的金字塔嵌套模型——如"社会隐性侵犯现象、利益置换和超级代价体系"（核心权益论）、"调性之蕴、匠心之器和硬核之道"（IP爆款论）模型——以解读、诠释和建构从"超级IP"到"爽剧爆款"、从"爽感建构论"到"爆款价值论"的爽感系统论。

第一节 爽感建构论：

从创作链、传播链到共建网络

"爽感"是被建构出来的。

所谓建构，就是创建和构造——它是被创建出来，并被构造成形。而这种建构是"作者—读者"双方甚至是多方共同构建的。

它们围绕着"爽文"，形成一个从震动源到同心圆式的"爽感波动振幅"，亦即，它并不只是基于作品文本和读者双向互动的阅读体验：爽感并不仅仅是由阅读者的文字愉悦感和畅快感等阅读体验创造出来的。

同时，爽感也是基于作者自身的创作想象和体验而形成或成形的——作者在创作过程之中，通过自身的身心和头脑，已经在脑海中想象和创造出了某种虚拟的爽感，并寄寓于现实的字里行间——但这并不是说"爽感"已经就像化石一样，真实积淀并存在于文字之中，等待读者像寻宝者一样去将它发掘出来。

它确实像是"宝物"，也确实在等待读者寻宝之旅的阅读发现和挖掘；但它并不是像黄金和钻石等一样真实存在和看得见的宝物，而是像比黄金还贵的"信心信用"或者比钻石还具有购买力的"虚拟货币"一样，存在于"无形"之中，却可以在阅读把它激活之后，比"有形"之钻还要真实。

然而，如果读者的阅读这把密钥可以打开那像阿里巴巴一样的爽感宝藏，那么网络作家作品在创作过程中，所幻想、转化、积淀和积累下来的再多的"爽感体验"，也都会"灰飞烟灭"，就像从来都不曾在作品文本之中存在——除非作者自身再像读者一样，去阅读自己的作品。

因此，"爽感"并不存在于一种单向度的传递链之中，好像：作者在创作过程之中，创造出了一种叫"爽感"的宝物，蕴藏在字里行间，留待"有缘人"；读者甲在阅读寻宝过程之中，发现了这种像黄金一样硬通货的"爽感"，自己获得了那种找到黄金或者感受黄金光芒所带来的愉悦和快感，可以像火炬传递或者货币购买支付一样，把它继续传递给下一个阅读寻宝者；然后，在如同击鼓传花一样的阅读寻宝过程之中，爽感就在不同的阅读传播者中流动，信用堪比黄金，购买力比美元还坚挺……至少，爽感会像比特币一样，在整个创作—阅读—传播网络之中流通时，人人都知道它的存在，人人也都能感受到它的存在。

但是，爽感并不存在这样一种单向或者互动、立体抑或是网络的传播链。因为，"爽感"并不是东西。它不是像黄金、钻石这样有形存在的现实东西，也不是像虚拟货币如比特币这样无形存在的虚拟东西——与其说它是在这种传播链或流通网络里"传播"和"流通"，不如说它是在这种链路或网络里被"创造"和"构建"——它一直就在被创造和被构建，永远都在创造和构建之中。离开这种链路和网络，它将不复存在。即使已经有一个固定存在的文本和作品，即使这样的作品文本是它的安置之所——作品文本就像一座房子；它确实就在这个房子之中；但它并不是这所房子收藏的任何东西。

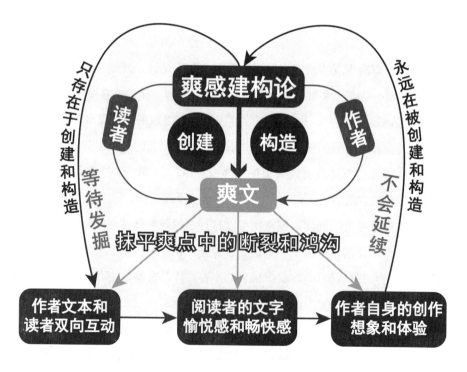

这确实比较难以理解，比较耗费脑汁和焚烧脑细胞；而且，造成了创作、阅

读和评论的悖论。因为，"爽感"又是大多数人都能感觉得到的——一部网文作品是不是爽文，仁者见仁，智者见智；它能不能带来爽感，又或者带来什么样的爽感，也是因人而异、时读时新的；但是，如果真能达到"这部网文就是一部爽文"的最大公约数，大多数人还是能够感受和体验到"爽感"的存在的。

但是，按照上述那种创作链、传播链和阅读分享网络的"寻宝活动"模式，则爽感不是能够贯通所有链路、渠道和网络的黄金宝物，可以储存下来，留待寻宝、探宝、挖宝和展宝。它只存在于那种"创造"和"建构"之中——无论是作者的创造，还是阅读者的建构。

这意味着这是一种断头路或掉链子一样的行为：爽感是在每一种封闭的路段或者关键链上独自被创造和构建下来的；它不会延续和传递到下一段路或者环节。

作者可以在创作后记或者技法访谈之中，写出他是如何在这部作品之中创造出那种"爽文元素"（这种爽文元素哪怕再抽象，也会包含他自身丰富而具体的爽感体验）的；阅读者亦可以通过写读后感或者评论，把那种爽感抽取、提炼和总结并发表出来，供在线观看和揣摩，然后，到作品之中去印证和体验——就像把黄金打造成式样不同的饰物；不同的阅读者会概括自己的主观体验，把爽感这种软黄金（或类似黄金一样的东西）打造成不同的饰物，从而代表着自己个体与主观的体验；甚至还有专业研究人员或从业者把整部作品的爽文技巧、爽点原理和爽感机制，都总结成体系的技巧与套路……

这些作为都抹平了爽感在整个链路、渠道和网络之中的"断裂"和"鸿沟"：就像不同道路之间通着通着就"断头"了；不同的链条传播着传播着就"掉链"了，不同的渠道和网络就像顺畅之中突然"掉了线"——这些断裂、鸿沟和差异存在于爽感在不同链路、渠道和网络中被创造之时，但又被这种不同的创造活动本身，重新建构起来。

所以，我们能够感受到，一部爽文所创造的感受和感觉是千差万别的——许多虽然细致微妙却无异于天壤之别；但是，我们仍然能够共同体验和接受那种"万剑归宗""殊途同归""大道源一"的"爽感"——就是因为，它在这个过程之中被我们共同建构了出来。

第二节 引爆情绪流：
从"多层阻力链"到"最大助力阀"

爽感是如何建构的？第一个层面，就是引爆情绪流。

爽文直接、简单甚至粗暴地引爆我们的情绪：兴奋、愉悦、快感、焦虑、愤怒、恐惧、不安……

但在所有的情绪流之中，爽文偏向于比较正向、积极的情绪，如兴奋、愉悦和快感；

而其他逆向、负面的情绪，是在抑制、蓄力、弹压到一定极点之后，忽然爆发，从而引发一种酣畅淋漓的宣泄感。

这就像是洪水被堤坝阻隔，蓄水越来越高，最后流溢而出，决堤而喷，一泻千里；

又似弹簧挤压，不断积力、蓄势和储能（我们将其解读、诠释和建构为"故事弹簧法"[①]），最后强烈反弹，迸发出前所未有的反作用之力；

又像是写作之中"欲扬先抑"，把一切都压得不能再低、不能再紧、不能再密时，忽然急剧地朝外、朝上、朝高抛扬，从而让人一下从低点抵达高潮，就像荡秋千似的，从而获得一个前所未有的视角、感受和体验。

"欲扬先抑""积蓄反弹""决堤宣泄"这三个关键，可以用来比喻三种不同程度的爽点体验，亦可形容三种不同的爽文写法，还可以用来描述三种不同层面（微观、中观、宏观）的爽感模式。

但它们的建构机制体制其实都是"同一"和"类似"的，都是先"阻"后"助"——先构建阻力和阻碍，而且是一层层地构建阻力，最后构建成类似于"爱

---

① 参见庄庸、杨丽君等主编《蚂蚁哲学：中国网络文学阅读潮流研究（第5季）》，"华语网络文学智库"丛书，中国青年出版社，2020年版。

的最大阻力"等所有主角前进、向上和成功路上的最大阻力和最大阻碍；

然后，让主角一层一层地扫除阻碍，并在这种克服、超越、攻克、完败并扫除层层阻力与阻感之中，获得越来越浓烈的爽感——这种阻力和阻碍之拦阻与攻克，就是爽点之所在；最大阻力和最大阻碍的攻克与扫除，将带来最大的"爽感"。

但是，引爆"爽点"和"爽感"潮流的，不仅仅是那阻力与阻碍之"阻"被攻克的那一点，还在于将这一点引爆成震荡波（最直观的形象就是"核弹蘑菇云"）、爆炸链（最简单的描述就是"鞭炮"和"烟花"）的"助"力机制——助跑机、加速器、放大镜、催化剂等都不足以形容这种"扩大—引爆"效应；因为它们仍然是一种呈线性增长的量变，而不是那种非线性指数级爆发的质变；就像核弹引爆成蘑菇云一样，那其实是一种核变、聚变和裂变。

因此，从"阻"到"助"，不仅仅是力量从被压制到释放带来的全面爆发，更是因为某种机制加速聚变、加强核变、加大裂变所带来的能量爆炸。

这中间的区别，其实就像是"烧火抽薪"：看似烧得正旺的薪火，突然被抽掉几块烧得正旺的木柴，火势必然会弱化和微小一些——这就是抑制的阻力和阻碍。但若是再添进更大更好燃的新柴火，甚至是浇灌一桶油，火势必然增旺，熊熊燃烧。这就是增加的助力。但这只是一种量变而已。

真正的质变，发生在你扔进的不是柴、不是油，而是煤气、燃气甚至是火药和炸弹时——这就像是从农耕文明突然迈进工业文明、从冷兵器时代迈入热武器时代，瞬间就引爆出一个完全不同的后果和效果。

这种"助力"本身所带来的引爆，亦是一种完全不同的量变和质变：从汽油、煤气、燃气到火药和手榴弹所带来的线性增长式爆炸，到炸弹、导弹甚至核弹所带来的非线性指数级爆炸……完全是一种翻天覆地的"世界大爆炸"。

从"阻力"到"助力"，就是爽点创造、爽文创生（创作与生产）和爽感建构的逆转正向创生机制：先逆后正，梯度上升或层级递进、累积爆发。

其间有一个序列引爆的渐变机制——没有谁一上来就构建一个"大爽点"，引爆高峰体验的爽感；总是一系列的小阻力，带来一个更大力量和能量的释放；一系列较小、较轻、较微的爽点引爆，在从"小阻力"到"大阻碍"、从"轻助力"到"重助力"的序列链条之中，推波助澜，渐至高潮——因此，大爽点、引爆点和爽感潮流的高峰体验，都需要在小结构嵌套中结构、最后套出"大情节（大事件）"的大结构之中催生的。

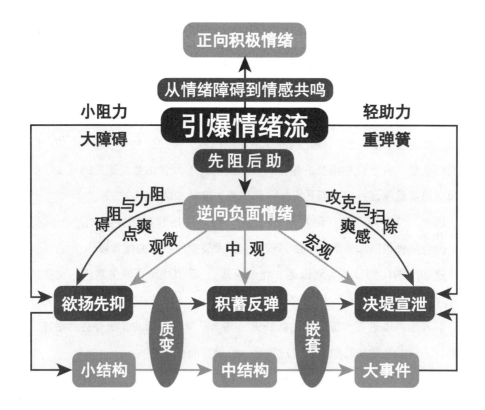

对于这种从阻力到助力、不同层级的阻力与助力体系的掌控，就成为爽点、爽文和爽感建构的技巧与机制——而小爽点小情节、中爽点中场景、大爽点大事件的嵌套结构，就成为一种"讲故事的技术手册"：讲故事、写爽文也是一门技术活。

写爽文的讲故事技术体系，就蕴藏于这种从"阻力"到"助力"的等级体系，以及力量积累和能量释放机制体制之中。对这种讲故事写爽文的技术，也需要熟能生技、优化完善、进化嬗变，亦即我们所说的明道、取势、乘时、优术、熟技、深耕、微雕等网络文学"永字八法"。[①]

———————————

① 参见吴金梅、庄庸著《华语网络智库创作研究》，吉林大学出版社，2020 年版。

第三节　维纳斯小黑裙：

从"欲望驱动机制"到"意义与价值体系"

　　我们曾经用希腊与罗马神话中爱与美之女神为名，解读、诠释和建构了一个网络文学造词、理论与方法论原型"维纳斯的小黑裙"①，用来形容网络文学作品特别是爽文所构建的"阅读的诱惑"，只是当时未能完整地展开与陈述。

　　文字就如霓裳羽衣，类型和题材就如多种款式，而字、词、句、段、篇、章就如布匹丝绸；锐笔如刀，量体裁衣，墨水似线，在穿针引线之中又谋篇布局、铺陈渲染……种种如是，就设计和缝制出不同种类和款式的时尚服饰，数量繁多、花样百出，总有一款适合你。

　　但这不是关键。关键在于这样的衣服，不是穿在世间普通的女子身上，而是穿在那代表着爱、美和性欲的女神维纳斯（希腊称其为阿芙洛狄忒）身上。也就是说，每一件衣服都不再是在凡间女子身上寻找合适的世俗"衣架子"，从而彰显华服之美，并得鱼忘筌，寻找和捕捉那种身体之美；而是所有的语言、文字和故事，都不过是在指向庄子所说的"得鱼可忘筌，得意可忘言"的路径。

　　它直接指向的，不是某一个具体的女子及其具象的身体，而是那代表着所有天上人间女子共同的类型和原型的爱、美与性欲女神维纳斯——她是一个肉眼可见的具体"女性形象"，但又是天上人间俗世女子和女神共性与原型特征的集合体与代言人。

　　对爱与美、性欲女神维纳斯需要进行追寻和探究。根据我在博士论文《西方艺术中的维纳斯：爱与美之女神的原型研究》中的考证，从维纳斯到阿芙洛狄

――――――――――

　　①　参见吴金梅、庄庸著《互联网＋新文艺创意写作理论与实践：作品为世界立法》，中国广播电视出版社，2017 年版。

忒，进行追根溯源，发现：其实在爱与神、性欲女神的起源、原型和发展史上，有一个非常重要的区分，亦即"天上的阿芙洛狄忒"和"地上（或人间）的阿芙洛狄忒"。

天上的阿芙洛狄忒象征着精神、理念、灵魂。比如：通过爱与美获得自我的完整、净化与提升。

而地上（或人间）的阿芙洛狄忒则象征着性欲、肉体和情爱。比如：通过性欲与肉体结合，完成情爱的结合。

天上人间对立、互动、相互转化和统一结合。比如说：在希腊神话传说里，每一个人都是残缺的，必须寻找分离的另一半（这就是"另一半"的神话与哲学）；从而通过性欲、肉体和身体的结合，合二为一，成为完整的自我和完满的人。只有两个分离的一半相结合，找到并构建完整的自我和完满的人，才能真正踏上爱与美的历程，才能寻找到精神、理念和灵魂等可以沉浸其中以窥大道（亦即身心安放、诗意栖居）的天国。

因此，可以说"天上的阿芙洛狄忒"和"地上（或人间）的阿芙洛狄忒"缺一不可。因为有了地上（或人间）的阿芙洛狄忒，爱与美才能落地与落实，能够接地气，才有人间烟火味。而有了"天上的阿芙洛狄忒"，性爱与肉欲才不会停留于世俗甚至是低俗的层面，才有进化、净化和升华的可能。

通向"心"的征程是身体，无性的精神恋爱如柏拉图之恋是没有存在的根基的；但是身体的结合必须要指向爱与美才能得到拯救与逍遥，无爱的性只是肉欲的堕落与沉沦——这是很有道理的。

但是，从古罗马开始，从阿芙洛狄忒改成维纳斯开始——改名就是在改性；名字意味着极其重要的神奇力量——维纳斯那"天上的"特性和特质就逐渐被隐掉甚至是抹掉了，而越来越突出其世俗化、肉欲化和情爱化的人间特征和特点。

历经数十世纪的西方艺术史的发展历程，维纳斯越来越成为欲望、性爱和情爱的俗世之爱的代名词，而那种代表天国、理念和精神的神圣之爱也就荡然无存。桥接两者的彩虹之桥——爱与美——似乎也断了一半：因为残缺，而无法从此岸通向彼岸。只有在艺术中约略能够偷窥那种"由实"突然"变虚"的桥接之迹。

名字真的很重要。这不仅仅是名称的改变，亦是内涵、外延以及那种真名所代表的神奇力量的改变。就如我们曾经分析过创世的逻辑——神甚至整个世界的存在，总是通过造词（命名、言说、呈现/展现）来向世间描述它们自身的存在及其秘密。

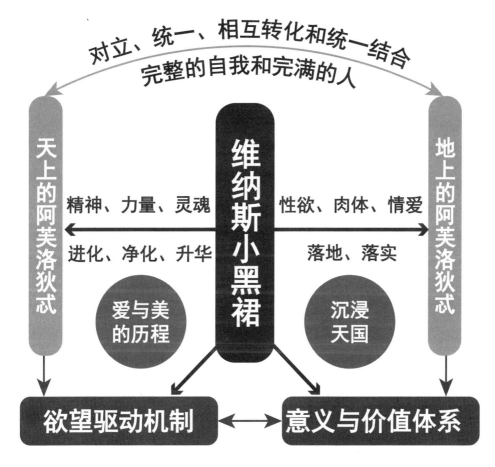

因此，我们造出"维纳斯的小黑裙"来形容网文特别是爽文给人造成的阅读期待和诱惑，就是希望借助造词进行命名、言说和呈现（展现），让爽文向我们描述它自身存在的秘密：从"欲望驱动机制"到"意义与价值体系"——网络文学讲故事写爽文，不仅仅是欲望需求驱动创造的文本视觉符号体系，更具有内容的意义和社会价值体系。

第四节 撩的艺术：

从"感官刺激之爽"到"精神愉悦之神爽"

小黑裙代表着一种诱惑性的标志和力量。入目即是，即见即得。

当我们一"看见"它，我们似乎就能看见"即将被看见的那些看不见的东西"——因为它被遮蔽在小黑裙里。

当小黑裙的蕾丝花边被一层层揭开时，我们就能逐渐看到那些若隐若现、曼妙婉约的东西——这是一种"偷窥"，而不是"裸露"。就像最有诱惑力的，绝不是身体的直接暴露，而是犹抱琵琶半遮面的若隐若现、欲显还掩。

爽文也绝不是所有最原始、最本能、最生理、最感官的东西的直接裸露，从而进行低级、粗俗而赤裸裸的刺激——那不是爽文，而是"黄文"或者"肉文"和"俗文"，亦即改头换面描写情色的某种"非网文流量小说"，特别是所谓的"小黄文""小肉文"和"小俗文"等。

在爽文与小肉文、小黄文、小俗文等之间，在流量文和主流网文之间，在网文和非网文之中，甚至在欲望驱动与感官刺激之间……进行切割、划界和分治时，有一条非常清晰但又极易混淆的第一界限：它到底是裸露、直接、本能、原始地进行感官刺激，还是"撩"起人偷窥、泄露和渴求的欲望？

就像是直接脱掉"维纳斯的小黑裙"，还是像玛丽莲·梦露欲"撩"未"撩"却已"撩"——被风撩起，卷起一池春水，干卿何事？

"撩"这个字确实很重要。所有的欲望和渴求、诱引和魅惑，都是被"撩"起来的。爽文也是能"撩"起欲望和渴求的文，而非直接的生理快感和感官刺激。

以此为基础和前提，我们才能探讨爽文与其他小黄文、小肉文和小俗文等，甚至与流量文、非主流网文、非网文"划界而治"的第二层级：维纳斯小黑裙，揭露的并不是人世间凡俗女子的身体和本能，而是能够代表天上人间一切凡间女子与女神的类型与原型、共性与群体特征、集体情结与无意识。

同样，爽文"撩"起来的，亦不是具体某个人的生理与感官快感、本能与原始欲望、低级与粗俗渴求，而是人心、人性、人际关系、人伦原则甚至整个人类本能之上的欲望母题、快感原型和渴求类型——它"撩"起并满足的，并不是具体的性欲、食欲、暴力欲等，而是抽象的欲望、渴望和希望等。

确切地说，在这两者之间，爽文首先"撩"起并要满足的，是介于具体和抽象之间的半具象半抽象的意象式欲望，如情欲、名欲、权欲和财富之欲等。

但，这就是爽文所谓"欲望驱动、快感智造、娱乐优先"的创生和传播机制体制的全部吗？

不是！这些基于人最本能、最原始、最直接的"人心人性之深渊"，却已经被抽象和意象化，已经逐渐脱离了所谓的低级趣味，而走向被进化、净化和升华之路。

这就像"维纳斯的诱惑"，基于但又超越凡间所有女子甚至是天上所有女性的本能与原始之惑，从而撩起并借此提供并满足欲望、快感和娱乐的抽象与提升之魅。何况，从维纳斯回溯到阿芙洛狄忒，从"地上（或人间）的阿芙洛狄忒"逆寻"天上的阿芙洛狄忒"，一切世俗化、感官化和情欲化的欲望、快感和娱乐，其实都可以追根溯源、察流究源，找到那种追求自我的完整、精神的圆满以及理念的超越之源头活水——当然，这需要通过爱与美和艺术化之旅。

因此，以"维纳斯的小黑裙"比拟和形容网络文学特别是爽文"欲望驱动"机制和"意义与价值建构"体制，无非就是这三层。

第一层，基于但又区别于人心人性甚至整个人类的本能，撩起并满足我们的欲望、快感和娱乐——这就是所谓的欲望驱动、快感智造和娱乐优先。这是迄今为止网文最让人看得见的功能与作用。

第二层，犹如维纳斯的小黑裙揭露的，并不仅仅是身体与本能、欲望和快感，还有自我的残缺、寻找另一半的渴求，以及追求和实现完整、完满和完美的多层次需求——因此，爽文也是在其建构的"需求层次理论"金字塔结构之中，在所谓情欲、权欲、名欲和财富之欲等功利化、世俗化和流行化的满足之中，追求和实现自我的觉醒、族群的认同和社群与社会身份和位置的确立……

这是爽文让人安置自我（争取与维护核心权益）、确立他人关系与边界甚至重新弥合族群与族群之间、阶层与阶层之间甚至整个社会之间在撕裂之中重建"秩序与共识"的重要功能。这也是迄今为止，网络文学（包括爽文）最重要但是最让人忽略或者刻意忽视的内在价值系统。

第三层，就像从维纳斯到阿芙洛狄忒、从地上（人间）的阿芙洛狄忒到天上的阿芙洛狄忒，构成了一个追根溯源、回归本源的力量，然后再向上、向外、向前，构建了一个进化、进击和进取的"三进阶梯"，爽文自身，其实也包括这样一种"三进体系"：从欲望进化为精神，从感官快感进击精神愉悦，从刺激符号进取意义和价值体系。

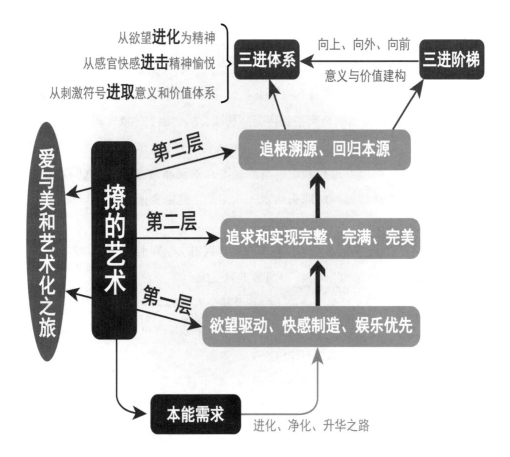

第五节　切割与驱逐运动：

从"爽文爆款"到"非网文流量小说"

把握了从"欲望驱动机制"到"意义与价值体系"的进化、进击和进取轴线，我们才能真正将"爽文"与"黄文""肉文"和"俗文"亦即改头换面描写情色的某种"非网文流量小说"——特别是所谓的小黄文、小肉文和小俗文等——真正切割、划界和分治出来。

所谓"非网文流量小说"，是我们造出的一个词（元概念），用来描述2019~2020 年度网文界内部发起的一种"切割与驱逐"运动与现象：将网络小说特别是爽文和小白文与小肉文、小黄文和小俗文（亦即所谓媚俗、低俗、粗俗等无底线的文章）等直接进行生理感官机能刺激的流量×文，进行"切割"，并力图将这些引导流量的×文"驱逐"出网络小说的界域和版图——就像柏拉图想将诗人和画家逐出他的理想国。[①]

这种类比有些不伦不类，却有着某种要命的相似拷问：驱赶的，到底是诗人和低俗小说家，还是那种欲望和激情？

毫无疑问的是，柏拉图要驱逐的，并不仅仅是诗人和画家，还有那种欲望、诱惑以及毫无理智的感情与激情冲动。

但是，网络文学要切割和驱逐的，又是什么呢？

是与小肉文、小黄文和小俗文等这些作品形态、类型潮流和业态现象进行"大切割"呢？还是将欲望、诱惑和激情等所谓快（快感）乐（娱乐）文学所植根的创作、生产和阅读驱动源，都驱逐出去？

---

① 参见庄庸、王秀庭著《国家网络文学战略研究：从"现实题材"到"书写新史诗"》，"华语网络文学智库"丛书，中国青年出版社，2020 年版。

这就像泼脏水时把婴儿与胎盘一起泼了出去。别说网文界做不到，就算是主流文艺界也做不到。

这里面最大的问题，就是：表层的作品与类型、题材和潮流好"切割"，而深层的欲望、激情和诱惑无法"切割"，更别说"驱逐"了；而且，如果真的沿着当下这种"切割与驱逐"运动前行，那么，我们现在所谓的"网文"，可能会在全版权形态链、全产业链业态链和全价值生态链上发生重心迁移，那就不仅仅是"主流网文"的重心迁移问题，而是就连"网文主流"本身都可能改换和重塑了——

什么是"主流"？受众在哪里，主流就在哪里。也就是说，当下的欲望、激情和诱惑本身，就是形态、业态和生态系统本身重塑的驱动之源和轴心。

因此，从"切割"到"划界"，从"驱逐"到"分治"，其中有一条很重要的，就是把"欲望、诱惑和激情驱动源"本身进行切割、划界和分治。

这远远比切割所谓的非主流网文和非网文来得重要，或者比将所谓的小肉文、小黄文、小俗文驱逐出爽文甚至是网文谱系重要。但当下的切割和驱逐运动，其实没有把握到这个根本和内核。

但若是，只是从形态、类型和业态上进行"切割"，是有可能的。

毕竟，这种"非网文流量小说"的切割运动与驱逐现象，有三个核心利益诉求的驱动。

一是网文界自身"主流界化"的需求：请注意，是"主流界化"而不是"主流化"！"主流化"是指网络文学进入社会主流甚至是主旋律"优秀网文"的评价体系之中，获得身份认同和必要的位置，成为"新主流文艺"重要的组成部分。但是，"主流界化"是指网文界自身内部开始出现的"主流—非主流、边缘—新主流、顶层—底层"等的圈层、划界和分层趋势与潮流。唯有边缘的、非主流的、底层的等被切割出去，作为参照系，才能比较和衬托出"网文界自身的主流是什么"——或者换句话说，到底是什么才能真正代表、代言、指代网络文学。

二是网络文学在"净化运动"之中"划界而治"的自我防御机制。经过 2014

年至 2020 年历时五六年的净网与主流化运动，原来归属于网络文学"大类别"之中的小黄文、小肉文、小俗文等各种类型、题材和潮流，已经被动或主动和"主流网络文学"与"主流网络小说平台（网站）"（这两个造词跟"网文界主流化"是不同的概念但属同一种性质和意图）切割开来。

但是，由于我们上面所说的快乐"源流"、欲望"渊源"和激情"根源"而无法"驱逐"出境的问题，它们以各种形态、业态和状态，开始了下沉、迁移和变形，转移到更为隐蔽的网文平台底层、新媒体渠道以及各种形式的趣缘社群之中（比如各种各样的荐书号、扫文号、定制创作与阅读小组等）——而且，出现了各种与"主流化"不兼容的类型文与潮流文的新变种与新变体，但仍然与当下"主流"网文界保留着"剪不断、理还乱"和千丝万缕"如牛筋一样盘根错节"的复杂关系。

但是，持续数年的净化与主流化运动，已经从"泛面积普震"到"垂直精准打击"。一旦垂直精准打击这些下沉、迁移和变形的"边缘、底层和非主流网文"，又必然拔出萝卜带出泥、"城门失火，殃及池鱼"以及"一根绳上的蚂蚱串串烤"，总会波及网文主流界、主流网络文学和主流网络小说平台（网站）。

因此，2019~2020 年度，网文界最迫切的需求，就是在这种"网文"（主流）和"非网文"（主流）之间进行切割，以进行自我防御甚至自我进击——从切割"网文主流"和"非网文主流"，已经逐渐发展演变至要在"网文"和"非网文"之间划界而治。

这不仅仅是出于话语权之争——"网文界主流化"（划分出主流网文、主流网文界、主流网文平台）其实说到底是在争夺话语权、舆论权和文化领导权。

这也不仅仅是"划界而治"的自我防御机制——从切割"网文主流"和"非网文主流"，演变成划分"网文"和"非网文"，说到底，是想将所有必受社会主流特别是主旋律净化甚至是垂直精准打击的类型、潮流与题材，打包成"非网文"，驱逐出"网文"界域，从而减少甚至是避免"主流网文界"受到牵连、殃及和祸害的可能性。

这其实还有一个很关键的原因，就是：从"非网文主流"到"非网文"，在形态、业态和生态系统的下沉、迁移和转化之中，已经形成了一种隐秘、庞大甚至强大的利益链。它已经大到可以反向影响、改变所谓"网文主流"与"网文基本面"甚至重塑整体格局！

这种利益链已经形成了上中下三条利益格局：

一是以扫文、荐文、手打等引流导流的灰色利益链；

二是以自媒体公众号、其他小型平台和一对一定制等收文与付费和消费的黑白利益链；

三是在长短视频平台、次元网站和垂直内容网站等跨界业态与生态之中，以不同形态制造和引导流量的原色利益链。它们的内核都是"引流、导流和分流"的流量经济——所以，它们又被统称为"流量文"[1]。但其实，流量文这个词，不足以概括这种从非主流网文到流量文、再到非网文的"切割与驱逐"运动之利益驱动、源流之变和现象效果。

这三种利益链都已渐成气候，均在动摇、改变甚至颠覆、变革与重塑既有网站的造富、逐利和利益分配机制与格局——特别是第三条利益链，假以时日，有可能形成新的造星神话、创富模式和分配机制。

若是这样，就不仅仅是既有网文格局重塑的问题，而是整个全产业链上利益格局和资本概念股重组问题。从"非网文主流"到"非网文"划界而治的冲动，很大程度上，就是这样一种基于既有利益格局和被视为"外侵者"之间利益权、话语权和主导权之争的内核驱动。

这就是"核心权益论"！

我们把它解读、诠释和建构成一个全新的网络文学造词、理论与方法论原型，亦即"社会隐性侵犯现象、利益置换和超级代价体系"核心权益论金三角/金字塔，并以开创爽文爆款潮流的天蚕土豆《斗破苍穹》为例，开启我们解读、诠释和建构从"超级IP"到"爽剧爆款"、从"爽感建构论"到"爆款价值论"的爽感系统论之旅。

---

[1] 参见庄庸、杨丽君主编《中国网络文学阅读核心书目（第1季）：中国本身就是一部正在形成而尚未完成的"网络"小说》，中国青年出版社，2019年版。

第一章

特定的一天：

史上最普通又特殊的测试日

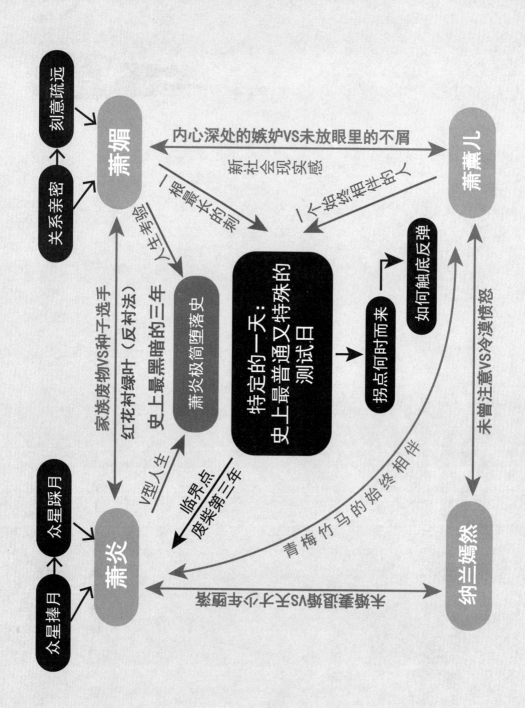

从《斗破苍穹》到《元尊》，天蚕土豆在开篇都有一个"隐形的轴心"——史上最重大的变故，从而导致主角人生从"此"与众不同。

《斗破苍穹》可以说是聚焦于"小切口"——从"少年天才神坛"跌落凡间尘坛，变得比普通人还不如的小人生切入，而且，几乎没有什么标志性事件，只用了一个大约的时间——一夜之间，来作为此时、此事和此地的事件节点。

因为，药老寄寓古戒、吸食萧炎的斗气，从而让其境界跌落、难以寸进，很难说是一种标志性的事件。而且，由其产生的结果，需要滴水穿石、持续一段时间才能彰显出来。

但是，这种切身相关的作用，对于萧炎的人生影响却是重大的。而这样重大的人生影响，不是靠"转折点"（亦即人生从"此"与众不同的那一天）来表现的，而是通过"特定的某一天"发生的事件来展示的。

这一天既普通又特殊。普通，是指三年来重复性的发生，至少在某个特定的时间段固定地重复发生，由此才能彰显萧炎三年如一日，都在承受斗气消失、境界跌落的屈辱。由此才能让"废柴人生"变得难以忍受，直到最后触底反弹。

但是，说特殊，却是因为它是特定的家族"测试日"——在这个特殊的日子，测试每个人在这一阶段修炼的结果。它包含着希望—失望—绝望的心路历程：在测试之前，或许还孕育和包含着修炼恢复、重攀巅峰的希望；然而，希望有多大，失望就有多大——修炼一直停留在斗气三段的境界；而且，比修炼停滞的失望更绝望的，是根本看不到重新爬起来的希望。

《斗破苍穹》以聚焦于这一个"普通又特殊的家族测试日"，来映射萧炎有生以来最重大的人生变革，开启一个"天才变废柴、废柴又逆袭"的故事，是因为这是一个"V"字形的结构：从变故发生的那一刻起，萧炎的人生就从"我一直以为我是在往上飞"，陡转直下，"其实我一直在往下坠"，而且越坠越低，在这个普通而特殊的测试日之后，就要触底反弹了。

第一节 临界点：
从"废柴第三年"到"烘云托残月"

这个普通而特殊的测试日，是萧炎从天才坠落为废柴、人生变故即将触底的临界点。

因此，三年就是一个不断累积、从量变到质变的过程。从萧炎自身来说，他不但可能经历了每一年测试之期中"希望—失望—绝望—在绝望中死灰复燃、寻找希望的火星"不断重复轮回的心路历程，也可能会经历一种垂直、纵深、断崖式的"希望—失望—绝望"的下坠台阶：

那一颗心向深渊下坠，越到后面，越来越看不到希望，甚至是绝望——

第一年，或许还心存侥幸之心，怀抱"万一"的希望。

第二年，不到黄河不死心、不见棺材不落泪；但是，见了黄河和棺材呢？可能心未死、意未冷，但是希望已成灰烬。

到第三年，只不过是试一试而已，已不抱任何希望，只因为还未到绝望处。或许在测试之前，就已经预知并接受了这种一成不变的结果：果然，还是"斗之力三段"啊！

"斗之力：三段！"

望着测验魔石碑上面闪亮得甚至有些刺眼的五个大字，少年面无表情，唇角有着一抹自嘲。紧握的手掌，因为大力，而导致略微尖锐的指甲深深地刺进了掌心之中，带来一阵阵钻心的疼痛……

"萧炎，斗之力：三段！级别：低级！"测验魔石碑之旁，一位中年男子，看了一眼碑上所显示出来的信息，语气漠然地将之公布了出来……

——天蚕土豆《斗破苍穹》：第一章　陨落的天才

《斗破苍穹》一开篇，就直接呈现萧炎"成为废柴第三年"测试日的结果，可以让人身临其境地感受到他的现实际遇与处境：三年原地踏步，一直都是斗气三段，不停地坐实和固化了废柴的标签。

在这里，天蚕土豆并没有采用"时间线性叙述法"，来简约勾勒萧炎的三年废柴史；而是用围观者的冷嘲热讽（或许占大多数）和惋惜轻叹（或许只占一小部分），来烘托、渲染，犹如"众星捧月"一样，来反衬萧炎的境遇与感受。

只不过，"众星捧月"这个词，用在三年前那个已经登上神坛的"少年天才"身上，恰如其分；但是，三年之后，再用于这个已经跌落尘埃的"修炼废柴"，便成了讽刺——众星不是在"捧"举，而是在"棒"打：谁让当初那个光芒万丈的月亮，已经沦为星光黯淡的流星了呢？

"三段？嘿嘿，果然不出我所料，这个'天才'这一年又是在原地踏步！"

"哎，这废物真是把家族的脸都给丢光了。"

"要不是族长是他的父亲，这种废物，早就被驱赶出家族，任其自生自灭了，哪还有机会待在家族中白吃白喝。"

"唉，昔年那闻名乌坦城的天才少年，如今怎么落魄成这般模样了啊？"

"谁知道呢！或许做了什么亏心事，惹得神灵降怒了吧……"

周围传来的不屑嘲笑以及惋惜轻叹，落在那如木桩待在原地的少年耳中，恍如一根根利刺狠狠地扎在心脏一般，让那少年呼吸微微急促。

——天蚕土豆《斗破苍穹》：第一章　陨落的天才

我们可以用"烘云托月"的文学手法，来分析天蚕土豆在这个开篇场景里"围观者说"的爽文写法，并且和社会生活以及网络文化中流行的"吃瓜群众坐等看戏"的社会现实、心理需求和文化机制体制，关联起来分析。

"烘云托月"的文学手法，又称"烘托"，如用一群配角的态度和反应，来烘托出主角的彪悍与强大。它不直接描写主角，而是通过描写一堆配角，来突出主角。相对于直接描写主角的"实写"，它可以说是一种"虚写"；但这种虚写的"烘云"，有时候制造出来的"托月"效果，可能比直接实写更好。

比如，写美人之美，《诗经》里的《硕人》篇，已经直接描写得臻至极致："手如柔荑，肤如凝脂，领如蝤蛴，齿如瓠犀，螓首蛾眉，巧笑倩兮，美目盼兮。"

你后面写美人，再怎么写，才能出彩？汉乐府《陌上桑》提供了一种间接写美人的烘托典范。

行者见罗敷，下担捋髭须。少年见罗敷，脱帽着帩头。耕者忘其犁，锄者忘其锄。来归相怨怒，但坐观罗敷。

——《陌上桑》

《陌上桑》写罗敷之美，未做任何正面描写，完全是从旁观者的态度和反应，来"以人衬人"：行者的惊叹，少年的爱慕，耕者的痴迷，锄者的迷离……不着一字，尽得风流。

因此，茅盾评价这种以"烘云"来"托月"的间接描写法，"不写罗敷的美貌，而罗敷的绝世美貌跃然纸上。这真是前无古人的艺术描写。"

有时候，正面描写一定要失败。比方说，写一个女子的美丽，倘使你搜罗了所有"美丽"的字样来形容她的容貌和姿态，未必能给读者以活泼的印象。古诗人写一个美貌的采桑女子罗敷，并不描写她的眉目鼻嘴生得如何好，却从耕者，行者，肩挑者见了罗敷都出神仁观，忘记了自己的事，这种"闲笔"上去烘托，于是乎在我们的想象的眼前的罗敷，不但是一个活的美人，而且是在许多活人中间的美人，由此构成的罗敷的美丽的印象便异常充实而复杂，比抽象的赞美不知要强过多少倍了。[1]

用间接描写的烘托技巧来描写人物，茅盾指出，"问题的要点是在考虑到读者必有想象力，而在正面描写以外辅以侧面的烘托——不，应当是用侧面的烘托

---

[1] 参见茅盾著《茅盾论创作》，上海文艺出版社，1980 年版。

来救济正面描写的不足；而正面描写也必须抓住了最特征的来点明，不能用罗列法。"

天蚕土豆《斗破苍穹》在开篇之中，同样用了侧面描写的手法，以对围观者的不屑嘲笑以及惋惜轻叹等不同态度和反应的描绘和渲染，来烘托主角萧炎从当年"众星捧月"沦落为"人人皆落井下石"的难堪境地。

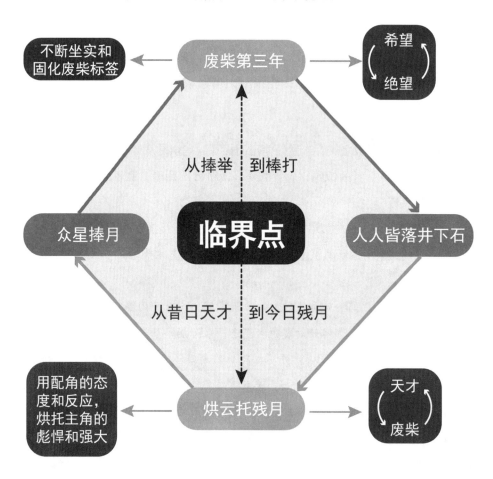

正是通过围观众的议论，传递了许多丰富的信息：有以嘲弄之声，挖出萧炎"这一年"又跟过去两年一样，停留在三段；有以挖苦之调，点出萧炎在家族从天才变"废物"的处境；有以不满之语，评论萧炎受族长父亲的庇护，成为在家族中白吃白喝、没有任何贡献的"寄生虫"；亦有惋惜之言，提出萧炎从"昔年那闻名乌坦城的天才少年"沦落至今的疑惑之间；但更有表面叹息骨

子里却有幸灾乐祸之意甚至是恶毒之怨，认为萧炎做了"亏心事，惹得鬼上门"——不，是比"鬼上门"更为严重的"神灵降怒"——萧炎到底是做了什么天怒人怨的事情，才会惹来"神罚"——噢，不——是惹来族内子弟希望甚至诅咒他获得的神罚？！

无他，羡慕嫉妒恨——人的本能和本性而已。越是出色的人，越容易在今不如昔时，被他人落井下石。因为，昔日你曾光芒四射，让他黯然失色；今日你星光黯淡，自然会被他人贬损——这不是"人缘好与坏"的问题，而是出于人类本性和人之本能的竞争、攀比与恶意。萧炎无意之间，就成了人性、人心和人际关系的试金石。

当这种侧面描写的"烘托法"将"烘云"描绘和渲染到一定程度后，《斗破苍穹》就开始把镜头直接对准萧炎，直接描写他的行动、感受以及心理活动。比如，那些话"恍如一根根利刺狠狠地扎在心脏一般"的感受，"呼吸微微急促"的反应——以及他的肖像和动作描写，以及随之而来的表情神态：清秀而稚嫩的脸庞，漆黑的眸子，木然地扫描这些嘲讽的同龄人，以及嘴角苦涩的自嘲。特别是他内心的独白，更是将这种"出色"与"逊色"的落差与贬损，展示得淋漓尽致，甚至挖出了"羡慕嫉妒恨"的人性和人心。

"这些人，都如此刻薄势利吗？或许是因为三年前他们曾经在自己面前露出过最谦卑的笑容，所以，如今想要讨还回去吧……"

苦涩地一笑，萧炎落寞地转身，安静地回到了队伍的最后一排。孤单的身影，与周围的世界，有些格格不入。

——天蚕土豆《斗破苍穹》：第一章　陨落的天才

没有对比就没有差距。萧炎三年修炼停滞不前，却有人突飞猛进。

可以说，《斗破苍穹》开篇写法就很传统：用一群"围观众"的烘云来"托月"，托出萧炎这一弯"残缺的月"；并从三年前天才少年"众星捧月"的辉煌之境，对比出当下"烘云托月"中群星璀璨所烘托的"那一弯残月"之凄凉之意。

第二节 反衬法：

从"红花配绿叶"到"种子衬废柴"

从"大众"走向"一个"，从"一般"走向"特殊"，《斗破苍穹》必然要从"群星璀璨"之中找出一颗闪耀明亮之星，来反衬萧炎这一弯残月的黯淡无光。

所谓红花还需绿叶衬——只不过花越红，越会反衬出叶之暗绿。而星光越璀璨，越能反衬出残月之凄凉。

《斗破苍穹》使用"反衬法"，来衬托萧炎之"废柴"的第一个种子人物，就是萧媚。

"下一个，萧媚！"

听着测验人的喊声，一名少女快速地从人群中跑出。少女刚刚出场，附近的议论声便是小了许多。一双双略微火热的目光，牢牢地锁定着少女的脸颊……

少女年龄不过十四左右，虽然并算不上绝色，不过那张稚气未脱的小脸，却是蕴含着淡淡的妩媚。清纯与妩媚，矛盾的集合，让她成功地成为全场瞩目的焦点……

少女快步上前，小手轻车熟路地触摸着漆黑的魔石碑，然后缓缓闭上眼睛……

在少女闭眼片刻之后，漆黑的魔石碑之上再次亮起了光芒……

——天蚕土豆《斗破苍穹》：第一章　陨落的天才

这就是"反面衬托"了。

从写作手法上讲，"反衬法"是利用同描写的主要对象"相异或相反"的事物来作陪衬，比如以丑衬美美更美，以强衬弱弱更弱——以萧媚之"种子选手"的优异表现，来衬萧炎"家族废物"的恶劣结果，其效果就是：渣得不能再渣了。

　　显然，萧媚的"反衬法"不仅仅如此。天蚕土豆似乎想在《斗破苍穹》的开篇这一段里，把萧媚的衬托作用"压榨得只剩最后一滴"。萧媚"反衬法"被天蚕土豆用到了极致。

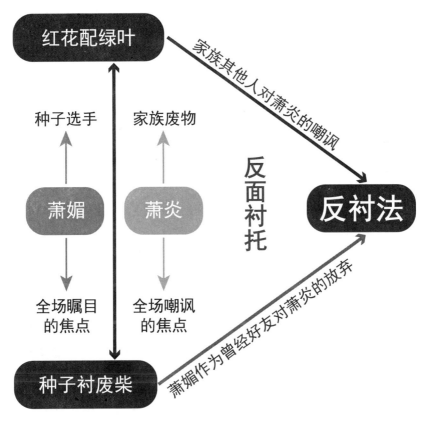

　　通过萧媚和萧炎测试实力与周围态度的微妙差异，来彰显两个人在家族子弟眼中和整个家族地位的"迥异"：萧媚是全场瞩目的焦点，众人羡慕的对象，以及众星捧的"那弯新月"；而萧炎是全场嘲讽的焦点，众人挖苦的对象，一个可耻地孤单着的"那弯残月"——这是以欢迎衬排斥、以认同衬挤兑、以热闹衬孤单。

　　"斗之气：七段！"

　　"萧媚，斗之气：七段！级别：高级！"

"耶！"听着测验员所喊出的成绩，少女脸颊扬起了得意的笑容……

"啧啧，七段斗之气，真了不起。按这进度，恐怕顶多只需要三年时间，她就能成为一名真正的斗者了吧……"

"不愧是家族中种子级别的人物啊……"

听着人群中传来的一阵阵羡慕声，少女脸颊上的笑容更是多了几分。虚荣心，这是很多女孩都无法抗拒的诱惑……

　　　　　　　　　　——天蚕土豆《斗破苍穹》：第一章　陨落的天才

就像诗人王籍《入若耶溪》的那两句诗"蝉噪林愈静，鸟鸣山更幽"，"以动衬静"更显静：林本静，山本幽，全在无声中；蝉噪为有声，鸟鸣为有音，有声有音，本应是打破静寂；然而，恰恰是因为这一声"蝉噪"，那一声"鸟鸣"，静寂的山林，却愈发显得静寂了。于是"蝉噪"之动，反衬出幽林之静；"鸟鸣"之音，反衬出深山之寂。这就是反衬法。

而萧媚反衬萧炎，其效果也莫过于这种"寂静之音""无声之动"了。萧炎本已见识了周围围观众的"刻薄势利"，犹如剑刺扎心一样；而萧媚的选择，更是坐实了这种刻薄和势利，岂不是像一根最长的刺，直戳萧炎的痛点？

然而，天蚕土豆只是轻描淡写地说了一句，"皱眉思虑了瞬间，萧媚还是打消了过去的念头"——简直是绚烂臻至极致，返归平淡；刺扎得够多够深，萧炎或许已经变得麻木了。萧媚这一根最长的刺，反而扎得像是没有痛感。

然而，别的人也就罢了——因为他们再势利再刻薄，跟我又有什么关系呢？我们本来就没有关系啊。但是，曾经有过关系的人，变得势利和刻薄起来，才会带来真正的伤害吧？伤害你最深的人，其实是跟你关系最为亲密的人。曾经有关系的人如此决绝和决裂——至少在后文中我们能够看出，萧媚其实还是跟萧炎有一定的关系，虽然这种关系并没有我们想象的那么亲密——终究会带来比路人甲和路人乙更多更深的痛感吧？！

就像寒山大师问曰："世间有人谤我、欺我、辱我、笑我、轻我、贱我、恶我、骗我，该如何处之乎？"我们不过亦如拾得大师一样答曰："只需忍他、让他、由他、避他、耐他、敬他、不要理他、再待几年，你且看他。"但是，寒山拾得后来被人传说为"和合二仙"——关键仍在"和合"二字。

萧炎本就居于最后一排，形单影只，"与周围的世界，有些格格不入"，所谓茕茕子立、形影相吊，顾影自怜——怎一个"孤单"形容得尽？而萧媚本就处于全场焦点和"羡慕声"之中，还和"几个姐妹互相笑谈着"——怎一个"热闹"可以诉尽？以萧媚身处众人之中的热闹，来反衬萧炎一个人的孤单，已经是动中描寂，乐中写哀，就像《姜斋诗话》说："以乐景写哀，以哀景写乐，一倍增其哀乐。"

而在萧炎形只影单时，其实是最需要一个人的陪伴的：即使全世界都在孤立我，即使我与全世界为敌，但只要有那么一个人——一个曾经与我有关系的人，而不是毫无关联的人——站在我身边，我亦会感觉到这个黑暗的世界终究有一丝亮色、这个冷酷的人世间还是有一丝温暖、这个绝望的斗气大陆终究还有一些希望的火苗……

但是，没有一个人过来！萧媚亦是选择"打消了过去的念头"；于是，就留下萧炎继续一个人可耻地孤单下去。这可以说是以寂寞再写寂寞，以孤单再写孤单，以黑暗再写黑暗。

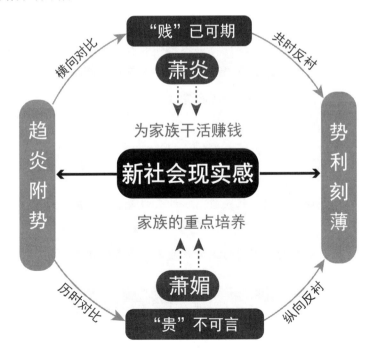

第三节 新社会现实感：

从"趋炎附势"到"势利刻薄"

萧媚不仅反衬出萧炎停滞不前的斗气能力、人前被嘲人后被孤立和排挤的境况，最重要的是通过萧媚"种子选手"的天赋能力以及大好前途，鲜明地对比出萧炎在家族中"边缘化的地位以及未来不妙的前景"——

萧媚天赋优秀，潜力巨大，获得家族的重点培养，将成为前途不可限量的强者；

而萧炎沦为废柴，表现欠佳，未来的日子都看得到尽头。无非再过两三年，就会被家族驱赶出来，管理具体事务，替家族赚钱；

倾尽一切资源对优秀的子弟进行培养，而家族废物就只有为家族干活赚钱这一条道路……这是非常现实残酷的现状与未来。

家族也是一个小社会，按照人的天赋和能力不同，分出高低贵贱。也就是说，萧媚"贵"不可言，萧炎"贱"已可期；"现在的两人，已经不在同一个阶层之上"，贵和贱就像一条不可跨越的鸿沟。

与平日里的几个姐妹互相笑谈着，萧媚的视线，忽然透过周围的人群，停在了人群外的那一道孤单身影上……

皱眉思虑了瞬间，萧媚还是打消了过去的念头。现在的两人，已经不在同一个阶层之上。以萧炎最近几年的表现，成年后，顶多只能作为家族中的下层人员；而天赋优秀的她，则将会成为家族重点培养的强者，前途可以说是不可限量。

——天蚕土豆《斗破苍穹》：第一章 陨落的天才

这种鲜明强烈的对比，堪比中国古诗笔下的富与贵。比如，杜甫的《自京赴奉先县咏怀五百字》："朱门酒肉臭，路有冻死骨。"又如梅尧臣的《陶者》："陶尽门前土，屋上无片瓦。十指不沾泥，鳞鳞居大厦。"这都是形容富家极尽奢华，穷者极尽贫寒、每日都挣扎于濒死边缘；劳者无片瓦可居，富者不劳而获、却居于高楼大厦。这种写法通过极端化的对比，揭露出社会存在的不合理现象。

从某种意义上说，这种中国传统写法的"深刻现实意义"，被当代泛文化娱乐的"消费主义"所瓦解。但这种诗和《斗破苍穹》这种爽文的写法是一样的。抛除两种作品的"形态"的不同，它以同样的写法——从对比到反衬——揭露出了同样的思维模式和存在状况：萧媚和萧炎已属于不同的阶层——只不过，划分阶层的标准有区别而已：是钱、权，还是天赋能力。

在这个斗气为主的异世大陆里，人的高低贵贱，完全是以人能否修炼斗气的天赋和能力高低，来划分的。天赋强者愈强，天赋弱者愈弱。能力的强弱之别，决定家族阶层的高低与在斗气世界的贵贱。这种现实而残酷的"社会存在状况"的折射，比起"诗言志"对彼时代的映照，其实逻辑一样。只不过，那些诗我们视为"诗人胸怀天下"，这种爽文我们看待"关照切身利益"——格局自然有所不同，但是各有自己的价值。爽文亦是有自己内在的价值系统的。

然而，萧媚作为一个参照系，不仅仅停留于萧炎当下的修炼状况、家族地位以及未来前途的横向对比和共时反衬；还在于以一种旁观者的视角，进行萧炎自身"今不如昔"的历时对比和纵向反衬——我们刻意将这种横向与纵向、共时与历时、对比与反衬进行了交错组合运用——事实上，以萧媚这个视角，来旁观与揭露萧炎的"今昔对比"，是十分恰当的。

正如我们说，最大的伤害来自最亲密的人；最了解你的人其实是你的敌人——尤其是从最了解的人，"背叛"成为你的敌人。

萧媚和萧炎的关系与情感，还达不到这种程度。

萧媚对萧炎"今不如昔"的态度和反应，也谈不上背叛和敌对——顶多算是当初"趋炎附势"而今"势利刻薄"和"自奔前程"而已。否则，这就不是写"废柴流"，而是在写"复仇流"了。

第四节 参照系：

从"明星天才"到"残月废柴"

事实上，这种关系、情感以及由此带来的爽文节奏和结构，在《斗破苍穹》里是按照这三个女性的出场，逐渐递进与加深的：

萧媚是"熟悉的陌生人"，不过是在伤口撒点盐——有点咸有点疼，但也仅仅是"有点"而已。

而萧薰儿是"青梅绕竹马"，却天赋殊途，差距越来越大，带来的却是揪心之问：我们靠什么，才能维系彼此越走越远的背影？

心都被揪起来了，自然比伤口撒盐更疼几分、更深几寸、更久一些——最重要的是，性质完全变了。它会让我们"疼"中带惜，既有对萧炎的惋惜，亦有对萧炎和萧薰儿之间前景莫测的关系的怜悯和痛惜。

等到纳兰嫣然"这个预定未婚妻"前来退婚时，却是真正的烈火烹油、雪上加霜。因为，"联姻"是一个人自我、身份和社会地位的外在标志。退婚，已经不仅仅是对个人天赋能力的否定，而且是对家族的羞辱，甚至是在这个实力为尊的世界之中对双方实力的重新评估和对联盟盟约的审视与重组——而这后面两点，将会叠加于前面那一点上，造成对个人空前的压力，以及情绪和情感的激烈爆发。

因此，纳兰嫣然退婚事件，才会让我们达至高峰体验，带来真正戳心窝的痛，甚至引爆我们的愤怒——就像大泡泡一样，不停地被吹胀，胀到一个无比泡沫化的大泡泡时，突然，一下就"爆破了"；而不是沉淀、积累到猴年马月再像死火山一样爆发，虽然像火山一样爆发，更为激烈，更为强烈，也更为猛烈——爽感就是在那爆破的时刻诞生的。

这种像吹胀的大气球一样具有爆破感的"即时满足"（如《斗破苍穹》中此

处的打脸退婚流），和像积淀甚久、酝酿很久、最后像火山一样爆发的"延迟满足"（如猫腻《将夜》之中宁缺谋划十六年之久的"复仇夏侯大将军"之战）之间，就是一个"爽文"创作的巨大抛物线：爽点密集，划出一条流星一样的轨迹；每一点都是爽点和心理需求的接触点；恰逢其时，恰到好处，恰于其处，就能戳破那种需求暗流和爽文爽点接触最为脆薄的"引爆点"，将那种需求暗流引爆成一种畅快无比的"爽感"流。

假若说纳兰嫣然退婚流是"引爆"，那萧薰儿就是"渲染"，萧媚在开篇中起到的作用就是"铺垫"——就像垫脚石一样，从此起步，一步步攀登"爽文"之山。这种"铺垫"，最重要的作用，就是引出萧炎的今非昔比。

萧媚出场，最重要的作用，就是引出萧炎"史上最黑暗的三年"：从曾经让人"趋炎附势"的天才少年，到现在让人"势利刻薄"、人人唾弃的家族废柴，萧媚都曾是见证者甚至亲历者。

虽然，她现在一出场对于萧炎的态度，谈不上"落井下石"；过去的行为，或许也称不上"趋炎附势"……但是，作为一个亲眼目睹少年天才是如何登上神坛又如何像流星一样坠落的"亲近旁观者"，由她来揭示萧炎的今非昔比，确实是最合适的。

"唉……"莫名地轻叹了一口气，萧媚脑中忽然浮现出三年前那意气风发的少年：四岁练气，十岁拥有九段斗之气，十一岁突破十段斗之气，成功凝聚斗之气旋，一跃成为家族百年之内最年轻的斗者！

当初的少年，自信而且潜力无可估量，不知让多少少女对其春心荡漾。当然，这也包括以前的萧媚。

——天蚕土豆《斗破苍穹》：第一章 陨落的天才

因为，萧媚的距离不远不近，恰恰合适。她不像纳兰嫣然那样"虽远在天边，却近在眼前"——因为有着婚约和联姻这种切身利益又关乎家庭荣辱和斗气大陆实力地位的重大利害关系；她亦不像萧薰儿这样"近在咫尺之间，亲密并行"——从青梅绕竹马到天之涯、地之角，均可以不离不弃、相濡以沫。在亲疏远近之间，萧媚亦不像那些羡慕嫉妒恨的族内子弟一样，要么趋炎近之，要么拒而远之——因为她和萧炎没有那么大的利害关系。

真正让萧媚嫉妒的，是萧薰儿。或许是因为同性相斥、异性相吸的原因，她甚至对萧炎有另外一种隐秘的心思（春心荡漾）。虽然功利，却也无害。种种原因，都让萧媚成为比其他所有人都更合适的"最近旁观者"，可以相对公开、公平和公正地揭露萧炎过去和现在"天壤之别"的状况和境遇。

于是，从萧媚的视角看出，就像剥洋葱一样，我们一层层地看到萧炎的极简坠落史。

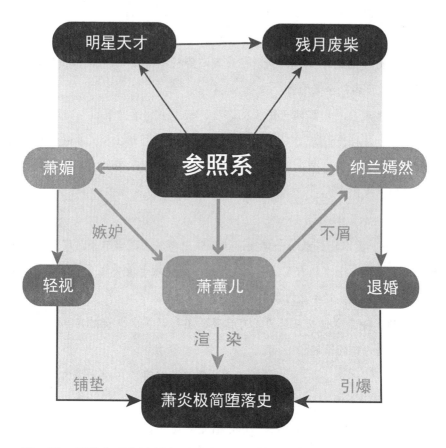

第一层，是那个"春风得意马蹄疾、一日看尽长安花"的天才少年：四岁、十岁、十一岁，几个里程碑式的年龄段，数个家族破纪录的标志，都让这一颗当之无愧的修炼明星冉冉升起。

第二层，是"烘云托月月更明"——这是正衬的用法——春心荡漾的少女本就如天上的明星一样闪耀，亮瞎了许多慕艾少年的狗眼；然而，现在这样的少女之星（心），全都聚焦于那个"自信而且潜力无可估量"的天才少年——这也包括以前的萧媚。

这就从少女"群体"转移到了那一个少女"个体"，又从"以前"的时间轴上移到了"现在"——对比萧媚刚出场时的反应描写和心态变化；从"全场聚焦点"到"能力天赋的当场表现和前途命运的未来预测"，我们能看到什么？优秀者只有在更为优秀的人面前才会星光黯淡、黯然失色，或者自甘下风、仰望羡慕。

当初的少年，自信而且潜力无可估量，不知让多少少女对其春心荡漾。当然，这也包括以前的萧媚。

然而天才的道路，貌似总是曲折的。三年之前，这名声望达到巅峰的天才少年，却是突兀地受到了有生以来最残酷的打击：不仅辛辛苦苦修炼十数载方才凝聚的斗之气旋，一夜之间，化为乌有；而且体内的斗之气，也是随着时间的流逝，变得诡异地越来越少。

斗之气消失的直接结果，便是导致其实力不断地后退。

从天才的神坛，一夜跌落到了连普通人都不如的地步。这种打击，让少年从此失魂落魄。天才之名，也是逐渐地被不屑与嘲讽所替代。

站得越高，摔得越狠，这次的跌落之后，或许就再也没有爬起的机会。

——天蚕土豆《斗破苍穹》：第一章　陨落的天才

萧媚其实很优秀，但是，萧炎更优秀。所以，萧媚才会羡而慕之。一颗发亮的明星，才能衬托出明月更皎皎——因为有萧媚的"春心荡漾"，才能衬托出萧炎当初"少年的意气风发"。

但是，现在一切逆转过来：萧媚成了比萧炎更亮的明星，不但反衬出萧炎的废柴无光；更是让萧炎自身过去的"皎月"和当下的"残月"形成鲜明和强烈的对比。

第五节 V型人生：

从"史上最黑暗的三年"到"拐点何时到来"

正是在萧媚的视线之中，萧炎从"皎月"变成了"残月"，从"众星托月"变成了"众星踩月"。而且，在这一段以萧媚旁观者的视角来叙述的段落之中，《斗破苍穹》以简笔，勾勒出了萧炎"天才少年坠落"的完整历程——

突遇人生重大的变故（原因不明），从已达天才少年神话巅峰，一脚踩空，掉落到人生的谷地和深渊；

代表少年天才之巅的斗之气旋，化为乌有，标志着十年的斗气修炼全都归零，人生只能从头再来；

但这还不是最为糟糕和可怕的事情——如果人生归零，从头再来，那么还有希望。因为只要努力，或许可以把失去的一切重新修炼回来。然而，诡异的是，体内的斗之气却在随着时间的消逝而消逝。

这意味着，无论你如何修炼，也没有办法再回到从前，甚至越修越倒退——因为，不但体内的斗气（存量）在消减，就连你此时此刻重新修炼的斗气（增量）都没有办法存下去。如果照这种方式下去，也许从内到外，都要真正归零了：萧炎会成为一个"没有斗气"的人。

没有斗气的人，在这个以斗气为主的大陆里，又如何能够生存下去？这已经不是"修炼天才PK家族废柴"的发展问题，而是已经演变成了一个严峻的"有没有斗气"的生存问题。毕竟，修炼废物在家族生存体系里还能苟活，只要能够低下曾经高昂而骄傲的头、为家族赚钱牟利，或许还能成为家族的中下层人员——就像萧媚对萧炎的预期和看法一样。但是，如果没有办法对家族做贡献的"没有斗气"的普通人，还能不能活、该不该活？

在萧媚看来，萧炎就是在这条下滑的通道，不停地滑向人生的低谷和生存的深渊：斗之气不断消失，导致他的实力不断后退。别说跟修炼者相比，现在就连普通人都不如——谁也想不到，在少年神坛之下，竟是这样一种无尽的深渊。

它不仅仅是生存和发展的深渊，亦是人性人心的深渊：它不但摧毁了少年赖以生存的天赋和潜能，还摧毁了他在家族和社会之中赖以发展的关系土壤；最重要的是，正在摧毁一切归零、触底反弹、重新攀越、王者归来的希望与信任、信心和信念：神坛有多高，深渊就有多深；攀爬至巅峰时，越是火箭式直升，那向下跌落时，就越会像断崖式垂直；向巅峰蹿的速度有多快，向深渊滑落的加速度也就会有多快——而且，这种下滑还看不到尽头，探不到底，根本就没有止滑、防跌、返升的任何可能性。

只是，谁也不知道，那种"最恶劣"的后果，会在什么时候到来。会在这三年停滞不前、不进反退之后，突然降临吗？还是会突然迎来一个人生的大逆转？

这或许是开篇中设下伏笔、埋下钩子的大悬念。但更大的悬念在于：在这种回首过去是漆黑一片看不到脚印的长路、展望未来见不到希望的曙光的"史上最漫长的三年人生之夜"，其实最为煎熬的，是人心和人性。萧炎会在这黎明前的黑夜要结束但尚未结束之前就濒临崩溃，还是在希望的曙光将来而未来之际仍然咬牙坚持直抵凤凰涅槃？

比起斗气能力的修炼，这种心性和意志的磨砺才是至关重要的。在漫长黑夜之中煎熬三年，换来腾飞三十年甚至三百年。当我们阅读萧炎从人生重大的变故到一生中最为重要的大转折之后，踏上从斗气到斗帝直到斗破苍穹的"飞黄腾达"之路时，其实最不应该忽略的，就是这种"史上最漫长的长夜"的三年煎熬史。它其实磨砺并奠定了萧炎触底反弹、攀越王者之巅的真正根基——决定万丈高楼平地起的基石，绝不是那个作为"金手指"的古纳戒和超级寄生灵魂"白胡子老爷爷"药尘。

无论是萧炎的个人修炼之路，还是《斗破苍穹》的故事大厦，均是如此。只是很多人在谈论天蚕土豆是个"小白文代表作家"（比如说"中原五白"之一），或者评价《斗破苍穹》是部开创废柴流和退婚流、一路爽到底的代表性"爽文"时，很容易就贴上外在的标签和概念，而忽视其故事内在的逻辑和方法。

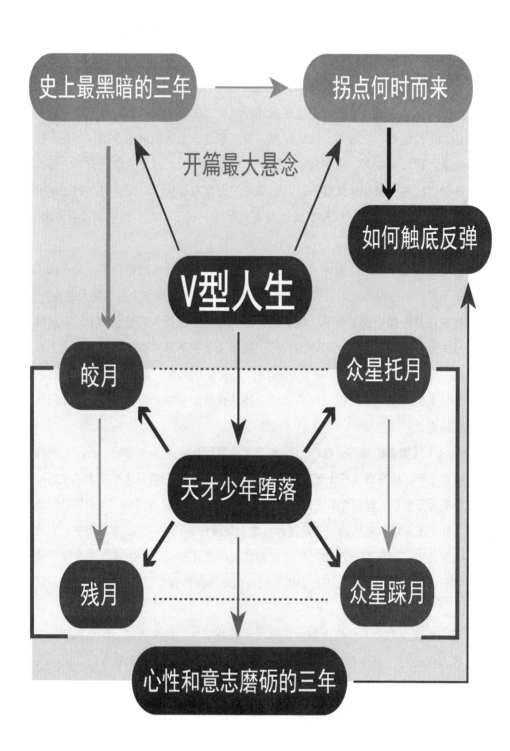

第二章

主角关系链：

从「我和她」到「我和你」衬托法

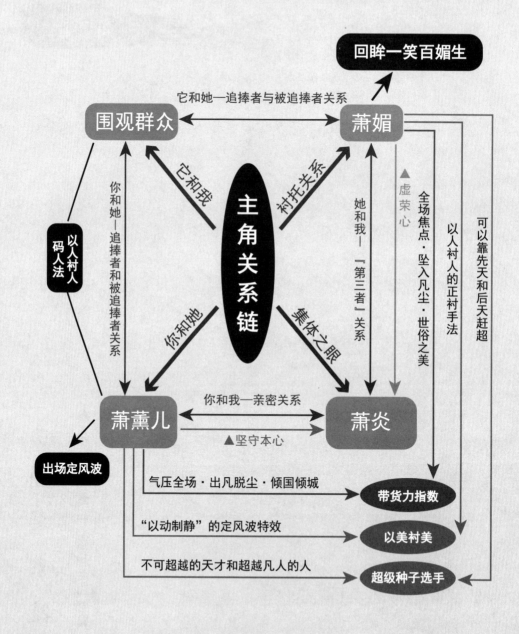

"下一个，萧薰儿！"

当萧薰儿上场时，绿叶衬红花的效应就出来了；而且，"接天莲叶无穷碧，映日荷花别样红。"

从正衬角度来说，萧媚成了"接天莲叶"，以"无穷碧"的姿态，衬出萧薰儿的"荷花别样红"；但是，萧薰儿的"荷花别样红"，不过是"映日"罢了——衬出萧炎这颗曾经红彤彤的小太阳。

从反衬的角度来说，则是逆过来了。越是彰显萧炎过去小太阳的红彤彤，就越是显示其当下的"夕阳西下、落日余晖"，映于荷花之外的，不过是残留的"光晕罢了"，连回光返照都算不上，只是黄昏已近、暮色已重。别说比不过萧薰儿的"别样红"，就连萧媚的"无穷碧"都逊色不少——这就像蛇圈衔尾，又连接上一幕萧媚出场将萧炎反衬得"无比凄凉"的场景了。

因此，萧薰儿的出场至关重要。她就像一个旋转门，将这两个正反衬链条，扭结成了一个内循环。而且，从主观到客观，都将《斗破苍穹》开篇第一章首尾也衔接成了一个内循环。

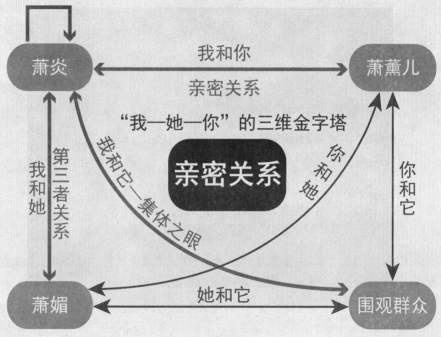

第一节 亲密关系：

从"我和她"到"我和你"

从结构和逻辑上看，第一章其实就是一个三段论：第一段，萧炎的出场；第二段，萧媚的出场；第三段，萧薰儿的出场……看似是各自独立的场景，相对比较完整，即使要强行解剖结构，也不过是"自然序列而已"——三个人出场的顺序不同罢了。

但是，从深层结构上看，三个人出场的场景，却是围绕着萧炎的"废柴之今"不断逐层递进。从他自身、相对较近的旁观者以及亲密的青梅竹马，螺旋式地推波助澜，层层铺垫和渲染他当下的落魄和边缘化。同时，又旋转向下，不停地挖掘萧炎的"天才之昨"，以各种方式衬托和映射出他曾经的辉煌和璀璨。

这形成了一种比较奇怪的逻辑：原本"废柴"的展现，应该是向下、向下、再向下的；而"天才"的还原，应该是向上、向上、再向上的。但是，现在这种"向下"和"向上"的逻辑相互颠倒了。

并且，如果是从亲疏远近来比较萧炎的废柴之境，最合理的顺序，本应是"我和我自己"（萧炎自身）、"我和你"（亲密的关系，如萧薰儿）、"我和他/她"（不远不近的第三者关系）、"我和它"（普通众人亦即围观众的关系）——这就是我们用来概括人和人之间亲疏远近的四种关系：是关系本身，而不是我们自己，决定了彼此的亲疏远近；而我们正是在这四种亲疏远近的基本关系之中，寻找和确立自我的意识、身份和位置。

但是，在第一章之中，天蚕土豆却打乱了这四种关系的逻辑顺序。把"我和我自己"与"我和它（围观者）"两者关系合并于第一段萧炎的出场之中，从而先从围观众的"集体之眼"，来反观当下萧炎自我的平庸与沉沦——在平常人之中沉沦，在日常生活之中平庸，甚至连他自己，也开始"泯然众矣"，逐渐丧失了自我和自信，开始怀疑："我是一只特立独行的主角（猪脚）"?!

继而，将亲密关系"我和你"和第三者关系"我和她"进行了对换，让代表"我和她"的萧媚，先于代表"我和你"的萧薰儿出场，从而形成一个看起来比较奇特的凹凸——就像在原本看似亲密无间但现在因为各种原因而开始渐行渐远的亲密关系"我和你"之间，突然插入了一个第三者的"她"，从而硬生生打断"我—你—她"的顺位递进链，而变成了在"我"和"你"之间凹凸出一个特别碍眼的"她"。

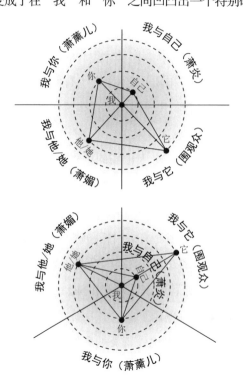

于是，整个第一章的结构，就不再是一个单向度递进的纵深挖掘层级，而变成了一个"金三角"的多维投影——文似看山不喜平：一览无遗的风平浪静和平阔草原，忽然矗立起一座金字塔似的山峰——《斗破苍穹》开篇第一章，给我们的阅读体验，就是在这样一个"爽文平原"[①]之中，突然矗立起一座立体写法逻辑的"三维金字塔"。

---

① 参见庄庸、杨丽君等主编《爽文时代：中国网络文学阅读潮流研究（第1季）》，"华语网络文学智库"丛书，中国青年出版社，2020年版。书中在庖丁解牛知白《大逆之门》时，解读、诠释和建构了"爽文平原"。

第二节　以美衬美：

从"回眸一笑百媚生"到"出场定风波"

从萧媚到萧薰儿，采用了以"美人衬美人"的衬托写法。

这种写法就像白居易《长恨歌》中的"回眸一笑百媚生，六宫粉黛无颜色"一样，以六宫后妃之美，衬托杨玉环更胜一筹的美。而在《斗破苍穹》之中，以萧媚之美，来衬托萧薰儿更美；以萧媚之优秀，来衬托萧薰儿更出色；以萧媚之种子选手的家族地位，来衬托萧薰儿之修炼天才的潜质能力……总而言之，以萧媚作为一般人难以比肩的优秀，来衬托萧薰儿更胜一筹甚至难望其项背的杰出。

在这种以人衬人的正衬手法中，《斗破苍穹》又混杂了"烘云托月"的烘托写法。就像茅盾通过分析汉乐府民歌《陌上桑》，通过行者、少年等各种路人甲、路人乙的态度和反应，来烘托罗敷的极致之美；我们同样可以分析出《斗破苍穹》在萧媚和萧薰儿出场之际，也采用了围观者的"烘云"，来"托月"衬出她们的美。

比如，萧媚刚出场时，周围的"议论就小了声"；围观者"略微火热的目光"，就"牢牢地锁定"在少女的脸庞上——萧媚因为自己出众的外貌，一出场就成为"全场瞩目的焦点"。这种用旁观者、围观众或者路人甲、路人乙等各种态度和反应的"间接烘托"，更能写出萧媚"一出场就貌惊全场"的艺术效果，甚至，能够让我们直接看到极为活跃和生动的"现场视觉特效"。

等到写萧薰儿出场时，同样是以"烘云"来"托月"——把云烘出晕染的效果，就像傍晚黄昏时所见到的火烧云，极尽绚烂之后，却忽然一片寂静，缓缓升起一轮清冷皎洁的明月——那种高远、辽阔、深邃和清幽之美，冠绝天下。这种效果，就像是王菲把苏轼那首词《水调歌头》唱出"但愿人长久"的效果和味道。

水调歌头

苏轼

明月几时有？把酒问青天。不知天上宫阙，今夕是何年？我欲乘风归去，又恐琼楼玉宇，高处不胜寒。起舞弄清影，何似在人间？

转朱阁，低绮户，照无眠。不应有恨，何事长向别时圆？人有悲欢离合，月有阴晴圆缺，此事古难全。但愿人长久，千里共婵娟。

没错，若说萧媚的测试，就像往平静的湖水投了一块石，溅起"各种羡慕声"的涟漪，甚至是嘈杂的喧哗；那么，萧薰儿的"名字"，就像一根定海神针，连波涛汹涌的海上风暴大漩涡，都能立马定住；何况这一场人间喧闹的风起波涌——这大概就是所谓的"定风波"？!

"下一个，萧薰儿！"

喧闹的人群中，测试员的声音，再次响了起来。

随着这有些清雅的名字响起，人群忽然安静了下来。所有的视线，豁然转移。

——天蚕土豆《斗破苍穹》：第一章 陨落的天才

我们所谓的"定风波"，不仅仅是指这一场测试中萧氏家族子弟明争暗斗的波澜微起，也暗含萧薰儿在萧氏家族中的特殊地位，以及未来和萧炎一起在斗气大陆搅动漩涡的风起云涌——这不是剧透。

事实上，在接下来的两三章里，天蚕土豆已经就萧炎自身对于萧薰儿背景的思量和萧氏家族（比如长老）对于萧薰儿的忌惮态度，埋下了简略的伏笔。

但这不是我们提到"定风波"这个词的关键。萧薰儿的特殊性是只有萧氏家族上层人物才能知道的秘密，中下层的人，尤其是年轻弟子并不知情——年轻人都是很"单纯"的，都相信：我是我最好的背景。

并不是因为萧薰儿特殊的"家世背景"而得到的瞩目，而是"单纯"（请注意：我们在此处连续两次使用"单纯"这个词包含的"褒贬自在、其义自现"的味道）地因为萧薰儿自己而"所有视线为之豁然转移"——她一出场，全场就只剩下她一人！

什么叫效果？这就是！甚至是特级效果！

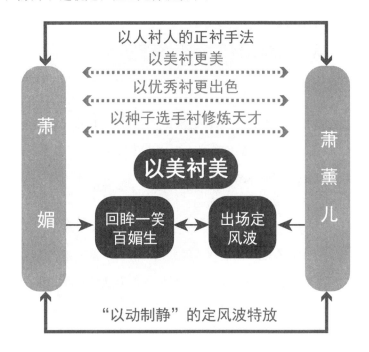

请注意这里所形成的"以动制静"的定风波特效。测试日的风波起，是由于萧炎测试所引起的嘲弄、惋惜等众声议论的喧哗声所引发的，而且是一波卷上另一波，一浪卷上另一浪，一潮叠上另一潮——这是有叠加效应的。

萧媚的出场，只是让"附近的议论声便是小了许多"，却没有完全消除；而她本身测试的"种子"反应，又引发了新一轮的羡慕声和议论声。这种萧媚引发"新喧闹"和萧炎所引爆的"旧喧闹"两相叠加，就会形成"1+1 > 11"的新嘈杂——总有好事之徒，把萧媚的种子表现和萧炎曾经的天才、今日的废柴之举，联系起来，掀起新一轮的挖苦嘲弄。

这就像我们"好事"地把萧炎引发的嘲笑和萧媚引起的羡慕声关联起来，虚构出一个"旁观者叠加效应"出来：这是在情理之中、逻辑之外的。在《斗破苍穹》的字里行间"未着一字"，然而我们在萧媚测试后的春风得意和萧炎的孤单落寞之中"尽得风流"。

第三节 带货力指数：

从"注意力经济"到"外貌协会"

但所有这种叠加的"喧闹"，全在萧薰儿出场的那一瞬间"静"下来了。

萧炎让"喧闹"闹了起来，萧媚让它"小了许多"，而萧薰儿却让它完全"静了下来"——这种"闹中忽静"，就犹如踩了急刹车。这个能够踩下急刹车、让全场都静下来的人，自然就脱颖而出，成为全场第一人——这就是"对比"和"烘托"写法的好处：以"静"制"闹"，此时无声胜有声。

不但如此，静中还有闹。围观众不但忽然"静"下来，还"豁然转移"了所有视线——由"忽然安静"，到"豁然转移"，不但有从"安静"到"转移"的动作趋势之变（变化本身就是一条让人视线追随的抛物线），而且那种形容性、修辞性的状语"忽然"和"豁然"，本身就有一种"动感"："忽"然，犹如平地突然起波澜；"豁"，犹如目随闪电迅疾转动时，还带有风雷——这一种"静"中有"动"，就造成了一种强烈的视觉、听觉等多重联觉的艺术效果。

这个过程还有一种从量到质的变化与比较。

萧媚出场，只是"附近"的议论声"小了许多"；而萧薰儿出场，却是"全场"安静——萧媚以自己为中心的附近，只是部分区域；而"小了许多"，并不是全场静寂。因此，无论是从覆盖全场的区域范围，还是让部分人抑或是全部人都"闭嘴"，是两种完全不同的杀伤力和影响力。

何况，伴随萧媚出场的，只是"一双双略微火热的目光"："一双双"是不确定的数量词组，三双、四双、十双……都是一双双，无法确定或穷尽所有的目光；"略微"是个形容轻微程度的词——萧媚所诱发的"火热"，也就可能比普通人多一点点、重一丢丢而已，也没有达到一笑倾全场、再笑倾全城的地步——即使成为"全场瞩目的焦点"，也就是焦点而已，而无法像萧薰儿气压全场。因为，萧薰儿是带来了"所有的视线"——这是典型的"注意力"和"带货力经济"的驱动之源。因此，从"一双双"不确定的目光聚焦的焦点，到所有视线追来逐去的中心——比万众瞩目感觉还要好——这种美人衬美人的效果，丝毫也不亚于"回眸一笑百媚生，六宫粉黛无颜色"。

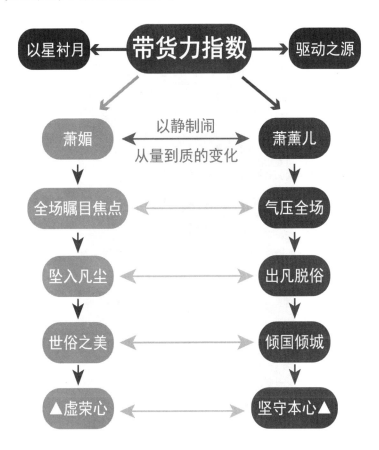

或许是为了例证萧媚佳，但萧薰儿更胜一筹甚至"多筹"这一点，《斗破苍穹》不但通过旁观者、围观众"烘云托月"，来烘出萧媚"颇逮眼球"，却托出萧薰儿更有"注意力经济"；还采用了"以星衬月"甚至是"以月衬月"的衬托法，正面强攻两个人的外貌描写，来比较出萧媚"美则美矣"但还是"堕入俗尘"，而萧薰儿却是"出凡脱尘"，不似"人间之美"——显然不是只高了一个档次，而是有着根本的天壤之别、云泥之分。网文中"踩着牛人的肩膀、结果出来一个更牛的人"的爽文套路，其实根源于此；或者，跟这个没有什么本质的区别。

人都是从"外貌协会"毕业的。起初拼的都是"美貌/英俊特征"，最后拼的是"颜值指数"——颜值，颜值，既有"颜"（容颜），又有"质"（气质何来），还有"价值"（内在价值——比如，所谓"腹有诗书气自华"）。

少女年龄不过十四左右，虽然并算不上绝色，不过那张稚气未脱的小脸，却是蕴含着淡淡的妩媚。清纯与妩媚，矛盾的集合，让她成功地成为全场瞩目的焦点……

——《斗破苍穹》：第一章　陨落的天才

在众人视线汇聚之处，一位身着紫色衣裙的少女，正淡雅地站立。平静的稚嫩俏脸，并未因为众人的注目而改变分毫。

少女清冷淡然的气质，犹如清莲初绽。小小年纪，却已初具脱俗气质。难以想象，日后若是长大，少女将会如何的倾国倾城……

这名紫裙少女，论起美貌与气质来，比先前的萧媚，无疑还要更胜上几分，也难怪在场的众人都是这般动作。

——《斗破苍穹》：第一章　陨落的天才

萧媚是"美人"，却是"世俗之美"，清纯与妩媚的矛盾与集合，才是让她胜出的关键点。但事实上，她并不是人间少有的"绝色"。

但是，萧薰儿却是"倾国倾城"的美人胚子。现在，不过是"邻家有女初长成"，就已如"清莲初绽"，"初具脱俗气质"。假以时日，必成为绝世倾城之美人。犹如那首古诗词所云："北方有佳人，绝世而独立，一顾倾人城，再顾倾人国。宁不知倾城与倾国，佳人难再得。"

最重要的，不是这种"美貌"的优劣、"气质"的差异，而是那种真正让人超凡脱俗的心境：萧媚有颗虚荣心，会因他人视线而转，为他人的羡慕和称赞而变——因他人之变而变，难以守住己心。所以，仍在世俗之中，难有脱俗意。但是，萧薰儿却不为他人所动，不改分毫——这种内在的气质之源，比起外在的美貌之相，更为重要和根本。

第四节　超级种子选手：

从"比颜值"到"拼才华"

本来靠颜值就已经可以分高下，却偏偏还要拼才华。

这句话改用到这里，是再合适不过了。因为，漂亮有可能讲的是花瓶，绣花绣的也有可能是枕头。金玉其外、败絮其内的不少。

萧媚并不是"漂亮的花瓶"。她还是展现出了自己的实力，胜出侪辈甚多，不然不会被萧氏家族视为种子选手。但萧薰儿更胜一筹。

《斗破苍穹》在这里，仍然采用了"烘托"和"衬托"的写法：一方面，是围观众的议论，来烘云托月；另一方面，又用围观众对于萧媚和萧薰儿测试后反应的"细微差异"，来以彼人衬此人。

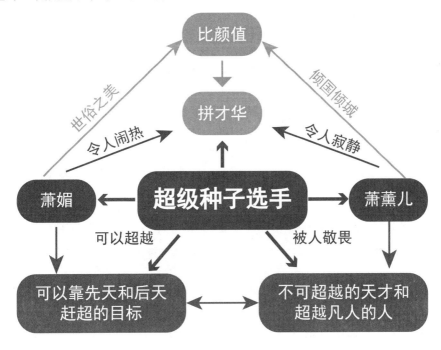

比如，萧媚测试结果出来以后，无论是她自己的得意之笑，还是周围的"啧啧"之声，都是"热闹"了起来；但是，萧薰儿的结果出来之后，全场却是一片"寂静"。以"热闹"衬"寂静"，可以想象测试结果的震撼，以及在场之人的震惊：倒吸一口凉气，嘴巴张得可以吞下鹅蛋……无数脑补的细节自动浮现于脑海；如果改编成影视剧，必然会把镜头对准围观众的表情，来一个局部的视觉特写。

事实上，天蚕土豆确实也来了一个特写：一句惊叹甚至震惊的话，一口难以下咽又必须咽下去的唾沫，一个不由自主吞咽的动作，一个敬畏的眼神……按照镜头的视觉特写来说，必然是某个具体的少年"特殊、特别而又具代表性"的反应——有可能就是嘲讽萧炎、羡慕萧媚、现在又被萧薰儿震撼且敬而畏之的少年，被代表表现出了"与众不同"但"又能概括全部"的反应。

莲步微移，名为萧薰儿的少女行到魔石碑之前，小手伸出，镶着黑金丝的紫袖滑落而下，露出一截雪白娇嫩的皓腕，然后轻触着石碑……

微微沉静，石碑之上，刺眼的光芒再次绽放。

"斗之气：九段！级别：高级！"

望着石碑之上的字体，场中陷入了一阵寂静。

"……竟然到九段了，真是恐怖！家族中年轻一辈的第一人，恐怕非薰儿小姐莫属了。"寂静过后，周围的少年，都是不由自主地咽了一口唾沫，眼神充满敬畏……

斗之气，每位斗者的必经之路。初阶斗之气分一至十段。当体内斗之气到达十段之时，便能凝聚斗之气旋，成为一名受人尊重的斗者！

——天蚕土豆《斗破苍穹》：第一章　陨落的天才

如果要我们来进行IP编剧，我们肯定会设计这样一个"三场串连"的路人甲角色，因为他的反应可以把这三个人三种不同的表现以及获得的三种不同反应，推波助澜，渐渐推至高潮——

萧炎测试时，获得的是鄙夷不屑、冷嘲热讽，甚至恨不得撸袖子自己上，让他看看"天才到底应该长什么样"——气焰嚣张得简直"举世我第一"。我们看比赛时，经常会有这种感觉：这个人太废柴了；怎么这么简单的事情都做不到呢；
要是我自己下场、亲自比赛会怎样怎样——至于上场之后，我们可能比萧炎还废
柴的可能性，基本不在我们的考量之内。

但是，等到萧媚下场测试之后，这种气势就弱了下去。原来人家才是种子选手
啊！我们，还在备胎之列。所以，有啧啧称赞，有羡慕之声。但心中未必没有"不
服输""不甘心"之意——没准，我踮起脚尖跳一跳，或者蹦个极来，也能追上她！
不就是"三年之后成斗者"嘛！在这个时间里，我们还可能努力奔跑、弯道超车的
嘛！萧媚的实力只是稍微领先而已，是可以追跑、跟跑、并跑甚至领跑的嘛！换句
话说，萧媚并不是天赋不可超越的天才，还是可以靠先天和后天来进行赶超的目标。

但是，萧薰儿的测试结果一出，为什么全场为之一静，全体少年为之倒吞了
一口唾沫？因为，她的实力提升得如此之快、如此之高，恐怖如斯，堪称"家族
中年轻一辈的第一人"。这种天赋、这种能力，你拍着马都赶不上啊，还怎么赶
超？不可超越的天才和可以赶超的非天才，只有一线之隔；但，就是这一线，决
定了不可跨越的鸿沟和距离。对于这种不可超越的天才，你只有顶礼膜拜、敬而
畏之——就像供奉在桌案的"偶像"或"女神"：前者让我们敬，后者可能让我
们畏；但无论是敬还是畏，我们都必须承认她这种"超越凡人的人"和我们这些
"凡人"之间是有一段跨越不了的距离的！

如果有这样一个"串角人物"，我们或许能把围观众的不同反应，都敛聚于
同一个人的具体动作之上，来层层铺陈和渲染周围少年们一浪比一浪高的情绪。

但是，天蚕土豆描写的却是"全体"或者"所有"的少年。以周围的少年
"都"这样的反应、态度，来"特写"出一个少年在视觉前彰显出来的局部、具
体而夸张的动作与表情。

这就是以文字的勾勒，来激活脑补的想象，从而在视觉的特效中，完成对整
个场景的描绘。但无论是"一个"还是"全部"，我们要表达的焦点都是：不仅
仅是一个少年被震惊到了，所有的少年都被震撼得无语了——因为，面对不可超
越的天才，所有少年都只能献上自己的膝盖。

人群中，萧媚皱着浅眉盯着石碑前的紫裙少女，脸颊上闪过一抹嫉妒……

望着石碑上的信息，一旁的中年测验员漠然的脸庞上竟然也是罕见地露出了一丝笑意，对着少女略微恭声道："薰儿小姐，半年之后，你应该便能凝聚斗气之旋。如果你成功的话，那么以十四岁年龄成为一名真正的斗者，你是萧家百年内的第二人！"

是的，第二人！那位第一人，便是褪去了天才光环的萧炎。

——《斗破苍穹》：第一章　陨落的天才

少年献上的是自己敬畏的膝盖；萧媚献上的是自己的"嫉妒"。天蚕土豆笔锋一转，毫不吝啬地献上了"中年测试员罕见的赞赏"——这再一次用"烘云托月"的方式，烘托萧薰儿的"天才"。

超凡脱俗的美貌、震撼全族的实力，还有那神秘莫测的背景，再加上这让人无法超越的天赋，让萧薰儿一下子站在了"天才"之巅——山高人为峰，天才就是那巅峰。

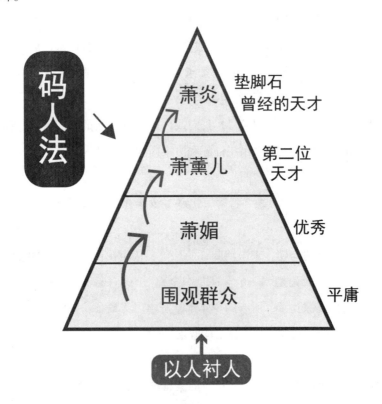

第五节　码人法：

从"白妞衬黑妞"到"老二衬第一"

然而，既在情理之中、又在意料之外的，是已被天蚕土豆树为"天才之巅"的萧薰儿，仍然只能屈居第二。

那第一是谁？当然就是萧炎啦！至此，以人衬人，被铺垫到了最高一层：周围的少年衬出萧媚的优秀；萧媚的优秀衬出了萧薰儿更胜一筹甚至几筹的杰出；而萧薰儿的杰出，却又衬出了萧炎曾经"前无古人，后无来者"、让人难以望其项背的卓越。

网络文学就是用这样的"码人法"码出爽感来的：第一个出场的人很优秀（牛）；但第二个出场的人更杰出（更牛）；第三个出场的人最卓越（最牛）……当然，那个最后出场的人当然是我们独一无二的主角。主角才是最牛的人。这是爽文说一不二的黄金法则。

在《斗破苍穹》开篇第一章，萧炎是第一个"出场"的，但亦是第一个垫脚石，成为人人皆可以踩在下面的"废柴"。但是，通过这种"码人法"，层层码出一个金字塔式的神坛，让我们看到了处于塔尖的"天才"，到底意味着什么。

而且，萧薰儿要成为百年萧氏家族的"第二位天才"，还是一个假设的未来——如果她成功做到了的话，才能说是；如果没有成功，那也不是——但是，萧炎却是实实在在做到了。这种"如果"和"已经"所形成的比较，无异于又在金字塔尖，加了一块砖——那一"块"砖看似只是一个垫脚石，其实却有可能是从低维到高维的宇宙跃层。天才和天才之间的区别，无异于从低维到高维的差异。因为有这种差异，才会有三体文明对地球文明的降维打击；亦有从萧媚到萧薰儿、甚至是从萧薰儿到萧炎的天才"升维"距离。

这种"人比人气死人（羡煞人）"的码人堆法，是爽文的重要套路。

其实，这本质上还是"以人衬人"的衬托法——它让我们联想到那个"白妞衬黑妞"的经典段落。

停了数分钟时，帘子里面出来一个姑娘，约有十六七岁，长长鸭蛋脸儿，梳了一个抓髻，戴了一副银耳环，穿了一件蓝布外褂儿、一条蓝布裤子，都是黑布镶滚的。虽是粗布衣裳，倒十分洁净。来到半桌后面右手椅子上坐下。那弹弦子的便取了弦子，铮铮钑钑弹起。这姑娘便立起身来，左手取了梨花简，夹在指头缝里，便丁丁当当地敲，与那弦子声音相应；右手持了鼓棰子，凝神听那弦子的节奏。忽羯鼓一声，歌喉遽发，字字清脆，声声婉转，如新莺出谷，乳燕归巢，每句七字，每段数十句，或缓或急，忽高忽低；其中转腔换调之处，百变不穷，觉一切歌曲腔调俱出其下，以为观止矣。

旁坐有两人。其一人低声问那人道："此想必是白妞了罢？"其一人道："不是。这人叫黑妞，是白妞的妹子。她的调门儿都是白妞教的，若比白妞，还不晓得差多远呢！她的好处人说得出，白妞的好处人说不出；她的好处人学得到，白妞的好处人学不到。你想，这几年来，好顽耍的谁不学她们的调儿呢？就是窑子里的姑娘，也人人都学。只是顶多有一两句到黑妞的地步。若白妞的好处，从没有一个人能及她十里里的一分的。"说着的时候，黑妞早唱完，后面去了。这时满园子里的人，谈心的谈心，说笑的说笑。卖瓜子、落花生、山里红、核桃仁的，高声喊叫着卖，满园子里听来都是人声。

——清末·刘鹗《老残游记·明湖居听书》

在这个经典段落里，白妞是主角。但是，第一个出场的是黑妞。黑妞说书，已经如此出色，白妞又当如何？作者把"黑妞说书"写得让人叹为观止，天上地上、举世无双，仿佛已是当世第一人，没有人能够超越她——就像武侠小说中出场的第一个人，就已经"打败天下无敌手"，那还怎么彰显主角的牛掰？

但是，旁观者说："她的调门儿都是白妞教的。"仅此一句，就把白妞和黑妞的差距拉开了；而且，"还不晓得差多远"。

接下来，更是层层递进，把白妞说书和黑妞说书的差距条分缕析：第一，"说

得出"与"说不出"的差距；第二，"学得到"和"学不到"的差别；第三，"学
会一两句"和学不会"十分里的一分"的距离……

这后面一点，又用其他人来参照对比，形容出黑妞很优秀、但白妞更优秀：
黑妞的优秀是可以模仿的，但是白妞的优秀却没法模仿。黑妞的好处，他人还能
模仿一两分，但从未超越；白妞别说模仿了，连门道在哪里都摸不着。

这就是以黑妞衬白妞。优秀的人只有跟优秀的人相比较，才能彰显出更优
秀、更杰出、更卓越——不是贬损别人的优秀，才能彰显自己的出色；承认他人
的杰出，无损于自己的卓越。只可惜，在现实生活之中，不是每个人都明白这个
道理。所以，"不读书，不明智"还是有道理的。至少，读读"黑妞衬白妞""萧
媚、萧薰儿衬萧炎"，或许更能明白，出色的人才能衬出你更出色——六宫粉黛
都是有颜色的，才能衬出回眸一笑的更美更媚。至少，出门时不一定非得蟑哥衬
帅哥、丑女配美颜——读爽文还是有效果的。

但这种描写也带来一种拷问：黑妞说书，已是如此穷形尽相、精致入微，好
像词已尽、意已穷；那么，白妞说书，出神入化、不绝如缕，又当如何描写，又
能怎样形容？

刘鹗《老残游记》用了繁复精细的手法，进行正面强攻，也为我们提供了可
以悉心揣摩和庖丁解牛的范本。

正在热闹哄哄的时节，只见那后台里，又出来了一位姑娘，年纪约十八九
岁，装束与前一个毫无分别。瓜子脸儿，白净面皮，相貌不过中人以上之姿，
只觉得秀而不媚，清而不寒。半低着头出来，立在半桌后面，把梨花简丁当了
几声，煞是奇怪：只是两片顽铁，到她手里，便有了五音十二律似的。又将鼓
棰子轻轻地点了两下，方抬起头来，向台下一盼。那双眼睛，如秋水，如寒
星，如宝珠，如白水银里头养着两丸黑水银，左右一顾一看，连那坐在远远墙
角子里的人，都觉得王小玉看见我了；那坐得近的，更不必说。就这一眼，满
园子里便鸦雀无声，比皇帝出来还要静悄得多呢，连一根针跌在地下都听得
见响！

王小玉便启朱唇，发皓齿，唱了几句书儿。声音初不甚大，只觉入耳有说不

出来的妙境：五脏六腑里，像熨斗熨过，无一处不伏贴；三万六千个毛孔，像吃了人参果，无一个毛孔不畅快。唱了十数句之后，渐渐地越唱越高，忽然拔了一个尖儿，像一线钢丝抛入天际，不禁暗暗叫绝。哪知她于那极高的地方，尚能回环转折。几啭之后，又高一层；接连有三四叠，节节高起。恍如由傲来峰西面攀登泰山的景象：初看傲来峰削壁千仞，以为上与天通；及至翻到傲来峰顶，才见扇子崖更在傲来峰上；及至翻到扇子崖，又见南天门更在扇子崖上：愈翻愈险，愈险愈奇。那王小玉唱到极高的三四叠后，陡然一落，又极力驰骋其千回百折的精神，如一条飞蛇在黄山三十六峰半中腰里盘旋穿插。顷刻之间，周匝数遍。从此以后，愈唱愈低，愈低愈细，那声音渐渐地就听不见了。满园子的人都屏气凝神，不敢少动。约有两三分钟之久，仿佛有一点声音从地底下发出。这一出之后，忽又扬起，像放那东洋烟火，一个弹子上天，随化作千百道五色火光，纵横散乱。这一声飞起，即有无限声音俱来并发。那弹弦子的亦全用轮指，忽大忽小，同她那声音相和相合，有如花坞春晓，好鸟乱鸣。耳朵忙不过来，不晓得听那一声的为是。正在缭乱之际，忽听霍然一声，人弦俱寂。这时台下叫好之声，轰然雷动。

　　停了一会，闹声稍定，只听那台下正座上，有一个少年人，不到三十岁光景，是湖南口音，说道："当年读书，见古人形容歌声的好处，有那'余音绕梁，三日不绝'的话，我总不懂。空中设想，余音怎样会得绕梁呢？又怎会三日不绝呢？及至听了小玉先生说书，才知古人措辞之妙。每次听他说书之后，总有好几天耳朵里无非都是他的书。无论做什么事，总不入神，反觉得'三日不绝'，这'三日'二字下得太少，还是孔子'三月不知肉味'，'三月'二字形容得透彻些！"旁边人都说道："梦湘先生论得好极了！'于我心有戚戚焉'！"

——清末·刘鹗《老残游记·明湖居听书》

　　但是，《斗破苍穹》用一句简描解决了所有的问题："是的，第二人。那位第一人，便是褪去了天才光环的萧炎。"

第三章

绿配鄙视链：

从『虐渣指南』到『主角光环』

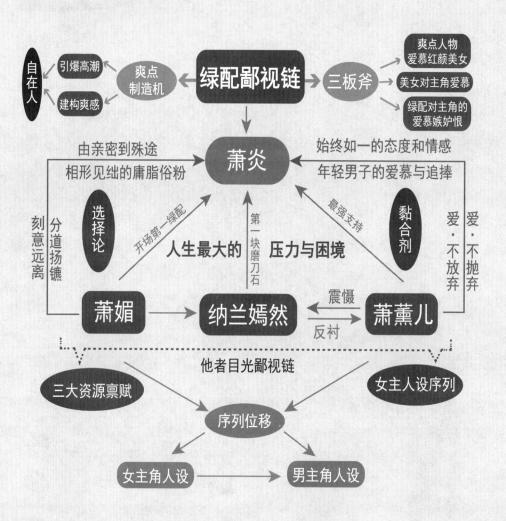

红花还需绿叶衬。

萧炎需要一些相对比较重要的枝节人物来衬出他的主角光环。如：萧媚，萧宁，萧玉……在萧炎"废柴、天才简史"上，就成为比较重要的"次要绿配"。不同的绿叶配角，可以衬出红花主角的"花儿到底有几样红"。

这是一种渐次推进故事节奏的"绿配"（绿叶配主角）序列，从而设计和塑造出"主角光环"——从"女主人设序列"到萧炎"男主人设序列"，萧薰儿成为非常重要的关键纽带：萧薰儿对内把萧媚"踩"在了家族的台阶之下，对外也把纳兰嫣然"踩"在了斗气大陆的台阶之下；同时，将天才萧炎和废柴萧炎这两种不同的角色、不同时空的身份和不同的境遇，衔接起来的，不是萧炎自己，而是萧薰儿。

这其实可以视为一个比较序列：萧氏花痴绿叶少女—萧媚—纳兰嫣然—萧薰儿。一级比一级高级。

与此同时，它形成了一种"他者的目光"中的鄙视链：不但在此剧中人的视线之内如此，在我们这些读者剧外人的"他者的目光"里，亦是如此。这种"以人衬人"的绿配链和"他者的目光"形成的鄙视链，更加高明，于无声处可以听惊雷。

从绿配链之中的烘云托月、衬出"主角光环"，到鄙视链之中的虐渣—造爽机制"建构爽感"，都有一个硬核驱动力和旋转的轴心理念：做一个自由选择和选择自由的人，守护我爱的人和爱我的人。

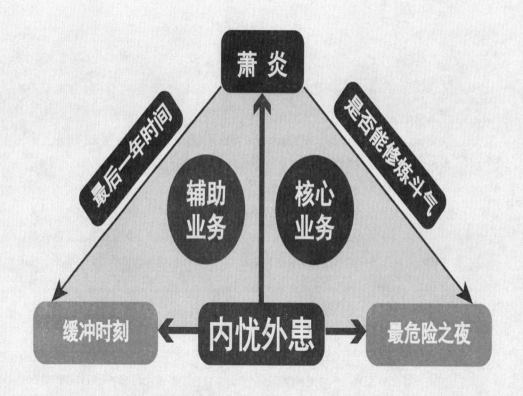

第一节 女主人设序列：

"绿衬花之链"到"他者鄙视链"

萧媚这个配角，在如下两个"绿叶衬红花"的过程之中，都发挥了重要作用：既是用来配萧炎"男主人设序列"，亦是用来衬萧薰儿"女主人设序列"。

也正因为在这两个开场戏的重要序列之中，萧媚都发挥了重要的"绿配"作用，所以，天蚕土豆才能把她"写活"了，让她出场虽然并不太久，但仍然让人深刻难忘。

从"女主人设序列"的绿配来看，考量的无非就是这三大指标：美貌，天赋（能力和实力），家世背景。萧媚无一不佳。

论美貌，她集清纯和妖媚这对矛盾特质于一体，让周围少年狂热和聚焦，也让周围少女羡慕嫉妒恨。

论天赋、能力和实力，她亦是家族年轻一代的种子选手，力压其他备胎少年少女，甚至可以挤进家族前五；因此，两次测试都成了"全场的焦点"，甚至被少女追捧、被众人簇拥。

论家世背景，她家在整个家族之中的地位亦看似不低——在萧炎咸鱼翻身之后，她敢于当众邀请萧炎去斗技堂听她父亲教导，足见一斑。即使萧炎的父亲是族长，萧氏家族三大长老是最大的势力，但是，萧媚的父亲与家庭至少是"实力派"。

但这样的美貌、天赋（能力和实力）和家世背景（势力）三大"资源禀赋"，在内和在外都遇到强有力的狙击：在家族内部，被萧薰儿比了下去；在家族外部，又被萧炎前来退婚的未婚妻纳兰嫣然比了下去。

在这两朵璀璨绽放、百年难遇的"奇葩之花"的映照之下，即使萧媚再"接天莲叶无穷碧"，也抵不过"映日荷花别样红"，成了不折不扣的绿配，成为他人攀越人生巅峰"向上的阶梯（台阶）"中的第一块垫脚石。

这一点在纳兰嫣然出场时，就可以看出：萧媚其实只是配角要走的路边一块极其普通的小石子，遑论主角。

英俊的相貌，加上不俗的实力，这位青年，不仅将家族中的一些无知少女迷得神魂颠倒，就连那坐在一旁的萧媚，美眸中在移向这边之时，也是微放着异彩。

少女虽然暗送秋波，不过这似乎对青年并没有什么吸引力。此时，这位青年正将所有的注意力，集中在自己身旁的美丽少女身上……

这位少女年龄和萧炎相仿。让萧炎有些意外的是：她的容貌，竟然比萧媚还要美上几分。在这家族之中，恐怕也只有那犹如青莲一般的萧薰儿能够与之相比。难怪这男子对族中的这些庸脂俗粉不屑一顾。

少女娇嫩的耳垂上吊着绿色的玉坠，微微摇动间，发出清脆的玉响，突兀地现出一抹娇贵……

——天蚕土豆《斗破苍穹》：第三章 客人

即使它在这周围五百米里仍然算是一块色彩斑斓的彩石，但是，对于犹如雄鹰一样志在搏击上下三千里的纳兰家族掌上明珠和云岚宗宗主亲传弟子来说，可不就只是一块硌脚的小石头而已，哪里会放在眼里？顶多用来磕一磕这磨脚的鞋，或者磕去蹭在漂亮的绣花鞋上那讨厌之极的草根和泥——因为，这会让纳兰嫣然看上去没有风度、温度，甚至有些"污"。

即使是去羞辱人，也要保持足够的仪容整洁、干净、得体。这不是对那像蚂蚁一样的废柴少年或者井底家族的尊重，而是对自己略显"洁癖症"的态度和做法保持足够的尊重。即使对方再像一只渺小、弱小、微小得不足道的蚂蚁，可以一个手指就捏死，也绝不可能用手指捏；连用脚踩，也不可以——因为那样会污了自己的绣花宝鞋。她绝不容许自己身上带一点污点。哪怕是鞋上被污了一个点，也不可以。那只蚂蚁不值得——这跟整个"人间不值得"是一个道理。无关轻重，道理是一样的。

这让我们想起了猫腻的《将夜》。蚂蚁固然可以抬头看天上的苍鹰，但天上飞翔的苍鹰眼里何曾有过蚂蚁的存在？两者根本就是不同的物种，没有可比性。[①]

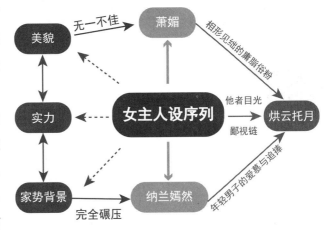

所以，纳兰嫣然的眼里也没有萧媚。即使在萧氏家族里，萧媚已经算是美人了。但是，"回眸一笑百媚生，六宫粉黛无颜色"，以美人衬美人，纳兰嫣然把萧媚衬成了"庸脂俗粉"。为何？

天蚕土豆在这里同样用了"烘云托月"的手法，来烘托和渲染这一点。因为，萧媚看的是纳兰嫣然身边的那个年轻男子，那个年轻男子眼中看的全都是纳兰嫣然：这个年轻男子是如此英俊和实力不俗，让萧氏家族的花痴少女们被迷得神魂颠倒；就连萧媚也忍不住被吸引。但是，别说萧氏花痴少女们了，就连萧媚这样的美女，也难分散和吸引年轻俊男的一丁点注意力。而他的全部注意力，都被纳兰嫣然给吸引走了——这样"人比人气死人"的衬托法，立刻让萧媚和纳兰嫣然高下立判：萧氏子弟追捧的妩媚与清纯矛盾复合美，在纳兰嫣然面前相形见绌，变成了"庸脂俗粉"。

甚至，这还不是直接对比，而是间接比较。不是纳兰嫣然自己直接跟萧媚比较，而是通过年轻俊男这样的爱慕者和萧炎这样的旁观者，来形成了一条"纳兰嫣然—萧媚—萧氏花痴少女"的绿衬花之链。

这也就形成了一种"他者的目光"中的鄙视链：不但在此剧中人的视线之内如此，在我们这些读者剧外人的"他者的目光"里，亦是如此。这种"以人衬人"的绿配链和"他者的目光"形成的鄙视链，更加高明，于无声处可以听惊雷。

---

① 参见庄庸、杨丽君等主编《蚂蚁哲学：中国网络文学阅读潮流研究（第5季）》，"华语网络文学智库"丛书，中国青年出版社，2020年版。书中将"蚂蚁哲学"解读、诠释和建构成一个网络文学造词、理论与方法论原型。

第二节　三大资源禀赋：

从"内部绿配"到"外部衬托"

"美貌/颜值"不过是一个出发点。

接下来，无论是能力和实力，还是宗家背景和宗派势力，纳兰嫣然都完全碾压萧媚，甚至整个萧氏家族。

仅仅是拿出一盒小小的"聚气散"，就引发萧媚甚至整个萧氏家族的羡慕、贪婪、震惊等情绪大漩涡，足见一斑——而这，不过是纳兰嫣然拿来与萧炎退婚、补偿萧氏家族的"耻辱赔礼"而已。

一屁股坐回椅子上，萧战脸色淡漠地望着低头不言的纳兰嫣然，声音有些嘶哑地道："纳兰侄女呐，好魄力啊！纳兰肃有你这女儿，真是很让人羡慕啊！"

娇躯微微一颤，纳兰嫣然讷讷地道："萧叔叔……"

"呵呵，叫我萧族长就好。叔叔这称谓，我担不起。你是未来云岚宗的宗主，日后也是斗气大陆的风云人物。我家炎儿不过是资质平庸之辈，也的确是配不上你……"淡淡地挥了挥手，萧战语气冷漠地道。

"多谢萧族长体谅了。"闻言，一旁的葛叶大喜，对着萧战赔笑道，"萧族长，宗主大人知道今天这要求很是有些不礼貌，所以特地让在下带来一物，就当作赔礼！"

说着，葛叶伸手抹了抹手指上的一枚戒指，一只通体泛绿的古玉盒子在手中凭空出现……

小心地打开盒子，一股异香顿时弥漫了大厅，闻者皆是精神为之一畅。

三位长老好奇地伸过头，望着玉匣子内，身体猛地一震，惊声道："聚气散？"

——天蚕土豆《斗破苍穹》：第五章　聚气散

但纳兰嫣然这样的美貌、天赋(能力和实力)和家世背景(势力),在萧薰儿面前,也都成了陪衬——就连那让萧氏家族深觉是庞然大物的家族背景和宗派势力,在萧薰儿神秘的出身和来历之前,也都渺小得不值一提——陪同纳兰嫣然来退婚的云岚宗长老葛叶,是一个超越萧氏家族所有人的强者。但在萧薰儿略微展示来历和出身的"细小金色火焰"前,居然惊恐得落荒而逃。

"纳兰家的小姐,希望你日后不会为今日的大小姐举动而感到后悔。再有,不要以为有云岚宗撑腰便可横行无忌!斗气大陆很大很大,比云韵强横的人,也并不少……"在纳兰嫣然三人即将出门的刹那,少女轻灵的嗓音,带着淡淡的冷漠,忽然响了起来。

三人脚步猛地一顿,微变的目光,投向了角落中那轻轻翻动着书籍的紫裙少女。

阳光从门窗缝隙中投射而进,刚好将少女包裹其中。远远看去,宛如在俗世中盛开的紫色莲花,清净优美,不惹尘埃……

似是察觉到三人的目光射来,少女从古朴的书页中抬起了精美的小脸。那双宛如秋水的美眸,忽然涌出一袭细小的金色火焰……

望着少女眸中的细小金色火焰,葛叶身体猛地一颤,惊恐的神色顷刻间覆盖了那苍老的面孔,干枯的手掌仓皇地抓着正疑惑的纳兰嫣然以及那名青年,然后逃命般地窜出了大厅之中……

瞧着葛叶的举动,大厅内除了少数几人之外,其他的都不由得满脸错愕……

——天蚕土豆《斗破苍穹》:第七章 休!

纳兰嫣然这次短暂的出场,除了主要是为萧炎树立人生修炼之中的"第一块磨刀石"之外,其实就是插入"萧氏家族少女—萧媚—萧薰儿"以美人衬美人序列之间,完成从萧氏家族内部"绿配",向整个斗气大陆外部"衬托"的重心转移。

毕竟,萧媚和萧薰儿之间的绿配红花和衬托,都局限于萧氏家族内部,不足以完全烘托出萧薰儿美貌、天赋（能力和实力）、家世背景（势力）三大资源禀赋的厉害。

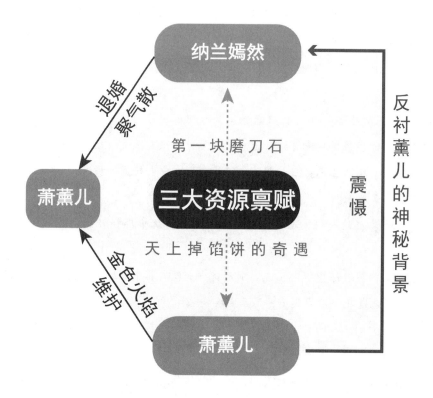

但是，当《斗破苍穹》以萧媚等花痴少女甚至整个萧氏家族，来衬托出纳兰嫣然家族背景和宗派势力的"庞然大物"和"不可一世"之后，再把其面对萧薰儿的来历和背景时犹如"耗子见到猫"时的惊恐反应，则更反衬出萧薰儿之资源禀赋特别是势力背景之神秘和厉害。

而这样有着如此神秘和厉害势力背景的"薰儿公主"，却甘愿陪在我们的主角萧炎身边——不管是天才还是废柴——总会让人有种"皇室公主倾心贫民窟小子""白富美青睐灰小伙"的奇遇感觉。

而这，恰恰是千百年来让人津津乐道的爽点和套路之一。这中间，有多少是赞叹跨越身份、阶层和门第鸿沟的爱情？又有多少是羡慕灰小伙或贫民窟小子走了狗屎运，从而问天问地再扪心自问——这样"天上掉个大馅饼"的奇遇，为什么就落不到我头上呢？这老天真是瞎了眼啊。

第三节　序列位移：

从"女主角人设"到"男主角人设"

纳兰嫣然的退婚打脸，其实也是将萧炎废柴带来的家族矛盾，演化成家族外部的风波和漩涡，从而让萧炎由内到外，终于跨出了家族内部以及偏居于乌坦城这斗气大陆之隅的狭窄视野，树立了一个在风云激荡的斗气大陆之中奋斗和拼搏的外在目标。

一如药老所说，纳兰嫣然成为萧炎成长和人生修行的第一块最好的磨刀石。

如果以此反观之，"萧媚—纳兰嫣然—萧薰儿"的绿配序列，其实不过是"萧氏家族—从乌坦城到云岚宗—整个斗气大陆"的主角成长（刷地图）序列这种主线的辅助副线。纳兰嫣然以及退婚打脸事件，在主副线交叉点上，成为一个由内到外、由小到大的转折点。

以此为界标，划分内外两个界域。朝内我们将看到，萧媚、纳兰嫣然和萧薰儿这三个主角绿配链，对于萧炎这个人物角色的设计和塑造，至关重要。萧薰儿自不必说。但是，萧媚的"绿配"以及她自身这个人设的意义与价值，却没有得到足够的挖掘和重视。

按照孕育酝酿、推波助澜、引爆高潮、制造爽感、余韵袅绕的绿配序列，作为开场第一个绿配的萧媚，其实至关重要。因为，它需要衬托出萧炎这个主角，到底是一朵什么样的红花。这一印象，的确是万金都不换的黄金印象。

如果我们对《斗破苍穹》整个开局戏进行庖丁解牛和归纳——从第一章萧炎以废柴角色出场，到萧炎在家族成人礼之中彻底完成"咸鱼大翻身"，成为比过去更为璀璨荣耀的"光环主角"，我们将其界定为开局；它包括一个完整的从废柴到天才的逆袭大情节和爽点小高潮——我们可以聚焦如下三个"关键点"：

第一，写活了的萧媚是一个什么样的少女（人设）？

第二，她和萧炎彼此被刻画成什么样的"关系"？

第三，以绿叶配红花，她这朵鲜嫩欲滴的绿叶，又把萧炎这朵红花衬托出什么样的"红"——以萧媚为尺子，通过她这个人设、彼此的关系、衬托的对象本身，可以衡量出萧炎是个什么样的"人"。

回到家族，偶尔遇到族人，萧炎能够察觉到，这些人看向自己的目光中，又多出了一分羡嫉。显然，今天大厅中的那件事，已经在家族中传了开来。

对这些目光视而不见，萧炎径直对着自己的房间慢慢踱去。在经过一处转角之时，一位红衣少女却是迎面撞了过来，好在萧炎刹车及时，不然免不了碰在一起的尴尬。

"萧炎表哥？终于找到你了。"红衣少女退后了一步，抬起头来，略微青涩的清纯小脸，却是蕴含着一抹淡淡的妖媚。有些矛盾的集合，让少女比别的同龄女孩多出了几分难以言明的诱惑。这种诱惑，直接让萧炎也是忍不住多看了几眼。

这位此时小脸正布满着喜悦的少女，正是萧媚。

目光在萧媚那张漂亮的脸蛋儿上扫了扫，萧炎摸了摸鼻子，淡淡道："有事？"

听着这有些生疏的招呼声，萧媚俏脸微微一黯，低声道："族长让萧炎表哥去一趟书房。"

"呃？"略微一怔，萧炎点了点头，笑道，"知道了，谢谢了。"说着，随意地摆了摆手，便是转身对着前院的书房行去。

"萧炎表哥，上次谢谢你了。"望着走得干脆利落的萧炎，萧媚眸子中掠过一抹失望，咬了咬嘴唇，轻声道。

脚步微顿，萧炎向后潇洒地挥了挥手，淡淡地道："顺手而已。"

眸子盯着萧炎的背影，萧媚忽然鼓足勇气地问道："萧炎表哥，你会参加学院的招生么？"

"应该会吧。"少年抱着后脑勺，慢吞吞地逐渐远去，留下轻飘飘的话语。

听着萧炎这话,萧媚那黯淡的漂亮小脸终于是莫名地明亮了几分,捏了捏小拳头,站在原地望着萧炎消失在视线之外后,这才有些幽怨地轻叹了一口气,转身离去。

——天蚕土豆《斗破苍穹》:第七十八章　炼啊炼的就突破了

这样的人物塑造很重要。

恰如我们在后续章节中对萧媚进行专章分析所显示的那样,《斗破苍穹》把萧媚这个"绿配"写得确实让我们印象深刻——虽然在整部作品之中,她很快就被淘汰出了故事的洪流。

但是,在这短暂的出场之中,她仍然以她独有的标识,牢牢地立于开篇之中。细究起来,就是天蚕土豆把她写"活"了。写"活"了的萧媚,把萧炎也衬托得立体和丰满。

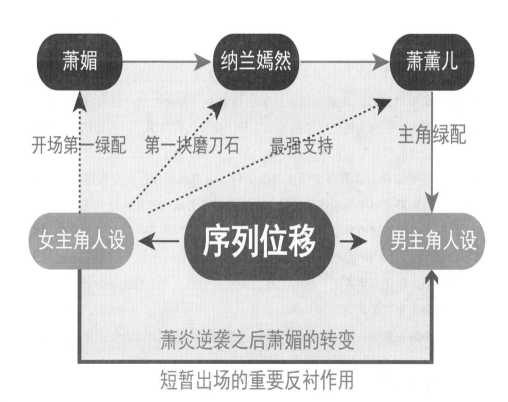

第四节 黏合剂：

从"爱·不抛弃"到"信·不放弃"

但是，将天才萧炎和废柴萧炎这两种不同的角色、不同时空的身份和不同的境遇，衔接起来的，不是萧炎自己，而是萧薰儿。

因为，正是她始终如一的态度和情感，才将这两种撕裂的状况，弥合成一个完整的板块。就像太极图中的那条线，将阴阳两极首尾衔连起来，黑白虽然分明，但是，中间那条线不再是裂缝——裂缝下面是疑似看不到底的人生、人心和人生之深渊，而是地平线——将过去和未来两种不同的时间、空间、命运和情感纠结、缠绕和编织在一起，让现在成为一切归零但可以重新开始的起点。

这要归功于萧薰儿"举世誉之而不加劝，举世非之而不加沮"的心态和态度，无论是对她自己，还是对萧炎。从出场时不"为众人的注目而改变分毫"，到测试时不因中年测验员"罕见的笑意"和"夸奖"而喜悦，再到测试后并不迎合"众人炽热的目光"而走到人群之前，居于前排、居于中心、居于所有视线聚焦之处，享受那些万众瞩目的明星般的荣耀、光辉和璀璨，而是缓缓走到人群的后排，走到阳光照不到的阴影之处，走到已经褪去所有天才光环的废柴萧炎面前——浑然不顾她这番举动，将会给已经"雪上加霜"的萧炎是带来更多的"羡慕嫉妒恨"（而且，像催化剂一样，将更多的羡慕都催化出嫉妒、催生出恨来），还是带来阳光融化万里冰山一样的温暖、安抚和慰藉；更不可能考虑萧炎这块说不上"遗臭万年"但在萧氏家族内部肯定已如"茅坑里又臭又硬的石头"，将会把自己带来的香薰暖人醉的春风，化解得丝缕不剩，甚至，还会让自己沾染而一样沦陷。

但，那又如何？只要能和萧炎哥哥站在一起就好了！

有我陪伴，你不是一个人孤单。

"谢谢。"少女微微点了点头，平淡的小脸并未因为他的夸奖而出现喜悦，安静地回转过身，然后在众人炽热的注目中，缓缓地行到了人群最后面的那颓废少年面前……

"萧炎哥哥。"在经过少年身旁时，少女顿下了脚步，对着萧炎恭敬地弯了弯腰。美丽的俏脸上，居然露出了让周围少女为之嫉妒的清雅笑容。

——《斗破苍穹》：第一章 陨落的天才

这也是萧媚与萧炎殊途、而萧薰儿与萧炎同归的根本原因。

庄子在《逍遥游》中说：且举世誉之而不加劝，举世非之而不加沮，定乎内外之分，辩乎荣辱之境，斯已矣。萧炎做不到像这里所说的宋荣子一样"宠辱不惊"：所有人称赞他时，他不会因此而更加奋勉；所有人都责难他时，他不会因此而沮丧——不然，萧炎不会在测试中遇到冷嘲热讽时如此情绪波动、情感受挫，甚至怀疑自我、怀疑人生、怀疑世界，甚至直接跳出来，咒骂导致他穿越成"废物"的不知名的造物主。

萧媚更做不到"举世非之而不非之"——她能做到的便是"举世誉之而誉之"，所以，她才会对从前的天才"趋炎"（虽然未必会"附势"）；对现在的废柴，她未必会"落井下石"，但是"明哲保身""趋利避祸"是肯定的——因此，萧媚和萧炎分道扬镳是必然的。利害关系摆在那里。

世间唯有萧薰儿一人，在世间有人甚至举世之人"笑你骂你，谤你谤你，辱你打你，嫉妒你，中伤你，非礼你，以及种种不堪你"之时，仍然坚定地认为"你行、你能、你最棒"——哪怕萧炎自己已经跌入信心的谷底，所有的自信、希望和勇气都荡然无存，萧薰儿仍然对于自己所认定的坚持到底，不理会世人的称誉或反对——这种认定和坚持弥足珍贵。它无关利害，而是信任和信心。我们都希望身边有这样一个相信我、支持我、陪伴我、"相濡以沫、不离不弃"的人。在萧炎处于人生谷底时，一直坚信和坚守的萧薰儿，戳中了很多人的心窝——这是爽感的来源之一。

第五节 选择论：

从"独孤相伴"到"并肩而行"

萧薰儿和萧媚之所以很不一样，其实就在于选择。

面对被族内少年排挤和孤立的废柴萧炎，她们选择了不同的态度和行动——人生最重要的，其实就是自己的选择；尤其是在"人生最大的压力与困境"之中（无论是自己面临的最大压力，还是他人深陷其中的重大困境），你做出什么样的选择，将会决定你是什么样的人。

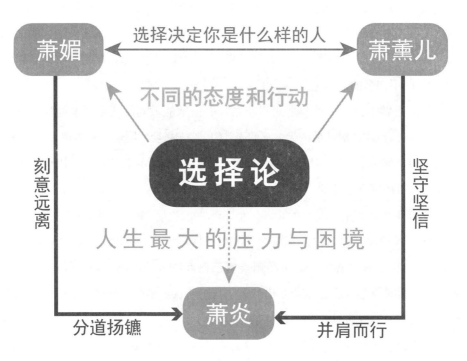

因此，不是萧薰儿的美貌、能力/天赋甚至那隐而不露的家世和势力背景，让她超越萧媚而成为我们心目中的"第一女主"，而是因为她的"选择"——让

她真正成为我们心目中"与众不同的人"。

美貌、能力/天赋、家世（势力），确实是比拼个人实力的三大标配。但是，在考量人和人之间的关系，特别是"我和你"之间的亲密关系时，选择，才是决定彼此亲疏远近的核心因素。

所有人都在排挤和孤立萧炎之时，萧薰儿选择了和他站在一起；萧媚因为萧炎的废柴而刻意远离之际，萧薰儿选择了坚守和坚信他能且必将"王者归来"；在少而又少对萧炎还保持着尊敬的人之中，萧薰儿选择那种能够温暖人心和治愈受到创伤的灵魂的亲密——这个世界，最能治愈心灵创伤的，正是那种坚守和陪伴的亲密情感。

"我现在还有资格让你这么叫么？"望着面前这颗已经成长为家族中最璀璨的明珠，萧炎苦涩地道。她是在自己落魄后，极为少数还对自己依旧保持着尊敬的人。

"萧炎哥哥，以前你曾经与薰儿说过：要能放下，才能拿起，提放自如，是自在人！"萧薰儿微笑着柔声道，略微稚嫩的嗓音，却是暖人心肺。

"呵呵，自在人？我也只会说而已。你看我现在的模样，像自在人吗？而且……这世界，本来就不属于我。"萧炎自嘲地一笑，意兴阑珊地道。

面对着萧炎的颓废，萧薰儿纤细的眉毛微微皱了皱，认真地道："萧炎哥哥，虽然并不知道你究竟是怎么回事，不过，薰儿相信，你会重新站起来，取回属于你的荣耀与尊严……"话到此处，微顿了顿，少女白皙的俏脸，头一次露出淡淡的绯红，"当年的萧炎哥哥，的确很吸引人……"

"呵呵……"面对着少女毫不掩饰的坦率话语，少年尴尬地笑了一声，可却未再说什么。人不风流枉少年，可现在的他，实在没这资格与心情。落寞地回转过身，对着广场之外缓缓行去……

站在原地望着少年那恍如与世隔绝的孤独背影，萧薰儿踌躇了一会，然后在身后一干嫉妒的狼嚎声中，快步追了上去，与少年并肩而行……

——天蚕土豆《斗破苍穹》：第一章　陨落的天才

这就是萧薰儿让周围少女真正嫉妒的地方——请注意，这里有一个非常微妙的细节：萧薰儿没有停留在人生赢家的前排，而是走到测试输家的最后一排，选择刻意地和已然是"废柴LOSER（失败者）"的萧炎在一起。

这当然引起了围观众的不同反应和情绪。但——为什么不是引发周围少年们对萧炎的"羡慕嫉妒恨"，而是引起了周围少女们对其清雅笑容的"嫉妒"？

我们在生活之中，不是常见这样的场景与心理吗？在竞技场上被揍成猪头一样的主角"得美人青睐、芳心和陪伴"（这三个词表达的是递进的关系，无论是发展时序还是亲密程度），都会引起周围男生们的愤愤不平和嫉恨？你选择的是一个打败一切对手的竞技赢家也就罢了，何以会选择一个比我们都不如——重点是"比我还不如"——的竞赛失败者?!这不是对少年们的"集体羞辱"吗？其实主要是"我"感觉到了羞辱——"我"们总是喜欢以集体之名，来表达自己内心潜藏的、隐秘的、不可告人的小心思、小企图，并以此夸大、夸张和渲染自己的大感受、大情绪、大愤怒：好白菜（不——牡丹花）都被猪拱了！

像是听到我们的召唤似的，《斗破苍穹》后来果然安排了一个大长老系的打脸少年萧宁，承担起了这种光荣但不光彩的角色。

同理共情，在竞技场外引发少女们集体嫉妒和愤怒的，通常见于"白裙飘飘的非颜值少女占据了白衣飘飘的爱豆少年"——不管那个少女多么颜值无比，都会被嫉妒发狂的少女妖魔化为"白发魔女"。因为，站在那个"举世无双、风流倜傥、英俊少年"身边的人，不是我！

《斗破苍穹》在这里淡化甚至是略去了周围少年们对萧炎的嫉恨，却聚焦和突出了周围少女们对萧薰儿的嫉妒——这于常理不合。因为，若是在三年前，萧炎还是万众瞩目的天才少年时，才会引发周围少年们恨不得取而代之的嫉妒；在当下萧炎已经沦为众人唾弃的废物时，又有几个势利刻薄的少女，可能像狗争骨头一样，自降身份、自掉身价，去争一块人人嫌弃的东西？

从某种意义上，天才萧炎就像一个香饽饽；自然，废柴萧炎亦可以说是一块剩骨头。虽然，把花枝招展的少女们形容成抢一块骨头的狗，非常不得体——好在，这只是一种比喻。

第六节　出色贬损：

从"羡慕嫉妒恨"到"照妖镜"

为何天才少女萧薰儿引发了周围少女们的嫉妒？或许是因为萧薰儿做到了她们做不到的事情。

从萧媚一个人的"嫉妒"，到周围少女们一群人的"嫉妒"，或许能对这种渐变的轨迹揣摩一二：萧媚一个人"嫉妒"的，或许还是美貌和才华等外显的东西——美貌不如你，才华不如你，家世更不如你（这一点后面会提到）；而周围少女集体嫉妒的，或许是从笑容到心态和情态等由外到内、由己及人的东西——不是每一个人都像萧薰儿这样对他人冷漠、独对萧炎绽放璀璨的笑容；不是每一个人都能做到众皆辱之、我独挺之、一如既往地对待由天才沦为废柴的人——人自己做不到，也就不希望别人做到。

特别是，如果这种做法像一面"照妖镜"，会放大自己的缺点甚至不堪，就更有可能让人嫉妒得发狂。这就是人的本能、人类的本性。因为萧薰儿的出色，要衬出自己的逊色——而且，还不是相貌和能力的逊色，而是心性和人品的逊色——因此，自然而然，很多人会本能地"嫉妒"甚至是"痛恨"比自己优秀的人。

因为，他们越出色，越反衬出自己的平庸；品性越好，越可能衬托出自己人性的卑劣——但没有人喜欢别人是照妖镜，照出"自己是一只妖"来！即使没有利害关系，单单拿来作为参照系也不行——常见的就是上学时，"隔壁家的孩子"如何努力如何懂事又如何如何"学霸"；再到工作时，"隔壁的部门""隔壁的同事""隔壁的单位与员工"是如何优秀、是如何杰出、又是如何如何卓越……或许是真的，或许是假的——只是拿来说事儿而已——但无论如何，总会把你衬得黯然失色，即使你本身其实很出色。

出色跟更出色的人比，都会逊色，何况那些本就不那么出色的人。因此，整个社会，其实到处都流行着一种不太显眼却很庞大的现实：很多平凡甚至是平庸的人，会无意、故意甚至是刻意"团结"和"组织"起来，排挤、孤立甚至打击一个比他们优秀、比他们出色的人。

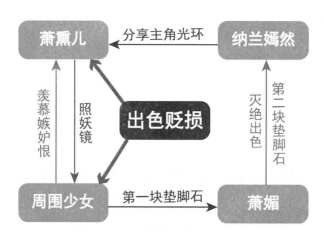

这就是"出色贬损"：因为你出色，所以，贬你损你嫉妒你；甚至，"我"以集体之名——毁灭你！这就是圈子为什么盛行，甚至社会都会奉行平庸之道：从一个人的"枪打出头鸟"，到一群人以集体为名，不是"消除平庸"，而是"灭绝出色"——人类发展史上，这样的现象无论大小，都不鲜见。我们在庖丁解牛烽火戏诸侯《剑来》时，就曾经以"出色贬损"为起承转合的关键点，来梳理其从"木秀于林"到"秀木于林"的根本脉络。①

在场中所有目光的注视之下，少女步伐不急不缓地行至黑石碑前。小手伸出，袖口滑下，露出一截雪白修长的皓腕。

玉手轻轻触着冰凉的黑石碑，薰儿眼眸缓缓闭上，体内斗之力急速涌动。

随着斗之力的输入，黑石碑在沉寂瞬间之后，强芒猛地乍放……

斗者：一星！

望着黑石碑之上那金光闪闪的四个大字，训练场中略微沉寂，旋即大片大片的倒吸凉气的声音犹如抽风般地响了起来。所有人的表情，都凝固在了此刻。

---

① 参见庄庸、杨丽君等主编《文运迷楼说：中国网络文学阅读潮流研究（第4季）》，"华语网络文学智库"丛书，中国青年出版社，2020年版。

"薰儿小姐，一星斗者！"

有些震撼于那金光灿灿的四个大字，测验员忍不住惊叹地摇了摇头，大声喝道。

"啧啧……十五岁的斗者……真不愧是……"

听着测验员的公布声，高台上的萧战轻吸了一口气。话到最后的时候，却是忽然模糊了起来。

三位长老微微点头，同样是满脸震撼。虽然这距离当年萧炎十二岁的成就还有一些差距。不过，这种修炼速度，也的确称得上是怪胎了。

训练场中，那被众人簇拥的萧媚，也是被黑石碑上那金光灿灿的四个大字刺得有些眼花。目光下移，望着那站立在石碑处的清雅少女，心头不由升起些许颓败。十五岁成为一名一星斗者！这样的耀眼光环，她根本没可能将之超越。

人群最后，萧炎惊叹地咂了咂嘴。没想到这妮子不仅真的在一年之内晋入了斗者，而且还在斗者的级别之上，提升了一星之级。这种修炼速度，简直都可以和使用了筑基灵液的他相提并论了。

石碑下的少女，似乎并不喜被这般关注，无奈地皱了皱秀眉，然后转身回到人群最后，对着那一脸惊叹的萧炎俏皮地翘了翘小嘴。

"别得意了，以你的天赋，有这成绩并没什么让人意外的。如果你在一年内没有进入斗者级别，那我才会感到非常惊奇。"耸了耸肩，萧炎戏谑地道。

闻言，薰儿小脸顿时垮了下来，有些幽怨地白了他一眼。

——天蚕土豆《斗破苍穹》：第三十一章　一星斗者

在这一点上，萧薰儿对内把萧媚"踩"在了家族的台阶之下，对外也把纳兰嫣然"踩"在了斗气大陆的台阶之下。

而且，按照故事剧情的发展，纳兰嫣然因为"退婚流"，带来对萧炎和萧薰儿的双重"踩踏"，却在"大逆转"之中，最终"反被虐得像狗一样渣"，是谓"虐渣"。

因此，在这一序列之中，继萧媚之后，成为第二块垫脚石的，是纳兰嫣然——萧薰儿是踩着垫脚石、走向台阶，同样分享了主角光环的人。

这其实可以视为一个比较序列：萧氏花痴绿叶少女—萧媚—纳兰嫣然—萧薰儿。一级比一级高级。

第七节 绿配鄙视链：

从"虐渣指南"到"守护之心"

与此同时，萧薰儿亲近废柴—天才少年萧炎，也引发了周围少年们对他的忌恨。而这，几乎贯穿于整部《斗破苍穹》的故事之中。

从爽文的模式来说，伴随着主角的成长与成才、成功与成就，总会阶段性地出现一个被主角扮猪吃虎、啪啪打脸的"绿配"，从而用来设置爽点、带节奏（带动故事节奏）、推波助澜甚至掀动和引爆高潮（亦即爽感体验）。

《斗破苍穹》同样鲜明地体现了这一特征。在萧炎"天才—废柴—天才"的逆袭之旅中，几乎每一个故事单元，都会出现这样一个"爽感制造机"的爽点人物：在萧炎触底反弹的过程中，从萧宁的马前卒到萧宁本人，再到萧宁的亲姐姐萧玉，都毫无疑问地成了见证萧炎摘掉废柴之帽、重现天才荣耀的垫脚石和陪衬物；而加列家族的加列奥少爷、迦南学院的罗布学长（包括其马前卒戈刺），以及狼头佣兵团的少团长穆力……基本上都是排着队等着"主角扮猪吃虎、啪啪打脸"的爽点人物：加列奥想羞辱萧炎，反被萧炎"越阶"羞辱；罗布想给萧炎以入学下马威，结果萧炎以实力碾压戈刺；而穆力更是想以自己超越对方的实力灭杀萧炎，结果最后却被萧炎苦修实力反杀，不但自己身死魂灭，而且也导致狼头佣兵团惹上大敌。

在这种废柴逆袭、扮猪吃虎、啪啪打脸的爽感制造过程中，都有一些固定而重复的套路。比如：这样的"爽点带感"人物总是反复出现，而且，实力越来越强，基本上对应和匹配主角的成长阶梯——以构成"升级打怪"的超升模式。导火线并不是（或者不仅仅是）主角自身的问题，而总是红颜祸水，源于主角身边或遇到的美女。

从原因到爆发和结果，基本都是这三板斧。

第一板斧：爽点人物爱慕、追求甚至是死缠烂打、"霸王硬上弓"，试图强行掳走或霸占红颜美女；而美女不假颜色、甚为反感、抵触或者排斥对方，如萧薰儿对加列奥、萧玉对罗布、小医仙对穆力。

第二板斧：这个美女对主角倾心、爱慕、一颗芳心全在他身上，如萧薰儿对萧炎情根深种，从而引发暗恋者萧宁和窥欲者加列的嫉恨。又或者像萧玉这样，虽然在内部百般看不顺眼，但是在外敌来临之际，却觉得还是这个讨人嫌的族弟可靠，因此，毫不犹豫地把萧炎树立为罗布的"情敌"，拿他来作挡箭牌。或者，又像小医仙这样的女子，仅仅是萍水相逢、偶然邂逅，却因为"多说了两句话"，萧炎就被穆力视为眼中钉；更因为萧炎和小医仙利益捆绑，共同夜行，山底探宝，被早有蓄谋想占取宝物和抱得美人归"鱼与熊掌兼得也"的穆力一路尾随、设局、挖坑，必欲杀之而后快。

第三板斧：由此"红颜祸水"，引发爽点绿配对于主角的羡慕嫉妒恨，并且设陷挖坑、埋雷捕房，诱导或是挑衅、激怒主角，从而造成正面、直接和激烈的矛盾和冲突，试图给主角以"毁灭性的打击"，结果却被主角"以彼之道、还彼之身"，施予比其打击更为猛烈、强烈和激烈的反击与报复。

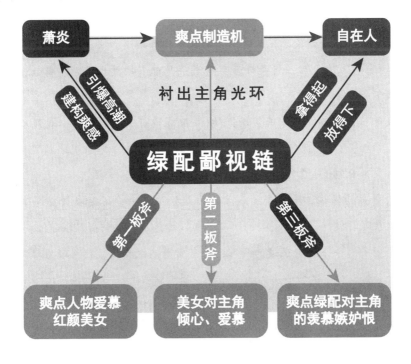

在这个过程中，萧炎或主动，或被动，或介于主动和被动之间。

如在迦南入学测试之中，萧炎被萧玉拉作挡箭牌，诱发罗布的嫉恨，从而引起罗布故意刁难、萧炎正面冲突，并最终导致"约斗"事件，就是一种被动。

比如，在和萧宁的冲突之中，萧炎则是介于被动和主动之间。之所以说是被动，是因为诱发矛盾的，其实不是萧炎本身的废柴。萧炎的废柴，并没有达到让萧宁处心积虑想要把萧炎的脸踩到泥水之中的地步。反而是因为萧薰儿对于萧炎"没有底线没有原则"的青睐、亲近甚至爱慕，导致了对萧薰儿满心倾慕、暗自将其内定为自己媳妇的萧宁妒火中烧，诱发他内心的失衡、不满、欲火中烧，从而丧失理智，将萧炎视为肉中刺、眼中钉，必欲除之而后快。

心头闪过几道念头，萧炎偏头深望了一眼巧笑倩兮的少女，微微耸肩，轻点了点头："第四段了。"

见到萧炎点头，薰儿小脸上的笑容顿时浓上了几分，轻笑道："想来是和萧炎哥哥这半个月的闭门苦修有关吧？"

"嗯。"淡淡地点了点头，萧炎并未否认，目光转移回卷轴上，嘴上随意问道，"今天怎么有闲情和他们比试起来了？"

"无聊呗。"学着萧炎耸了耸香肩，薰儿笑吟吟地道，目光转向少年，隐约有抹幽怨，"自从上次之后，萧炎哥哥可有半个月都未找薰儿了呢。难道还怕薰儿找你还钱不成？"

萧炎一怔，有些尴尬，苦笑道："明年就得举行成人仪式了，我能不赶紧修炼么？"抬起头，望着少女微微皱起的俏鼻，只得伸出手掌亲昵地拍了拍薰儿的小脑袋，柔声安慰道："以后一定抽出时间陪薰儿。"

听着萧炎的保证，薰儿小脸这才略微放松了下来，不断在萧炎耳边低声笑语。那副亲昵的模样，让大堂内的所有少年，都是不由嫉妒得双眼通红。

远远望着书架下轻笑交谈的两人，萧宁嘴角微微抽搐，脸色颇为难看，一双拳头，紧了松，松了又紧……

作为家族中大长老的孙子，萧宁的优越感一向很强。对于薰儿这位与众不同的少女，萧宁在内心中，已经非常坚决地将她内定成了自己的媳妇，虽然这只是他的一厢情愿……

如今见到自己内定的媳妇和另外一个人有说有笑、亲昵无间，这很难不让萧宁心头不妒火中烧。而且，最重要的，与薰儿亲昵谈笑的，还是家族中最没用的废物。

眼瞳中怒气不断涌现。片刻后，萧宁缓缓地吐了一口气，脸庞之上，再次挂上了和煦的笑容，整了整有点凌乱的衣衫，在众目睽睽之下，对着书架旁的两人快步行去。

大堂之中，众人望着那对着两人走去的萧宁，都是幸灾乐祸地笑出了声。当然，这笑声明显不是冲着萧宁，而是冲着那似乎还茫然不知情的萧炎。

——天蚕土豆《斗破苍穹》：第十七章 冲突

从开篇第一章围观众"羡慕嫉妒恨"的不平衡心理，到萧宁"独霸占有欲"的失衡心态，都基于某种相同的模式——那种"好白菜都给猪拱了""鲜花插在牛粪上""为什么是他不是我"的吃瓜群众心理。如果具象和转化、聚焦于一个具体的人设上时，必然有一个当下看起来比主角更优秀、更出色或者家世背景更好的人，愤愤不平以下这些导致其心理失衡的问题：为什么公主喜欢上了青蛙？为什么白富美爱上了灰小伙？颜值无敌女何以青睐的是"蟑哥"而不是"本帅"？为何这个梦里让自己魂牵梦绕的心上人，偏偏喜欢的是这个一无是处的废柴，而不是大冬天"唰"地打开"八风不动"文人风骨扇的本公子？……

这样说来，很像猫腻《庆余年》中范闲所讥笑的文人拿扇子的风骨。这哪里是在展示铁骨铮铮、我与山河日月争辉的傲骨，甚至连风流倜傥、天赋与能力兼备、才华与家世俱佳的傲气都不是，不过是附庸风雅、故作风骨罢了——这确实是网文史上最经典的"打脸"爽点之一。

但范闲的性子其实有些古怪。他表面温和，但是一旦不高兴之后，也很喜欢让别人不高兴，而且不喜欢给对方还手或是还嘴的余地，务求一击中的。

所以他根本不等这位尚书之子开口，就指着郭保坤手上的扇子微笑说道："初来京都，见诸贤终日玩乐，瘦成皮包骨头，还要拿把扇子扇风，难道就是所谓风骨？那这种风骨，在下是万万不敢学的。"

郭保坤出入皇城，与太子相交，哪里受过这等闲气，怒极气极，将手中的扇子收了回去，狠狠地敲在桌子上，气得浑身发抖，说不出话来。

庆国国朝武治之后，尤重文风，年轻士子遍布京都上下。这一石居酒楼上，少说也有七八成的读书人，这读书人……哪个没有拿扇子的"恶癖"？

——猫腻《庆余年》：第二卷　在京都　第十章　什么叫风骨？

从范闲到萧炎，都是穿越人设，都是异世大陆或架空世界，都是不停招惹羡慕嫉妒恨的爽文主角，都擅长扮猪吃虎、啪啪打脸、虐渣—造爽……当然，从这两个主角人设到这两部作品，有着迥然不同的世界观设定、故事布局和调性——但是，有一点"共性"是很核心的：从绿配链之中的烘云托月衬出"主角光环"，到鄙视链之中的虐渣—造爽机制"建构爽感"，都有一个硬核驱动力和旋转的轴心理念：做一个自由选择和选择自由的人，守护我爱的人和爱我的人。

恰如《斗破苍穹》开篇萧薰儿曾说的"要能放下，才能拿起，提放自如，是自在人"，最后成为一个"自在人"——可以说，这句话是萧炎为人处事的座右铭，亦是他从废柴到天才等标签式人设、从斗者到斗皇等标志性角色之中，所谓自带主角光环的内核——我们也认为，这是整部《斗破苍穹》的故事题眼。它决定了萧炎的人设三格（性格、人格和品格），也决定了《斗破苍穹》整部作品的故事三品（品质、品味和品调）。

因为拿得起、放得下，是非恩怨全在举手投足之间，随风飘去。所以，最后由内转外，不但是萧媚，连萧宁、萧玉，以及三大长老的势利刻薄，全都成为"家族内部矛盾"而轻易化解，烟消云散；因为提放自如，所以，他要以纳兰嫣然作为第一块人生的磨刀石，要拿纳兰嫣然的天赋、纳兰家族的背景和云岚宗的势力，来试炼自己的能力和实力；正因为要做自在人，他不但选择了炼药助父亲、保家族灭敌人，更选择了一条"焚诀"的艰难修炼之路……

因为真正的"自在人"，才能有能力、实力和势力保护自己爱的人和爱自己的人，比如父亲萧战和青梅竹马萧薰儿。甚至，在迦南学院入学前后，萧炎可以为了萧媚、萧玉和萧宁等萧氏族人"不受欺侮"而出手……

第四章

成长试金石：

从『纸片人』到『有情人』

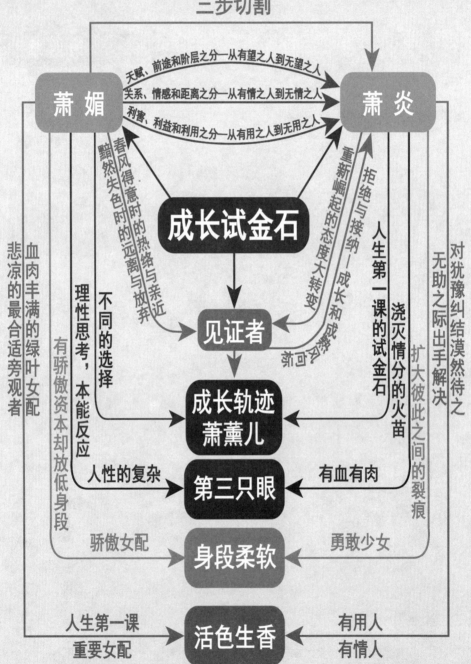

三步切割

萧 媚   萧 炎

天赋、前途和阶层之分—从有望之人到无望之人

关系、情感和距离之分—从有情之人到无情之人

利害、利益和利用之分—从有用之人到无用之人

成长试金石

见证者

成长轨迹
萧薰儿

第三只眼

身段柔软

活色生香

春风得意时的热络与亲近

黯然失色时的远离与放弃

不同的选择

理性思考，本能反应

人性的复杂

骄傲女配

人生第一课

重要女配

血肉丰满的绿叶女配

悲凉的最合适旁观者

有骄傲资本却放低身段

重新崛起的态度大转变

拒绝与接纳—成长和成熟

人生第一课的试金石

浇灭情分的火苗

有血有肉

勇敢少女

有用人
有情人

扩大彼此之间的裂痕

对犹豫纠结漠然待之

无助之际出手解决

在萧炎从天才到废柴向下滑落的过程之中，为什么《斗破苍穹》会采用这样一种从"围观众"到"萧媚"，到"萧薰儿"，再到萧炎自己的顺序？

因为，这是一种亲疏远近的关系和距离。

围观众最远——因为它代表着那些吃瓜群众，跳得最欢、说得最多、折腾得最闹热；但是，却没有实质的意义。因为，对于这些萧炎连名字都叫不出的路人甲、路人乙来说，他们再冷嘲热讽，也不过增添些"势利刻薄"的氛围罢了；对于主角来说，造不成实质性的伤害。

但是，萧媚却不一样。萧媚是比路人甲、路人乙等围观众距离萧炎更近，亦是被萧炎接纳得较多的人。

从不远又不近、恰到好处的人物关系来看，萧媚与萧炎的关系、情感和功利价值取向的演变，其实是最好的晴雨表，标示着"萧炎从天才沦为废柴、滑向人生的谷地、坠向人性的深渊"的向下轨迹，甚至是触底反弹的临界点。

从"有望之人"到"无用之人"，从"无情之人"到"有情之人"……这种亲疏态度的演变，就是《斗破苍穹》像萧媚这样的类型化、概念化的"纸片人"写活之法。

这种写法又将《斗破苍穹》从那种纯粹的"无脑爽文"，突入到比这种表层结构更深一层的"人"之故事空间里，不但让萧媚这样的概念"绿配"，多了一种人间烟火和社会人生滋味；而且，也让萧炎突破了自身"天才PK废柴"极品人设的概念化形象，深入到颇有社会现实感的内生土壤之中。

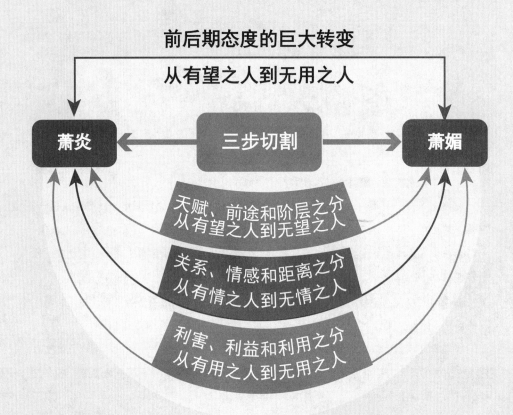

第一节 三步切割：

从"有望之人"到"无用之人"

当少年天才萧炎意气风发时，所有人都趋"炎"附势，而萧媚亦是"表哥前表哥后"，像个萧炎的跟屁虫——甚至，一度对萧炎"春心荡漾"。

从上下文来看，萧媚对此是不反感的，甚至心下窃喜也是说不定的。毕竟，从地球穿越过来，忽然从庸常之众变成绝世天才，自我膨胀肯定是有的，由此骄狂亦是有的——身边有美人相衬，亦是一件乐事。

但是，当萧炎一夜之间沦为废柴，并且三年如一日原地踏步，再也看不到恢复的希望时，萧媚就毅然决然地与萧炎划清了界线；而且，一次比一次做得"绝"。我们可以在开篇之后数章之内，略微窥探到这种演变的轨迹和步骤。

比如，第三年测试日时，萧炎再次测试出废柴之实、看似无恢复之望，萧媚开始划清种子选手和下层人员的界线。

这是第一步：天赋、前途和阶层之分。

路遇萧炎，面临划清春心和冰心的区别，视为路人还是有情人？

这是第二步：关系、情感和距离之分。

碎石小路两旁栽种着翠绿柳树，葱郁的绿色，让人精神为之一振。

转过一条路，一阵少女嬉笑声，却是从另外一条小路中传了出来。

被打扰了安静的气氛，萧炎眉头微皱，目光顺着声音移过，望着那群娇笑走来的少女。

在几位秀丽少女的簇拥中，一位容貌有些妖媚的少女，正在抿嘴浅笑。小脸上露出的那股妖媚风情，让其身旁的几位青涩少女有些感到自卑。

这少女便是当日在测验广场大出风头的萧媚。

目光淡然地瞟过这位曾经跟在自己身边表哥表哥叫个不停的美丽少女，萧炎稚嫩的小脸上，闪过一抹讥讽，轻轻地摇了摇头，毫不留恋地收回目光。

走到路途尽头，萧媚那颇具诱惑的笑声忽然地弱了下来。她看见了左边不远处的那位少年……

夕阳从天际洒落，照在那手臂枕着后脑、小脸淡然的少年身上，分外迷人。

一双有些勾魂夺魄的眸子，盯着那越来越近的少年，瞧着其小脸上那抹说不出是嘲讽还是微笑的浅浅弧度，萧媚的精神，忽然间有些莫名的恍惚……

三年之前，那位少年，嘴角，便是常常挂着这抹让人有些迷醉的弧度。

——天蚕土豆《斗破苍穹》：第十五章 修炼

如果说以"无情"对"有情"，萧炎对于萧媚的"回绝"，不过是对她"有心无情"的刻薄和讽刺。然而，在萧炎已经开始恢复天赋、却仍扮猪吃虎的故事架构之下，他在第二次路遇萧媚时对其"无情"的拒绝，却远比第三次已然露出獠牙啪啪打别人的脸、对斗技堂"有用之约"的拒绝，要更爽一些——因此，在萧炎恢复天才之名之后快速做出功利选择的萧媚，其实是可恨的。

但是，这种路遇萧炎、在情与不情之中纠结的萧媚，却是可怜的。可恨之人，必有可怜之处。因此，啪啪打脸功利抉择的萧媚，固然有一种让人解气的爽；但是，从开篇测试日一直到成人礼测试日萧炎咸鱼大翻身过程之中，一直被天蚕土豆偏负面形象化描写的萧媚，却在这种"路遇纠结"的情节中，显现出了其"还是个少女啊"让人柔软的一面。

望着缓缓行过来的少年，萧媚几人都是止下了脚步。嬉笑的声音，也是逐渐地弱了许多。

萧媚身旁的几位清秀少女，睁着大眼睛望着这位曾经被认为是家族荣耀的少年。小脸上的表情，说不出惋惜还是其他。

萧媚顿在原地，心头有些纠结。在心底，其实她也想和这位曾经让她倾慕不已的少年畅聊。不过，现实却告诉她，两人间的差距，现在是越来越大。再将心思放在一位废人身上，明显是有些不智。

弯弯的叶眉轻皱了皱，旋即舒展开来，萧媚在心中有些无奈地暗道："打个招呼吧。不管如何说，他也算是自己的表哥。"

并不知晓萧媚心中的念头，萧炎双臂枕着后脑，意态懒散地行了过来。

望着近在咫尺的萧炎，萧媚俏丽的小脸上刚欲露出笑容，可少年的举动，却让那抹还未完全浮现的笑容僵在了小脸上，看上去显得有些滑稽。

双臂枕着后脑，萧炎旁若无人、目不斜视地径直从几位少女身边走过，没有表现出丝毫的留恋。

微张着红润小嘴望着少年的背影，萧媚有些愕然。以她的容貌，何时受过这种待遇？心头略微涌出一股莫名的羞怒，忍不住喊了一声："萧炎表哥。"

脚步微微一顿，萧炎并未转身，淡淡的语气，犹如陌生人间的对话："有事？"

平淡而生疏的语气，让萧媚一滞，讷讷地摇了摇头："没……"

萧炎眉尖轻挑了挑，再懒得理会，摇了摇头，继续迈步前行。

望着那消失在小路尽头的背影，萧媚有些忿忿地跺了跺小脚，旋即也是跟着同一条路走了上去。

——天蚕土豆《斗破苍穹》：第十六章　萧宁

正是这种"让人柔软"一面的可怜之处，恰恰衬托出萧炎"举世非之"而她离之的可恨之处——因为，这种可怜之人，在关键时刻的背叛，带给人的伤害更深。

在成人礼预测试之前，在萧炎未展示天赋恢复之前，萧媚做了最后一次切割，真正将萧炎划分为废人、无用之人。

这是第三步：利害、利益和利用之分。

从"有望之人"（觉得对方还是有希望的）到"无望之人"，从"有情之人"（彼此之间还是残留着一丝情分）到"无情之人"，从"有用之人"（觉得对方还有最后一丝利用的价值）到"无用之人"……这是一种萧媚对萧炎前后期态度的转变。

但从"无望之人"到"无情之人"再到"无用之人"，却代表着萧媚对萧炎内在价值观的演变：从剥离了认同感，到剥离了情感，到最后连赤裸裸的利益利用都剥离了……萧媚对萧炎，就一点东西都剩不下了吧？

第二节 见证者：

从"废柴"到"天才"的重新崛起

同样是在围观众、萧媚和萧薰儿的见证之下，在预测试日到来时，萧炎从此触底反弹之后，萧媚对萧炎的态度，同样来了一个180度的大转弯，甚至是直接直线折返：从可用之人，试图重新变成有情之人；又从有情之人，试图恢复到表兄妹相互认同之人。

事实上，萧媚在萧炎从"天才"沦落成"废柴"的过程之中，前后态度、情感和选择的鲜明变化，其实只是在字里行间、意里言外，我们可以猜测、捕捉和分析：在天才萧炎春风得意之时，众人皆"趋炎附势"时，"表哥长表哥短"的热络与亲近；而在废柴萧炎黯然失色之时，众人皆"冷嘲热讽"时，选择远离与放弃。

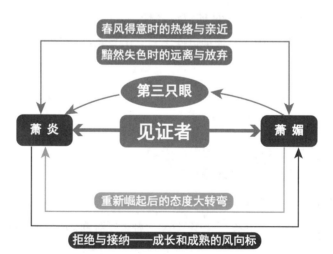

但我们"现在进行时"地亲眼目睹了：在萧炎从"废柴"重新崛起为"天才"的过程之中，萧媚从难以置信到确凿无疑的亲历和见证。

"萧炎：斗之气，第七段，高级！"

深吐了一口气，似乎是想将心中的震撼随之吐出来一般，测验员那努力想要维持镇定的声音，却依旧有着几分难以掩饰的颤抖。

听着测验员的公布，本来便是寂静的训练场，更是显得鸦雀无声。

"咕噜。"不知是谁狂吞口水的声音，突兀地在训练场中响了起来。

站在人群中央，萧媚小手捂着红润的嘴唇，小脸之上，满是震撼。

一年时间，提升整整四段斗之气，这种修炼速度……简直骇人听闻！

这般速度，即使是三年之前处于最巅峰状态的萧炎，也不可能办到！

然而，这种有些让人心脏紧缩的现实，却是真真切切地出现在了所有人的注视之下。

目光带着复杂的情绪，盯着那站在黑石碑之下的少年，萧媚心头忽然冒出一个让她满脑子糨糊的念头：他那令人惊艳的修炼天赋，似乎又回来了！

————天蚕土豆《斗破苍穹》：第三十二章　挑战

这犹如萧炎的人生抛物线在划完了一条"飞流直下三千尺"的流星下坠线之后，突然又划出了火箭炮蹿升跨越大半个天空的璀璨上升线；两条线结合，犹如一对终于长出、长齐、长完整的鲲鹏之翅；振翅一飞，就扶摇直上三千里……

"砰！"一声闷响，被萧炎击中的萧克红润的脸色顿时苍白。一声闷哼，脚步踉跄后退，最后终于是一个立脚不稳，软了下去，摔了个四脚朝天。

全场寂静，萧克的落败，很好地证实了某些事实。

一掌击败对手，萧炎有些无聊地摇了摇头。这种对手，实在很没挑战性。别说动用底牌，自己连本身真实实力，都未曾动用一半。

当然，与萧炎自己的无聊不同，此时的场外，所有人，都是缓缓地闭上了眼睛。既然萧炎能够如此轻易打败一名拥有六段斗之气的族人，那么他的实力，定然在七段之上。

如此说来，那么先前萧炎所表现出来的那恐怖成绩……是真的了！

一年提升四段斗之气，这种成绩，堪称奇迹中的奇迹！

高台上，萧战重重地吐了一口气。心中，也终于放下了那块悬着的巨石。

"……真的，第七段了……"

望着那被击败的萧克，萧媚小手缓缓地掩着红唇，震撼地失声喃喃。

——天蚕土豆《斗破苍穹》：第三十三章　证实

而在萧炎这对"鲲鹏之翅"终于生长完整的过程之中，萧媚都是一个亲历者、见者证，甚至也是催化者。这种重要的角色、心理及其变化轨迹，本身就耐人寻味，值得咀嚼。

比如，在萧炎重新恢复斗气、重新成为天才的过程，萧媚都是最重要的"第三只眼"——第三只眼看萧炎：看他高楼起，看他高楼塌，看他成废墟，看他又长新苗，看他又修楼。与其说是她自己愿意成为旁观的第三只眼，不如说是天蚕土豆有意或者刻意地安排萧媚这样一个从"围观众"的集体视角，变成某个具体的、有代表性的第三只眼视角。

望着那负手立于场中的黑衫少年，场面略微有些寂静。

高台上，萧战嘴角的笑容缓缓地扩大，到得最后，终于是忍不住大笑了起来。

听着耳边萧战那得意的大笑声，三位长老互相对视了一眼，心头轻叹了一口气，却是再没有出言阻难。场中少年所表现出来的潜力，让他们心中有着不小的挫败之感。一年四段，这种速度，足以让任何人感到骇然。他们的子孙，恐怕再没有可能将之追赶而上。

心情大悦地站起身，萧战拍了拍手，笑吟吟地宣布："萧克侄儿挑战失败，还望日后努力修炼！"

场中，脸色苍白的萧克听着这宣判声，顿时黯然了几分，眼神复杂地望着面前不远处的那黑衫少年。这一年前还被嘲笑为废物的人，一年之后，竟然已经再次凌驾在了家族中的所有人头顶之上。这种几乎是翻天覆地的两极变化，让萧克忽然想起了那日大厅中少年的铮铮冷语："三十年河东，三十年河西，莫欺少年穷！"

面露苦笑地摇了摇头，萧克艰难地爬起身，对着萧炎略微恭身。声音中，以前的那股不屑终于消失得干干净净："萧炎表弟，你赢了，恭喜你恢复！"

略微点了点头，萧炎目光在场中缓缓扫视。凡是接触到这对漆黑眸子的人，都是有些胆怯地闪避。

目光随意地在那一直盯着自己的萧媚身上扫过，萧炎偏头对着对面那群未合格的族人淡淡地笑道："还有人要挑战吗？"

瞧着萧炎望过来，那群本来还在惊愕的少年们，嘴巴赶紧闭上，一个个作仰天沉思之状，却是再无一人敢上去做那第二个吃螃蟹的。

瞧着这些稚嫩少年的装傻模样，萧炎微微耸了耸肩，直接转身对着后面行去。

望着在身旁坐下的萧炎，薰儿嫣然微笑，目光扫视了一遍场内，纤细的手指将一缕青丝挽成旋卷，小嘴掀起淡淡的弧度，轻声道："萧炎哥哥，三年前，他们就是这般看你……"

"三年前我会因为他们的敬畏而感到兴奋，现在……没啥感觉。"萧炎摸了摸鼻子，平淡地笑道。

"那是萧炎哥哥成熟了。"薰儿俏皮地眨了眨水灵的大眼睛。

"哪有你成熟！有时候我都觉得，在这副少女的躯体之下，是不是藏着一个千年老妖怪！"被一个小女孩认真地说成熟，萧炎不由有些感到好笑，手掌亲昵地揉了揉薰儿的脑袋，戏谑道。

闻言，薰儿娇媚地白了萧炎一眼。精致的小脸上，有些嗔怪。不管少女再如何豁达，也不愿被人说成是老妖怪。

少女娇嗔最是动人。薰儿这无意间露出的少女娇态，不仅让远处那群少年瞪直了双眼，就是连一些少女，也是不由面露羡嫉。

——天蚕土豆《斗破苍穹》：第三十四章　翻身

从开篇萧炎一出场，萧媚就扮演了这样一种角色——通过她的眼，我们看到天才萧炎过去的荣光，以及废柴萧炎当下的落魄。因此，借她的第三只眼，看废柴萧炎是如何一步步恢复天才的荣光，或许将形成鲜明和强烈的前后对比效果。

最重要的是，萧媚的亲近与疏远，以及萧炎随之而来、相伴而生的拒绝与接纳，却是一个男孩甚至是男人成长和成熟的风向标。

第三节 成长轨迹：
从"人生第一课"到"试金石"

从接纳到拒绝，这种"V"字形的人生谷地之旅，让萧炎直接认识到了人生的现实和残酷。

都说女人是男人最好的人生教科书，让他们可以在一夜之间从永远没有长大的清纯男孩，变成曾经沧海难为水的人生旅客。

这话放在萧媚和萧炎身上有点重。对于萧炎来说，萧媚哪里算是一部书，顶多算是一页纸而已。但是，客观地说，恰恰是萧媚这页纸，最直接地浓缩"世态炎凉、人情冷暖"的世事、人心和人性，并也包含着某种"看似多情却无情"的复杂滋味。

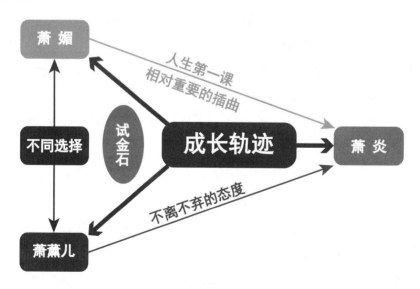

因此，这页纸让萧炎看到了这个少女最现实的一面、人和人之间最势利的一面、这个世界最残酷的一面。而这，对于萧炎这个少年面孔成熟男人心的穿越客

来说，也是一个难得的"人生第一课"。

"萧媚！"

测验员的冰冷声音，让萧炎眉尖轻挑了挑，微垂的眼皮也是慵懒地抬了起来。

一旁一直关注着萧炎的薰儿，瞧着他这模样，不由得轻皱了皱俏鼻。

"呵呵，当初她可是对我这萧炎哥哥黏得很紧啊……"微眯着眼望着那从容上前的红衣少女，萧炎淡淡地轻笑道。

薰儿眨了眨水灵的大眼睛，偏头望着萧炎嘴角那隐隐的嘲讽，微笑道："我很好奇今天过后，她会用何种态度对萧炎哥哥？"

萧炎微微耸了耸肩，轻声道："一些东西，被毁了，就是被毁了。不管如何弥补，那也有着刺眼的裂缝。这家族，能让我认同的人，不多，几人而已……"

"薰儿算吗？"红润的小嘴掀起俏皮的弧度，薰儿娇笑着问道。

萧炎笑意温醇，伸出手掌，双指夹着薰儿一缕青丝，缓缓滑下，微笑道："当然！"

水灵的大眼睛弯成美丽的月牙，薰儿目光微微迷离。那幅几乎深入灵魂的画面，又是带着几分暖意，缓缓出现……

小时候半夜摸进自己房间的小男孩，用着那笨拙得让人忍不住有些想发笑的手法温养着自己看似弱小的身体。虽然明知道并未有多大效果，可小男孩却足足坚持了两年时间……

精致的小脸上浮现可爱动人的小酒窝，薰儿略微偏着头，心中轻声笑道："这家族，能让薰儿真心认同的人，也不多，唯你一人而已……"

——天蚕土豆《斗破苍穹》：第三十章　辱人者，人恒辱之

其实更确切地说，从庸常地球人到穿越斗气天才、又从少年天才沦为修行废柴，又从修炼废柴恢复成家族天才，才是萧炎在斗气大陆接受的完整"人生第一课"。萧媚，是而且只是一个相对比较重要的插曲而已。

拍了拍衣衫上的灰尘，一阵香风却是扑面而来。

眉头不着痕迹地皱了皱，萧炎抬起头望着站在面前的萧媚，淡淡地笑道："有事？"

看着萧炎清秀小脸上的那抹隐匿的冷淡，萧媚心中一滞，脸颊上露出勉强的笑容，轻声道："萧炎表哥，恭喜你了。"

"多谢。"微微点了点头，萧炎目光对着一旁的薰儿瞟去。

"萧炎表哥，明天斗技堂，由我父亲教导黄阶高级斗技，你一起去吗？"萧媚微笑道，脸颊上妩媚与清纯的矛盾集合，实在让人心动。

闻言，萧炎眉尖悄悄地挑了挑。

就当萧炎正在想借口回绝之时，一双修长白皙的娇嫩皓腕却是从一旁探出，然后挽住他的手臂。

微微一愣，萧炎转过头，却是见到一张布满盈盈笑意的清雅小脸。

"实在抱歉，萧媚表姐。薰儿已经请了萧炎哥哥明天陪我逛乌坦城，可能不能陪萧媚表姐去斗技堂了。"在周围一双双呆滞的目光中，薰儿亲昵地挽着萧炎的手臂。精致的小脸上，略微噙着一些歉意。

——《斗破苍穹》：第三十四章　翻身

听着薰儿此话，萧媚一怔，旋即有些尴尬。若是家族中别的少女如此说话，她倒还能够凭借自己的美貌与天赋在话语上占些上风。可如果将对手换成是薰儿的话，她却只得满心挫败。

望了一眼萧炎那淡然的脸色，萧媚心头一声自嘲的苦笑，只得讪讪离开。

训练场中的人群，盯着那被薰儿亲昵挽住的萧炎，都不由得心头有些嫉妒。作为家族中最耀眼的明珠，他们何曾见过薰儿如此对待一名男子？

——《斗破苍穹》：第三十五章　罪恶感

萧媚成为萧薰儿和萧炎踩在脚下的垫脚石，甚至是试金石。

而最重要的"试金石"，就是试出了"萧炎天才和废柴"的成色。恰如我们在分析萧薰儿对萧炎不离不弃的态度、立场与理念时所说，萧媚做出了不同的选择——这种选择决定了他们不同的关系和人生。

第四节 第三只眼：

从"势利人物"到"青春女孩"

然而，如果仅仅是这样一种见证者和亲历者"说"，仅仅是让萧媚成为替代我们所不知道的、全能上帝的第三只眼，来看萧炎如何从天才变成废柴又如何从废柴重新变为天才，那么，萧媚与"传声筒"又有何异？

她就只是一个扁平的、概念化的"纸片人"，仅仅是为了履行第三只眼的功能和职责而存在，就像那印在纸上的二维码：黑白分明，然而，没有喜怒哀乐，没有灵动和鲜活。

但是，萧媚却是一个有血有肉的"人"。她是有生命力的。角色在创造出来的那一瞬间，就自动拥有了生命。即使作者是造物主，可以剥夺灌注于其中的爱、喜欢、梦想和激情，却无力剥离这个人物自己拥有生命之后自我觉醒、自我生长、自我拥有的那些情感和情绪，特别是那些细腻波动、细致入微的复杂

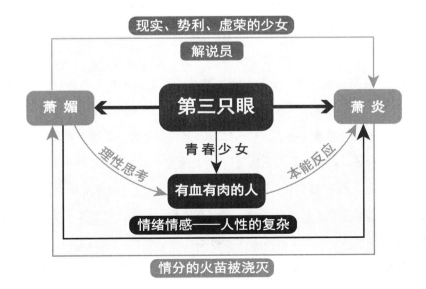

心理。

萧媚便是如此。即使是作者天蚕土豆有意或者无意，将我们对她的印象引向比较刻板的、现实的、势利和虚荣的少女——所有的作用和功能似乎只服务于萧炎在从天才到废柴、又从废柴到天才的"V"字形人生抛物线或者"鲲鹏之翅"生长并振翅而飞的第三只眼和解说员——但是，她是有自己生命的，有自己情感的，有自己情绪的。

所以，当我们沿着天蚕土豆的笔尖，去观察萧媚在字里行间的移动时，却发现她自己的情绪、情感正在笔墨之间滋生而蔓延——而这，显然超出一个爽文中承担某种特定功能和职责的类型人物甚至概念人物的印象与范畴。

比如，在萧炎重新成为天才的过程中，萧媚那一连串的震撼、动摇、怀疑、否定，以及难以言说的惘然，让萧媚不再只是一个"虐渣—造爽"的概念化人物。

很难说，萧媚心中，到底是相信萧炎是真的恢复了天赋，还是期望：他其实是造了假——然后，被人验证真伪，重新打回原形，堕落尘埃。因为，这至少可以维持现在已成定局的关系，不必再因为萧炎的咸鱼翻身，带来萧媚被讥笑为"狗眼看人低"、势利刻薄的羞辱。这就是人性的复杂。

这就像在萧炎沦为废柴的黑暗日子里，我们一直被灌输着这种概念和印象：萧媚就是一个现实的、势利的、功利的女孩。事实也的确如此。然而，即使再怎么黑化、负面化，萧媚在我们的阅读中，也从未走向真正的"反角"。

望着萧媚那尴尬离开的背影，萧炎愕然，感受到手臂上的娇嫩之感，偏过头，望着一脸微笑的薰儿，不由有些好笑地戏谑道："妮子，你这是做什么？"

薰儿依旧挽着萧炎的手臂，秋水眼波在周围那些因为她这亲昵举动而呆滞的人群中流转扫过，旋即似是无辜地道："萧炎哥哥难道不是想拒绝她么？"

闻言，萧炎翻了翻白眼。一种拒绝出自两人之口，却是有着截然不同的意思。回想先前萧媚脸上的那股尴尬，他无奈地摇了摇头，斜瞥了一眼巧笑倩兮的薰儿，心头嘀咕道：这妮子应该是故意的吧？

"薰儿只是不喜欢她那变脸的速度。呵呵，一起去斗技堂学习斗技？这种邀请，以前可从未有过。"薰儿拉着萧炎缓缓对着训练场外走去，也不理会周围那些目光，兀自地轻声道。声音中，有着一抹淡淡的冷笑。她对萧媚这前后的差异态度，实在有些不感冒。

微微耸了耸肩，萧炎也是有些感同身受地点了点头，苦笑一声。三年前他与萧媚的关系也不算差，可自从自己被冠上废物的名头之后，他才真正看清这女人的现实程度。

——天蚕土豆《斗破苍穹》：第三十五章　罪恶感

反而是，天蚕土豆笔尖一歪之中，时不时脱离轨道，描绘出萧媚自身的纠结、犹豫、不安和情绪的惘然——我们猜想，是因为萧媚这个人物在作者笔下活过来时，自动自发、自觉自为地想要表达出自己的情绪和情感，倒逼天蚕土豆的笔经常脱轨、出轨，偏离他想把这个人物塑造成一个势利、现实和功利的极品人物的出发点——犹如那首诗词所说：此情可待成追忆，只是当时已惘然。

当然，萧媚对萧炎的情感，还达不到这种伤逝、伤情、伤神的地步。但是，她的大脑和身体被分成两半。一半出自理性的思考，必须要远离萧炎，因为阶层不同，分道扬镳势在必行；另一半却是身体做出本能的反应，希望一如既往地靠近、贴近、亲近，即使做不到，也不要那么刻板、生硬和冷漠：即使情不再了，但是，关系还在；没有那种相亲相爱的情分，但至少还应该保留表兄表妹的本分——但就是这一点，也被"该不该"逐渐吞噬。她仍然在纠结、犹豫和惘然之中，希望能够保有和萧炎那最后一点情分的火苗，犹如上述那种"路遇纠结"的情节。

这个火苗是被萧炎浇灭的，而不是被萧媚自己用口水唾沫淹掉的——尽管她的大脑一直在理性地告诉她"应该主动掐掉它"，而不应该"再保有最后一丝幻想的火苗"。

这就突破了概念化、类型化、极品化人物的既有框架，写出了人物自身的复杂、多面和多元。或者不如说，萧媚自身的纠结、犹豫和矛盾，突破了作者和我们阅读者试图给她框上的现实、势利、功利的概念和印象，而展现出一个青春少女复杂而微妙的心态与变化：她只是一个十多岁的少女啊！

第五节　身段柔软：

从"骄傲女配"到"勇敢少女"

是啊，萧媚自身就是一个青春的少女啊！

清纯与妩媚，美貌指数超越大多数的族内少女；她本可以靠颜值吃饭，却偏偏要靠天赋、实力和能力，能够挤身家族前列，成为重点培养的种子选手；她的家世背景，亦是处于族内金字塔之上……

这样一个作为全场焦点、被周围少年炙热追求、被众人簇拥的少女，有什么理由不骄傲甚至骄横呢？

但是，她在萧炎面前骄横过吗？没有！虽然她有可能在别人面前有过。她骄傲过吗？没有！虽然在萧炎成为废柴之后，她在这两次测试日里，略略有些骄傲——但相比于大多数族内弟子的表现来说，她确实是有资本、姿本骄傲的。

无所谓地点了点头，薰儿跟着萧炎转过一条小道的转角，然后径直对着斗气阁之外行去。

转过小道，萧炎眉尖忽然一挑。在两人不远处，身着红裙的萧媚，正急得俏脸涨红地在一道光幕面前不断转悠。看她的模样，似乎是想得到里面的功法，却又没能力打破光幕……

今日的萧媚，身着一件娇艳的红衣裙。略微紧收的裙带，将那盈盈一握的柳腰完美地勾勒而出。前凸后翘的动人曲线，极为诱人。

此时，那张清纯与妩媚交集的俏脸，正被焦急所覆盖。柳眉紧蹙的可爱模样，让周围的少年几乎有种为之献身的冲动。

——天蚕土豆《斗破苍穹》：第五十章　帮？

但是，总体来说，在萧炎面前，萧媚是把自己的身段放得很低的。即使是在萧炎已成为废柴，而且三年没有寸进的情况之下，她亦是能避则避，实在避不了的情况之下——就像这种偶然路遇之中（第十五章和第十六章）——她的第一反应，仍然不是骄傲和骄横（他年你曾看我不起，今日我便让你高攀不起），而是犹豫和纠结——本能上，情感"渴求"走近；在理性上，却"现实"地要分道扬镳。即使如此，她最后的选择，仍然是"打个招呼"吧——没有情分了，但至少还有本分吧。

瞧！这就是所谓现实、势利和功利的女孩的想法和做法！请注意，在这段路上偶遇之中，有一个至关重要的信息背景：我们——观众、作者连同剧中自带主角光环的萧炎，已经知道那个斗气消失的秘密，主角已经开始了翻盘之旅、重新踏上了少年天才重攀巅峰之旅。因此，我们有足够的自信和理由睥睨一切、傲视一切、冷笑一切，包括"横眉冷对千夫指"，冷漠面对不知萧炎已然恢复天赋、继续挖苦嘲弄主角废柴的那些人，特别是像跳梁小丑一样蹿上跳下，威胁主角说要把他打得爹娘都认不出、准备把萧炎的脸按在泥地里肆意践踏他的尊严和脸面的萧宁……

因为我们知道，等到那一天真的到来时：真正被侮辱被伤害被践踏被蹂躏的人，将会是这些威胁主角的贱人。他们现在有多嚣张，未来就将有多疼痛。甚至，为了让他们受到报复，让我们更加痛快淋漓，我们恨不得像高尔基的《海燕》一样呼喊——让暴风雨来得更猛烈些吧！让这些人的嚣张来得更激烈些吧！辱人者恒辱之。他们现在对主角的口水吐得有多凶，他们未来将要付出的代价就有多大！

但这些人里不应该包括萧

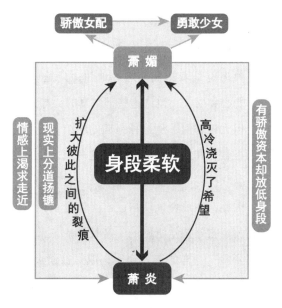

媚。因为，在所有不知道萧炎已然恢复天赋、仍视他为废柴的人之中，她是极少数没有挖苦、嘲笑、讽刺萧炎的人。而她所做的，无非是在远离和亲近之中挣扎与纠结而已。而她在一番挣扎和纠结之后，所做的选择，仍然是试图"亲善"地跟萧炎打招呼——虽然这种"亲善"，对于当时真正处于废柴之境、亲历人情冷暖的萧炎来说，是远远不够的。但是，放在此情此境，这已经是萧媚能够做到的极限了。作为一个仍然有理由为自己的美貌、天赋和家世背景而骄傲的小公主一样的少女来说，她已经把身段放得够低了，你还能要求她怎么样？

但是，萧炎是怎么做的呢？虽然我们天然地亲近主角派，但是，设身处地，换位思考，确实不得不承认：他这种态度，确实是很"欠抽"。即使萧媚有再多的不是，有再多的现实和利益考量——但是，对于肯放下自己的骄傲甚至骄横的身段、亲善甚至亲近地叫他表哥的少女，萧炎的"高冷"，的确就像从头浇到脚的冰水，把最后那一丁点火苗全浇灭了。

所以，往前追溯，我们似乎能够理解萧媚在萧炎成为废柴之后的选择：当一颗骄傲甚至骄横的芳心，为那天才的光辉放弃所有的自尊之时，得到的不是相应的尊重和体面；就连在他仍然顶着废柴高帽之时，都仍然如此装酷到底、冷漠入骨——那我还有什么理由留在你的身边，默默无望（没有回报）地支持你？

当然，我们也完全可以理解，这是因为萧媚在萧炎成为废柴之后的现实选择，让萧炎认清了"这个女孩"势利、功利的本质，从而在他恢复天赋之后，选择了继续扩大彼此之间的裂痕，而不是修补双方的关系——没准，以前好的时候，萧炎也是表妹长表妹短地叫；只是现在，叫起表哥表妹来，觉得异常的虚伪、恶心和反胃。也许这些都是真的，却无从猜测和求证。

但无论如何，从这种路遇的纠结，再到见证天才的复苏，萧媚整个心态是很复杂、微妙和细腻的。恰恰是这一点，让她突破了爽文女配的单调和刻板，让她可以赢取我们一丝丝的同情分。

因此，在萧炎证明自己已经恢复了天赋、能力和实力之后，萧媚仍然主动地邀请萧炎去斗技堂听她的父亲教导——果然，这明明白白地被萧薰儿扣上了像川剧"变脸"一样的善变帽子，或是被萧炎定性为"这就是一个现实的少女"。但我们的第一反应，仍然是：这个女孩其实挺勇敢的。

第六节　活色生香：

从"有用人"到"有情人"

　　不是每一个人——特别是一个有资格在一定程度和范围之内骄傲甚至骄横的女孩——都能放低自己的身段，甚至，让自己的身段变得如此柔软，抑或是谦卑到了极致，就为了那一种虚无缥缈的情分或者关系。

　　即使，她所面对的这对男女——萧炎和萧薰儿——确实比她更有资格和资本骄傲。然而，说到底，他们的这种资格和资本，又与她何干呢？

　　你的资本、资历和资格，并不是别人必须要埋单的理由。

　　所以，当我们不由自主地为萧炎咸鱼翻身并成功打脸萧媚，而觉得"爽感滋然"时，逆向细思萧媚之各种做法与心态，其实觉得这个女孩也挺让人"悲凉"的。

　　不远处，双手抱着后脑勺的黑衫少年，正淡然地行来。

　　抽了抽挺翘的玉鼻，萧媚刚刚绝望的心，又是悄悄地活络了起来。抹去即将掉落的泪珠，贝齿轻咬着红唇，可怜巴巴地望着那走过来的萧炎，希望他能够帮自己一把。

　　周围少年望着萧媚这模样，都是顺势移动目光，最后停在了缓缓走来的萧炎身上。嘴上的窃窃私语逐渐地弱了下来，视线中略微掺杂着敬畏。

　　一时间，原本喧闹的小路，顿时安静得鸦雀无声。

　　在小路上几十道目光的注视下，萧炎小脸平淡，径直走来，然后目不斜视地与欲言欲止的萧媚，擦肩而过……

　　微微张着红唇，萧媚望着那没有理会自己的萧炎，在愣了一会之后，美丽的小脸上拉起一抹自嘲，轻轻地摇了摇头。想起自己这几年对待萧炎的态度，刚刚那升起的一抹怨气，也是逐渐地消散。

"呵呵，这也算是报应吧。我还真是个讨厌的人，自作自受……"缓缓地蹲下身子，萧媚香肩轻轻地抽动着。有些压抑的轻泣声，在安静的小路中呜咽响起。

望着犹如被抛弃的小猫一般蹲在地上的萧媚，周围的少年，都是黯然地叹了一口气，微微摇头。

——天蚕土豆《斗破苍穹》：第五十章 帮？

因此，如果从少女青春成长幽微而隐秘的心理角度来说，萧媚的一切心态、做法和变化，是有迹可寻、可以理解的。

也恰恰如此，她就不再是爽文中常见的类型化、极品化、概念化的"打脸绿配"。为了履行这种"踩主角"而最后被"主角虐"的套路，成为恶毒女配或跑龙套的，甚至成为炮灰——其存在就是拉仇恨值的；或者就是给了为主角递垫脚石，抑或是充当逆袭打脸的"爽感"炮灰。

她的任务、职责和功能，就如游戏里面的"怪"，出来就是给主角"打"的；打啊打啊打的，就变成纯粹的承受者，毫无生命力、痛感，机械、冰冷，没有自己的意识与意志；到最后被打成炮灰——像灰一样飞，像烟一样灭，连一点渣滓和痕迹都没有留下来。只有单调的快感，毫无感同身受的爽感，更别说"把那种骄傲的东西撕碎给你看、亦有可能令人心碎"的美感。

但在萧媚身上，其实就有这种"把……东西"撕碎了给你看的痛感、爽感和美感。那种少女时代对于优秀异性的朦胧、懵懂、隐秘而细腻的心思；为了慕艾少年而放弃的自尊、骄傲和荣耀；因为美貌、天赋、家世背景甚至只是为了让那少年多看一眼的竞争、攀比，而对比自己更优秀的同性的羡慕、嫉妒甚至是恨；享受被周围少年追捧和周围少女簇拥的虚荣心和优越感；"情愫很丰满、现实很骨感"，在理性和感性分裂之间，对于与废柴少年的关系是向左还是向右看、是无分西东还是南辕北辙的纠结、犹豫、矛盾和挣扎；当天才归来、荣耀重现时，审时度势、当机立断，放下少女的矜持、矜贵，冒着被扣上现实、势利和功利的帽子的风险，也不希望错过、放过，再争取一次、两次甚至三次，碰到头破血流犹未悔的勇气、毅力和坚持……这些都让萧媚这个原来仅仅是为了打脸求爽的

"纸片人"，立体起来，成为血肉丰满、滋养爽感的绿叶女配。

也正是这种能够以自己的生命和气息滋养故事爽感的"绿配"之角，才让萧媚成为一个最合适的距离旁观者，见证、亲历和催化了萧炎"从天才沦为废柴、又从废柴重新崛起为天才"的V型历程，让萧炎这个类型化、概念化的爽文主角，也"活色声香"起来。

比如，对于萧媚这个曾经"春心荡漾"的花样少女，天才萧炎亦曾在"表哥表妹长短"中安然享受；沦为废柴之后，对方让他更深地体会所谓的现实、功利和势利。他尽管在天赋恢复过程之中，对于对方徘徊于理智与感性、现实与情感之间的纠结、犹豫和矛盾视而不见、漠然待之，甚至在对方已经放下身段、骄傲和荣耀而刻意趋炎附势之时，选择了拒绝——但没有做得很绝，而是柔和化之。甚至，在萧媚选择斗气功法的关键时刻，无助求助之际，他最终仍然选择"解决"——这不是"化解"，更谈不上"和解"，双方并没有什么深仇大恨；这也不是什么化解不了的恩怨，这其实就是举手之劳、解之决之的事情。

蹲在地上、正在轻泣中的萧媚，忽然察觉到周围的气氛有些不对，缓缓地抬起哭得梨花带雨的俏脸，却是一怔。

面前，那本来已经远去的少年，却是反抱着后脑勺，慢吞吞地走了回来。

"让开。"瞥了一眼楚楚动人的萧媚，萧炎淡淡地道。

"啊？哦……"又是一怔，旋即萧媚终于回过神来，俏脸浮现喜悦，乖乖地让了开来。

在众人那好奇与欣慰的注视中，萧炎走到光幕前，伸出手掌，轻吐了一口气。

身子略微寂静，瞬间后，犹如奔雷一般乍然而动。萧炎身子一个急旋，右脚猛地鞭甩而出，裤腿都在此刻发出咔咔的破风声响。

"嘭！"一脚狠踢在光幕之上，涟漪急速扩散，最后在众人震撼的目光中，砰然爆裂。

保持着甩踢的姿势，萧炎缓缓地收回脚掌，扭了扭脖子，平淡地转身，走向远处的薰儿。

"表哥……谢谢你……对不起。"萧炎从身旁走过，萧媚声音怯怯地道。

"嗯。"

瞥了一眼这终于失去了傲气的少女，萧炎这才淡淡地点了点头，然后在一干少年那崇拜的目光中，消失在小路的尽头。

——天蚕土豆《斗破苍穹》：第五十章　帮？

这让萧炎的概念人设，不仅仅是"有用人"，而且是一个"有情人"。

就像生活中"近朱者赤、近墨者黑"，要看一个人是什么样的性格、品格和人格，看的就是他交往的朋友，跟他竞合（竞争与合作）的对手，甚至是不遗余力攻击甚至要毁灭他的敌人——有时候，不怕神一样的对手，就怕猪一样的队友——因为，神对手可能比猪队友更能洞悉你的人品（品质、品味和品格）。

同样道理，在小说故事之中，通过作者塑造什么样的角色、人物特别是配角，更能看出主角的"格调"和"人品"。

萧媚作为《斗破苍穹》之中第一个出场的配角，虽然连重要女配都谈上，也谈不上是相对重要的反角——因为她其实本身亦有一个从开场戏中的配角、小逆袭中的反角和引爆故事小高潮之后的被降序的小正角的变化——但她确实成为萧炎"人生第一课"中让人印象深刻的女配角。

第五章

绝境临界点：

从『宝藏男孩玻璃心』到『快乐废物计划』

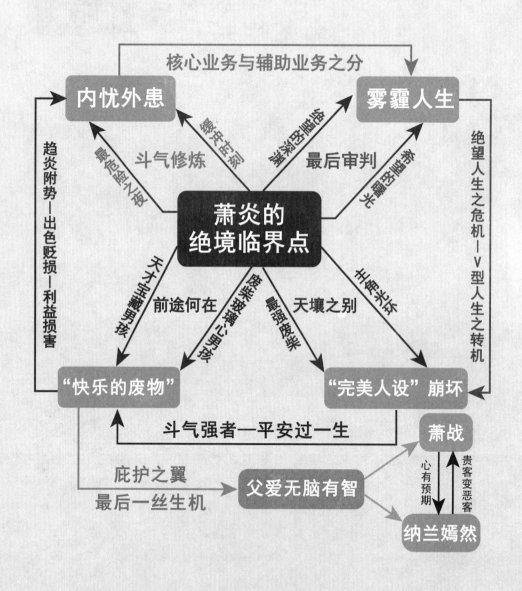

历经三年史上最煎熬的废柴岁月，萧炎已经濒临"黑暗深渊"的临界点——

三年里家族内外的冷嘲热讽，不断锤炼着粗大而彪悍的神经条；

辜负至爱之人如萧薰儿和萧战的期望，却让心灵在至薄处敏感而脆弱地战栗；

自己苦苦修炼却找不到任何原因和解决问题的希望——犹如在漫长的黑夜里苦苦煎熬，但就是看不到一丁点黎明的曙光；

而家族内外的竞争或敌对势力又步步紧逼，比如萧氏家族长老会在族长萧战身上找不到可乘之机，就想利用萧炎这个废物作为切口，给予族长派系以致命的打击；

更别说那乌坦城三大家族残酷而现实的生存和发展之战，此消则彼长，我方潮落敌方则水涨船高，形成全面打击之势……

伤你最深的，是曾经最亲密的人。

全世界所有的人都放弃你了，也没有关系。但是，如果你自己放弃了自己，那就真的无可救药了。

是振翅重飞，还是深渊堕落？

萧炎已经走在决定人生和未来的十字路口，是心如玻璃，一碰即碎？还是，心硬如铁，滚如车轮？

但就算如此，还有两个人守在他身边，不离不弃。哪怕他从此就是一个废物，也要拼尽洪荒之力，让他做一个快乐的废物！

何况，他们从未对萧炎失去过信心！

比如，那个叫父亲的男人。

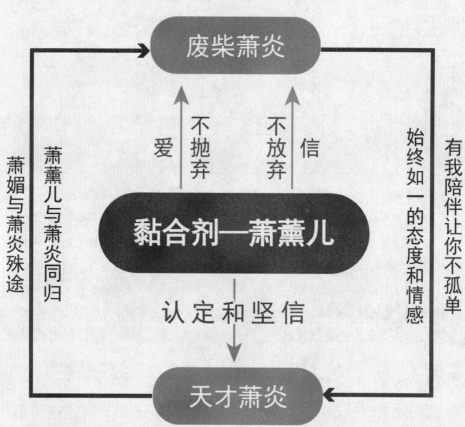

第一节 内忧外患：

从缓冲时刻到最危险之夜

在这里面，天蚕土豆用了留白之法，只略写萧氏家族内部之争而未写乌坦城的外部风雨。在后面逐层揭开面纱之后，又是在萧炎恢复天赋却扮猪吃虎、啪啪打脸之中轻描淡写、充满欢乐颂的明亮和畅快基调。

但由此逆推，仍然能看出萧炎此时此刻，甚至萧战等族长派系，正面临着"山雨欲来风满楼，黑云压城城欲摧"的逼迫之势、兵临城下之境——无非在静候着那个最适合电闪雷鸣、强攻毁城、摧枯拉朽之战场爆发日。

"父亲，您不也还没休息么？"望着中年男子，萧炎脸庞上的笑容更浓了一分。虽然自己有着前世的记忆，不过自出生以来，面前这位父亲便是对自己百般宠爱。在自己落魄之后，宠爱不减反增。如此行径，却是让萧炎甘心叫他一声父亲。

"炎儿，还在想下午测验的事呢？"大步上前，萧战笑道。

"呵呵，有什么好想的，意料之中而已。"萧炎少年老成地摇了摇头，笑容却是有些勉强。

"唉……"望着萧炎那依旧有些稚嫩的清秀脸庞，萧战叹了一口气，沉默了片刻，忽然道，"炎儿，你十五岁了吧？"

"嗯，父亲。"

"再有一年，似乎……就该进行成年仪式了……"萧战苦笑道。

"是的，父亲，还有一年！"手掌微微一紧，萧炎平静地回道。成年仪式代表什么，他自然非常清楚。只要度过了成年仪式，那么没有修炼潜力的他，便将会被取消进入斗气阁寻找斗气功法的资格，从而被分配到家族的各处产业之中，为家族打理一些普通事务。这是家族的族规。就算他的父亲是族长，那也不可能改变！

毕竟，若是在二十五岁之前没有成为一名斗者，那将不会被家族认可！

"对不起了，炎儿。如果在一年后你的斗之气达不到七段，那么父亲也只得忍痛把你分配到家族的产业中去。毕竟，这个家族，还并不是父亲一人说了算。那几个老家伙，可随时等着父亲犯错呢……"望着平静的萧炎，萧战有些歉疚地叹道。

"父亲，我会努力的。一年后，我一定会到达七段斗之气的！"萧炎微笑着安慰道。

"一年，四段？呵呵，如果是以前，或许还有可能吧，不过现在……基本没半点机会……"虽然口中在安慰着父亲，不过萧炎心中却是自嘲地苦笑了起来。

——天蚕土豆《斗破苍穹》：第二章　斗气大陆

从第三年测试日到成人仪式，给萧炎的时间只有一年了。

连续三年都被测出滞留于斗之气第三段，在此之前，萧炎如果还不能摘掉废柴的帽子，咸鱼翻身——不是要证明自己是天才，而是必须证明自己具有修炼斗气、成为斗者的基本条件——否则，他就会失去进入家族斗气阁寻找功法、继续斗气修炼的机会，而将被家族派去管理各种杂务，从此沦为边缘和底层人物。

家族亦像一个公司，有核心业务和辅助业务之分。在这个以修炼斗气决胜实力的斗气大陆上，萧氏家族不可避免地以投资斗气修炼强者为核心业务，而其他一切都是围绕着这个核心业务旋转的辅助业务。

就像在社会现实生活里，在职场生涯之中，我们必须让自己接近并且从事核心业务，在核心业务领域专业与拔尖，方可有着可持续的发展潜力和核心竞争力；一旦被边缘化或者非核心业务化，所面临的必然是"别人吃肉你喝汤"——当然，那些有特殊规则的地方除外。但无论如何，核心业务能力其实是判断和衡量一个人在某个地方有没有核心竞争力、可持续发展能力以及生存空间和发展前途的基本标准。

何况在斗气大陆，"修炼斗气"是一种通用的业务能力，可以在不同家族、不同宗派、不同势力之间"一招鲜，吃遍天"。因此，能不能修炼斗气，成为衡量和决定萧氏家族甚至整个斗气大陆的核心标准。

这是黎明前最黑暗之夜，亦是决战之前最平静之时——这是一种诡异的宁静和酝酿着最大的危险的缓冲时刻。

第二节　雾霾人生：
从绝望的深渊到希望的曙光

这看似给了萧炎、萧战父子甚至萧氏家族族长派系一个证明自己的宁静缓冲时段，然而在那表层风波不惊的平静下面，却酝酿着已经危险到了极致的风暴大漩涡。

犹如油锅煎熬，即将抵临沸点，内部已经喧嚣沸腾，表面却平静无泡。若是有一滴"火星"——哪怕是最细小、最微弱、最清净的一滴水珠——滴了下去，烹（砰），就炸了！

因此，对于萧炎来说，最煎熬的，其实不是史上最黑暗的废柴三年，而是接下来前途未测和命运未卜的一年——因为，可预见的未来一年之终点，将是最终裁定其前途和命运的成人仪式：是成功恢复修炼潜力，成为斗者，从此迈入向上阶层，一路坦途？还是一如既往，从修炼废柴沦为家族废物，从此滑向"下流阶层"？别说在斗气大陆入不入流了，就连在这个边远城镇"山中无老虎，猴子称大王"的三大家族之一的萧氏家族内部，也会成为"劳心者治人、劳力者治于人"的被管理阶层。

于是，在有史以来最黑暗的废柴三年之中，人生向下、向下、再向下滑落的沦落之旅，似乎终于能够看到"终点"——萧炎的废柴人生终于可以"触底"了。这剩下的一年，代表着"人生的低谷"终于有了尽头。

然而，这究竟是Ｖ型人生触底反弹的拐点——废柴触底的终点，即是天才反弹的起点？还是，它仍然是一个悬而未决的缓冲带、略阻线或者进入下一层的薄壳？只是略微让人下坠的趋势缓一缓，或是阻隔你的视线，让你看不透下面的下面仍是更为危险的领域；抑或是稍阻一下、只是为了蓄力做势，让你以更猛的姿态更快的速度滑向人生的黑暗深渊！

也就是说，当那临终裁决之日抵临时，才是"最后的审判日"——只有在那一刻，你才会知道，自己迎来的是触抵反弹的V型人生之转机，还是从托底之人生谷地向无尽的黑暗深渊坠落的绝望人生之危机？

于是，从此时、此事、此地起，萧炎将进入倒计时的"雾霾人生"：前有狼，后有虎，你没得选择。背负三年史上最黑暗的废柴之壳，面临一年之后成人仪式极为残酷的修炼裁决，他必须走出一条能够证明自己不是家族废物而是天选之种的道路——不但有修炼潜力而且的的确确是修炼天才——但问题是，"证明自己"哪里是那么容易的。

世界最难走的路，不是在漫长黑夜中提灯梦游、"明天的太阳升起之前我能不能活过今晚"的怀疑之路，亦不是在朝阳蓬勃升起之后于万丈霞光之中忽然前途荆棘丛生、悬崖峭壁林立的艰难险阻之路，而是黎明的曙光已经提前投射然而却未抵临你的眼前、照路的长明灯已灭、未来已来却未必为我而来的那一段晦暗不清、绝望中孕育着希望、但你却满眼只看到自己濒临绝望的雾霾之路。

同样非常清楚萧炎底细的萧战，也只得叹息着应了一声。他知道一年修炼四段斗之气有多困难，轻拍了拍他的脑袋，忽然笑道："不早了，回去休息吧。明天，家族中有贵客，你可别失了礼。"

"贵客？谁啊？"萧炎好奇地问道。

"明天就知道了。"对着萧炎挤了挤眼睛，萧战大笑而去，留下无奈的萧炎。

"放心吧，父亲，我会尽力的！"抚摸着手指上的古朴戒指，萧炎抬头喃喃道。

在萧炎抬头的那一刹，手指中的黑色古戒，却是忽然亮起了一抹极其微弱的诡异毫光。毫光眨眼便逝，没有引起任何人的察觉……

——天蚕土豆《斗破苍穹》：第二章　斗气大陆

就像萧炎此时、此地、此事之中的状态。平静之中，孕育着希望；然而，希望被掩盖在古戒之中，就如先知的预兆，不是任何人都能看得懂的——因此，我们满眼只看到他离"绝望的深渊"只剩0.05公分。

第三节　"快乐的废物"计划：

从"宝藏男孩"到"玻璃心男孩"

然而，父子同心，心态迥异。作为一族之长的萧战，确也看出了萧炎从天才沦为废柴、重新恢复和修炼斗气之事已"似是不可为"——不然他不会抱歉地跟萧炎提前"预告"一年之后的可能性安排。

当领导给你说"可能"如何如何时，基本上已经是定局——因为他为此事已经深思熟虑了很久，确信在权衡利弊、平衡各方利益纠葛之中，这已经是对你最好的安排了。

作为萧炎父亲和一族之长双肩挑的萧战，在萧炎从天才沦为废柴之事上，也确实承受了巨大的压力……

天蚕土豆同样轻描淡写，几句话交代了事，绝不让这种旁枝斜逸、繁花绽放喧宾夺主。而且，如果真的是繁笔写来，又会面临两大难题：

如果不是聚焦于萧炎的扮猪吃虎，势必会以萧战作为"打别人脸的主角"，则会让故事的轴心发生"主角光环"的偏移；

但若是不聚焦于刻画萧战的光环作为萧炎受辱承屈的铺垫，又容易把握不好分寸，刻画得"苦大仇深"，从而会影响整部爽文欢乐畅快的调性……

这就像《斗破苍穹》实际处理的那样：这里略写三万字，后面简写三千字，以萧炎恢复天赋之后对三大长老派系的扮猪吃虎、啪啪打脸，从而给萧战大长脸面并减缓其在族内族外的压力，形成独特的爽点和爽感。

探讨这种"旁枝斜逸"和"聚焦爽点主干"的写法之不同，其实非常重要——但对我们想表达的"主干"来说，却又成了"旁枝"。

因此，这里我们更想听"弦外之音"，说"言外之意"，在《斗破苍穹》的字里行间，挖掘"流溢于言外的番外故事"。比如：

萧炎从地球穿越而来，灵魂附体成萧战之子，对这个名分上的父亲其实并未有亲近之意；

但是，萧战以"父亲"的爱，融化了那一颗"地球的冰心"，从而以真心换真心，父子相亲相爱；

萧炎以修炼天才如明星一样崛起，璀璨闪耀，确实给萧战带来父亲的骄傲；

但萧炎沦落为废柴，甚至成为家族的废物，也给萧战带来了无限的失落、担心和压力——每一个当过父亲的人都能体会到这种心情。

"初段斗之气的修炼，主要是扩经锻体，强化脉络，为以后体内凝聚斗气打下根基。由于人体在这个年龄阶段，体内脉络最是脆弱与最具有塑造性，所以，这个修炼程序，必须循规渐进，不能采取半点外力措施。否则日后体内斗气逐渐强大时，脉络便将因为禁受不起越加强大的斗气冲击，而最终导致脉断人亡的下场！"药老脸色凝重地道。

对于这点，萧炎倒是明白。在他成为废物的三年中，他的父亲因为心急，几次都想强行向其体内灌注斗气，不过每次都在紧急关头刹了车。所以，萧炎很清楚这其中的利害关系。

药老瞟了一眼小脸平静的萧炎，满意地点了点头，笑道："对其他人来说，的确如此。可你则不同，你体内的基础，早在三年前便已牢固可靠；而且这几年你性子也是坚定，从未落下过一天的修炼。所以，现在你的基础，为师可以毫不客气地说，非常棒！"

——天蚕土豆《斗破苍穹》：第九章　药老！

然而，就如萧炎自己所承认的那样，无论天才还是废柴，萧战对萧炎的父子之爱，从未削减半分；

甚至，即使"从此萧炎是废物"，他仍然是自己的儿子，绝不"从此萧郎是路人"——好吧，我们的脑洞神跳跃——作为一个父亲的拳拳之心，还得为自己的"废物儿子"谋个出路，而且，还得谋出一个好出路。

"父亲，三位长老！"快步上前，对着上位的萧战四人恭敬地行了一礼。

"呵呵，炎儿，来了啊，快坐下吧。"望着萧炎的到来，萧战止住了与客人的笑谈，冲着他点了点头，挥手道。

微笑点头，萧炎只当作没有看见一旁三位长老射来的不耐以及淡淡的不屑，回头在厅中扫了扫，却是愕然发现，竟然没自己的位置……

"唉，自己在这家族中的地位，看来还真是越来越低啊。往日倒好，现在竟然是当着客人的面给我难堪，这三个老不死的啊……"心头自嘲地一笑，萧炎暗自摇头。

望着站在原地不动的萧炎，周围的族中年轻人，都是忍不住发出讥笑之声，显然很是喜欢看他出丑的模样。

此时，上面的萧战也是发现了萧炎的尴尬，脸庞上闪过一抹怒气，对着身旁的老者皱眉道："二长老，你……"

"咳，实在抱歉，竟然把三少爷搞忘记了。呵呵，我马上叫人准备！"被萧战瞪住的黄袍老者，淡淡地笑了笑，"自责"地拍了拍额头。只是其眼中的那抹讥讽，却并未有多少遮掩。

"萧炎哥哥，坐这里吧！"少女淡淡的笑声，忽然在大厅中响了起来。

三位长老微愣，目光移向角落中安静的萧薰儿，嘴巴蠕了蠕，竟然是都没有敢再说话……

——天蚕土豆《斗破苍穹》：第三章　客人

那么，外有乌坦城三大家族等其他势力狮子搏兔，内有家族三大长老派系猛如恶虎，内忧外患、双面夹击。萧战虽然靠自己的强大与彪悍，并不虞成为夹心饼干——比玻璃心还脆，一压就碎；但是，他不能不考虑萧炎的出路、前途和命运。

毕竟，从天才沦为废柴，萧炎才是最有可能成为"那个玻璃心男孩"的人——虽然命运曾经吊打所有人的期望：萧炎出生之后，承载的全是"宝藏男孩"的无尽希望和荣耀啊！

从天才沦为废柴，从宝藏男孩堕落为玻璃心男孩，萧炎的出路、前途在哪里？在斗气大陆成为斗气强者、让人生叱咤风云的前途，是想都别想了；能够在萧氏家族内部有一个不错的体面差事，在乌坦城风起云涌的家族争斗中，平平安安地度过"快乐的废物"的人生，也就很不错了。

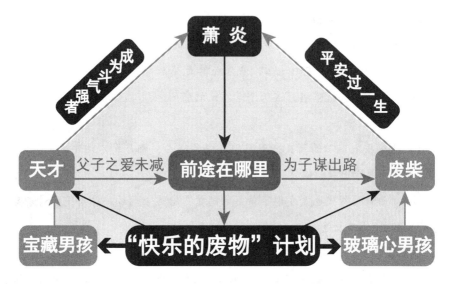

至少，从一个父亲的角度，来为自己的"废物儿子"煞费苦心地如此谋划，是一件再正常不过的事情了。

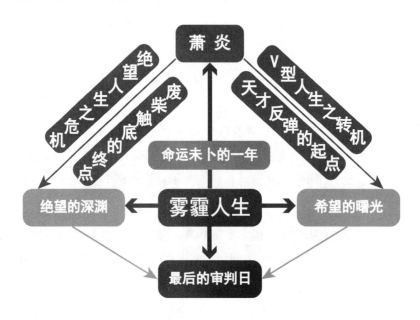

第四节 "完美人设"崩坏：

从"出色贬损"到"利益损害"

但是，"不正常"之处在于——

若是萧炎从一生下来，就是个"废物"，也就罢了；虽然受尽冷嘲热讽、排挤挖苦是免不了的，但庇护于父兄的羽翼之下，也就足够了。毕竟，废物之废物，在于对他人无害，没有像尖锐的刺一样，逾越安全的边界，从而造成对他人的羞辱、贬损甚至损害；因此，萧战及萧炎两个哥哥的"父兄之羽翼"，是完全罩得住的。

但问题在于，萧炎的废物不是天生形成的，而是后天造成的。

非但如此，他一出生就自带"主角光环"，不但以天才之姿横扫家族内外，而且光芒万丈、星耀乌坦城。甚至是"隔着门缝吹喇叭——名声在外"，连来往乌坦城的外部各大势力，都如雷贯耳、如剑穿膜，直到他们的耳朵起了茧，冠之以无比夸张的名声和名号："有史以来斗气大陆最强的天才"——当然，也包括后来的"有史以来斗气大陆最强的废柴"。

捧得越高，摔得越惨。

从万众瞩目的云端之上掉下来，摔落于众皆践踏的泥淖之中；在自家宅院的土坷垃地基上，蹦两蹦，然后摔个狗啃泥，顶多被隔壁家的学霸或者淘小子挖苦两句——这完全是天壤之别、云泥之分的两件极端之事。

"完美人设"崩坏之后，造成的"墙倒众人堆"大众狂欢效应，更是如下家庭热暴力事件所无法比拟的：隔门隔院"好孩子"和"熊孩子"、"学霸"和"学渣"、"天才"和"废物"的对比之下，让自家老子越看越生气、越说越胀气，最后不拿起竹板子"让你屁股开次铁树花""吃一回竹笋炒盐煎肉、滋味回味无穷的大餐"就不足以疏胀通气。

若只是如此，也就罢了——时间是最好的冷却剂。一个璀璨夺目的大明星"完美人设"崩坏之后，收拾一堆破碎的心情，躲在阳光照不到的犄角旮旯里，用柔软的时光疗伤，久而久之，也就慢慢被人遗忘了。

怕的是，当你璀璨夺目时，万丈光芒，射出的不是让人与有荣焉的温暖的星光，而是万箭穿心、戳人心窝的射线——无论你是主动还是被动，都在客观上给人造成了羞辱、贬损和伤害。

这就是我们所说的"萧炎三大罪"——

第一，罪在"趋炎附势"。即使你并未明确拒绝，但那种不远不近、不亲不爱、不冷不热的态度，本身就是侮辱；因此不乏N年前你看都没看他一眼、结果怀恨在心报复你一辈子的人。

第二，罪在"出色贬损"。你越出色，就越衬出别人的平庸、无能或者拍马也赶不上你的差距。因此，总会有一些人隐约地联盟起来，排挤和孤立超越侪辈的人——就像鹤立鸡群，不是鹤的错，但是因为鹤的存在，才能将那些人打回"鸡"的原形，而不是他们自以为的"凤凰血脉"。所以，鸡和鸡怎么不会联合起来，把鹤赶出鸡笼，或者他们自己所认为的"凤凰之窝"外？！

第三，罪在"利益损害"。按照斗气大陆实力为尊的游戏规则，按照萧氏家族资源、权力和利益分配的政策规矩，自然是一切向天才、优秀（种子选手）和修炼者倾斜——强者越强，优者越优，赢家通吃。

这个规则不是萧炎定的。但是，他顶着天才的名头，确实占尽萧氏家族的优势资源。而他得到的越多，意味着别人得到的越少；他获得了利益的增厚，就必然带来他人利益的损害。因为，资源、权力和利益的总额是一定的、是稀缺的。只是进行有限分配，而不可能无限的人人分摊。

因此，萧炎"天才"之名顶了多久，他人的利益损害就遭受了多长。

这就像"锥立囊中"，破而扎人，非锥之过，但确确实实扎了人——因此，这笔账肯定是要算到萧炎身上的。

第五节　父爱无脑有智：

那个叫父亲的男人

若是萧炎一直"天才"下去，将这些被侮辱、被贬损、被损害的人，甩出几条街，甚至难望其项背，也就没事了——因为实力悬殊，注定了这些人翻不起风浪。

就像小苍鹰惹了小鸡，但是随着翅膀越来越硬、越飞越高、越飞越远，鸡还能怎么着？就算从小鸡长成了大雄鸡，也不可能飞上枝头变凤凰——只有凤凰的实力才能碾压展翅高飞的雄鹰。

大雄鸡即使飞上了矮墙，所能做的，也不过就是对着天空咯咯咯几声，犹如犬狗吠日一样，张牙舞爪一下罢了。若是苍鹰猛一回头，铁定将所有的虚张声势、色厉内荏都破得干干净净，犹如戳破无限膨胀的大气泡，瞬间就爆破出了没有内核的本质——大雄鸡反而要紧张得战战兢兢、如履薄冰，试图把小鸡崽护得严严实实。

这就是实力的差距。但是，萧炎没有变雄鹰，更别说成凤凰了；反而落地凤凰不如鸡，褪了天才之色后，变成了大家眼里在鸡家族里排序最末的乌鸡老幺——那不踩你踩谁？

不但要把过去的损失收回来，还要变本加厉，计算利息。而且，还不能按照普通的利率计算利息，必须按照利滚利的复利、高利贷甚至是让人谈虎色变的连环贷来收取利息——一分本钱，不滚雪球滚成一亿利息，那真的不算本事。过去支付得越多，索取的成本收益就越超额。这就是讲究回报和代价的体系。

萧炎其实已经估计到了"过去站得有多高，现在就摔得有多低"的境况——一如他在第一章的自言自语、自我思量。但他还是低估了人心、人性和人的本能之暗黑和深渊。因此，他还是预料不到"雷霆风暴"将会来得有多猛烈——当然，就算知道，以他的脾气和个性，以及爽文的主角光环笼罩，必然会像战斗的海燕一样，高喊："让暴风雨来得更猛烈些吧！"

无知者无畏嘛！

然而，姜还是老的辣。萧战吃过的盐，毕竟比萧炎吃过的饭更多。因此，能够拿捏得到分寸和利害，尤其是那些明面之下的暗潮汹涌。事实上，萧炎从天才沦为废物，所有摆在明面上的都不算什么。真正一击即中的，反而是暗面上的伺机而动、偷窥出手的威胁。

萧炎承担的，都是明面上的风波；但是，真正的威胁和必杀技，却是在暗处较量，由萧战一力承担——若他不是族长，若他守不住族长之位，你以为，萧炎从修炼天才沦为萧家废物，如何能如此云淡风轻、波澜不惊、无关痛痒？

这就是萧战作为父亲的"庇护之翼"。

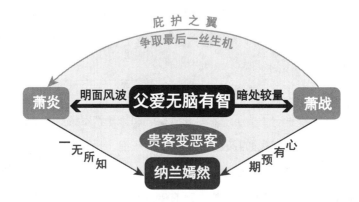

就算在纳兰嫣然退婚之后，萧战在并不清楚萧炎已然恢复斗气的情况下，仍然能够顶着内外双重羞辱和压力，为萧炎修炼争取"最后一线生机"。

"炎儿，在吗？"有些迷糊间，敲门声忽然传了进来。

睁了睁迷糊的眼睛，萧炎赶忙跳下床，然后打开房门，望着站在门外的萧战，挠了挠头，讪笑着问道："父亲，有事么？"

"没事就不能来找你了？你这小家伙，可躲了我两个月了。"硕大的手掌亲昵地揉了揉萧炎的脑袋，萧战笑斥道。

望着萧战那温醇的笑容，萧炎心头有些感动，抽了下有点发酸的鼻子，却是不知说些什么。

"还在为那事自责呢？呵呵，她看不上我儿子，是她的损失，有什么好伤心的！大男人的，何必做这副小女儿姿态。我知道，我萧战的儿子，绝不是废物！"萧战豪迈地道。

"呵呵，父亲，三年后，炎儿会亲自去云岚宗。"笑了笑，萧炎轻声道。

萧战笑容略微收敛，眼睛紧盯着萧炎，有些迟疑道："父亲倒没什么，你……真打算去？父亲不是说你比不上纳兰嫣然，可云岚宗的实力……"

萧炎微微一笑，点了点头，薄薄的嘴唇抿成了一条有些倔强的线条："父亲，有些事，躲不了。是男人，就得承担。"

"呵呵，这性子，倒是和我很像。两位哥哥要是知道你能这么想，恐怕也很高兴。"对于萧炎的执着，萧战欣慰地笑了笑，轻叹了一声，旋即重重地点了点头，"好，父亲就等着我儿子给我赚脸的时候！我要纳兰肃那老混蛋哪天带着聘礼求我收回当初的那纸休证！"

萧炎点头，失笑。

"喏，给你，就当是父亲给你的赞助！"从怀中掏出一个萧炎极为熟悉的白玉瓶，萧战将之递了过来。

望着这转了几圈、又回到自己手上的筑基灵液，萧炎心头有些哭笑不得。不过他的面上，却是保持着疑惑的表情："父亲，这是？"

"筑基灵液，能够加快斗之气的修炼速度，今天拍买到的。"萧战咧嘴笑道。

"费了不少钱吧？"接过白玉瓶，萧炎心头有着暖流淌过。

"四万金币，不过只要对你有用，也算物超所值了。"萧战不在意地笑道。

"您花四万金币给我买了这筑基灵液，大长老他们，恐怕又得以此为借口生事了。"萧炎苦笑道。

"喊，我才是这一族之长。他们也顶多动动嘴皮子罢了。"萧战冷哼道。

"父亲，谢谢您了。一年后的成人仪式上，我会让他们聒噪的嘴全部闭上的。"萧炎抿了抿嘴，轻笑道。

"好，我等着我儿子再次蜕变的那一刻！"虽然不知道萧炎哪里来的信心，不过萧战对自己儿子这副信心十足的模样倒是极为欢喜，当下大笑道。

"好了，也不妨碍你休息了，有事就来找父亲。自家人，有什么好丢脸的。"摆了摆手，萧战转身便是大踏步对着前院行去。

"妈的，还得去应付那几个老不死的。不就是花了四万金币嘛，一个个急得跟吃了你们棺材本一样。"隐隐约约地，萧战的嘀咕骂声，在黑暗中飘飘传出。

望着消失在黑暗中的萧战，萧炎摸了摸鼻子，微笑着低声道："放心吧，父亲，我会用现实，让那些家伙住嘴的。三年前，我能让他们仰望；三年后，我依然能！"

——天蚕土豆《斗破苍穹》：第二十五章　钱由我出

但如前所述，如果是正常的废物，萧战的庇护也就够了；或者，萧战能够有绝对把握，萧炎能够恢复"斗气天才"之名，也无妨。奈何萧炎不安分的天才之锥，伤人太多太深，现在遇到的反弹、打击之力也愈多愈大。锥刺皮囊，萧战的庇护之翼，就有些力不从心。何况，这还容易成为他人拿捏的把柄，破开萧战滴水不漏的防范——沦为废柴的萧炎，其实也成为萧战担任一族之长的软肋和累赘。

因此，在内忧外患之下，萧战要庇得萧炎的周身安全，实在是有些强人所难。然而，作为父亲，他又势在必行。不但要在不授人以把柄的前提之下，为萧炎找到一个"废物庇护所"——平安地过一生；同时，也得在自身防范得滴水不漏的情况下，让这种"废物庇护所"可持续存在。

那么，除了萧战自身在萧氏家族的能力、实力和势力（背景和地位）之外，最佳的，就是引入强援——因此，"贵客"临门，纳兰助援，庇护废物，破局安然。这估计就是萧战对纳兰嫣然履行婚约的最大期望和内心算盘。一个强大的联姻，是比萧氏族长这顶帽子还要有力的庇护和保障。

"呵呵，萧族长，你可认识她么？"葛叶微微一笑，指着身旁的少女含笑问道。

"呃……恕萧战眼拙，这位小姐……"闻言，萧战一愣，上下打量了一下少女，略微有些尴尬地摇了摇头。

当年纳兰嫣然被云韵收为弟子之时，年仅十岁。在云岚宗中修炼了五年时间后，其所谓女大十八变。好多年未见，萧战自然不知道面前的少女，便是自己名义上的儿媳妇。

"咳……她的名字叫纳兰嫣然。"

"纳兰嫣然？纳兰老爷子的孙女纳兰嫣然？"萧战先是一怔，紧接着满脸大喜，想必是记起了当年的那事。当下，急忙对着少女露出温和的笑容："原来是纳兰侄女，萧叔叔可有好多年未曾与你见面了，可别怪罪叔叔眼拙。"

忽然出现的一幕，让众人也是略微一愣。三位长老互相对视了一眼，眉头不由得皱了皱……

"萧叔叔，侄女一直未曾前来拜见，该赔罪的，可是我呢，哪敢怪罪萧叔叔。"纳兰嫣然甜甜地笑道。

"呵呵，纳兰侄女，以前便听说了你被云韵大人收入门下，当时还以为是流言。没想到，竟然是真的。侄女真是好天赋啊……"萧战笑着赞叹道。

"嫣然只是好运罢了……"浅浅一笑，纳兰嫣然有些吃不消萧战的热情，桌下的手掌，轻轻扯了扯身旁的葛叶。

——天蚕土豆《斗破苍穹》：第五章　聚气散

或许正是这样的需求逻辑和心理逻辑，在"兵临城下、山雨欲来"的危局之下，萧氏父子却因此有了迥然有异的心态。

萧炎一无所知、命运未卜，犹如油锅濒临沸点，一点就燃——纳兰嫣然的到来，是"鲜花着锦"（即在鲜花上再加上锦绣，让鲜花更鲜艳），还是"烈火烹油"（在熊熊燃烧的烈火上再浇灌一瓢油，让火势烧得更旺）？

萧战却心有预期，谋算形势，于平衡僵持之局，期冀借刀破局——只是纳兰家族这把刀，到底是握在萧战之手，破局破势破出一个废物萧炎也能活得无忧的天空；还是握在纳兰嫣然之手，一刀捅向萧炎、萧战甚至整个萧氏家族，让亲者痛、仇者快？

因为，萧战千算万算，却没有算到，贵客变恶客。纳兰嫣然的到来，没有破局和化解局势，反而搅局、让局势更加恶化——萧战最后的愤怒，与其说是自己和萧氏家族的利益因此受到了损害，不如说，他为萧炎"废物后半生"的谋划，全部落了空。

"呵呵，萧族长，在下今日所请求之事，便与嫣然有关。而且此事，还是宗主大人亲自开口……"葛叶轻笑了一声，在提到宗主二字时，脸庞上的表情，略微郑重。

脸色微微一变，萧战也是收敛了笑容。云岚宗宗主云韵可是加玛帝国的大人物，他这小小的一族之长，可是半点都招惹不起。可以她的实力与势力，又有何事需要萧家帮忙？葛叶说是与纳兰侄女有关，难道？

想到某种可能，萧战的嘴角忍不住抽搐了几下，硕大的手掌微微颤抖。不过好在有着袖子的遮掩，所以也未曾被发现。强行压下心头的怒火，声音有些发颤地凝声道："葛叶先生，请说！"

"咳……"葛叶脸色忽然出现了一抹尴尬，不过想起宗主对纳兰嫣然的疼爱，又只得咬了咬牙，笑道，"萧族长，您也知道，云岚宗门风严厉，而且宗主大人对嫣然的期望也是很高，现在基本上已经是把她当作云岚宗下一任的宗主在培养……而因为一些特殊的规矩，宗主传人在未成为正式宗主之前，都不可与男子有纠葛……"

"宗主大人在询问过嫣然之后，知道她与萧家还有一门亲事。所以……所以宗主大人想请萧族长，能够……解除了这婚约。"

"咔！"萧战手中的玉石杯，轰然间化为了一蓬粉末。

大厅之中，气氛有些寂静，上方的三位长老也是被葛叶的话震了震。不过片刻之后，他们望向萧战的目光中，已经多出了一抹讥讽与嘲笑。

"嘿嘿，被人上门强行解除婚约！看你这族长，以后还有什么威望管理家族！"

——天蚕土豆《斗破苍穹》：第五章　聚气散

一颗父亲的拳拳热忱之心，被冰冻成成千上万年的冰晶。

仅这一点，就让萧战可亲亦可叹——不说别的，以他老谋深算之虑，怎么会考虑不到"以萧炎之废，如何能够匹配纳兰嫣然之天赋、美貌和家世背景"？

但他仍然这样去谋算了——为了顶着废物之名的儿子，即使要犯一个最为愚蠢不过的错，那也要勇往直前。

这就是那个叫作父亲的男人。

第六章

爽感引爆点：

从『废柴流』到『退婚流』

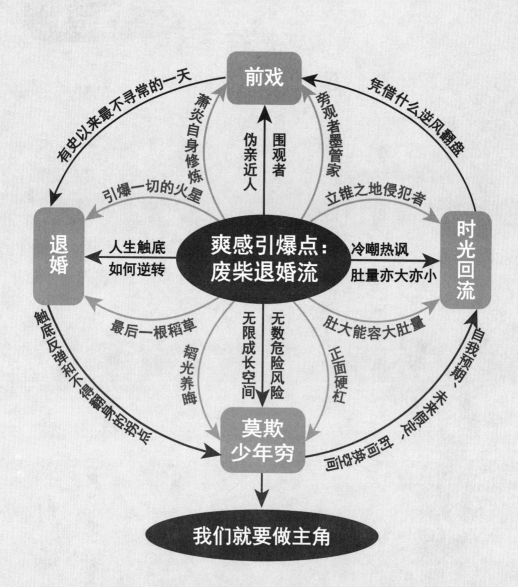

正是在"史上最黑暗的三年"这种即将濒临崩溃的绝境临界点之时，萧炎迎来"压垮骆驼的最后一根稻草"，也面临着"不在沉默中爆发，就会在沉默中死亡"的人生选择。

纳兰嫣然退婚事件，不过是在墙倒众人推时加上去的一根稻草而已；论轻论重，均在一念之间。

但问题在于，这个时间、这个节点、这种处理事情的方式和性质，无疑是为萧炎在这个有史以来最黑暗的人生三年之中积蓄而成的"大火药桶"甚至是"活火山"，提供了导火线、火星和引爆点。

纳兰嫣然退婚—打脸事件，构成整个《斗破苍穹》开局第一个"大章节"（亦即大故事、大高潮和大爽点）的核心节点。

因为，它向前承接萧炎从天才沦为废柴、停留在斗之气三段的滑落史，成为萧炎修炼人生"史上最黑暗的三年"触底反弹的"V"字形拐点，成为把这股情绪暗流和大火药桶引爆的导火线和火花，从而完成了第一次宣泄。

同时，它又以"三年之约"开启故事新旅程，把萧氏家族内部的矛盾，引向与纳兰家族、云岚宗甚至整个帝国（如考虑到丹王古河跟纳兰家族和云岚宗的关系）的外部冲突，从而为萧炎走出乌坦城、走向更为广阔的斗气大陆，提供了一个桥梁。

由此出发，天蚕土豆开创了风靡网文界的"废柴退婚流"，造成爽文之中一道亮丽而独特的类型潮流和文化现象。

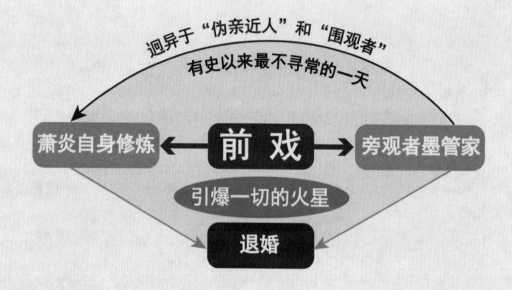

第一节　前戏：
"有史以来最不寻常的一天"

在纳兰嫣然上门退婚事件发生之前，有一个"前戏"——

从萧炎自身修炼和旁观者墨管家两个视角，继续坐实萧炎废柴之实，看似没有一丁儿逆转向好或者翻盘趋上的希望——这就将萧炎推到了背水一战的地步。

在这件即将影响他三分之一人生的事件即将发生之时，萧炎没有任何依托，可以给自己垫底——别说最优、次优的选择了，连底都保不住了。

在没有托底的情况之下，对于即将发生的退婚事件的抗拒，就不仅仅是勇敢与怯懦、明智与愚蠢的考量、考验和拷问：萧炎拿什么来应对羞辱他自己、羞辱整个萧氏家族，甚至会成为他一生的耻辱的退婚事件？他有什么底气，来说出那句铿锵有力的"莫欺少年穷"？又拿什么作为屏障，来接下"三年之约"？如果我们不是以结果倒逼，从纳兰嫣然上门退婚事件已然发生的后果，回溯一切刚刚发生时的这个小细节，那它给我们的感觉确实是毫不起眼、平淡无奇的——不过是萧炎废柴三年之中又一个平常得不能再平常、一日又复一日的清晨。在这个注定将成为萧炎修炼人生"有史以来最不寻常的一天"之中，不过是连泡都冒不起来的开始。

床榻之上，少年闭目盘腿而坐，双手在身前摆出奇异的手印，胸膛轻微起伏，一呼一吸间，形成完美的循环。而在气息循环间，有着淡淡的白色气流顺着口鼻，钻入了体内，温养着骨骼与肉体。

在少年闭目修炼之时，手指上那古朴的黑色戒指，再次诡异地微微发光，旋即沉寂……

"呼……"缓缓地吐出一口浊气，少年双眼乍然睁开，一抹淡淡的白芒在漆黑的眼中闪过。那是刚刚被吸收，而又未被完全炼化的斗之气。

"好不容易修炼而来的斗之气，又在消失……我，我操！"沉神感应了一下体内，少年脸庞猛然地愤怒了起来，声音有些尖锐地骂道。

拳头死死地捏在了一起。半晌后，少年苦笑着摇了摇头，身心疲惫地爬下了床，舒展了一下有些发麻的脚腕与大腿。仅仅拥有三段斗之气的他，可没有能力无视各种疲累。

简单地在房间中活动了下身体，房间外传来苍老的声音："三少爷，族长请你去大厅！"

三少爷，萧炎在家中排行老三。上面还有两位哥哥，不过他们早已经外出历练，只有年终，才会偶尔回家。总的说来，两位哥哥对萧炎这位亲弟弟，也很是不错。

"哦。"随口应了下来，换了一身衣衫，萧炎走出房间，对着房外的一名青衫老者微笑道，"走吧，墨管家。"

望着少年稚嫩的脸庞，青衫老者和善地点了点头，转身的刹那，浑浊的老眼，掠过一抹不易察觉的惋惜。唉，以三少爷以前的天赋，恐怕早该成为一名出色的斗者了吧，可惜……

——天蚕土豆《斗破苍穹》：第三章　客人

以这样的"故事布局"为景框，反过来观照和聚焦纳兰嫣然上门退婚"这史上最不寻常的一天"这个最为寻常的清晨，我们发现，它真的就像一个奇崛的收口：以墨管家这样亲近萧战等族长派系、亲近萧家三兄弟、亲近萧炎这个三少爷的"亲近旁观者"——迥异于萧媚这种前恭后倨、前近后疏的"伪亲近人"，以及那些惋惜叹息、冷嘲热讽的"围观者"——将旁观者的视线进一步拉近聚焦，让我们似乎看到，这一个清晨正在萧炎废柴三年的家族冷氛围里，收拢起来，让它略微远离爆破点 0.05 公分。

然而，这种压缩后的气体，似乎又像一团正在活过来的死火山，在萧炎那肚大能容但同时器量较小的肚脐眼周围彷徨、萦绕、喧嚣和躁动，时时、事事、处处都在等待着那一点"小火星"掉下来——然后，"嘭"地就炸了，岩浆喷薄而出。滚滚洪流，吞噬掉一切。

毫无疑问，纳兰嫣然上门退婚，就是那引爆一切的火星！

第二节 纳兰嫣然退婚事件：

有史以来"最后一根稻草"

《斗破苍穹》连续用了五章的笔墨，来浓墨重彩地描绘和渲染"纳兰嫣然退婚事件"，分别是：第三章、第四章、第五章、第六章、第七章。篇幅不可谓不重，笔墨不可谓不深。

在我们看来，"纳兰嫣然退婚"是萧炎从地球穿越到斗气大陆的人生之中最重要的一个"大事件"：天才沦为废柴的三年，犹如涓涓细流，汇聚成川、成河、成海，成为上面平静无波、下面却喧嚣躁动、一丁点火星就能让它爆炸的

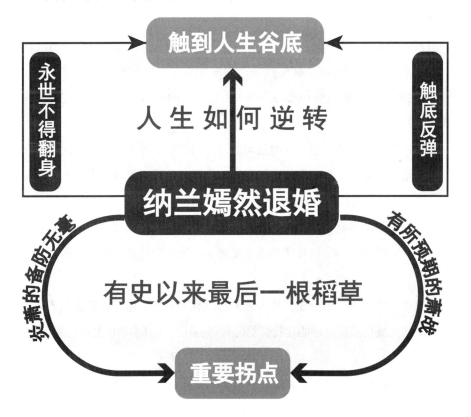

油锅;而纳兰嫣然退婚,不是溅了一丁点火星,而是真正地扔了一根"熊熊燃烧的圣火火炬",一下子就引爆了大油桶,甚至让整个喧嚣和躁动的活火山喷薄爆发——它真正让萧炎触到了人生的谷底。

这不但未能如萧战所预期的那样,让萧炎触底反弹,借助纳兰家族的"外援"之臂力,摆脱废柴人生的黑暗岁月,重新升腾攀爬,反而让他"托底人生的废柴之基"遇到了地面塌陷的悲催事件:原来人生的谷底并不是真正的谷底,可以以低得不能再低的洼地,托住你的下坠;它不是坚硬的基地,而是一层脆薄的表层;在它下面,还有比谷底更低、更暗、更为崎岖的下滑通道;而那谷底崩塌之后,将你的人生、未来和希望全部吞噬的黑暗巨嘴,不过是刚刚露出一颗獠牙而已——下面是无尽的恶魔深渊。

只有经历了纳兰嫣然退婚事件,你才会明白,原来此前"史上最黑暗的废柴三年",不过是开胃菜而已。现在,才是深渊恶魔张开血盆巨口,正式进餐,准备吞噬你的全部人生、未来和所有希望的"饕餮盛宴"时刻。

毫无疑问,在毫不知情、毫无防备的萧炎和有所准备却有所预期的萧战背后,用力一推的人,正是纳兰嫣然。正是她唤醒了那头准备吞噬萧炎所有废柴人生、天才未来和斗气大陆斗破苍穹希望的深渊恶魔,一把把萧炎推过"獠牙之门",让他真正迈过那道临界之门,进入人性恶魔的黑暗食道,通过它的胃,滑向那无尽的人生深渊。

而且,纳兰嫣然还一脸无辜而且理所当然的样子。因为,她只是在捍卫和抉择"我的婚姻我做主"的权利;至于,她的抉择,是否会给别人带来无法估量的伤害,绝不在她的考虑范围之内。

自私是人类的本性。自私驱动某些人进化成"精致的利己主义者"——毫无疑问,纳兰嫣然就是一个精致的利己主义者。不管她自己还是别人如何包装,都掩盖不了这一点。

只不过,事实上,纳兰嫣然从头到尾都没有用华丽的词藻或虚伪的装饰包装过自己。这大概是最后她还能让我们觉得有那么几分"真实和可爱"的原因吧。

"萧炎,虽然不知道为什么我的举动让你如此愤怒,不过,你······还是解除婚约吧！"轻轻地吐了一口气，纳兰嫣然从先前的惊吓中平复下了心情，小脸微沉道。

"请记住，此次我前来萧家，是我的老师，云岚宗宗主，亲自首肯的！"抿着小嘴，纳兰嫣然微偏着头，有些无奈地道，"你可以把这当作是胁迫。不过，你也应该清楚，现实就是这样，没有什么事是绝对公平的。虽然并不想表达什么，可你也清楚你与我之间的差距，我们……"

"基本没什么希望……"

听着少女宛如神灵般的审判，萧炎嘴角溢出一抹冷笑："纳兰小姐……你应该知道，在斗气大陆，女方悔婚会让对方有多难堪。呵呵，我脸皮厚，倒是没什么。可我的父亲！他是一族之长，今日若是真答应了你的要求，他日后再如何掌管萧家？还如何在乌坦城立足？"

望着脸庞充斥着暴怒的少年，纳兰嫣然眉头轻皱，眼角瞟了瞟首位上那忽然间似乎衰老了许多的萧战，心头也是略微有些歉然，轻咬了咬樱唇，沉吟了片刻，灵动的眼珠微微转了转，忽然轻声道："今日的事，的确是嫣然有些莽撞了。今天，我可以暂时收回解除婚约的要求。不过，我需要你答应我一个约定！"

"什么约定？"萧炎皱眉问道。

"今日的要求，我可以延迟三年。三年之后，你来云岚宗向我挑战。如果输了，我便当众将婚约解除。而到那时候，想必你也进行了家族的成年仪式，所以，就算是输了，也不会让萧叔叔脸面太过难堪，你可敢接？"纳兰嫣然淡淡地道。

"呵呵，到时候若是输了，的确不会再如何损耗父亲的名声。可我，或许这辈子都得背负耻辱的失败之名了吧。这女人……还真狠呐！"心头悲愤一笑，萧炎的面庞，满是讥讽。

"纳兰小姐，你又不是不清楚炎儿的状况，你让他拿什么和你挑战？如此这般侮辱他，有意思么？"萧战一巴掌拍在桌面之上，怒然而起。

"萧叔叔，悔婚这种事，总需要有人去承担责任。若不是为了保全您的面子，嫣然此刻便会强行解婚！然后公布于众！"几次受阻，纳兰嫣然也是有些不耐，转过头对着沉默的萧炎冷喝道，"你既然不愿让萧叔叔颜面受损，那么便接下约定！三年之后与现在，你究竟选择前者还是后者？"

"纳兰嫣然，你不用做出如此强势的姿态。你想退婚，无非便是认为我萧炎一届废物配不上你这天之骄女。说句刻薄的，除了你的美貌之外，其他的本少爷根本瞧不上半点！云岚宗的确很强，可我还年轻，我还有的是时间。我十二岁便已经成为一名斗者。而你，纳兰嫣然，你十二岁的时候，是几段斗之气？没错，现在的我的确是废物，可我既然能够在三年前创造奇迹，那么日后的岁月里，你凭什么认为我不能再次翻身？"面对着少女咄咄逼人的态势，沉默的萧炎终于犹如火山般爆发了起来，小脸冷肃，一腔话语，将大厅之中的所有人都是震得发愣。谁能想到，平日那沉默寡言的少年，竟然如此厉害。

——天蚕土豆《斗破苍穹》：第七章　休！

"纳兰嫣然退婚事件"于是就成为一个拐点：究竟是将萧炎连同萧战，甚至整个萧氏家族，都推过那道临界之门，沦入真正走向绝望深渊的下滑通道，从此让其处于万劫不复之地，看似永世都不能翻身？还是激活了萧炎的斗志，从此找到修炼人生、斗气大陆、斗破苍穹的真正支撑点，从此触底反弹？

《斗破苍穹》没有亦不可能让故事滑向前面那一种结局，否则这就不是"爽文"，而是"虐文"——爽文和虐文是可以在一定条件下相对存在、相互进行比较、在某种局部特殊情况下还可以相互转化的一对网文概念。

但这不是我们此处讨论的重点。重点是，我们都能预见到前面一种可能性的"不可能性"，但我们并不能确切地预期后一种可能性将如何"可能性地发生"——这大概就是《斗破苍穹》让人"情理之中意料之外"地获得爽感的原因。

从"废柴三年"到"退婚临门一踹"，《斗破苍穹》一如我们所预期的故事逻辑，的确步步紧逼，将萧炎逼到触底、打开深渊之门、进入下滑通道的境遇。

但是，却于不可能之中，硬生生创造出一种可能，为萧炎构建一种反弹、重获支撑点、重建"向上阶梯"的局面——这一种"逆转"，可以说是作者"故意"甚至是"刻意"制造的。然而于故事的整个发展节奏中来看，又是合乎逻辑、顺理成章的。这两种反作用于阅读预期、过程和结果之上的力量，造成双向挤压或是两面夹击的推动力。

第三节 莫欺少年穷：

从"主角成长空间"到"国民情绪流"

纳兰嫣然退婚事件，给萧炎个人、一族之长的萧战以及整个萧氏家族带来了屈辱和羞耻；萧炎自己的抗击所引爆的"情绪流（暂时的亢奋和爽感）"；潜力与能力、实力与势力不对称带来了持续、普遍和深入的矛盾、冲突和紧张关系。

这种"情绪流"类似于那种点燃中国人普遍情绪和国民情结的引爆点：自身的潜力与能力、实力与势力不足以抗衡他方；而他方带来的欺压、欺侮和欺凌，已经持续、积淀下来，孕育、酝酿成一股喧嚣与躁动甚至汹涌澎湃的暗流；它们一直在寻找决裂、突破和喷薄而出的"宣泄点"。于是，像萧炎这样三十年河东、三十年河西"莫欺少年穷"的话，就像导火线，把这种国民情绪的需求暗流引爆成了庞大的社会潮流，从而形成一泻千里、奔流到海、席卷一切的滚滚热浪，可以把我们都裹挟进这种奔涌而来的潮流之中，退无可退、避无可避，唯有主动或被动卷入进去，成为那种"情绪流"之中的一分子。

"纳兰小姐，看在纳兰老爷子的面上，萧炎奉劝你几句话：三十年河东，三十年河西，莫欺少年穷！"萧炎铮铮冷语，让纳兰嫣然娇躯轻颤了颤。

"好，好一句莫欺少年穷！我萧战的儿子，就是不凡！"首位之上，萧战双目一亮，双掌重砸在桌面之上，溅起茶水洒落。

咬牙切齿地盯着面前冷笑的少年，纳兰嫣然常年被人娇惯，哪曾被同龄人如此教训，当下气得脑袋发昏，略带着稚气的声音也是有些尖锐："你凭什么教训我？就算你以前的天赋无人能及，可现在的你，就是一个废物！好，我纳兰嫣然就等着你再次超越我的那天！今天解除婚约之事，我可以不再提！不过三年之后，我在云岚宗等你。有本事，你就让我看看你能翻身到何种地步！如果到时候你能打败我，我纳兰嫣然今生为奴为婢，全都你说了算！"

"当然，三年后如果你依旧是这般废物，那纸解除婚约的契约，你也给我乖乖地交出来！"

望着小脸铁青的少女，萧炎笑着嘲讽出了声："不用三年之后，我对你，实在是提不起半点兴趣！"说完，也不理会那俏脸冰寒的纳兰嫣然，豁然转身，快步行到桌前，奋笔疾书！

墨落，笔停！

萧炎右手骤然抽出桌上的短剑，锋利的剑刃，在左手掌之上，猛然划出一道血口……

沾染鲜血的手掌，在白纸之上，留下刺眼的血印！

轻轻拈起这份契约，萧炎发出一声冷笑，在路过纳兰嫣然面前之时，手掌将之重重地砸在了桌面之上。

"不要以为我萧炎多在乎你这什么天才老婆！这张契约，不是解除婚约的契约，而是本少爷把你逐出萧家的休证！从此以后，你，纳兰嫣然，与我萧家，再无半点瓜葛！"

"你……你敢休我？"望着桌上的血手契约，纳兰嫣然美丽的大眼睛瞪得老大，有些不敢置信地道。以她的美貌、天赋以及背景，竟然会被一个小家族中的废物，给直接休了？这种突如其来的变况，让她觉得太不真实了。

冷冷地望着纳兰嫣然错愕的模样，萧炎忽然转过身，对着萧战曲腿跪下，重重地磕了一头，紧咬着嘴唇，却是倔强地不言不语……

虽然在家族之中，名义上是他把纳兰嫣然逐出了家族。可这事传出去之后，别人可不会这么认为。不清楚状况的他们，只会认为，是纳兰嫣然以强横的背景，强行让萧家退婚。毕竟，以纳兰嫣然的天赋、美貌以及背景，配萧家一废柴少爷，那是绝对绰绰有余。没有人会认为，萧炎会有魄力休掉一位未来云岚宗的掌舵人……而如此，作为萧炎的父亲，萧战定然会受到无数讥讽……

望着跪伏的萧炎，明白他心中极为歉疚的萧战淡然一笑，笑吟吟地道："我相信我儿子不会是一辈子的废物。区区流言蜚语，日后在现实面前，自会不攻而破。"

"父亲，三年之后，炎儿会去云岚宗，为您亲自洗刷今日之辱！"眼角有些湿润，萧炎重重地磕了一头，然后径直起身，毫不犹豫地对着大厅之外行去。

在路过纳兰嫣然之时，萧炎脚步一顿，清淡的稚嫩话语，冰冷吐出。

"三年之后，我会找你！"

少年的背影在阳光的照耀下，被拉扯得极长，看上去，孤独而落寞。

纳兰嫣然小嘴微张，有些茫然地盯着那道逐渐消失的背影，手中的那纸契约，忽然变得重如千斤……

——天蚕土豆《斗破苍穹》：第七章　休！

但实际上，这种"情绪流"是建立于"预期、假定时间"之上的：自我预期"未来为我而来"，假定"我能成亦必成"，需要以时间换成长的空间。但这其实是"最不确定"的。

三十年河东，三十年河西，莫看你今日嚣张，怎比我明日辉煌？宁负老年、不欺少年，因为少年有巨大的成长空间；少年才能创造成长、成才和成功的速度和奇迹。假以时日，若是少年成长起来，那么今日之仇，必还报彼身——假若少年真能顺利成长的话！

但是，如果中途夭折呢？或者，仇家提高警惕，不遗余力地围追堵截，用各种手段打击、阻击，要把成功的火苗掐灭，甚至将这个潜力无限的威胁因子，扼杀于摇篮之中呢？！

"邻家有女初长成"，也是要有成长的空间，才能真正长成，才能"娉娉袅袅十三余，豆蔻梢头二月初"。如果发生一次意外、一次突发事故，芳华永逝，就再没有"红杏枝头春意闹"的绽放机会了！

从小说故事到社会现实，原理皆同于此：身负血仇的潜能少年，如果没能活过今晚，那明天的太阳再好，跟他又有什么关系？即使他再像朝阳一样可期，其"超能"再像霞光一样可万丈，但若羽翼未丰之际就躲不过被折断的命运，那么再有"鸿鹄之志""鲲鹏之翅"，又如何能够熬过那史上最黑暗的成长岁月，迎来"鲲鹏展翅九万里""四海肆意生平快"的大展宏图、快意恩仇之日？

成长是有可能被狙击的。一个人如是，一个国家亦如是。少年的成长和大国的成长，没有什么区别，都有着无限的成长空间，但亦面临着无数的危险和风险。甚至，都会遇到人为的围追堵截、狙击打击。历史和现实一再证明如此。因此，韬光养晦才会成为策略。

萧炎微微一笑，偏头望着脸色难看的加列奥，漫不经心地道："加列奥少爷，这所坊市，可是我萧家的地盘，你想在此处动手？"

加列奥目光有些忌惮地看了佩恩一眼，然后转头对着萧炎冷笑道："你难道就只会依靠家族势力？如果你是个男……"

"你想和我说：如果我是个男人，就和你来一场公平的比试，是不是？"萧炎忽然摆了摆手，笑着打断了加列奥的话。

加列奥冷笑一声，挑衅地道："没错，你可敢？"

望着一脸挑衅的加列奥，萧炎似是有些无奈地叹了一口气，手掌摸了摸额头。片刻后，方才抬头，微微耸了耸肩，一脸的纯真与无辜："加列奥少爷，我想问问，您今年多少岁了？"

加列奥嘴角一扯，阴着脸不说话。

"大哥，你今年二十一了。我多少岁？十五岁！你竟然让我这个连成年仪式都未举行的小孩和你决斗？你难道都不觉得自己的要求，很是让人有些脸红么？"萧炎叹道。小脸上的那副无奈模样，让身旁的薰儿有些忍俊不禁，抿嘴轻笑。

"哈哈。"

听着少年这通无辜的话，坊市深处的一些摆摊的佣兵以及商人，顿时失笑了出声。的确，以萧炎此刻的年龄，顶多只能算成一位乳臭未干的稚嫩少年。而加列奥，却早已经成年，这种挑战，实在是让众人不得不在心中有些鄙视。

周围讥讽的目光，犹如一盆凉水，让加列奥恢复了些清醒。萧炎所表现出来的成熟与淡然，总是会让人不自主地将他的年龄省略而去。所以，经提醒，加列奥这才记起，面前的少年，年仅十五……

恶狠狠地咬了咬牙，加列奥望了望那群正虎视眈眈地站在萧炎身后的萧家护卫，知道自己今天已经没有出手教训的机会，只得悻悻地摇了摇头，阴恻恻地道："再有一年，你就该举行成年仪式了吧？嘿嘿，我看你这废物，恐怕成人仪式一过，就得被安排到那些穷乡僻壤去吧！以后，连进入乌坦城的资格都没有，真是可怜。"

萧炎微微一笑，不置可否地耸了耸肩。

眼皮抽了抽，不知道为何，加列奥只要一看见面前少年脸上的淡定从容，便是满腔怒火：你一个废物，没事给我装个狗屁的高深莫测啊……

强行压抑住心头的怒火，加列奥冷哼了一声，手掌一挥，带着手下挤开人群。

"哦，对了……"脚步忽然一顿，加列奥似乎是想起了什么，转过头讥笑道，"萧炎小少爷，听说你们萧家，被纳兰家族的纳兰嫣然强行解除婚约了？嘿嘿，其实也没什么，以你的修炼天赋，也的确配不上纳兰小姐，哈哈……"说完这些，加列奥这才大笑着离去。

萧炎目光有些阴森地瞥着那离去的加列奥，手掌伸出，一把拉住身旁的薰儿，淡淡地道："一条疯狗而已，它咬了你，你难道还想咬回来？"

"可他……太过分了，难道就这么放过他？"薰儿皱着纤细的秀眉，有些愤愤不平地道。

"呵呵，会有机会的……"萧炎眯着眼睛笑了笑，嘴角噙着的阴冷，让得旁边的佩恩，心头略微发寒。一头咬人的狮子，并不可怕；可怕的是，这头狮子，懂得隐忍……

"佩恩大叔，麻烦你们了。"萧炎转头，对着佩恩等人和善地笑道。先前那有些阴森的气息，瞬间化为了少年的朝气与坦率。

心头有些感叹萧炎对情绪的把握程度，佩恩的笑容中，多出了一分发自内心的敬畏。且不论萧炎的修炼天赋，仅仅是这份心智，日后的成就，恐怕也不会太低。

——天蚕土豆《斗破苍穹》：第十三章　黑铁片

然而，少年的峥嵘是怎么藏也藏不住的。该来的依然会来，只不过是时间问题而已——当无法再韬光养晦，只能"正面硬杠"时，我们需要在以时间换空间的策略和战略之中，获得足够的成长能力和成功实力，而不是潜力。

实力决定一切，而不是潜力。"莫欺少年穷"其实说的，仍然是一种潜力，而不是实力。从潜力到实力，确实是建立于自我预期、未来假定论和时间换空间这三大杠杆之上——任何一个杠杆被折断，都不足以支撑这巨大的"情绪流"。

但是，错位正是在此发生的。双方需要比拼实力时，我们却引爆了情绪。为何？

因为，当下，少年确是技不如人、势不如人——双方处于严重不对称的地步。就像纳兰嫣然的潜力与能力、实力和势力，都凌驾于萧炎之上。如果按照以前的历史教训，应该隐忍，退一步海阔天空。

然而，当下的少年，是不能忍、亦不想忍。实力不济又如何？势不如人又如何？我们就是要敢于发声——莫欺少年穷！

这不是谋定而后动、权衡利弊之后做出的选择与行动，而是不假思索甚至是率性而为的高亢誓言。支撑它的，不是能力与势力，而是自信和信心——哪怕是经历了三年废柴变天才的黑暗煎熬，哪怕是现在暂时还不能触底反弹，但少年应该有少年的朝气和意气，就像萧炎这一个地球少年自有穿越者的骄傲和信心——"老天"让我从一个"庸常众"穿越成一个天赋少年，不是让我来当配角甚至是炮灰的；而一代少年亦有一代少年的自信和理念：这个时代就是为我们而生的；我们天生就是来当主角的。

"老师，我还需要多久才能晋入第七段？"微闭着眼眸，萧炎忽然出口低声道。

只要晋入了第七段，那么他便具备了进入斗气阁找寻功法的资格。虽然现在的他已经看不上萧家的那些斗气功法，不过自己却必须具备这资格，因为这关系到自己父亲的颜面。

一阵清风刮过，药老透明的身形，出现在了巨石之旁。

目光中带着笑意地盯着少年，药老先是打量了一下地上断裂的大树，微微点头，略微沉吟，笑道："你的修炼速度有些出乎我的意料。本来我以为即使有着灵液的帮助，你也需要一年才能进入第七段……或许是因为以前压抑得太过剧烈了吧，现在反弹起来，你也更加疯狂。照这进度，两月之内，一定能进入第七段斗之气。"

闻言，萧炎唇边扬起了淡淡的弧度。他很想知道，那些在过去三年中对自己万般嘲讽的族人，当看见自己展现实力的时候，会是何种表情！自己当日在大厅中对纳兰嫣然所说的话，又何尝不是在对他们所说？

"我萧炎三年前能创造奇迹，三年后，我依然能！"目光微微闪烁，萧炎想起半年之前，在大厅各种不屑嘲讽的目光中，少年那有些孤单的背影，倔强而执着！

"纳兰嫣然，我正在一步步地朝你爬过去！你静心等待吧！三年之后，我们，云岚宗见！"

嘴角忽然地挑起一抹桀骜，少年猛地跳起身子，仰头对着一望无际的天空大吼咆哮。

望着那大吼的少年，药老微微一笑，并未阻拦。人，需要压力才会成熟。现在的萧炎，天赋够了。需要的，是一种鞭策的压力！纳兰嫣然的出现，为他竖立了最好的压力。

"拿她当作你的试炼石吧，强者的路，你还有很长的距离！"

——天蚕土豆《斗破苍穹》：第二十六章 苦修

这种心态很重要。

它不是萧炎一个自带主角光环的意绪，亦不是作者、主角和作为剧外人、局内人的我们一个群体不甘作配角的心理，而是整整四代在改革开放中成长起来的少年世代普遍、深入而持续的"我们就是要做主角"的国民心态。

正是这种心态，成了一个杠杆，在技不如人、势不如人、靠能力与实力来比拼和竞争的不对称局面之处，仍然让萧炎这样一个"时代代言人"，可以言语铿锵、掷地有声地抛出这样一句落地可生根、见风可长芽、有雨露有阳光就开花可期、结果可成的话：莫欺少年穷。

第四节 时光回流：

从立锥之地"侵犯者"到肚大能容"大器量"

从萧炎斩钉截铁地说出"莫欺少年穷"并且落地生根的那个"关键时刻"起，让时光倒流，回到这个普通无比的清晨细节之时，却让我们看到：看似寻常却奇崛；所有的奇崛都蕴藏和孕育于平常之中。

一方面，没有任何"底气"的萧炎，却仍然执拗地说出那瞬间引爆情绪的"爆款金句"。以"无底气"，说出"大宏誓"，就形成一种强烈的对比、反差和张力，并带来了最大的悬念：萧炎凭什么咸鱼翻身、废柴逆袭、人生翻盘？

另一方面，这个清晨的小细节，就像一个小风口，或者确切地说，就像一个风袋子在这里收了一个小口，将从开篇测试日到整个废柴三年萧炎的亲历、感受和际遇，都略微回收了一下。犹如风神收集大半年的风，在它快要撑破的临界点之际，往回收了一收、压了一压、缩了一缩，在"叶落尽"和"凛冬至"的拐点上，获得了一个较小的回旋空间，防止一下子就被针眼戳一下一样爆破了。

这就像是从如春江之水暖、夏花之绚烂和秋水之明净的种种滋味杂陈的风，都被风神收集在了这个"肚大能容——容天下难容之大事"，但同时又"小肚鸡肠——难容那些吹毛求疵的小事"的"器量袋"里，大小之间，热胀冷缩，一个分寸没有把握好，就极容易吹弹即破、针扎能爆。

是的，我们以这种看似华丽的词藻，试图描述出这个平淡无奇的清晨之日，让那看似寻常却奇崛的"小收口"——往回收了一收，只为三个重要的方面。

一是萧炎废柴三年积累下来的冷嘲热讽、人情冷暖，都已经到了临界点，犹如打翻了风神收集的那大半年酸甜苦辣咸五味瓶，也到了爆破的边缘——一不小心过界，就容易从"破茅屋的秋风"，变成"凛冬已至的西风烈"。

二是萧炎自身的肚量和器量极大亦极小。他的器量大到可以容天下难容之事，遑论废柴三年的口水唾沫。就像那句谚语所言，别人说你几句又怎么啦？又不会掉根汗毛少块肉！所以，走自己的废柴人生路吧，让别人去尽情嘲笑。

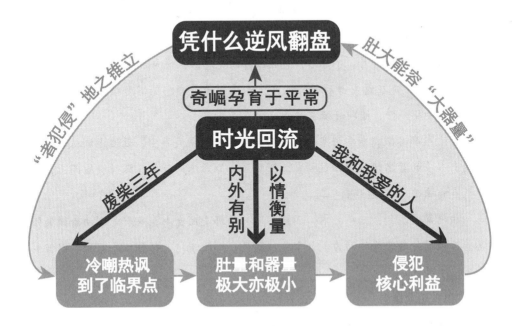

但是，萧炎的肚量，其实又小得像肚脐眼——这个人体的黄金中心甚至整个宇宙的中心，其实只有立锥之地，连自己都难容身立足，何况那些被视为侵犯自己利益、空间和边界的人？

纳兰嫣然就是这样一个贸然又冒失的侵犯者。她未经宣告，就侵入了萧炎难以容身容人容天下的立锥之地，也就一生都难以为萧炎所容——三年之约，贯穿始终，萧炎始终“绝不原谅”纳兰嫣然上门退婚的行为，决意要上山雪耻，将纳兰嫣然所带来的一切羞辱、侮辱和耻辱都尽数还回去，都跟这种“小肚鸡肠”“睚眦必报”“一报还一报”“加倍偿还”的器量和心态有关。

眼睛死死地盯着大门处嫣然轻笑的月袍女子，萧炎那被笼罩在阴影之下的脸庞，豁然间便是由微笑变成了阴沉。虽说间隔三年，各自变化颇大，不过他还是能够从女子身上，依稀地看出当年那娇贵少女的影子，纳兰嫣然！

拳头紧紧地握着，指甲扣进掌心之中，传出阵阵的抽痛之感。眼睛眨也不眨地盯着月袍女子的一颦一笑，萧炎心中忽然涌出一股难以遏制的愤怒。这三年，她或许在云岚宗过得极为舒畅吧？可自己呢？却是已经无数次在死亡刀口上险险爬过！她或许并不知道，每次苦修间，萧炎那即将到达极限的忍耐力，都是因为她，最后才能够继续咬着牙，狠狠地熬了过去。

身体轻微地颤抖着。半晌后，一股凶悍的气息，猛地自萧炎体内暴涨而起。

"萧炎？"走在萧炎身后的海波东，感受到萧炎那忽然不受控制暴涌而出的气息，不由得一愣，旋即赶忙在其身后低声喝道。

海波东那略微噙着些许寒冷斗气的声音，传进萧炎耳中，让他逐渐从那股忽然涌上心头的莫名情绪中回过神来。深吸了一口冰凉的空气，眼眸缓缓闭上，心中低声喃喃道："没想到啊！"

的确是没想到，三年之内，面前不远处的那美丽女人，几乎是催动着萧炎强忍着孤独进行着苦修的动力。如今忽然遇见，那股情绪，让他几乎有种难以控制的失态冲动。

"的确是没想到……"

药老的安抚笑声，也是缓缓在萧炎心中响起。一直陪伴着萧炎修炼的他，自然是清楚，面前这个女人在萧炎心中占有一块何种深刻的烙印。虽然这块烙印，是她用践踏萧炎的尊严而遗留下的。不过不管如何说，这个女人，在萧炎心中的地位，恐怕能与他极其在乎的薰儿相比。当然这是两个截然不同的方向与感情。

一个女人能够使得一个男人时时刻刻狠狠地记着她，这从某个方面来说，不管女人用意如何，她似乎都是成功了。

手掌伸进黑袍中，非常用力地搓动了一下脸庞；直到清秀的脸庞泛起几缕通红后，萧炎这才停止。深呼吸了几次，终于是逐渐将心态调整完毕，目光泛着些许冷意。扫过那纳兰嫣然以及其身旁的那位同样留给萧炎不浅印象的老人，在心中低声问道："老师，能查探出现在她的实力么？"

闻言，药老沉默了一下，片刻后回道："不行……"

听得这话，萧炎心头猛的一沉，错愕地在心中失声道："不行？怎么可能？以老师的实力，竟然探不出她的底？难道这三年时间，她竟然飙到斗皇之上了？"

"胡扯什么呢？"瞧得萧炎如此失态，药老哭笑不得地斥了一声，接着道，"并非是因为她的原因而导致探测不出其真实实力。我能感受到，在她的身上，笼罩着一层能量膜。就是这层能量膜，隔绝了我灵魂力量的探测。"

"以我的经验来看，她应该是佩戴了某种能够隔绝探测的道具，所以你也不用太过担心。等日后与她交手，其真实实力，自然是可见分晓。"药老安慰道。

"呼……"闻言，萧炎这才松了一口气，缓缓地将心中的那些情绪压下，微偏过头，对着身旁的海波东低声道，"没事了。"

"你怎么了？"海波东略微有些诧异地盯着身旁那被笼罩在黑袍下的少年。相识这段时间，他还是第一次见到萧炎失态到竟然连自身的气息都把持不住。

"没什么。"含糊地摇了摇头，萧炎略微抬起头，发现大厅内，因为自己先前那忽然爆发的气息，导致一道道错愕的目光都是投射了过来。

在这些目光中，萧炎清楚地感觉到了一道清冷中略带诧异的视线。微微抬头，目光透过垂下的黑罩，正好与大门处那转身望来的月袍女人对视在了一起。

死死地盯着那张美丽动人的容颜，从中，还能模糊看见当年少女的轮廓。缓缓地吐了一口气，萧炎拳头轻轻地捶了捶胸口，强行地将心中再度升腾而起的那缕怒火压下，对着一旁的海波东轻声道："走吧。"

瞧得萧炎这一阵子忽然变得莫名其妙的举动，海波东愣了愣，片刻后，目光扫向大门处的月袍女子，眉头微皱，心中似是模糊地明白了点什么。

无奈地摇了摇头，海波东快步跟了上去，与萧炎一前一后，对着大门之外走去。

——天蚕土豆《斗破苍穹》：第两百五十二章 纳兰嫣然

这种"雪耻之约"的情感色彩和驱动力是如此强烈与强大，几乎削弱和淡化了《斗破苍穹》开篇就确立的主调性：提得起，放得下，提放自如，方是自在人。萧炎追求"提放自如"，却何以在纳兰嫣然退婚之事上"钻牛角尖"？而且，这种钻牛角尖还钻得不仅仅不让我们反感，反而让我们热血沸腾？其实就是一句话：内外有别，我为标尺，以情衡量。

废柴三年萧氏族人的三年冷嘲热讽史，他确实是提得起、放得下。无论是原谅萧媚、萧宁、萧玉，还是揭过萧氏家族三大长老，抑或是重护萧氏族人，萧炎把能容的都容了，该放的都放了。

但是，从挟势逼退婚约的纳兰嫣然，到忘恩负义的纳兰家族，再到仗势欺人的云岚宗，萧炎却真的是针眼里容不下沙子、小肚鸡肠容不下侵害自己利益的人——他是一个都不原谅，一刻都不放弃，一件都不放过。

说到底，在这个实力为尊的斗气大陆，做自在人，必须要有能力、实力和势力；而有能、有实、有势，提放自如，只有一个标准，就是：我爱的人和爱我的人，那必然包容到底、捍卫到底；冒犯、侵犯、损害我与我爱的人之核心权益的人，那就必须反击到底，绝不容忍。

所以，萧媚能容，萧薰儿能爱，就连萍水相逢的厄难毒体小医仙都能获得萧炎的怜悯和同情；甚至那个卑微至贱的蛇人混血儿仅仅是因为真心服侍了萧炎，萧炎都能冲冠一怒为红颜，在她被掳走后冒险灭了强大的墨氏家族。

但是，纳兰嫣然不能忍，纳兰家族不可谅，云岚宗不可放，特别是那个寻衅报复萧氏家族，导致萧家几乎灭族，以及让萧炎之父、萧氏族长萧战失踪的罪魁祸首——云岚宗大长老云梭，更是让萧炎"是可忍，孰不可忍"，狂化暴走，怒上云岚宗，即使面对加玛帝国最强斗宗云山——萧炎与之硬杠无异于蚂蚁对大象，但他仍然选择了正面对决，用自己创造的斗气核弹"佛怒青莲"，把云梭炸得粉身碎骨，把整个云岚宗炸得支离破碎。当然，也把萧炎自己炸得如亡命大逃亡的野狼，被云岚宗举宗千里追杀、万里围剿。

但那又如何？就像孔子周游烈国，惶惶如丧家之犬，却仍然不失自己清明理想的"论语周礼"；萧炎天涯亡命狂奔，却仍然彪悍地随时反扑，狠狠咬噬云岚宗的爪牙！

这种该容就肚大、不忍即量小的彪悍作风，才是真正的提放自如：是仇，就得提头来见；是情，就得放下包容——是谓热血少年，是谓顶天立地好男儿。

每个人其实都是以亲疏远近来划分彼此的距离和界限的：我爱的人和爱我的人，当以"肚大能容——容一切难容之事"待之；冒犯、侵犯和侵害我以及我爱之人的，就以"小肚鸡肠——难容一切鸡毛蒜皮的小事"怼之——没有任何商量和回旋的余地。

选文悦读《斗破苍穹》:

纳兰嫣然退婚事件

第三章 客人

床榻之上，少年闭目盘腿而坐，双手在身前摆出奇异的手印，胸膛轻微起伏，一呼一吸间，形成完美的循环。而在气息循环间，有着淡淡的白色气流顺进口鼻，钻入了体内，温养着骨骼与肉体。

在少年闭目修炼之时，手指上那古朴的黑色戒指，再次诡异地微微发光，旋即沉寂……

"呼……"缓缓地吐出一口浊气，少年双眼乍然睁开，一抹淡淡的白芒在漆黑的眼中闪过。那是刚刚被吸收，而又未被完全炼化的斗之气。

"好不容易修炼而来的斗之气，又在消失……我，我操！"沉神感应了一下体内，少年脸庞猛然地愤怒了起来，声音有些尖锐地骂道。

拳头死死地捏在了一起，半晌后，少年苦笑着摇了摇头，身心疲惫地爬下了床，舒展了一下有些发麻的脚腕与大腿。仅仅拥有三段斗之气的他，可没有能力无视各种疲累。

简单地在房间中活动了下身体，房间外传来苍老的声音："三少爷，族长请你去大厅！"

三少爷，萧炎在家中排行老三，上面还有两位哥哥。不过他们早已经外出历练，只有年终，才会偶尔回家。总的说来，两位哥哥对萧炎这位亲弟弟，也很是不错。

"哦。"随口地应了下来，换了一身衣衫，萧炎走出房间，对着房外的一名青衫老者微笑道，"走吧，墨管家。"

望着少年稚嫩的脸庞，青衫老者和善地点了点头，转身的刹那，浑浊的老眼，掠过一抹不易察觉的惋惜。唉，以三少爷以前的天赋，恐怕早该成为一名出色的斗者了吧，可惜……

跟着老管家从后院穿过，最后在肃穆的迎客大厅外停了下来，恭敬地敲了门，方才轻轻地推门而入。

大厅很是宽敞，其中的人数也是不少。坐于最上方的几位，便是萧战与三位脸色淡漠的老者。他们是族中的长老，权力不比族长小。

在四人的左手下方，坐着家族中一些有话语权且实力不弱的长辈。在他们的身旁，也有一些在家族中表现杰出的年轻一辈。

另外一边，坐着三位陌生人。想必他们便是昨夜萧战口中所说的贵客。

有些疑惑的目光在陌生的三人身上扫过，三人之中，有一位身穿月白衣袍的老者。老者满脸笑容，神采奕奕，一双有些细小的双眼，却是精光偶闪。萧炎的视线微微下移，最后停在了老者胸口上，心头猛然一凛。在老者的衣袍胸口处，赫然绘有一弯银色浅月，在浅月周围，还点缀着七颗金光闪闪的星辰。

"七星大斗师！这老人竟然是一位七星大斗师？真是人不可貌相！"萧炎心中大感惊异。这老者的实力，竟然比自己的父亲，还要高出两星。

能够成为大斗师的人，至少都是名动一方的强者。那样的实力，将会让任何势力趋之若鹜。而忽然间看见一位如此等级的强者，也难怪萧炎会感到诧异。

老者身旁，坐有一对年轻的男女。他们的身上同样穿着相同的月白袍服。男子年龄在二十左右，英俊的相貌，配上挺拔的身材，很是具有魅力。当然，最重要的，还是其胸口处所绘的五颗金星，这代表着青年的实力：五星斗者！

能够以二十岁左右的年龄成为一名五星斗者，这说明青年的修炼天赋，也很是不一般。

英俊的相貌，加上不俗的实力，这位青年，不仅将家族中的一些无知少女迷得神魂颠倒，就是连那坐在一旁的萧媚，美眸在移向这边之时，也是微放着异彩。

少女虽然暗送秋波，不过这似乎对青年并没有什么吸引力。此时，这位青年正将所有的注意力，集中在自己身旁的美丽少女身上……

这位少女年龄和萧炎相仿。让萧炎有些意外的是：她的容貌，竟然比萧媚还要美上几分。在这家族之中，恐怕也只有那犹如青莲一般的萧薰儿能够与之相比，难怪这男子对族中的这些庸脂俗粉不屑一顾。

少女娇嫩的耳垂上吊着绿色的玉坠，微微摇动间，发出清脆的玉响，突兀地现出一抹娇贵……

另外，在少女那已经开始发育的玲珑小胸脯旁，绘有三颗金星。

"三星斗者，这女孩……如果没有靠外物激发的话，那便是一个绝顶天才！"心头轻轻地吸了一口凉气，萧炎的目光却只是在少女冷艳的小脸上停留了瞬间便移了开去。不管如何说，在他幼稚的外貌下，也是一个成熟的灵魂，虽然少女很美丽，不过他也没闲心露出流口水的猪哥状来讨人嫌。

萧炎的这举动似乎有些让女略感诧异。虽然她并不是那种以为世界都围着自己转的女孩，不过自己的美貌与气质如何，她再清楚不过。萧炎的这番随意动作，倒真让她有点意外。当然，也仅此而已！

"父亲，三位长老！"快步上前，对着上位的萧战四人恭敬地行了一礼。

"呵呵，炎儿，来了啊，快坐下吧。"望着萧炎的到来，萧战止住了与客人的笑谈，冲着他点了点头，挥手道。

微笑点头，萧炎只当作没有看见一旁三位长老射来的不耐以及淡淡的不屑，回头在厅中扫了扫，却是愕然地发现，竟然没自己的位置……

"唉，自己在这家族中的地位，看来还真是越来越低啊。往日倒好，现在竟然当着客人的面给我难堪，这三个老不死的啊……"心头自嘲地一笑，萧炎暗自摇头。

望着站在原地不动的萧炎，周围的族中年轻人，都是忍不住发出讥笑之声，显然很是喜欢看他出丑的模样。

此时，上面的萧战也是发现了萧炎的尴尬，脸庞上闪过一抹怒气，对着身旁的老者皱眉道："二长老，你……"

"咳，实在抱歉，竟然把三少爷搞忘记了。呵呵，我马上叫人准备！"被萧战瞪住的黄袍老者，淡淡地笑了笑，"自责"地拍了拍额头，只是其眼中的那抹讥讽，却并未有多少遮掩。

"萧炎哥哥，坐这里吧！"少女淡淡的笑声，忽然在大厅中响了起来。

三位长老微愣，目光移向角落中安静的萧薰儿，嘴巴蠕了蠕，竟然是都没有敢再说话……

在大厅的角落处，萧薰儿微笑着合拢了手中厚厚的书籍，气质淡雅从容，对着萧炎可爱地眨了眨眼睛。

望着萧薰儿那微笑的小脸，萧炎迟疑了一下，摸着鼻子点了点头，然后在众多少年那嫉妒的目光中，走了过去，挨着她坐了下去。

"你又帮我解围了。"嗅着身旁少女的淡淡体香，萧炎低笑道。

萧薰儿浅浅一笑，小脸上露出可爱的小酒窝，纤细的指尖再次翻开手中那本古朴的书籍。小小年纪，却有一种知性的美感。眨动着修长的睫毛在书中徘徊了片刻，忽然有些幽幽地道："萧炎哥哥有三年没和薰儿单独坐一起了吧？"

"呃……现在薰儿可是家族中的天才了，想要朋友还不简单么？"瞧得少女有些幽怨的光洁侧脸，萧炎干笑道。

"在薰儿四岁到六岁的时候，每天晚上都有人溜进我的房间，然后用一种很是笨拙的手法以及并不雄厚的斗之气，温养我的骨骼与经脉，每次都要弄得自己大汗淋漓后，方才疲惫离开。萧炎哥哥，你说，他会是谁？"薰儿沉默了半晌，忽然偏过头，对着萧炎嫣然一笑。少女独有的风情，让周围的少年眼睛有些放光。

"咳……我，我怎么知道？那么小，我们都还在地上爬呢，我哪知道。"心头猛地一跳，萧炎讪笑了两声，旋即有些心虚地将目光转向大厅内。

"嘻嘻……"望着萧炎的反应，萧薰儿小嘴泛起了柔和的笑意，目光转移到书籍之上，口中似乎是自喃般淡淡道，"虽然知道他是好意，可薰儿不管怎么说也是女孩子吧？哪有偷偷摸女孩子身体的道理？若是薰儿寻出了那人，哼……"

嘴角裂了裂，萧炎心头有些心虚，眼观鼻，鼻观心，不言不语……

第四章　云岚宗

大厅中，萧战以及三位长老，正在颇为热切地与那位陌生老者交谈着。不过这位老者似乎有什么难以启齿的事情一般，每每到口的话语，都会有些无奈地咽了回去。而每当这个时候，一旁的娇贵少女，都会忍不住横老者一眼……

倾耳听了一会，萧炎便是有些无聊地摇了摇头……

"萧炎哥哥，你知道他们的身份吗？"就在萧炎无聊得想要打瞌睡之时，身旁的薰儿，纤指再次翻开古朴的书页，目不斜视地微笑道。

"你知道？"好奇地转过头来，萧炎惊诧地问道。

"看见他们袍服袖口处的云彩银剑了么？"微微一笑，薰儿道。

"哦？"心头一动，萧炎目光转向三人袖口，果然是发现了一道云彩形状的银剑。

"他们是云岚宗的人？"萧炎惊讶地低声道。

虽然并没有外出历练，不过萧炎在一些书籍中却看过有关这剑派的资料。萧家所在的城市名为乌坦城，乌坦城隶属于加玛帝国。虽然此城因为背靠魔兽山脉的地利，而跻身帝国的大城市之列，不过也仅仅只是居于末座。

萧炎的家族，在乌坦城颇有分量，不过也并不是唯一。城市中，还有另外两大家族实力与萧家相差无几。三方彼此明争暗斗了几十年，也未曾分出胜负……

如果说萧家是乌坦城的一霸，那么萧炎口中所说的云岚宗，或许便应该说是整个加玛帝国的一霸！这之间的差距，犹如鸿沟。也难怪连平日严肃的父亲，在言语上很是敬畏。

"他们来我们家族做什么？"萧炎有些疑惑地低声询问道。

移动的纤细指尖微微一顿，薰儿沉默了一会，方才道："或许和萧炎哥哥有关……"

"我？我可没和他们有过什么交集啊？"闻言，萧炎一怔，摇头否认。

"知道那少女叫什么名字吗？"薰儿淡淡地扫了一眼对面的娇贵少女。

"什么？"眉头一皱，萧炎追问道。

"纳兰嫣然！"薰儿小脸浮现点点古怪之意，斜瞥着身子有些僵硬的萧炎。

"纳兰嫣然？加玛帝国狮心元帅纳兰桀的孙女纳兰嫣然？那位……那位与我指腹为婚的未婚妻？"萧炎脸色僵硬地道。

"嘻嘻，爷爷当年与纳兰桀是生死好友，而当时恰逢你与纳兰嫣然同时出生，所以，两位老爷子便定了这门亲事。不过，可惜，在你出生后的第三年，爷爷便因与仇人交战重伤而亡。而随着时间的流逝，萧家与纳兰家的关系也是逐渐地浅了下来……"薰儿微微顿了顿，望着萧炎那瞪大的眼睛，不由得轻笑了一声，接着道，"纳兰桀这老头不仅性子桀骜，而且为人极其在乎承诺。当年的婚事，是他亲口应下来的。所以就算萧炎哥哥最近几年名声极差，他也未曾派人过来悔婚……"

"这老头还的确桀得可爱……"听到此处，萧炎也是忍不住笑着摇了摇头。

"纳兰桀在家族中拥有绝对的话语权。他说的话，一般都没人敢反对。虽然他也很疼爱纳兰嫣然这孙女，不过想要他开口解除婚约，却是有些困难……"薰儿美丽的眼睛微弯，戏谑道，"可五年之前，纳兰嫣然被云岚宗宗主云韵亲自收作弟子。五年间，纳兰嫣然表现出了绝佳的修炼天赋，更是让云韵对其宠爱不已……当一个人拥有了改变自己命运的力量的时候，那么她就会想尽办法将自己不喜欢的事，解决掉……很不幸的是，萧炎哥哥与她的婚事，便是让她最不满意的地方！"

"你是说，她此次是来解除婚约的？"

脸色一变，萧炎心头猛地涌出一阵怒。这怒气并不是因为纳兰嫣然对他的歧视。说实在的，对面的少女虽然美丽，可他萧炎也不是一个被下半身支配心智的色狼。就算与她结不成秦晋之好，那萧炎也顶多只是有些男人惯性的遗憾而已。可如果她真的在大庭广众下，对自己的父亲提出了解除婚约的请求，那么父亲这族长的脸，可就算是丢尽了！

纳兰嫣然不仅美丽娇俏，地位显赫，而且天赋绝佳。任何人在说起此事时，都将会认为他萧炎是癞蛤蟆想吃天鹅肉不成，却反被天鹅踏在了脚下……

如此的话，日后不仅萧炎，就算是他的父亲，也将会沦落为他人笑柄，威严大失。

轻轻地吸了一口冰凉的空气，萧炎那藏在袖间的手掌，却已是紧紧地握拢了起来："如果自己现在是一名斗师，谁又敢如此践踏于我？"

的确，如果萧炎此时拥有斗师实力，那么，就算纳兰嫣然有着云岚宗撑腰，也不可能做出如此行径。年仅十五岁的斗师，嘿，在斗气大陆这么多年的历史中，可唯有那寥寥数人而已。而且这几人，都早已经成了斗气修炼界中的泰山北斗！

一只娇嫩的小手，悄悄地穿过衣袖，轻轻地按着萧炎紧握的手掌。薰儿柔声道："萧炎哥哥，她若真如此行事，只是她的损失而已。薰儿相信，日后，她会为今日的短浅目光后悔！"

"后悔？"嗤笑了一声，萧炎脸庞满是自嘲，"现在的自己，有那资格？"

"薰儿，你对他们似乎知道得很清楚？你先前所说的一些东西中，或许就是连我父亲，也不知道吧？你是如何得知的？"轻摆了摆手，萧炎话音忽然一转，问道。

薰儿一怔，却是含笑不语。

望着薰儿的躲避态势，萧炎只得无奈地撇了撇嘴。薰儿虽然也姓萧，不过与他却没有半点血缘关系。而且薰儿的父母，萧炎也从未见过。每当他询问自己的父亲时，满脸笑容的父亲便会立刻闭口不语，显然对薰儿的父母很是忌讳，甚至……惧怕！

在萧炎心中，薰儿的身份，极为神秘。不管他如何侧面询问，这小妮子都会机灵地以沉默应对，让萧炎就算有计也是无处可施。

"唉，算了，懒得管你，不说就不说吧……"摇了摇头，萧炎的脸色忽然阴沉了下来。因为纳兰嫣然不断示意的眼色下，那位老者，终于是站起来了……

"呵呵，借助着云岚宗向父亲施威么？这纳兰嫣然，真是好手段呐……"萧炎的心头，响起了愤怒的冷笑。

第五章　聚气散

"咳。"白袍老者轻咳了一声，站起身来对着萧战拱了拱手，微笑道，"萧族长，此次前来贵家族，主要是有事相求！"

"呵呵，葛叶先生，有事请说便是。如果力所能及，萧家应该不会推辞。"对于这位老者，萧战可不敢怠慢，连忙站起来客气地道。不过由于不知道对方到底所求何事，所以也不敢把话说得太满。

"呵呵，萧族长，你可认识她么？"葛叶微微一笑，指着身旁的少女含笑问道。

"呃……恕萧战眼拙，这位小姐……"闻言，萧战一愣，上下打量了一下少女，略微有些尴尬地摇了摇头。

当年纳兰嫣然被云韵收为弟子之时，年仅十岁。在云岚宗中修炼了五年时间后，真所谓女大十八变。好多年未见，萧战自然不知道面前的少女，便是自己名义上的儿媳妇。

"咳……她的名字叫纳兰嫣然。"

"纳兰嫣然？纳兰老爷子的孙女纳兰嫣然？"萧战先是一怔，紧接着满脸大喜，想必是记起了当年的那事，当下，急忙对着少女露出温和的笑容，"原来是纳兰侄女，萧叔叔可有好多年未曾与你见面了，可别怪罪叔叔眼拙。"

忽然出现的一幕，让众人也是略微一愣。三位长老互相对视了一眼，眉头不由得皱了皱……

"萧叔叔，侄女一直未曾前来拜见，该赔罪的，可是我呢，哪敢怪罪萧叔叔。"纳兰嫣然甜甜地笑道。

"呵呵，纳兰侄女，以前便听说了你被云韵大人收入门下，当时还以为是流言。没想到，竟然是真的。侄女真是好天赋啊……"萧战笑着赞叹道。

"嫣然只是好运罢了……"浅浅一笑，纳兰嫣然有些吃不消萧战的热情，桌下的手掌，轻轻扯了扯身旁的葛叶。

"呵呵，萧族长，在下今日所请求之事，便与嫣然有关。而且此事，还是宗主大人亲自开口……"葛叶轻笑了一声，在提到宗主二字时，脸庞上的表情，略微郑重。

脸色微微一变，萧战也是收敛了笑容。云岚宗宗主云韵可是加玛帝国的大人物，他这小小的一族之长，可是半点都招惹不起。可以她的实力与势力，又有何事需要萧家帮忙？葛叶说是与纳兰侄女有关，难道？

想到某种可能，萧战的嘴角忍不住地抽搐了几下，硕大的手掌微微颤抖。不过好在有着袖子的遮掩，所以也未曾被发现。强行压下心头的怒火，声音有些发颤的凝声道："葛叶先生，请说！"

"咳……"葛叶脸色忽然出现了一抹尴尬，不过想起宗主对纳兰嫣然的疼爱，又只得咬了咬牙，笑道，"萧族长，您也知道，云岚宗门风严厉，而且宗主大人对嫣然的期望也是很高，现在基本上已经是把她当作云岚宗下一任的宗主在培养……而因为一些特殊的规矩，宗主传人在未成为正式宗主之前，都不可与男子有纠葛……"

"宗主大人在询问过嫣然之后，知道她与萧家还有一门亲事，所以……所以宗主大人想请萧族长，能够……解除了这婚约。"

"咔！"萧战手中的玉石杯，轰然间化为了一蓬粉末。

大厅之中，气氛有些寂静，上方的三位长老也是被葛叶的话震住了。不过片刻之后，他们望向萧战的目光中，已经多出了一抹讥讽与嘲笑。

"嘿嘿，被人上门强行解除婚约，看你这族长，以后还有什么威望管理家族！"

一些年轻一辈的少年少女并不知晓萧炎与纳兰嫣然的婚约。不过在向身旁的父母打听了一下之后，他们的脸色，顿时变得精彩了起来。讥诮的嘲讽目光，投向了角落处的萧炎……

望着萧战那阴沉至极的脸色，纳兰嫣然也是不敢抬头，将头埋下，手指紧张地绞在了一起。

"萧族长，我知道这要求有些强人所难。不过还请看在宗主大人的面上，解除了婚约吧……"无奈地叹了一口气，葛叶淡淡地道。

萧战拳头紧握，淡淡的青色斗气，逐渐地覆盖了身躯，最后竟然隐隐约约地在脸庞处汇聚成了一个虚幻的狮头。

萧家顶级功法：狂狮怒罡！等级：玄阶中级！

望着萧战的反应，葛叶脸庞也顿时凝重了起来，身体挡在纳兰嫣然身前，鹰爪般的双手猛地曲拢，青色斗气在鹰爪中汇聚而起，散发着细小而凌厉的剑气。

云岚宗高深功法：青木剑诀！等级：玄阶低级！

随着两人气息的喷发，大厅之中，实力较弱的少年们，脸色猛地一白，旋即胸口有些发闷。

就在萧战的呼吸越加急促之时，三位长老的厉喝声，却是宛如惊雷般在大厅中响起："萧战，还不住手！你可不要忘记，你是萧家的族长！"

身子猛地一僵，萧战身体上的斗气缓缓地收敛，最后完全消失。

一屁股坐回椅子上，萧战脸色淡漠地望着低头不言的纳兰嫣然，声音有些嘶哑地道："纳兰侄女呐，好魄力啊。纳兰肃有你这女儿，真是很让人羡慕啊！"

娇躯微微一颤，纳兰嫣然讪讪地道："萧叔叔……"

"呵呵，叫我萧族长就好，叔叔这称谓，我担不起。你是未来云岚宗的宗主，日后也是斗气大陆的风云人物。我家炎儿不过是资质平庸之辈，也的确是配不上你……"淡淡地挥了挥手，萧战语气冷漠地道。

"多谢萧族长体谅了。"闻言，一旁的葛叶大喜，对着萧战赔笑道，"萧族长，宗主大人知道今天这要求很是有些不礼貌，所以特地让在下带来一物，就当作赔礼！"

说着，葛叶伸手抹了抹手指上的一枚戒指，一只通体泛绿的古玉盒子在手中凭空出现……

小心地打开盒子，一股异香顿时弥漫了大厅，闻者皆是精神为之一畅。

三位长老好奇地伸过头，望着玉匣子内，身体猛地一震，惊声道："聚气散？"

第六章 炼药师

古匣子之内，一枚通体碧绿、龙眼大小的药丸，正静静地躺卧。而那股诱人的异香，便是从中所发。

在斗气大陆，想要成为一名真正的斗者，前提便是必须在体内凝聚斗之气旋。而凝聚斗之气旋，却是有着不小的失败率。失败之后，九段斗之气，便将会降回八段。有些运气不好之人，说不定需要凝聚十多次，方才有可能成功。而如此重复的凝聚，却会让人失去最好的修炼时间段，导致前途大损。

聚气散，它的作用，便是能够让一位拥有九段斗之气的人，百分之百地成功凝聚斗之气旋！

这种特效，让无数想要尽早成为斗者的人，都对其垂涎不已，日思夜想而不可得。

说起聚气散，便不得不说制造它的主人：炼药师！

斗气大陆，有一种凌驾于斗者之上的职业。人们称他们为：炼药师！

炼药师，顾名思义，他们能够炼制出种种提升实力的神奇丹药。任何一名炼药师，都将会被各方势力不惜代价，竭力拉拢，身份地位显赫之极！

炼药师能够拥有这般待遇，自然与他的稀少、实用有关。想要成为一名炼药师，条件苛刻异常。

首先，必须自身属性属火；其次，火体之中，还必须夹杂一丝木气，以作炼药催化之效！

要知道，斗气大陆人体的属性，取决于他们的灵魂。一个灵魂，永远都只具备一种属性，不可能有其他的属性掺杂。所以，一个躯体，拥有两种不同强弱的属性，基本上是不可能的。

当然，事无绝对。亿万人中，总会有一些变异的灵魂。而这些拥有变异灵魂之人，便有潜力成为一名炼药师！

不过单单拥有火木属性的灵魂，却依然不能称为一名真正的炼药师。因为炼药师的另外一种必要条件，同样是不可缺少的，那便是：灵魂的感知力！也称为灵魂塑造力！

炼制丹药，最重要的三种条件：材料，火种，灵魂感知力！

材料，自然是各种天材地宝。炼药师毕竟不是神，没有极品的材料，他们也是巧妇难为无米之炊。所以，好的材料，非常重要！

火种，也就是炼药时所需要的火焰。炼制丹药，不可能用普通火，而必须使用由火属性斗气催化而出的斗气火焰。当然，世间充斥着天地异火，一些实力强横的炼药师，也会取而用之。用这些异火来炼药，不仅成功率会高上许多，而且炼出的丹药，也比普通斗气火焰炼出的丹药，药效更浓更强！

由于炼药是长时间的事，长时间的炼制，极其消耗斗气，因此，每一位杰出的炼药师，其实也都是实力强横的火焰斗者！

最后一种条件，便是灵魂感知力！

在炼药之时，火候的轻重是重中之重。有时候只要火候稍稍重点，整炉丹药，都将会化为灰烬，导致前功尽弃。所以，掌控好火候，是炼药师必须学会的。然而想要将火候掌控好，那便必须具备强悍的灵魂感知力。失去了这点，就算你前面两点做得再好，那也不过是无用之功罢了！

在这种种苛刻的条件之下，有资格成为炼药师的人，当然是凤毛麟角。而炼药师少了，那些神奇的丹药，自然也是少之又少，物以稀为贵。也因此，才造就了炼药师那尊贵得甚至有些畸形的身份。

……

大厅之中，听着三位长老的惊声，厅内的少男少女们，眼睛猛地瞪大了起来。一双双炽热的目光，死死地盯在葛叶手中的玉匣子。

坐在父亲身旁的萧媚，粉嫩娇舌轻轻地舔了舔红唇，盯着玉匣子的眸子眨也不眨……

"呵呵，这是本宗名誉长老古河大人亲自所炼。想必各位也听过他老人家的名讳吧？"望着三位长老失态的模样，葛叶心头忍不住地有些得意，微笑道。

"此药竟然还是出自丹王古河之手？"闻言，三位长老耸然动容。

丹王古河，在加玛帝国中影响力极其庞大。一手炼药之术，神奇莫测。无数强者想对其巴结逢迎，都是无路可寻。

古河不仅炼药术神奇，而且本身实力强，早已晋入斗王之阶，名列加玛帝国十大强者之一。

如此一位人物，从他手中传出来的聚气散，恐怕其价值，将会翻上好几倍。

三位长老喜笑颜开地望着玉匣子中的聚气散。如果家族有了这枚聚气散，恐怕就又能创造一名少年斗者了。

就在三位长老在心中寻思着如何给自己孙子把丹药弄到手之时，少年那压抑着怒气的淡淡声音，却是在大厅中突兀响了起来。

"葛叶老先生，你还是把丹药收回去吧。今日之事，我们或许不会答应！"

大厅猛然一静，所有目光都是豁然转移到了角落中那扬起清秀脸庞的萧炎身上。

"萧炎，这里哪有你说话的份？给我闭嘴！"脸色一沉，一位长老怒喝道。

"萧炎，退下去吧。我知道你心里不好受，不过这里我们自会做主！"另外一位年龄偏大的老者，也是淡淡地道。

"三位长老，如果今天他们悔婚的对象是你们的儿子或者孙子，你们还会这么说么？"萧炎缓缓站起身子，嘴角噙着嘲讽，笑问道。三位长老对他的不屑显而易见，所以他也不必在他们面前装怂。

"你……"闻言，三位长老一滞。脾气暴躁的三长老，更是眼睛一瞪，斗气缓缓附体。

"三位长老，萧炎哥哥说得并没有错。这事，他是当事人，你们还是不要跟着掺和吧。"少女轻灵的嗓音，在厅中淡然地响起。

听着少女的轻声，三位长老的气焰顿时消了下来，无奈地对视了一眼，旋即点了点头。

望着萎靡的三位长老，萧炎回转过头，深深地凝视了一眼笑吟吟的萧薰儿。你这妮子，究竟是什么身份？怎么让三位长老如此忌惮……

压下心中的疑问，萧炎大步行上，先是对着萧战恭敬地行了一礼，然后转过身面对着纳兰嫣然，深吐了一口气，平静地出言问道："纳兰小姐，我想请问一下，今日悔婚之事，纳兰老爷子，可曾答应？"

先前瞧得萧炎忽然出身阻拦，纳兰嫣然心头便是略微有些不快。现在听得他的询问，秀眉更是微微一皱。这人，初时看来倒也不错，怎么却也是个死缠烂打的讨厌人？难道他不知道两人间的差距吗？

心中责备萧炎的她，却是未曾想过，她这当众的悔婚之举，让萧炎以及他的父亲，陷入了何种尴尬与愤怒的处境。

站起身来，凝视着身前这本该成为自己丈夫的少年，纳兰嫣然语气平淡娇柔："爷爷不曾答应。不过这是我的事，与他也没关系。"

"既然老爷子未曾开口，那么还望包涵，我父亲也不会答应你这要求。当初的婚事，是两家老爷子亲自开口。现在他们没有开口解除，那么这婚事，便没人敢解。否则，那便是亵渎死去的长辈！我想，我们族中，应该没人会干出这种忤逆的事吧？"萧炎微微偏过头，冷笑着盯着三位长老。

被萧炎把这么大顶帽子压过来，三位长老顿时不吭气了。在森严的家族里，这种罪名，可是足以让他们失去长老的位置。

"你……"被萧炎一阵抢白，纳兰嫣然一怔，却是寻不出反驳之语，当下气得小脸有些铁青，重重地踩了踩脚，吸了一口气，常年被惯出来的大小姐脾气也是被激了出来。有些厌恶地盯着面前的少年，心中烦躁的她，更是直接把话挑明："你究竟想怎样才肯解除婚约？嫌赔偿少？好，我可以让老师再给你三枚聚气散。另外，如果你愿意，我还可以让你进入云岚宗修习高深斗气功法。这样，够了吗？"

听着少女嘴中一句句蹦出来的诱人条件，三位长老顿时感觉呼吸变得急促起来了。大厅中的少年们，更是咕噜地咽了一口唾沫。进入云岚宗修习？天呐，那可是无数人梦寐以求的啊……

在说完这些条件之后，纳兰嫣然微扬着雪白的下巴，宛如公主般骄傲地等待着萧炎的回答。在她的认知中，这种条件，足以让任何少年疯狂……

第七章　休！

与纳兰嫣然所期待的有些不同，在她话出之后，面前的少年，身体猛地剧烈颤抖了起来，缓缓地抬起头来。那张清秀的稚嫩小脸，现在却是狰狞得有些恐怖……

虽然三年中一直遭受着嘲讽，不过在萧炎的心中，却是有着属于他的底线。纳兰嫣然这番高高在上，犹如施舍般的举动，正好狠狠地踏在萧炎隐藏在心中那仅剩的尊严之上。

"啊……"被少年的狰狞模样吓了一跳，少女急忙后退一步。一旁的那位英俊青年，豁然拔出长剑，目光阴冷地直指萧炎。

"我……真的很想把你宰了！"牙齿在颤抖间，泄露出杀意凛然的字句，萧炎拳头紧握，漆黑的眼睛燃烧着暴怒的火焰。

"炎儿，不可无理！"首位之上，萧战也是被萧炎的举动吓了一跳，连忙喝道。现在的萧家，可得罪不起云岚宗啊。

拳头狠狠地握拢起来，萧炎微微垂首，片刻之后，又轻轻地抬了起来。只不过，先前的那股狰狞恐怖，却是已经化为了平静……

三年中，虽然受尽了歧视与嘲讽，不过却也因此，锻造出了萧炎那远超常人的隐忍。

面前的纳兰嫣然，是云岚宗的宠儿。如果自己现在真对她做了什么事，恐怕会给父亲带来数不尽的麻烦。所以，他只得忍！

望着面前几乎是骤然间收敛了内心情绪的少年，葛叶以及纳兰嫣然心中忽然有些感到发寒……

"这小子，日后若一直是废物，倒也罢了。如果真让他拥有了力量，绝对是个危险人物……"葛叶在心中，凝重地暗暗道。

"萧炎，虽然不知道为什么我的举动让你如此愤怒，不过，你……还是解除婚约吧！"轻轻地吐了一口气，纳兰嫣然从先前的惊吓中平复下了心情，小脸微沉地道。

"请记住，此次我前来萧家，是我的老师，云岚宗宗主，亲自首肯的！"抿着小嘴，纳兰嫣然微偏着头，有些无奈地道，"你可以把这当作胁迫。不过，你也应该清楚，现实就是这样，没有什么事是绝对的公平。虽然并不想表达什么，可你也清楚你与我之间的差距，我们……"

"基本没什么希望……"

听着少女宛如神灵般的审判，萧炎嘴角溢出一抹冷笑："纳兰小姐……你应该知道，在斗气大陆，女方悔婚会让对方有多难堪。呵呵，我脸皮厚，倒是没什么。可我的父亲！他是一族之长，今日若是真答应了你的要求，他日后再如何掌管萧家？还如何在乌坦城立足？"

望着脸庞充斥着暴怒的少年，纳兰嫣然眉头轻皱，眼角瞟了瞟首位上那忽然间似乎衰老了许多的萧战，心头也是略微有些歉然，轻咬了咬樱唇，沉吟了片刻，灵动的眼珠微微转了转，忽然轻声道："今日的事，的确是嫣然有些莽撞了。今天，我可以暂时收回解除婚约的要求。不过，我需要你答应我一个约定！"

"什么约定？"萧炎皱眉问道。

"今日的要求，我可以延迟三年。三年之后，你来云岚宗向我挑战。如果输了，我便当众将婚约解除。而到那时候，想必你也进行了家族的成年仪式。所以，就算是输了，也不会让萧叔叔脸面太过难堪。你可敢接？"纳兰嫣然淡淡地道。

"呵呵，到时候若是输了，的确不会再如何损耗父亲的名声。可我，或许这辈子都得背负耻辱的失败之名了吧。这女人……还真狠呐！"心头悲愤一笑，萧炎的面庞，满是讥讽。

"纳兰小姐，你又不是不清楚炎儿的状况。你让他拿什么和你挑战？如此这般侮辱他，有意思么？"萧战一巴掌拍在桌面之上，怒然而起。

"萧叔叔，悔婚这种事，总需要有人去承担责任。若不是为了保全您的面子，嫣然此刻便会强行解婚！然后公布于众！"几次受阻，纳兰嫣然也是有些不耐，转过头对着沉默的萧炎冷喝道，"你既然不愿让萧叔叔颜面受损，那么便接下约定！三年之后与现在，你究竟选择前者还是后者？"

"纳兰嫣然，你不用做出如此强势的姿态。你想退婚，无非便是认为我萧炎一介废物配不上你这天之骄女。说句刻薄的，除了你的美貌之外，其他的本少爷根本瞧不上半点！云岚宗的确很强，可我还年轻，我还有的是时间。我十二岁便已经成为一名斗者。而你，纳兰嫣然，你十二岁的时候，是几段斗之气？没错，现在的我的确是废物，可我既然能够在三年前创造奇迹，那么日后的岁月里，你凭什么认为我不能再次翻身？"面对着少女咄咄逼人的态势，沉默的萧炎终于犹如火山般爆发了起来。小脸冷肃，一腔话语，将大厅之中的所有人都是震得发愣。谁能想到，平日那沉默寡言的少年，竟然如此厉害。

纳兰嫣然蠕动着小嘴，虽然被萧炎对她的评价气得俏脸铁青，不过却是无法申辩。萧炎所说的确是事实。不管他现在再如何废物，当初十二岁成为一名斗者，却是真真切切。而当时的纳兰嫣然，方才不过八段斗之气而已……

"纳兰小姐，看在纳兰老爷子的面上，萧炎奉劝你几句话：三十年河东，三十年河西，莫欺少年穷！"萧炎铮铮冷语，让纳兰嫣然娇躯轻颤了颤。

"好，好一句莫欺少年穷！我萧战的儿子，就是不凡！"首位之上，萧战双目一亮，双掌重砸在桌面之上，溅起茶水洒落。

咬牙切齿地盯着面前冷笑的少年，纳兰嫣然常年被人娇惯，哪曾被同龄人如此教训！当下气得脑袋发昏，略带着稚气的声音也是有些尖锐："你凭什么教训我？就算你以前的天赋无人能及，可现在的你，就是一个废物！好，我纳兰嫣然就等着你再次超越我的那天！今天解除婚约之事，我可以不再提！不过三年之后，我在云岚宗等你。有本事，你就让我看看你能翻身到何种地步！如果到时候你能打败我，我纳兰嫣然今生为奴为婢，全都你说了算！"

"当然，三年后如果你依旧是这般废物，那纸解除婚约的契约，你也给我乖乖地交出来！"

望着小脸铁青的少女，萧炎笑着嘲讽出了声："不用三年之后，我对你，实在是提不起半点兴趣！"说完，也不理会那俏脸冰寒的纳兰嫣然，豁然转身，快步行到桌前，奋笔疾书！

墨落，笔停！

萧炎右手骤然抽出桌上的短剑！锋利的剑刃，在左手掌之上，猛然划出一道血口……

沾染鲜血的手掌，在白纸之上，留下刺眼的血印！

轻轻拈起这份契约，萧炎发出一声冷笑。在路过纳兰嫣然面前之时，手掌将之重重地砸在了桌面之上。

"不要以为我萧炎多在乎你这什么天才老婆！这张契约，不是解除婚约的契约，而是本少爷把你逐出萧家的休证！从此以后，你，纳兰嫣然，与我萧家，再无半点瓜葛！"

"你……你敢休我？"望着桌上的血手契约，纳兰嫣然美丽的大眼睛瞪得老大，有些不敢置信地道。以她的美貌、天赋以及背景，竟然会被一个小家族中的废物，给直接休了？这种突如其来的变况，让她觉得太不真实了。

冷冷地望着纳兰嫣然错愕的模样，萧炎忽然转过身，对着萧战曲腿跪下，重重地磕了一头，紧咬着嘴唇，却是倔强地不言不语……

虽然在家族之中，名义上是他把纳兰嫣然逐出了家族。可这事传出去之后，别人可不会这么认为。不清楚状况的他们，只会认为，是纳兰嫣然以强横的背景，强行让萧家退婚。毕竟，以纳兰嫣然的天赋、美貌，以及背景，配萧家一废柴少爷，那是绝对绰绰有余。没有人会认为，萧炎会有魄力休掉一位未来云岚宗的掌舵人……而如此，作为萧炎的父亲，萧战定然会受到无数讥讽……

望着跪伏的萧炎，明白他心中极为歉疚的萧战淡然一笑，笑吟吟地道："我相信我儿子不会是一辈子的废物。区区流言蜚语，日后在现实面前，自会不攻而破。"

"父亲，三年之后，炎儿会去云岚宗，为您亲自洗刷今日之辱！"眼角有些湿润，萧炎重重地磕了一头，然后径直起身，毫不犹豫地对着大厅之外行去。

在路过纳兰嫣然之时，萧炎脚步一顿，清淡的稚嫩话语，冰冷吐出。

"三年之后，我会找你！"

少年的背影在阳光的照耀下，被拉扯得极长，看上去，孤独而落寞。

纳兰嫣然小嘴微张，有些茫然地盯着那道逐渐消失的背影，手中的那纸契约，忽然变得重如千斤……

"三位，既然你们的目的已经达到，那便请回吧。"望着离开的少年，萧战脸庞淡漠，掩藏在衣袖中的拳头，却是捏得手指泛白。

"萧叔叔，今日之事，嫣然向您道歉了。日后若是有空，请到纳兰家做客！"恭身对着脸色漠然的萧战行了一礼，纳兰嫣然也不想多留，起身对着大厅之外行去。后面，葛叶与那名英俊的青年急忙跟上。

"聚气散也带走！"手掌一挥，桌上的玉匣子，便是被萧战冷冷地甩飞了出去。

葛叶手掌向后一探，稳稳地抓住匣子，苦笑了一声，将之收进了戒指内。

"纳兰家的小姐，希望你日后不会为今日的大小姐举动而感到后悔。再有，不要以为有云岚宗撑腰便可横行无忌。斗气大陆很大很大，比云韵强横的人，也并不少……"在纳兰嫣然三人即将出门的刹那，少女轻灵的嗓音，带着淡淡的冷漠，忽然响了起来。

三人脚步猛地一顿。微变的目光，投向了角落中那轻轻翻动着书籍的紫裙少女身上。

阳光从门窗缝隙中投射而进，刚好将少女包裹其中，远远看去，宛如在俗世中盛开的紫色莲花，清净优美，不惹尘埃……

似是察觉到三人的目光射来，少女从古朴的书页中抬起了精美的小脸，那双宛如秋水的美眸，忽然涌出一袭细小的金色火焰……

望着少女眸中的细小金色火焰，葛叶身体猛地一颤。惊恐的神色顷刻间覆盖了那苍老的面孔，干枯的手掌仓皇地抓着正疑惑的纳兰嫣然以及那名青年，然后逃命般蹿出了大厅之中……

瞧着葛叶的举动，大厅内除了少数几人之外，其他的都不由得满脸错愕……

第七章

Ｖ型拐点：

奇遇少年『缺陷—馅饼』机制

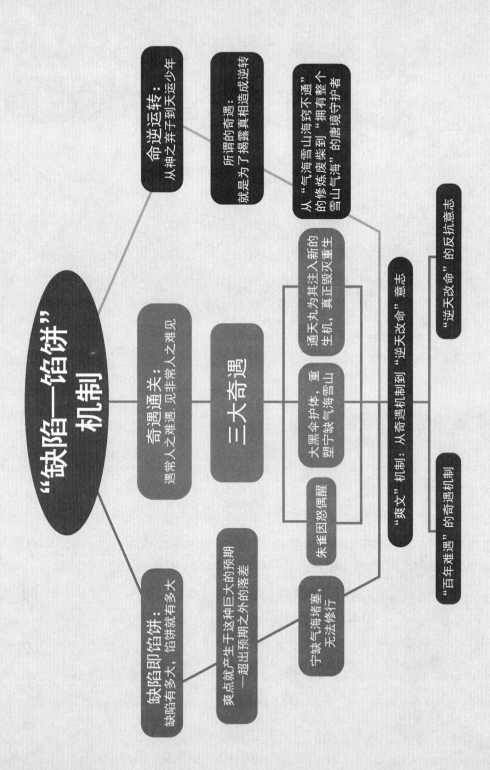

于是，开篇第一章《陨落的天才》，通过围观众、萧媚和萧薰儿三个层次的衬托，以人衬人，衬出萧炎当下之"废柴"，但更衬出萧炎当日之"天才"。

这些都是次要的；真正重要的，却是形成当日之"天才萧炎"和今日之"废柴萧炎"的鲜明对比——这才是整部作品开局立意的起点和基石。

胜人者强，胜己者王——人最大的敌人其实就是自己。重要的不是今日废柴萧炎能否战胜昨日天才萧炎；而是从天才沦落为废柴，萧炎能否战胜这种"落差"，从而磨砺出真正"强人自强"的意志和心境——就像《斗破苍穹》开篇第二章后一直强调"这三年的人生黑暗"对于萧炎的重要。这种重要性可以细分为三层：

一是磨掉他从地球穿越而来"骤然成为天才"的浮躁；

二是把他像弹簧一样反复地压紧，从而积蓄了反弹的力量——压得越紧，反弹得越高；

三是让他获得了比天才更重要的意志之力，从而让他在恢复天赋之后，可以获得像马拉松一样可持续长跑的耐跑力，而不只是像百米冲刺一样的爆发力。天赋带来的是修行提速的爆发力，意志却是可以赋予人持续奔跑并坚持到底的耐久力——从某种意义上，人生就是一种长跑，修行也需要耐跑。剩者就是胜者。谁能坚持到最后，跑到终点，谁才是真正的王者。

但是，天才与废柴对比，对于萧炎以及整部《斗破苍穹》来说，并不是为了讲述上面那些道理——煎熬心灵鸡汤或者文化鸡汤并不是它的作用；而是为了建构一个讲故事、写爽文触底反弹的"V"字形爽感结构：从天才沦为废柴，不停向下、向下、再向下，滑向无底的深渊，真正触到人生谷底；从那个硬碰硬的反弹点"触底反弹"，重新弹跳，向上、向上、再向上，甚至像火箭蹿升之时所带来的力度、速度和爆破辐射度，才能带来更多的爽感。

由此看来，从开篇"测试萧炎废柴日"到开局"纳兰嫣然退婚打脸"就是一个关键"小"结构，"小"中见"大"，承前启后，开启了整部《斗破苍穹》从"三年之约"到斗气大陆"王者之巅"的宏大故事之旅——从"纳兰嫣然上门退婚打脸"到"萧炎上山休妻雪耻"为轴心建构起来的鄙视链和爽感链，贯通了《斗破苍穹》第一个"H型大情节结构"。

与此同时，它又简约但不简单地勾勒出萧炎天才小传的前史，暗含了从"天才"到"废柴"一夜突变的"V"字形转折点，以及从"史上最黑暗的三年""有生以来最苦修的三年"再到"未来王者最辉煌的N年"最重要的建基之点——"随身老爷爷流"背后所隐藏的爽文主角"缺陷—馅饼"机制。

第一节 人设概念：

从"废柴男孩"到"冰山暖男"

攀到顶峰、看尽风光的人，陷入谷底，方知深渊之黑暗。

而曾经处于塔尖的"天才"，和当下处于塔底的"废柴"，再一次形成鲜明而强烈的对比。

因此，说到底，《斗破苍穹》真正以人衬人，并不是按顺序第二、第三出场的萧媚和萧薰儿，一个比一个高地正衬出萧炎曾经的"天才"；而是以那个最后出场、曾经无比惊艳的"天才萧炎"，来反衬出第一个出场的"废柴萧炎"——以天才反衬废柴，聚焦的是同一个人；以过去的"众星捧月"之辉煌，来反衬现在"水落石出"之惨淡，显示的是不同的境遇，甚至是命运。

这种反衬之法，或可与《战国策·燕策三》中的《荆轲刺秦王》进行比较阅读，来领略其法之妙——

荆轲为主，秦武阳（即秦舞阳）为副，准备刺杀秦王。作者先塑造出秦武阳少年英武、让人畏惧的勇士形象，"年十二，杀人，人不敢与忤视"。

见到秦王时，"秦武阳色变振恐，群臣怪之"，勇士变懦夫——简直是徒有虚名，外强中干。然而，荆轲却仍然泰然自若，"顾笑武阳"，以非凡的胆略随机应变，将其遮掩过去，"前为谢曰：'北蛮夷之鄙人，未尝见天子，故振慑，愿大王少假借之（稍微原谅他些），使毕使于前。'"

最后，荆轲取了地图捧送给秦王，"图穷而匕首见"，刺杀秦王，惜败身死。但是，荆轲大智大勇的英雄形象，却永远立于"文字艺术的殿堂"之中；而反衬英雄荆轲的懦夫秦武阳，永远被钉在了历史的耻辱柱上——英雄就是踩着懦夫的肩膀上位的！反衬法，毫无疑问，就是那个向上的阶梯。

它让萧炎这个人设有了如下三层结构性的突入。

第一层就是"天才VS废柴"这样反复贴上并进行比较的标签和标志。比如，萧氏家族有史以来最强的天才，几乎在整个开局戏中都是一种重复、重复、再重复的概念、词语和形象。

重要的事情说三遍。不重要的事情反复说三遍，也能成为最重要的事情。斗者之下看天才——就像是在幼儿园这种学前教育（而不是整个K12的基础教育，更别说大学、硕士、博士等高等教育，甚至更高精尖的专业教育）程度上说天才，而且，居然说得让我们信服——大概就是因为，天蚕土豆反复重复这种"斗之气"相对于整个斗气大陆来说犹如幼儿园水平的"天才"标签，才让它变得很有吸引力和重要性。

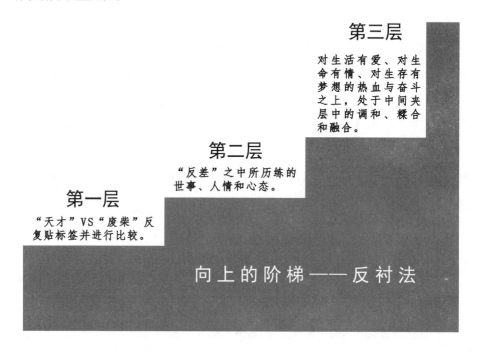

第二层就是"反差"之中所历练的世事、人情和心态。比如，从天才变为废柴，又从废柴变为天才，萧炎自身情绪和情感的落差，以及其他人如萧媚、族内少年少女甚至长老派系对他的不同态度和做法，特别是由此带来从心态到世态的矛盾与冲突、感受与反应。

台上的成人仪式，在进行了一大半的时候，也终于轮到了萧炎。

听着台上的喊声，高台上的贵宾席中，顿时移下了一双双夹杂着好奇与质疑的目光。今天他们参与萧家的成人仪式，有很大的原因，是想要确定一下这位最近在乌坦城传得沸沸扬扬的少年究竟是否如同传闻中的那般。

听着喊声，萧炎缓缓睁开眼眸。周围那一道道夹杂着各色神情，犹如看猴一般的目光，让得他在心中无奈地摇了摇头。

轻吐了一口气，萧炎小脸上保持着古井不波的平淡；然后在满场目光的注视下，一步步地踏上了高台。

成人仪式的主持人是二长老萧鹰。虽然这位二长老以前一直没给过萧炎什么好脸色，不过自从那日的测验之后，他明显也收敛了许多。至少，以前那股毫不掩饰的不屑，已经没有再出现在那张苍老的面孔之上。

眼神有些复杂地望着面前这几乎是咸鱼大翻身的少年，萧鹰心中叹了一口气；面庞略微抖了抖，从身后的台上拿去几样仪式所需的材料，然后对着萧炎行去。

瞧着走来的二长老，想起先前仪式的繁琐，萧炎就不由得感到头疼，苦笑了一声，认命般地闭上了眼眸。

……

在全场目光的注视下，萧炎如同白痴一般，立在原地足足半个小时。那些繁琐的仪式，这才缓缓落幕。

心头松了一口气，萧炎睁开眼，望着洒满全身的各种香料，郁闷地翻了翻白眼。

搞完这些繁琐的东西，二长老也是抹了一把汗，转身走到黑石测验碑前，大声道："仪式复测！"

仪式复测，也就是再一次的测验斗之气。一个月前的那次测验，只是预测，目的是将族中优秀的种子挑选而出。这些优秀的种子族人，才具备在这高台上举行成人仪式的资格。而那些七段之下的族人，却只能举行一些简略的仪式，颇为寒酸。

仪式复测也要比预测严格与精细许多。这次的复测，便是实力为两星大斗师的二长老亲自监控检验。由此可见，他们对成人仪式的重视程度。

听着二长老的大喝声，本来还有些无聊的台下，顿时精神抖擞了起来。一双双目光，直接投向了高台上。

贵宾席之上，那些来自各方势力的目光，也是紧紧地盯着台上的黑衫少年。

他们此次前来的目的，便是为了确认这位曾经让得乌坦城为之惊艳的天才少年，是否再次恢复了以往的天赋。

无视周围那些火热的目光，萧炎小脸平静地走上前去，在黑石碑前顿下了脚步。

眯着老眼望着面前的少年，二长老干枯的手掌触摸着黑石碑，一丝斗之气灌输而进，然后面无表情竖立一旁。然而当目光在闪过萧炎身上时，依旧是忍不住掠过一抹质疑："这小家伙，真的到第七段了？"

看来萧炎此次所造成的震撼给予了这位二长老颇大的打击，即使他心中明知道测验碑极难出错，可他依然有些顽固地不愿相信。所以，他此次自动请缨，亲自监控萧炎的测验！

没有在意他目光中的质疑，萧炎手掌缓缓摸上石碑……

望着高台上摸着石碑的萧炎，台下，萧玉柳眉忍不住地微微一皱，偏头对着萧宁低声问道："那家伙真到第七段了？"

由于萧玉最近两天才从学院请假回到家族，所以，她并没有亲眼见到那日的预测。

被姐姐询问，萧宁有些苦涩地点了点，闷声道："嗯，不晓得那家伙吃了什么东西，一年内，真的蹿了四段斗之气。"

被再一次证实这传言的真实性，萧玉红唇紧抿，有些恼怒地跺了跺性感的长腿；怒瞪着场中的黑衫青年，俏丽的脸颊扬起一抹倔强："没有亲眼看见，我很难相信那废柴能翻身！"

深吐了一口气，萧玉冷笑着盯着场中："上次一定是这家伙做了什么手脚！这次由二长老亲自监控，我看你如……"

冷笑的低语还未说话，萧玉俏丽的脸颊，便是骤然僵硬；剩下的话，也是被凝固在了喉咙之处。

高高的木台之上，巨大的黑石碑光芒乍放；金色的大字，龙飞凤舞地出现在石碑表面。

"斗之气：八段！"

——天蚕土豆《斗破苍穹》：第三十九章 仪式复测

这种"两极悖反"构成一种结构性的张力，从而让萧炎这个"废柴逆袭"类型人物，多了一种万花筒式、从不同侧面可以观测不同角度的多维度参照谱系。

但是，更重要的是第三层，就是它真正赋予了萧炎这种爽文的概念人物、类型人物、极品人物，以真正的情感和生命。它并不仅仅是表现于在沦为废柴时对人情冷暖的个人情绪和体验；也不仅仅是对围观众、萧媚与萧宁、三大长老等为代表的"辱人者，人恒辱之"，以及对像萧战、萧薰儿等为代表的"投我以木桃，报之以琼瑶"；而是在"潇洒走一回""慵懒看人生""漫随天外云卷云舒"的迷妹气质和调性之下，在那种对生活有爱、对生命有情、对生存有梦的热血与奋斗之上，处于中间夹层的调和、糅合和融合——换句话来说，他（萧炎）"不走极端"，它（《斗破苍穹》）"不撕裂"：一切都在可调控、可调解与可调和的程度、范围和界域里。

这不但让萧炎这个人物有了更有意思的"人情"之调，亦让《斗破苍穹》这部作品有了更有趣味的"人性"之维。这是一种"天才—废柴—冰山暖男高冷帅少年"的嬗变历程——萧炎又不是一个模子里烙出来的刻板印象，就被套在"天才—废柴"二元对立的面具壳里，成为一个模子里的人物；他自身亦有一个"飞扬少年PK萧索消沉男孩""高冷冰山王子PK暖男"的心路经历蜕变。

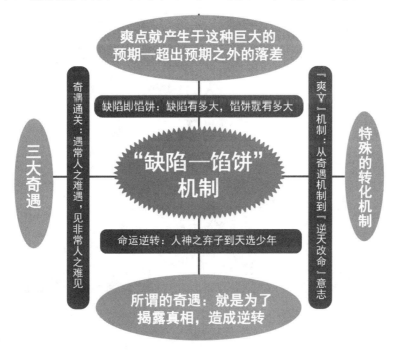

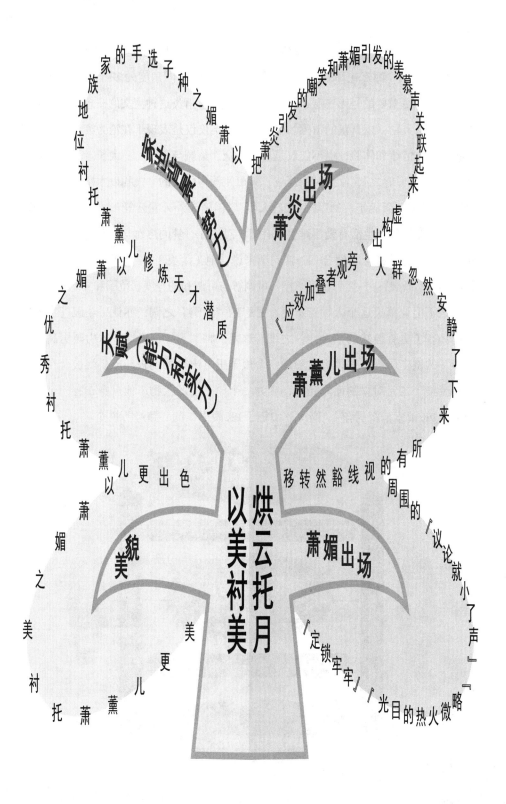

第二节 大情节结构：

"鄙视链"就是"爽感链"

《斗破苍穹》对于萧炎"天才—废柴—天才"的变化之轴，设置出了一个内外"鄙视链"，从而对废柴萧炎形成逼迫性的嘲笑与讽刺，甚至侮辱和损害。

但这就像积压弹簧形成的另一种"V"字形反应，"鄙视链"造成的压迫越深越紧，积蓄的力量就越密越实，反弹打脸所造成的"反应冲击波"就越强烈——而这，正是爽感的源动力之一。鄙视链就是爽感链。

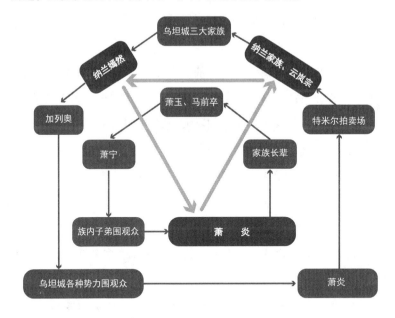

所谓内外两条鄙视链/爽感链，其实是以萧氏家族来作为临界点划分的。

一条是萧氏家族内部鄙视链/爽感链，包括：族内子弟围观众——作为被主角扮猪吃虎、啪啪打脸的第一个反角萧宁——由萧宁之爽点向前延伸的马前卒（试探马仔）和向后延伸的萧宁之姐萧玉——作为幕后或背后牵扯家族长辈恩怨，如族长萧战和明争暗斗的三大长老：爱屋及乌，为自己子孙谋算；或者城门失火、殃及池鱼，与萧战在族内进行权势之争——这两方面的因素都会交织聚焦于萧炎身上，让他无论是天才还是废柴，都会成"替罪羊"。

第二条是乌坦城外部鄙视链/爽感链，包括：乌坦城各种势力围观众——作为与主角第一次发生直接与正面冲突的加列奥——作为幕后或背后乌坦城三大家族的暗潮汹涌和斗争冲突。它们直接造就乌坦城的局势，以及萧炎和家族一荣俱荣、一损俱损、荣辱与共的关系，并决定了萧炎最后借助药老之力出手力挽家族于狂澜之中，并且诱逼乌坦城最大的中立势力米特尔拍卖场倾向萧氏家族，从而造成了对加列家族的全面打压，造成了三大家族势力格局的重新洗牌，奠定了萧氏家族一家独大的局面——这也是萧炎废柴逆袭之后，制造的第一个爽点。

在这两条内外界限比较分明的鄙视链/爽感链之外，其实还有一条由内到处延伸的鄙视链/爽感链，就是：纳兰嫣然退婚打脸对萧炎个人废柴的直接否定——纳兰家族毁掉两个家族的联姻，所形成的祖辈背叛、父辈的决裂以及孙辈的分道扬镳，以及两个门不当户不对的家族"大小之压"——将纳兰嫣然收为宗主亲传弟子的云岚宗借势欺人……由此揭开斗气大陆实力为尊、强大势力反客为主霸凌主场的局势。所谓"强龙过江，猛压地头蛇"，从而造成了"纳兰嫣然退婚打脸事件"对于萧炎个人、萧战族长、萧氏家族的巨大屈辱和耻辱感，从而形成强大的故事驱动力，形成"三年之约"的大情节——它一直磨炼、鞭策和驱动萧炎修炼、变强，也驱使我们和主角同情共理、同仇敌忾，迈向雪耻奋战的目标。

表情淡漠地离开大厅，有些神不守舍的萧炎按照平日的习惯，慢慢地攀上了家族的后山，坐在山壁之上，平静地望着对面笼罩在雾气之中的险峻山峦。那里，是加玛帝国闻名的魔兽山脉。

"呵呵，实力呐……这个世界，没有实力，连一坨狗屎都不如。至少，狗屎还没人敢去踩！"肩膀轻轻地耸动，少年那低沉的自嘲笑声，带着悲愤，在山顶上缓缓地徘徊。

十指插进一头黑发之中，萧炎牙齿紧紧地咬着嘴唇，任由那淡淡的血腥味在嘴角散开。虽然在大厅中他并没有表现出什么不妥的情绪，可纳兰嫣然的那一句句话，却是犹如刀割在心头一般，让萧炎浑身战栗……

"今日的侮辱，我不想再受第二次！"摊开那有着一道血痕的左手，萧炎的声音，嘶哑却坚定。

——天蚕土豆《斗破苍穹》：第八章 神秘的老者

这种心理脉动和故事节奏合二为一，推波助澜，渐成高潮，在三年之约一战惊天下之中，达到了最大兴奋点或者爽点的引爆和释放。这就是高峰体验的爽感。

网络文学中比较成功的爽文，通常都会有这样的"大情节"——每一个情节都将包括完成的故事链、爽点链，并会引爆高峰体验的爽感。说到底，数百万字的爽文，其实都可以剖析成由这样N多"大情节""大故事""大爽感"的结构性部分组成。对于这样大情节、大故事、大爽感之间不同部分的"组成"关系，可以分析出爽文讲故事的不同思路、逻辑和结构。

如下三种最为常见：

第一种，直线性串珠式，串起来就像糖葫芦和珍珠链。每一个大情节就像糖葫芦，每一个故事就像黑珍珠，每一个大爽感就像钻石带给人的感受——钻石弥久坚，爱情恒久远。糖葫芦、黑珍珠和玉钻石之间，是并列关系。

第二种，就是递进台阶式。或是向上、向上、再向上式的"向上的阶梯"，每一阶段都"欲穷千里目，更上一层楼"，看不同的风景，赏不同的人。或是向下、向下、再向下式的"地狱十八层"，每一层都有惊险，一层比一层更刺激。你甚至不知道下一层的深渊恶魔，会不会给你带来意想不到的毁灭和重生。而这两种方式结合的变体，就像火箭式蹿升或者断崖式垂降——但这非常罕见。更常见的是，螺旋式上升，或者螺旋式下钻——犹如探头钻地找石油一样。

第三种，就是刷地图/刷副本/刷不同的时间、空间和多维区域，糅合起来。最为复杂的，就是多维时空"魔幻迷宫"。

从"纳兰嫣然上门退婚打脸"到"萧炎上山休妻雪耻"为轴心建构起来的的鄙视链和爽感链，贯通了《斗破苍穹》第一个"大情节"，亦即包括一个故事完整的开端、发展、高潮、尾声，形成密集的爽点链；并且，最终将推至一个高峰体验的极致爽感"引爆点"。

第三节 斗气之谜：

V型人生的拐点

从"天才—废柴—天才"的变化之轴，到内外"鄙视链"，这种V型人生拐点，就是"斗气之谜"——而它基于爽文的模式或者套路，可以解剖为如下几个关键点。

第一，主角是"残缺的"——身有缺陷。这种缺陷或是先天存在的，或是后天人为的；或是有人陷害"阴谋论"，或者奇遇外挂式。

而天蚕土豆《斗破苍穹》中的萧炎，一夜之间从修行天才，变成修炼废柴，三年斗气没有寸进，就是因为后天的"缺陷"机制。

萧炎原来是个修炼的天才少年，曾经创造了家族空前绝后的修炼纪录："三年前那意气风发的少年，四岁练气，十岁拥有九段斗之气，十一岁突破十段斗之气，成功凝聚斗之气旋，一跃成为家族百年之内最年轻的斗者！"

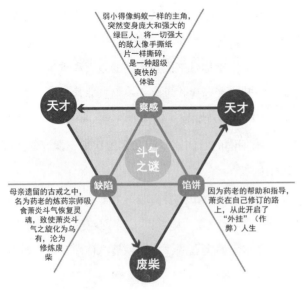

然而，一夜之间，他却"受到了有生以来最残酷的打击"，"丧失"了修炼能力——"不仅辛辛苦苦修炼十数载方才凝聚的斗之气旋，一夜之间，化为乌有；而且体内的斗之气，也是随着时间的流逝，诡异地变得越来越少"——从攀上名望巅峰的天才少年，跌落于神坛之下，陷入连普通人都不

如的境地，沦为只有三段斗之气的修炼废柴。

在整整三年里，萧炎的家族地位旁落，受尽族内弟子冷嘲热讽，甚至被未婚妻欺上门来，强烈要求退婚——这就是《斗破苍穹》开创"退婚流"和"废柴流"的由来。

第二，这种"缺陷"是人为制造的。罪魁祸首，便是萧炎一直佩戴的古戒指中的神秘"白胡子爷爷"——就像中国民间神话传说中曾常出来客串各种奇遇导师角色的白胡子老头。

在这枚母亲遗留的古戒之中，隐藏着一个原名为药老的八品巅峰炼药宗师，需要吸食萧炎的斗气，以恢复灵魂。正是他吸食了萧炎三年修炼的斗之气，才让萧炎从天才沦为废柴。

"嘿嘿，别找了，在你手指上呢。"

就在萧炎以为只是错觉之时，那怪笑声，再次毫无边际地传出。

眼瞳一缩，萧炎的目光，陡然停在了右手之上……的黑色古朴戒指。

"是你在说话？"萧炎强忍住心头的惊恐，努力让自己声音平静下来。

"小娃娃定力还不错，竟然没被吓得跳下去。"戒指之中，响起戏谑的笑声。

"你是谁？为什么在我的戒指之中？你想干什么？"

略微沉默之后，萧炎口齿清晰地询问出了关键问题。

"我是谁你就先别管了，反正不会害你便是！唉，这么多年，终于碰见个灵魂强度过关的人了，真是幸运。嘿嘿，不过还是得先谢谢小娃娃这三年的供奉啊。要不然，我恐怕还得继续沉睡。"

"供奉？"疑惑地眨了眨眼睛，片刻之后，萧炎那张小脸骤然阴沉了下来，森寒的字眼从牙齿间艰难地蹦了出来，"我体内莫名其妙消失的斗之气，是你搞的鬼？"

"嘿嘿，我也是被逼无奈啊，小娃娃可别怪啊。"

"我……"

一向自诩沉稳冷静的萧炎，此刻忽然宛如疯子般地暴跳起来，小脸布满狰狞。也不管这是母亲留给自己的遗物，不假思索地立马扯下手指上的戒指，然后将之奋力对着陡峭之下，掷甩了出去……

戒指刚刚离手，萧炎心头猛地一清，急忙伸手欲抓。可离手的戒指，已经径直掉下了悬崖……

愣愣地望着那消失在雾气中的戒指，萧炎愕然了好片刻，小脸缓缓地平静了下来，懊恼得拍了拍额头："蠢货，太莽撞了，太莽撞了！"

刚刚知晓自己三年来受辱的罪魁祸首竟然便是一直佩戴的戒指，这也难怪萧炎会失控成这模样。

在悬崖边坐了好片刻，萧炎这才无奈地摇了摇头，爬起身来，转过身，眼瞳猛地一瞪，手指惊颤地指着面前的东西……

在萧炎的面前，此时正悬浮着一颗漆黑的古朴戒指。最让萧炎震惊的，还是戒指的上空处，正飘荡着一道透明苍老人影……

"嘿嘿，小娃娃，用不着这么暴怒吧？不就是吸收了你三年的斗之气嘛。"透明的老者，笑眯眯地盯着目瞪口呆的萧炎，开口道。

嘴角一阵抽搐，萧炎的声音中压抑着怒气："老家伙，既然你躲在戒指之中，那么也应该知道因为你吸收了我的斗之气，给我带来了多少嘲骂吧？"

"可在这三年的嘲骂中，你成长了不是？你认为如果是在三年之前，你能拥有现在这般的隐忍力与心智吗？"不置可否地笑了笑，老者淡淡道。

眉头一皱，萧炎心情也是逐渐地平复了下来。在暴怒完毕之后，欣喜随之而来。既然知道了斗之气的消失之谜，那么现在，他的天赋，定然也是已经归来！

只要一想起终于有机会脱去废物的头衔，萧炎的身体，此刻几乎犹如重生般舒畅了起来。面前那可恶的老头，看起来，也并不太过讨厌了。

有些东西，只有当失去了，才知道它的珍贵！失而复得，会让人更加珍惜！

——天蚕土豆《斗破苍穹》：第八章　神秘的老者

但正是因为这三年的吸食，才锤炼了萧炎的隐忍力与心智。而且，后来药老停止吸收斗气，并且在他的指导和帮助之下，萧炎恢复天赋，开始了废柴逆袭、打怪升级、勇攀巅峰的修炼之旅。

药老吸食斗气造成的"人为缺陷"，既是造成萧炎从天才神坛跌落尘埃的罪魁祸首，但亦是他从废柴逆袭人生巅峰的"天上掉下来的大馅饼"。

　　天蚕土豆《元尊》中主角从天才变废柴，走的是"人为陷害论"之路：周元原本天赋极佳，悟性极高，身具圣龙之气，但是，生不逢时，大周倾覆，"圣龙气运"被武家直接夺走三分之二——武煌和武瑶分别获得了原本属于周元的圣龙气运——从此，周元失去了百年难遇的修炼体质，更是被大武王朝留下的"怨龙毒"百般折磨，成为名副其实的周家"废龙"。

　　第三，这种"缺陷"其实是"天上掉下的馅饼"。造成萧炎三年前从天才沦为废柴的罪魁祸首药老的出场，既揭开了他吸食萧炎修炼的斗气之因，又成为萧炎修炼成才的加速器。

　　"小娃娃，想变强吗？想受到别人的尊崇吗？"虽然心头已经将老者划为了不能沾惹的一方，不过在这番话中，萧炎的心脏，还是忍不住地跳了跳。

　　"现在我已经知晓了斗之气消失的缘故，以我的天赋，变强还需要你么？"缓缓地吸了一口气，萧炎淡淡道。他心中知道，天下没有白吃的午餐，莫名其妙接受一位神秘人的恩惠，可不是什么明智的决定。

　　"小娃娃，你的天赋固然很好。但你得知道，你现在已经十五岁了，而你的斗之气，却才第三段。我似乎听过，你明年就该进行成年仪式了吧？你认为，你能在短短一年之内，光靠勤奋修炼便飙升至七段斗之气？而且你先前还和那少女打了三年的赌。那女娃娃的天赋，可不会比你低多少噢！你想追上她并且将之超越，哪有这么容易？"老者那皱纹满布的老脸，此刻犹如一朵盛开的菊花。

　　"要不是你吸收我的斗之气，我能被她如此羞辱？你个老混蛋！"被老者捅到痛处，萧炎小脸再次阴沉，气得咬牙切齿地大骂了起来。

　　一通大骂过后，萧炎又自己萎靡了下来。事已至此，再如何骂也是于事无补。斗气的修炼，基础尤为重要。当年自己四岁练气，炼了整整六年，才具备九段的斗之气。即使现在自己的天赋已经恢复，可想要在一年时间内修炼至七段斗之气，基本上是没多大的可能……

　　沮丧地叹了一口气，萧炎眼睛瞟了瞟那故作高深莫测模样的透明老者，心头一动，撇嘴道："你有办法吧？"

"或许吧。"老者含糊地怪笑道。

"你帮助我在一年时间达到七段斗之气，你以前吸收我三年斗之气之事，便一笔勾销，怎么样？"萧炎试探地问道。

"嘿嘿，小娃娃好算计呐。"

"如果你对我没什么帮助，那我何必带个拖油瓶在身边？我看，您老还是另外找个倒霉蛋栖身吧……"萧炎冷笑道。聊了片刻，他也看出了这透明的老者似乎并不能随便吸收别人的斗之气。

"你可一点都不像是个十五岁的少年。看来这三年，你真成长了许多。这能算是我自食恶果吗？"望着油滑的萧炎，老者一愣，旋即有些哭笑不得，摇了摇头。

萧炎摊了摊手，淡淡地道："想让我继续供奉你，你总得拿出一些诚意吧？"

"真是个牙尖嘴利的小娃娃！好，好，谁让老头我还有求于你这小家伙呢。"无奈地点了点头，老者身形降下地面，目光在萧炎身上打量了几番，一抹奸计得逞的怪笑在脸庞上飞速浮现，旋即消散，迟疑了一会，似乎方才极其不情愿地开口道，"你想成为炼药师吗？"

——天蚕土豆《斗破苍穹》：第八章　神秘的老者

因为有药老的帮助和指导，萧炎在自己修行的路上，从此开启了"外挂（作弊）人生"的序幕：不但有药老的灵药、功法和炼体等加速萧炎火箭式蹿升的神奇之旅，同时，亦赋予他一种"炼药师"的黄金辅助职业和金光大道，从而让萧炎获得一种超脱于任何一种势力，却又可以斡旋于其中与内外的独特实力；甚至在必要之时，这个"神奇的白胡子老爷爷"，还可以化身而战，代替主角，与那些超阶、超级、超境的强大得不可战胜的一切敌人作战，并且碾压他们甚至令他们灰飞烟灭……

在弱小得像蚂蚁一样的主角，忽然瞬间变成一个庞大和强大的绿巨人之后，对主角产生威胁的一切敌人都是"纸老虎"——但他们的的确确是真老虎。把一切强大的敌人，像手撕纸片一样，撕碎；或者，躲在绿巨人的壳下，把武松醒时都不敢打的真老虎一撕两半，是一种超级爽快的体验。

第四节　随身老爷爷流：

从"伪废柴少年"到"奇遇少年"

最重要的是，这种集"智慧导师""宝藏老男孩"和"超级保镖"于一身，甚至功能和作用比意料中还多的"神奇的白胡子老爷爷"，一直都是"奇遇少年"的最爱。

从金庸时代如张无忌、韦小宝等奇迹男孩，再到网络时代"愿我出走半生、归来仍是少年"的择天少年，再到我们每一个读网络小说读到嗨的伪废柴少年……因为有代入感的普通凡人们，都渴望自己是上天最青睐的那个天眷少年，转角就能遇到爱，随随便便逛个街"头上都能砸下一个大馅饼"，甚至被人祸害一脚踹下悬崖都能遇到前辈高人遗留的武功秘籍，从而成为绝世高手高高手，打遍天下无敌手……

虽然天蚕土豆在这里不无幽默地调侃了一下金庸时代的"前爽文"套路（因为那个时代还没有创造或者说流行"爽文"这个词），但他自己，的确"融合创新"，创造出了这样一个"集万千奇遇功能于一身"的新绝世高人形象，并且"开创性"地弄出了一个"随身携带一个神奇的白胡子老爷爷"的爽文模式——甚至可以说开辟了"随身老爷爷流"——从而满足了我们于平凡的生活之中渴望奇遇、于平淡的人生之中创造奇迹的渴求。

由于地域的辽阔，也有很多不为人知的无名隐士。在生命走到尽头之后，性子孤僻的他们，或许会将平生所创功法隐于某处，等待有缘人取之。在斗气大陆上，流传一句话：如果某日，你摔落悬崖，掉落山洞，不要惊慌，往前走两步，或许，你，将成为强者！

此话，并不属假。大陆近千年历史中，并不乏这种依靠奇遇而成为强者的故事。

这个故事所造成的后果，便是造就了大批每天等在悬崖边，准备跳崖得绝世功法的怀梦之人。当然了，这些人大多都是以断胳膊断腿归来……

总之，这是一片充满奇迹，以及创造奇迹的大陆！

——天蚕土豆《斗破苍穹》：第二章　斗气大陆

比如：于人生重要的关头或者关键的成长期之中，有一个智慧导师，能够给我们受益终生的指点，让我们少走弯路甚至加速成功——如《魔戒》中的灰袍导师，给英雄们指出拯救人类的道路；都想有一个哆啦A梦的宝袋，可以取之不尽、用之不竭，满足和实现我们各式各样的愿望和梦想；还有一个有着各种超能和法宝的超凡保镖保驾护航，顺便客串一下"觉醒教练"，通过酷酷的训练，教导我们觉醒自己的超能力，让我们自己也能成为一个"超级英雄"或者"超凡者"，碾压一切装逼打脸的配角，顺便拯救一下世界、美人或者杀个怪什么的……"随身药老"融智慧导师、哆啦宝库、超凡保镖和觉醒私教等诸多角色与功能于一身。

而且，《斗破苍穹》还复苏和更新了人类最古老的"离魂寄物"文化母题：从《格萨尔王》中的大魔王把自己的灵魂，寄托于九件宝物之上；到《哈利·波特》中的伏地魔把自己的灵魂，寄托在七件宝物上……"离魂寄物"是一个源远流长的传统文化母题、类型模式和故事原型。天蚕土豆把它重塑成爽文中"离魂寄戒"随手携带、"招之即来、来之能战、战之能胜"的特殊方式：好赖全由我！

这就跟我们随身携带手机一个道理：我想跟整个世界谈谈时，开机即可。打开微信界面，通过那一个孤独的小人儿和蔚蓝色的地球，进入全球互联互通的连接之网；当我想让整个世界都静听花开的声音时，啪——关机！犹如孙悟空打死了如唐僧碎碎念的蚊子：世界，一下子就清净了。

当然，《斗破苍穹》在这里也埋下一个有关萧炎之母、古戒和药老的悬念。天上掉下来的大馅饼，也有可能是一颗用糖衣包装的大炮弹。随身携带的药老，确实是让萧炎的修行路高歌猛进的贵人。但是，他身上也带来一大堆的谜团。比如——

他作为一个绝世高手，为何陨落，最后身消魂散，仅剩几分魂魄，被迫寄养于古戒之中，要靠萧炎的斗气滋养，并依赖萧炎强于常人的灵魂感知力，寻找

恢复之道？这背后，有没有阴谋和企图？会不会让萧炎卷入不可知的危险和漩涡
之中？

　　而且，这枚古戒是萧炎母亲留给他的遗物。他的母亲因何去世？这枚古戒有
何特异之处？药老又为何偏偏离魂寄物，选择这枚古戒作为魂魄寄托之所，而不
是选择其他宝物？这三者之间有没有关联？会不会在后面某个时候，突然揭开一
个"惊天的阴谋"和"滔天的漩涡"？……

　　在《斗破苍穹》的开篇之中，看不到一点比较明朗的线索，只有药老欲言又
止、遮遮掩掩的部分暗示。而萧母之死和这枚古戒，看不出任何特别的关联。

　　或许，它们就是普通之死和普通之物，把皮揭开之后，下面什么都没有。或
许，它们就是一个谜局，揭开之后，下面是一个天大的局，甚至是无底的深渊和
死亡的陷阱。这种悬而未决、待定未定的未来之迹（甚至连"是谜OR不是谜"
都无法确定），也是勾起我们好奇心、让我们一路想要挖掘到底的东西。

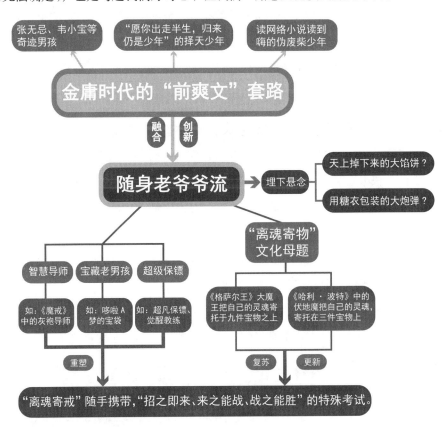

第五节 "缺陷—馅饼"机制：

从《择天记》到《将夜》

由此，我们可以提炼和总结出一种爽文主角的"缺陷—馅饼"机制。它普遍存在于网络文学讲故事写爽文的作品与类型、技术与理念、套路与模式之中。

我们可以把猫腻的两部作品《择天记》和《将夜》拿来进行比较分析。猫腻《择天记》中的主角先天体内九段经脉不能相连，被判活不过二十岁；但是，他却要逆天改命——"我命由我不由天"；猫腻《将夜》中的主角宁缺是雪山气海被堵塞，诸窍不通，属于被昊天抛弃的人，同样是修行废柴，甚至被判为是天生不能修行的人……但正是因为缺陷，反而勇进。这种逆天改运之斗志和反超，正是爽文的来源之一。

我们可以将这种爽文主角的"缺陷—馅饼"机制，剖析为如下几个关键点。

一、缺陷即馅饼：缺陷有多大，馅饼就有多大

爽点就产生于这种巨大的预期—超出预期之外的落差之中：我们以为这是天上掉下的一块大石头——比如从宇宙外太空飞来的流星陨铁——要把主角砸进地坑里，永无翻身之日；最后，结果却是"天上掉下来的大馅饼"，从而砸晕了吃瓜群众，也砸爽了我们。

以《将夜》为例，雪山气海是修行者必须具备的"天赋能力"。但是，宁缺的雪山气海十七窍只通六窍，天生难以修炼。

比如，那本他唯一找得到、买得起的所谓修行入门教材《太上感应篇》，宁缺坚持翻了十几年、把书皮都翻烂了，却仍然难以突破那至关重要的一窍，没有办法迈过那道修行的门槛。

因此，任谁看来，宁缺雪山气海不通，都有一种先天的缺陷。比如，吕清臣受公主李渔之托，为宁缺检查身体资质时，就坦然告知：宁缺气海堵塞，无法修行！

听到这句断语，宁缺沉默了很长时间，然后他抬起头望向老人，举起右手伸出食指对准自己的太阳穴，就像拿着一把弓弩想要自杀般，认真询问道："念力或者说意识这种东西，难道不是从脑子里面产生的吗？"

老人吕清臣温和地望着他，缓声说道："这种说法倒也不能说不正确。然则念力虽由头而发，却如何与身外的天地之息互知互通？

"所谓修行，乃是将意念容于胸前之雪山、腰后之气海。雪山气海周缘有十七气窍，就如钟离山底之千繁洞，洞穴迎风纳水，呜咽作响奏一妙曲。上有呼者下有应者，如此方能令天地通晓你我之意，从而互相呼应。

"人之身体腑脏气窍开合或闭塞，乃胎里形成，先天带来，后天再如何修行也无法改变。所以有种说法，所谓修行……只不过是拣回昊天送给我们的礼物罢了。

"我先前看你体内雪山气海周缘十七窍，有十一处堵塞，所以无论你将念力修至何等境界，都无法与天地自然相接触。

"不过你也不必因此而悲伤失落。世间亿万民众，雪山气海十七窍能通十三窍者极为罕见，像你这种身体倒是正常不过……"

老人缓声安慰，宁缺低头微涩而笑。

在渭城时他曾经做过无数次自我安慰。说只有那些真正变态的天才才能修行，现在看来果然如此。如果按照这种标准说法，老人提到的那些通了十五六窍的天才还真是被上天垂青，就像是随意走在路上忽然被天上落下的馅饼砸了个跟头。

"我怎么就没有中超级大礼包的命？"

——猫腻《将夜》：第一卷　清晨的帝国　第二十章　三分两分画里桃花

二、奇遇通关：遇常人之难遇、见非常人之难见

但是，宁缺取颜肃卿性命时，遇到复仇以来最大一次危险，"伤势正在胸口气海雪山之间"，险此丧失性命，却遇到"三大奇遇"，给他带来了"毁灭重生"的可能性。

不知道过了多长时间，陈皮皮睁开双眼，看着宁缺，眼眸里的情绪早已无法

平静，只有无穷无尽的不解与惘然。

根据他的判断推测，应该是有一股沛然莫御的炽烈力量，经由那名修行者用剑意在宁缺胸口处破开的通道，直接侵入宁缺体内，瞬间摧毁掉了那座诸窍不通的蠢笨雪山。按道理讲，气海下方的雪山被直接摧毁，宁缺应该在第一时间就死去。但不知为何，其时又有一道绝对阴寒的气息进入了这家伙身体内，在雪山垮塌融化的同时重新凝起了另外一座雪山！

必须承认，在修行世界里，陈皮皮确实是个百年难遇的绝世天才。他没有亲眼目睹湖畔小筑的一战，没有看到自朱雀大街上那根翘起的顶翅，没有看到自苍穹投来的无形长矛，没有看到大黑伞如莲花般轻轻摆荡。他也没有像国师李青山那般投棋卜卦，只是通过宁缺体内的伤势，便把当时的情形推理得相差无几。

只是……知道宁缺体内的伤是怎样形成的，不代表就能治好这种伤。

"身躯内的雪山被摧毁后竟然还没有当场死亡，竟然转瞬之间又重新凝结了一座雪山，这是何等玄妙高远的手段……只怕观里的大降神术也不过如此。昊天光辉替凡人开窍，大概便也是走的这种毁灭重生的路子。"

——猫腻《将夜》：第一卷　清晨的帝国　第一百一十四章　生命不可承受之重

第一，朱雀因怒偶醒，凝天地之息为无名之火，把宁缺像烤全羊一样炙烧——那是前代圣人留下的天大神符啊！

就连大唐御弟黄杨僧人和大唐国师李青山这样的当世大修行者全力施为，"也只能令那绘像懒懒睁开眼睛看上一眼，能令朱雀苏醒动怒的人这世间有几个？"

宁缺绝不是这些"传说中的前辈"，却因何让朱雀苏醒动怒？连转世重生的前代魔宗宗主、现代书院二层楼三师姐余帘，也兴起了一丝兴趣和探究之意："让朱雀动怒的……是你，还是这把大黑伞呢？"这大概接近了大黑伞和朱雀神奇斗法的真相。城门失火，殃及池鱼——宁缺成为那条机缘巧合的"烧烤PK水煮鱼"：朱雀以神火炙烤宁缺，要把他烤焦，甚至焚化得渣都不剩，最后只不过把他外衫上的血迹烤得蒸发，顺便帮他抹去了被长安衙门追踪查迹的线索。

第二，大黑伞护体，重塑宁缺的气海雪山——这是传说中冥王之子的护身法宝。也正是这样的法宝，才能像昊天光辉一样，替凡人开窍，让宁缺走上了"毁灭重生"之路：身躯内的雪山被摧毁后竟然还没有当场死亡，竟然转瞬之间又重新凝结了一座雪山。因为，冥王之光和昊天之辉，本就是一体同生，可以摧枯拉朽，通塞开窍，把凡人改造成修行者。

黑色的荒原上刮着黑色的风，强劲的风力卷起黑色的土砾在天空中四处抛洒着，以至于用肉眼望去，仿佛苍穹上那轮烈日的光芒都变成了黑色。

荒原远处有一座黑色的雪山，在黑色烈日光芒的照耀下正在不断融化，不断崩塌。融化后的雪水混着黑土黑砾，反耀着黑色阳光，汹涌地四处奔突冲刷。

黑色的雪山将要垮塌崩溃。它形成的洪水将要毁灭整个世界。而就在这时，光明的夜突然降临到了世间，释放出无比温暖的阴寒气息。

宁缺站在这个空间的某个点上，惘然却又无比平静地看着眼前这幕壮阔浩大的毁世画面。他不知道这是什么地方，但他知道这不是梦。这种感知清晰而坚定，就像他明明看到占据大半个天穹的光明，却能肯定那就是夜。

光明的夜遮住了大半个天穹，遮住了炽烈的黑色的阳光，逐渐减缓了雪山融化崩塌的速度。而自光明夜空散发下来的阴寒味道，则开始重新凝结那些肆虐于黑色荒原间的洪水，让它们变成舞蹈的黑冰、不甘的黑雪。

整个世界在重塑。那座黑色的雪山缓慢而不可阻挡地重新矗立起来。

天地归于平静。夜重新恢复成夜应该有的颜色。荒原上的冰川雪河不知何时消失……仿佛什么都没有变化，又仿佛所有的一切都改变了。

苍穹上的那轮太阳温暖照耀着世间。春光融化了雪山那头的积雪，汩汩细水渗进冰雪深处，落进蓝色幽黑的地下冰穴，然后消失不见。

不知过了多少年，荒原上距离雪山极远处的某地，一颗石砾轻轻颤抖起来，被推向一旁；然后一股涓涓细流涌了出来，然后逐渐蔓延开来，向着天边流去。

水流畔，长着一棵孱弱却又坚强的小草。

——猫腻《将夜》：第一卷　清晨的帝国　第一百一十章　朱雀、黑伞以及光明的夜

在陈皮皮原来的认知之中，凡人不是"想通窍就能通窍"的，更别提像宁缺这样十窍不通的人，居然想自己通窍。只有西陵神殿的三大神官，耗半生修为，

施展大降神术，才能请下昊天光辉，替人强行通窍。

但是，这世人有几个人值得西陵神官付出这样的代价？就像陈皮皮这样的知守观观主之子、西陵绝世天才，也不可以让西陵神官承担如此巨大的代价，来"人为通窍"。

然而，宁缺机缘巧合，在朱雀和大黑伞的神奇斗法之中，却"天意通窍"。两者走的都是毁灭重生的路子。只是，比起"人为通窍"，这种"天意通窍"更为简单、直接和粗暴，给宁缺带来了前所未有的危险。

陈皮皮很清楚，宁缺体内雪山被摧毁、被重塑，看似是得了极大的机缘，但没有昊天神辉护体，这种极为粗暴的毁灭重生，基本上等同于死亡。宁缺胸腹处的雪山极为不稳定，随时可能崩塌，而那处的气息更是弱到近似虚无，生机已空。如果这个家伙想要活下来，除非有人以极玄妙的手段重新替他注入生机。

天地之间元气衡定，哪里能从虚无黑夜里觅到生机？除非此时能够找到传闻中海外异岛上那些被元气滋养万年的奇花异果，垂死的宁缺才能有一线希望。

可那些被天地元气滋养成熟的奇花异果又到哪里找去？书院里没有，长安城没有，整个大唐帝国都没有，他陈皮皮也没有。

——猫腻《将夜》：第一卷　清晨的帝国　第一百一十四章　生命不可承受之重

但是陈皮皮有通天丸。而通天丸恰恰能够拯救在毁灭重生之中濒临死亡深渊的宁缺。

第三，通天丸为其注入新的生机，真正的毁灭重生——这也是举世难见的灵丹妙药，"仅从名字上便知道这种灵丸的珍贵，深藏某不可知之地内秘不示人，存世数量极其稀少"，却被陈皮皮在极其犹豫和纠结之后，终于拿来给宁缺救病疗伤。丸如其名，确实让毁灭重生的宁缺在通窍之后通天。

融化垮塌之后的雪山，被那股阴寒的力量瞬间再度重塑，画面看似神妙，但那座雪山的构造却是极不稳定，随时可能再次垮塌。内部冰川险洞可谓是千疮百孔，绝大部分孔洞并不能前后贯通，却让雪山变得如被白蚁蛀空的木柱般脆弱。

珍贵的通天丸被水化开,经由咽喉向下缓慢渗透,还没有来得及抵达宁缺的胃部,便化为淡淡的药力。隐隐若繁星般的神辉,消散在他的腑脏之间。

神辉照耀之下,远处的雪山再也没有垮塌一角又陡兀增高,安静沉默地站在苍穹之下,若圣女一般高洁,像勇士一般坚定,缓慢融化,滋润着脚下的干涸荒原。

一股生命的气息弥漫在那个奇异的空间世界之中。这股气息并不是来自苍穹之上的那轮太阳,而是来自世界的本原。昼夜在交替,涓涓冰溪在缓缓流淌。渐渐地,溪畔生长出了第二棵小草,然后蔓延成为草原。

有成群的黄羊在青草间欢快地跳跃,有田鼠在地底欢快地啃食着草根。草原深处生出了几棵青树,绿油油的,令人好不欢喜。

——猫腻《将夜》:第一卷　清晨的帝国　第一百一十五章　那是你我想不明白的事

这三大奇遇,遇常人之难遇,见非常人之难见,需奇人之难寻奇条件。但是,就是此时、此事、此地,在宁缺身上,三大必备条件,偏偏都具备了,才让宁缺通了那至关重要的修行诀窍,迈入了修行门槛,并重组了气海雪山,成为修行天才:十四天,连破三个境界,抵达不惑之境。

这种"奇遇"之奇,用陈皮皮的话来概括说:什么都是"恰好"——恰如在正确的时间,正确的地点,遇上正确的人,发生了无比正确的事。

"如此聪明又毅力过人,而且悟性也不差,偏偏气海雪山里诸窍不通,你这家伙还真是可怜,如果说你是个被昊天诅咒的少年也不为过。"

宁缺依旧紧紧闭着双眼,但苍白的脸颊却是快速红润起来。陈皮皮怔怔看着他,哀叹道:"而如今,你雪山被毁重建,说不定真的能通几个窍;又偏偏得了非通天丸不能治的重伤;又偏偏遇到了世间唯一有通天丸的我;而我又偏偏狠不下心来看着你去死——所以你啊,其实是个被昊天眷顾的少年才对。"

——猫腻《将夜》:第一卷　清晨的帝国　第一百一十五章　那是你我想不明白的事

三、命逆运转:从神之弃子到天选少年

直到此时,从宁缺到我们,终于才明白,这个本不能修行的"天大缺陷",

原来却是"上天赋予的最佳礼物"。我们一直以为他是被昊天诅咒的少年，却如其所是，原来是个上苍眷顾的少年。

从神之弃子，到天选之子，所谓"奇遇"，就是为了揭露真相，造成逆转。既出乎意料之外，又在情理之中，让我们在"揪心之后又松一口气"，获得酣畅淋漓的愉悦感，甚至获得超出预期之外的畅快感。

按照吕清臣的说法，修行者，在初识境界睁眼看修行新世界的第一眼，决定了这名修行者日后的前途：修行资质差的人，只能看到一盆水；资质好些的人，能看到一方池塘；"若他能感受到一条小溪甚至是一方湖泊……那他日后必将成为世上尊崇的大修行者。"当世的大修行者，"以南晋剑圣柳白资质最为惊艳"，"不到六岁便入了初境，一入初境便看见一道奔流不息的黄色大河！这就是真正的天才！"

但是，宁缺睁眼看修行世界时看到的是什么呢？却是"一片海"！

看见一道黄河便是这个世界上最强大的修行者，那么看见一片大海呢？宁缺沉默了很长时间。他虽然隐藏着很多秘密，但从来都不认为自己是个天才，更何况还是这种比举世公认的天才人物更变态的天才。然而依旧有些……不甘心吧。

"也许这话听上去有些狂妄，有些没有分寸或者说……自恋。"

他仔细选择着词语，低着头缓声说道："有没有可能，我真的比那位南晋剑圣，不是说更强……只是因为我冥想多年，所以踏入初识时感受的范围更大一些？"

"比奔涌大河更宽的是什么？我不知道，但肯定不会是无边无垠的大海，因为这完全是两个概念。"

吕清臣老人看着低着头的宁缺，轻轻叹息一声，说道："孩子，你可知道初识时的大海代表着什么？那代表着这整个世界的天地元气。"

"没有人能够在进入那个崭新世界时睁眼的第一瞬间，便看到那整个世界的所有事物。因为这是不可能的事情，即便是传说中的圣人，都无法做到。"

他再次轻拍少年微僵的肩膀，微笑安慰说道："虽然只是梦，但也是个不错的梦。"

宁缺沉默离开。

——猫腻《将夜》：第一卷　清晨的帝国　第二十四章　好家伙

从"气海雪山诸窍不通"的修炼废柴，到"拥有整个雪山气海"的唐境守护者，这样的逆袭（逆转）是爽文重要的生产和创作模式之一。而这种的秘诀，有相当一部分，就是蕴藏于这种"缺陷即馅饼"及其"奇遇转化"机制之中。

宁缺睁眼就能看到修行世界的"一片海——绿色的海"，却被堵塞，变成无法修行的重大缺陷；那将诸窍堵塞、将雪山气海甚至那整遍海都堵住、同时亦是将宁缺修行大道整个堵住的"拦路石"，其实不是太空流星砸上地球的一块无法消除的陨石，而是天外飞仙"抚我长顶、赠我长生"的一块硕大无比的馅饼！

四、"爽文"机制：从奇遇机制到"逆天改命"意志

这块硬得难以消化的缺陷巨石，要转化成甜得腻腻的天才馅饼，必须要有某种"转化"的机制。

宁缺想方设想，想通过后天的手段，让自己通窍，"逆天改命"——却被陈皮皮骂为"白痴""狂妄""愚蠢"："这世间除了西陵神殿施展大降神术，请下昊天光辉替人强行通窍，谁还能够逆天改命！你居然想自己通窍！真是狂妄愚蠢到了极点！"——除非有奇迹发生。

如果现在横亘在宁缺身前的是一座奇崛难攀的大山，那么他现在做的便是愚公曾经做过的事情。即便翻不过那座山，也要从中间强行挖出几道能够通风的隧道。

愚公移山不知踩坏了多少双草鞋，挖坏了多少根锄头。那是一个有大毅力的家伙。然而如果要没有现代工程知识的他，去把那座大山挖出无数条横亘两侧的隧道来，只怕最终也只会变成泥鳅钻豆腐，无奈地挖出个不停前进不停垮塌的豆腐渣工程。即便是金刚不坏之身，挖上个千万年也只是徒劳。

人定胜天是非常美好的愿望，在精神层面上很多时候能够激励人类不断向前，但往往在具体的事例上，并不是每件事情都能单靠毅力便能完美地完成。

还是说回那位宁缺和很多男主角都奉为偶像的愚公先生，当世人质疑他时，他说自己的子子孙孙无穷尽，大山却始终在那儿，那么总有一天会挖光。这句话很提神很生猛，而且隐隐间符合了夫子斩桃花饮酒那道题的真义，所谓无穷尽也。然而愚公却不知道一个残酷的真相，那就是：山有时候也会长高。

后几日，笔墨如剑，直刺心胸。

用永字八法拆解的浩然剑笔意，就像无数把锋利的剑芒，在宁缺的身体内横刺竖插，戳出了无数个无形的洞孔。然而那些洞孔迅速坍塌，根本没有留下任何通道。

为了强行戳穿那些闭塞的通道，宁缺付出了极艰辛的努力，精神和身体都为之损耗严重。他没有再次昏厥，但随着冥想次数越来越多，强行调动念力破山的次数越来越多，他的脸色越来越苍白，咽喉里越来越干涩，耳中开始嗡鸣作响，胸腹间的痛楚足以杀死无数像谢承运那样的才子角色。

受伤的肺叶开始影响到他的呼吸，夜里时的咳嗽声变得越来越响，越来越沙哑难听，于是桑桑的睡眠时间变得越来越少。终于有一天清晨他吐了口血出来，被送往医堂后，那位大夫用看痨病病人的垂怜目光打量了少年几眼，然后随意开出些滋补药物，嘱咐好生休养断不能再去青楼，收了二十两银子便不再多言。

付出了如此大的代价，宁缺身体里的那座山、那座拙山、那座雪山依然在那里沉默。这真是眼看他挖高山，高山垮了；眼看他移高山，高山不言轻蔑。

——猫腻《将夜》：第一卷　清晨的帝国　第一百零三章　搬山

奇迹就在于那种特殊的转化机制。

《将夜》将这种先天缺陷的巨石炼化成修行天才的馅饼，靠的就是这两种"爽文"机制：一是"百年难遇"的奇遇机制；二就是"逆天改命"的抗争意志。

从翻烂《太上感应篇》，到愚公一样移山，宁缺心性意志不可谓不坚韧——吕清臣初见他时，就说：此子心性意志特别适合修行；若能修行，必然惊艳；只是奈何先天有缺陷——雪山气海堵塞，诸窍不通。[1]

而《择天记》更是将"逆天改命"的抗争意志演绎得淋漓尽致。这就需要我们另行拟定主题和专题分析了，否则就跑题了。[2]

---

[1]　参见庄庸、杨丽君等主编《蚂蚁哲学：中国网络文学阅读潮流研究（第5季）》，"华语网络文学智库"丛书，中国青年出版社，2020年版。这部著作里重点庖丁解牛了猫腻《将夜》这部作品。

[2]　参见庄庸、杨丽君等主编《爽文时代：中国网络文学阅读潮流研究（第1季）》，"华语网络文学智库"丛书，中国青年出版社，2020年版。书中在庖丁解牛知白《大逆之门》、猫腻《择天记》等作品时，解读、诠释和建构了"天眷少年"和"逆天改命"的模式与套路。

第六节　爽文愉悦结构：

从"重现实"到"轻娱乐"

基于这种主角"'缺陷—馅饼'机制"，从萧炎"废柴沉沦"到"天才逆袭"，从萧媚"绿配链"到"内外鄙视链"，从"纳兰嫣然退婚流"到"白胡子药老随身流"，从"史上最黑暗的废柴三年"到有生以来最有驱动力的"三年之约"……《斗破苍穹》的故事文本，安排出了一种非常巧妙的爽文结构。

通过小结构嵌套大结构（就像俄罗斯套娃一样），大结构之中又嵌套波段式结构（就像股市一波五段带节奏一样）；在这种大小结构互嵌之中，又形成了一种螺旋式上升的爽感大漩涡：它让我们能够看见"未来已来"的阅读体验——亦即阅读预期本身就能"预期"得到满足。在此基础上，它形成了一种结构性的"爽感需求—预期—满足机制"，将每一个阅读者裹挟于那种需求暗流之中，踩着脉动、韵律和节奏之点，最后引爆成一种预期完全实现的愉悦、满足和畅快感。

比如，《斗破苍穹》开篇就建构了斗气大陆宏大的"世界观"之中"世界"与"观"的结合、融合之路。亦即庞大的斗气大陆以"争气斗强"（让我们想到了"争奇斗艳"这个词）为世界观设定；但争气斗强，取决于三大"资源禀赋"——斗力（斗者实力）、斗法（功法）和斗技。但这三位一体，却是取决于"个体素质"（灵魂感知力、意志和心性）。而这天才变废柴的"人生有史以来最黑暗的三年"，对于磨砺萧炎的心性、意志和灵魂感知力，奠定了最为扎实的基础和基石——万丈高楼凭地起，从此他人只有"见你修高楼"。

正因为如此，比萧媚更有天赋、更有资格成为纳兰嫣然退婚打脸的垫脚石的，就是萧炎：因为他才有资格代表颜值、天赋、家世背景（势力），而被纳兰嫣然退婚带来事实上的巨大羞辱。

但是，从萧媚的视线看出，才会第一次看出"坐井观天"的青蛙和天外自由翱翔的飞鹰的巨大差距。别说萧媚了，就连整个萧氏家族，在纳兰嫣然及其所代表的家族和宗派势力面前，都像是没有见过世面的土包子，是坐在井里只看得到那一片宝盖头大的天的青蛙。彼此之间的折腾，再怎么说天赋与背景、论能力与实力、谈势利与势力，其实都无非是自说自话、自个儿瞎折腾，矮子里拔高个儿；比起真正的能力、实力和势力，不过是场笑话罢了。

也正是因为这种巨大的实力距离和势力落差，才会让纳兰嫣然的退婚，给萧炎个人甚至整个萧氏家族，带来巨大的冲击；那种挟势而逼的做法，才会给其带来巨大的羞辱和屈辱。

这种羞辱感、屈辱感甚至耻辱感，对于每一个有着百年记忆的普通中国人来说，并不陌生；对于整个网络文学发展史来说，甚至成为一种有意识和无意识积淀的个人情结与国民心态——网络文学为什么流行穿越救国、重生补憾（弥补历史、人生甚至现在与未来的现实缺憾）等潮流，便是如此。[①]

《斗破苍穹》不过是把这种"历史与现实之中不可承受之重"的耻辱感，转化成为"生命与生活之中可以承受之轻"的羞辱感，将它简化成一种泛娱乐、轻体验、个人化的情绪与感受，并以即见即得、即时反应与反击、即刻排洪与宣泄的方式，将其引爆成一个奔腾而出的泄洪之水：犹如黄河之水天上来，奔流到海不复还。

这其实就是"爽感建构"的过程。从某种意义上来说，穿越救国、重生补憾的"重"网文，与退婚打脸、废柴逆袭的"轻"网文，虽然有轻重之别，但爽感建构的机制和体制，其实是一样的。

这其实在网文中流行的"无脑爽文"表层深结构和传统文学观中重视的"心路历程"等深层结构之间，找到并拓展出一个可以衔接、转化和有着充足回旋空间的中间夹层空间。

可以说，《斗破苍穹》整部爽文"解构甚至瓦解"了深层次结构性的厚重。比如，并未浓墨重彩地去刻画萧炎这个Ｖ字过路中完整的心路历程，特别是渲染那种过山车式的浮起沉落，所带来的人生痛感和心路跌宕——因为，生于物质充

---

① 参见庄庸、王秀庭著《网络文学评论评价体系构建：从"顶层设计"到"基层创新"》，福建教育出版社，2016年版。

足和消费主义潮流盛行的年代甚至是一次性快消产品与文化成为节奏和主调的中国青年年轻世代，并无战争年代、冷战时代、反恐年代的家国之仇、切肤之痛、恐惧之感；所有人生的痛点和愤怒的火焰，都像是"杯水中的风波"——无论如何种惊涛骇浪，其实都是在自己这个人身体和人生的小水杯之中。因此，所有的浮起沉落、过山车式的跌宕和痛感，都是"小"的——小个人，小人生，而无关大时代。因此，那种"时代的苦难与辉煌""生命不可承受之重"的厚重感、价值感和意义感，都在被解构和重构。至少，是会限定在一定的程度和深度之上。

就像萧炎在这种"天才—废柴—天才"的V型人生之中，有着登上神坛的风光和跌入人生谷底的黑暗，确实经历了嘲弄、讥讽和辱骂等各种人生负面情绪，但没有抵达苦难、仇恨、冷酷等人生、人类、人性、人心等真正黑暗的无底深渊和生命中不可承受之重——比如像网络文学发轫之初那部经典网络小说《诛仙》，主角张小凡经历灭门灭村之祸，父母沦入地狱深渊，爱人永坠黄泉，而他自己从正道陷入魔道，"一根烧火棍，一个孤单的少年，对抗整个充满恶意和敌意的世界"。

对于萧炎来说，少年天才是个神话，废柴少年是个笑话；但从神话到笑话，其实都是一种"话"而已。亦即，都是停留在语言和言说层面，是被他人和自己描绘的"杯水中的风波"，而不是刻骨铭心的"切肤之痛、骨髓之疼甚至是灵魂之哀"。这种人生深刻、深邃和深远的痛楚与痛感，在《斗破苍穹》之中并不是被故意轻描淡写，而是，它就根本不"存在"——就像萧炎沦为废柴所经历的族内之遇，确实是历经嘲弄甚至是羞辱，但也仅此而已，并没有发展成为深仇大恨、不死不休。

以这种试图贴近但永远只能是贴近甚至只是接近的语言方式，我们想描述和表达出《斗破苍穹》这种爽文的"文学特性"：它解构了生存（重点是个体生存状况与集体境遇，更遑论人类生存的终极关怀）的状况与境遇，瓦解与重组生命的体验，把它们变成了一种生活的经验和状态——很多时候，是娱乐性、观赏性和消费性的。比如，把那种"V"字形的人生触底之痛，演变成"鲲鹏之翅"的飞翔性表演——从萧炎到我们自己，都看起来很"爽"很"畅快"。

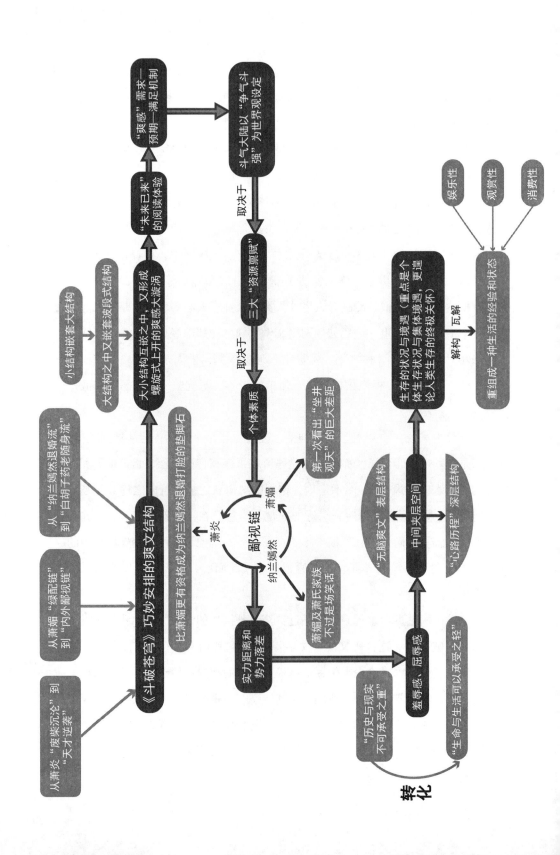

第八章

王炸武器：

预期逆转「不对称」爽模式

「双期预期及其结果」模式

预期主角会被虐待得很惨

不知道主角会有"逆袭"技能或法宝

坐观主角等到拐点反攻倒算

知道主角拥有"逆转局势"的核心技能

除主角外的剧中人/局内人

双重信息不对称

双重实力不对称

主角本身、作者、读者

"白胡子老爷爷随身流"模式，开启了《斗破苍穹》开外挂、大小王炸的爽文套路。

这让我们向前联想到从《夺宝奇兵》到好莱坞爽片的"反差爽"，向后联系从《庆余年》到《将夜》中"由虐到爽"的神转折，让我们可以解读、诠释和建构两种"不对称"的爽文模式。

第一种是只有单向度的"势力不对称"和"信息不对称"的类型文，从而可以导致"预期—打破—逆转"的爽点模式。

第二种是"双重实力不对称"，隐藏着"双重信息不对称"，从而导致"双期预期及其结果"模式。

可以说，网络文学"主流爽文"的结构和模式，应该是基于这种"双重性"：除了主角之外的其他所有剧中人局内人，都不知道主角会有"逆袭技能或法宝"，所以，都预期他会被虐得很惨。但是，包括主角本身、作者以及作为剧外人的读者我们，其实都知道主角拥有"逆转局势"的核心技能。

于是，我们坐观他"步步退让""示弱扮猪"，就等着某个拐点，突然陡起发难，反攻倒算。我们比场内除主角之外其他所有人，都更清楚未来将会发生什么；特别是清楚主角现在假装承受的一切，都要场内其他人付出远比现在正确评估形势和对手实力从而愿意支付的成本要更多、更大、更沉重的代价。

这种"剧中当局者迷，剧外旁观者清"的阅读期待和感受，是爽文制造爽点、建构爽感的主要逻辑和机制之一。

换句话说，读者像上帝掌控一切，知道果壳里的故事帝国即将发生的事情和结局。特别是，我们能够切身于主角本身，将所有"不知情"的对手和吃瓜群众都玩弄于自己股掌之间。通过逐层谋篇布局，让所有对手因为主角自身的示弱设陷、步步为营的进攻，从而在局势逆转时付出比正常大得多的代价，让主角自身以及代入主角感受和操控一切谋算的读者，获得超出常人和正常比例的愉悦感和畅快感。

第一节 "预期打破"机制：

从《夺宝奇兵》到"好莱坞爽片"

就"预期打破"机制所造成的"爽点"而言，将《夺宝奇兵》这部爽片的这一出乎意料却又在情理之中的故事"爽点"，与《斗破苍穹》这种"爽感制造机"的人物"爽点"，进行对比分析，或许能够看出其中微妙细腻却是关键无比的迥异特质。

在《夺宝奇兵》这一爽片爽点创造、爽感建构、神爽引爆的三段论之中，出乎意料却又在情理之中的"预期打破"机制，非常重要。

黑袍匪把大刀耍得团团转，犹如花团锦簇，或似风暴漩涡，给观众的感觉是他技艺高超得可以把大刀耍得像绞肉机，像是下一秒钟就能把主角绞进漩涡或快速旋转的风刀片之中，片刻就成为碎片——犹如一头猪，完整地进去，出来时就是一堆包饺子的肉馅。这让我们产生一种预期：接下来必然是一场恶战。

面对如此"艺高人胆大"、刀技傍身胆儿特别肥，甚至是彪悍凶残的恶匪大敌，主角如何应对，才能免于被卷进绞肉机的命运？虽然按照"主角不死"定律，我们知道主角必胜；然而，绝不会胜得如此稀松平常。双方肯定会是一场难以避免的恶战。主角即使胜了，也会是遍体鳞伤，鲜血横流，血痕缠绕——绝对是一种惨胜。我们已经做好一切心理准备，屏住呼吸，来观看一场"共工怒触不周山"震天动地之大战。

结果呢——啪！主角拔出手枪！一颗疾速得不给人留下任何视觉和思考反应时间的子弹，瞬间终结了那上一秒还耍得花团锦簇的绞肉大漩涡！

这就是热兵器时代对冷兵器时代的"秒杀"啊！这种反差，带来了强烈的戏剧性的效果：观众那一颗吊在喉咙上、屏息静观的悬念之石，顷刻之间化为齑粉，却不坠反升，从洋洋洒洒的碎砾粉末，全都转化为一口浊气，"呼"的一声，全从鼻孔唇间呼了出去，化为阵阵轻松、愉悦、畅快甚至是难以抑制的"爆笑"。

这就是好莱坞大片带来的爽点——《夺宝奇兵》可以说是斯皮尔伯格导演和拍摄的纯商业爽片。它之所以爽，就在于建构了某种阅读预期并以出乎意料又在情理之中的方式打破了它。

黑袍匪耍大刀，把观众的胃口吊起来，把观众的预期导向"角斗场上的激烈竞技对抗赛"——这是一场势均力敌的生死角逐：悍匪艺高胆肥、残暴凶恶，给主角带来绝对性的威胁和压力；但是，主角终将技高一筹，"魔高一尺，道却要高一丈"；因此，主角终将以"0.05公分"的优势惨胜……这都是建立于主角与反角以自身能力和实力角逐与比拼的"个人对抗赛"之中，而不是刀枪等"外在武器"的优劣之上。

但是，结果却是从"个人实力"对抗赛，演变成"武器优劣"的碾压赛——以热兵器的手枪对冷兵器的大刀之秒杀，终结了比赛。这个出乎意料的"逆转"，既有对观众"这是一场势均力敌、惨烈之极的生死竞技赛"之正常预期的反常打破；更有"个人能力生死战"演变成"武器工具优劣斗"之无预期的非常打破。

通常，在这种生死角逐赛中，工具和武器虽然重要，但并没有重要到"贯穿"全场的地步。在整个过程中，最符合大众普遍预期的，是它是，而且只是一场重要的辅助工具。整个角斗、竞技或生死大比拼中，横穿和纵贯全场的，一定是主角个人的能力、实力和意志，特别是那种坚韧、顽强、不服输、不甘心的意志与精神，让主角能够坚持到最后。甚至，在能力稍逊于对方或者实力远逊于对手，处于挨打、逆境甚至被打至昏迷，看似再无力站起来、无力反击、无力继续战斗下去之时，正是这种意志与精神，让主角唤起一颗无比强大的"狮王之心"。

猛然有一股浩然之气灌注于全身甚至充沛于全场和整个天地之气，让主角忽然焕然一新，突然矗立并膨胀成为一个碾压一切的巨人；抑或背水一战、敢玩命敢玩横敢拼掉一切，让看似比自己更为强大的对手，忽然感觉到怯意、惧意和退意，从而从心神到整个身体的防线出现那么一恍惚——但这就足够了！生死比拼之间，就这样一恍惚，足以造成一条致命的裂隙——主角也不负众望，于万千不可能之中，敏锐地察觉并捕捉到这稍纵即逝的"致命一瞬"，立刻一跃而起，顺手抄起那一件被打残的武器：或是一枝被折了头的箭，或是断了致命之尖的枪，或是一根已经畸变得不成形的棍子；甚至都不是主角使用到底的法宝武器，亦不是交战双方拆落的特殊工具，而是两人激烈比拼过程中"城门失火、殃及池鱼"，打烂打散时掉下来的一件再普通不过的物件——比如，铁栅栏上被砸下来的一截装饰用的细柱逶黑铁枪头——结果主角抓住那一丝微弱的机会，绝地反击，抄起这"废物"进行利用，一跃而上，凌空扑下，以狮子搏兔、不留余力、全力一击之姿，"哗"的一声，把那根"废物利用"的铁枪头、渣木棍或者断枪断剑、折箭残匕首，一下子插进那庞大无比、强大无比、凶猛无比的对手、敌人、恶魔或者怪物"天灵盖上最为薄弱的那一条致命之隙"！并且，"一竿子"插到底，从头捅到脚，捅穿了脑门、命门、跳动的恶魔之心、提供强大生命或者能量来源的灵根，或者其他一切让其能够思考、拥有强大力量且有致命威胁和毁灭性打击、犹如生命之水的种子内核，从而瞬间让他失掉一切战斗力，牢牢地被钉死在了无法摆脱的大地之下。抑或是，那一根铁枪或渣根等一切废物利用和宝物残件，由于被主角灌注了自身难以承受的全部神力，抑或是被激活了残存于武器断尾、法宝碎片、工具残件之中的细微却强大的能量，在那一瞬间的压缩之中，爆发出可以毁天灭地的原子弹核爆之能——"嘣"，一下子就把竞技敌手那庞大无比的"恶魔之躯"，炸了个血肉淋漓，满地不忍直视，或是灰飞烟灭，连渣都没有剩一丁点儿。

好吧，上面所述，综合了我们所看到的一切影视动漫、小说故事桥段，如《角斗士》《百美元宝贝》《爱，性和机器人》等类似情景和场景，都无过于这三要素：

第一，势均力敌甚至实力超过主角的竞技对手与敌人；

第二，主角靠着顽强的意志、技能和武器（三大标准组件）与敌硬杠；

第三，在看似不可能的情况之下，利用对手那一胆寒或神思恍惚的致命一瞬，绝地反击，一"棍"捅死和引爆了那恶魔庞大的身躯。

在整个过程之中，主角"个人的能力和意志"其实是最重要的故事轴心杠杆和驱动力，而那武器、工具和法宝都只是起着辅助性的作用。即使最后那一件"残废的武器"，起了"力挽狂澜、决定乾坤"的作用，从而让人印象深刻，但说到底，这种"终极PK战"，起决定性作用的，仍然是"人"，而不是"武器"或"工具"。

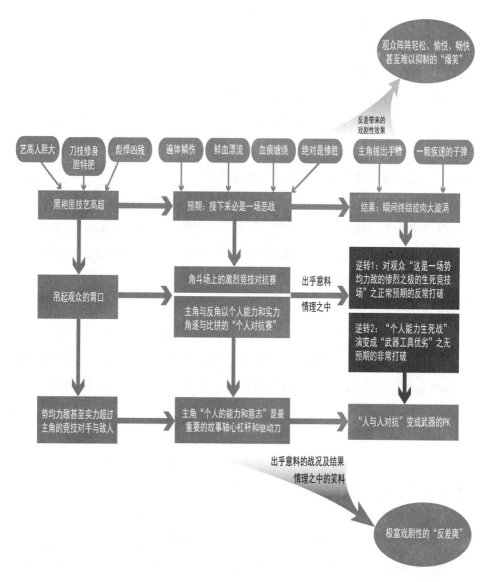

但是，《夺宝奇兵》直接瓦解掉了这种"人与人对抗"的预期，变成了"武器的PK"——甚至不是"兵器"对"兵器"的终极对战，而是"热武器"对"冷兵器"的秒杀。这种出乎意料的战况及结果，带来了情理之中的笑料。这是一种极富喜剧性的"反差爽"。

爽感制造机：

从"作弊开外挂"到"王炸大杠杆"

但是，同样是"爽感制造机"，《斗破苍穹》的逆袭—扮猪吃虎—打脸模式，却是把"爽点"放在"人"，而不是"工具/武器"之上；更没有那种"意料之外、情理之中"的预期打破与逆转，而是完全符合期待并且乐见其成的心理、需求和故事逻辑发展。

在这种过程之中，读者和作者是有共谋的。双方都拥有一个全能全知或者偏向于主角一侧的单向偷探视角，可以窥探、洞悉，并和主角一样，拥有全部的秘密——知道他扮猪吃虎，必将啪啪打对方脸。胜利是可以预期的，而不是"悬而未决"的——因此，不存在主角战不胜对手的可能性，更不存在主角要靠那一丝"于万千不可能性之中只有一丝可能性"的绝地反击、临终逆转的"意外"情况。即使真的出现了这种主角弱势翻盘的"惊天大逆转"，也必是在我们观众或读者的第三只眼预期、预料和预见之中的。

一如我们已经彻底知晓了：萧炎已经恢复了斗气，古戒里还藏了一个神奇的白胡子老爷爷；不但萧炎自己可以以对方一切都不知道的实力碾压对方，还让自己在实力不济、打不赢对方的情况之下，可以开挂作弊，把自己的身体掌控权暂时移交给这个实力强大的寄宿者，从而打对方一个措手不及，彻底逆袭翻盘。

比如，萧炎在恢复斗气、修炼速度一日千里，像坐了火箭蹿升至五星斗者时，不但可以狂暴痛殴错估其为斗者八段的戈刺，还可以轻松愉悦地啪啪将罗布的脸打得脆响脆响的。就连因为萧炎强行请假一年，实力为大斗师的迦南学院导师若琳要修理这个刺头学生时，萧炎也敢跨阶硬杠。

在谁都觉得"他不知天高地厚、从此要被修理得很惨"的吃瓜群众集体预期之下，甚至在最后一刻也确实如大家所料，他被若琳绝世斗技施展打压、即将一败涂地之时，唯有作者、主角自己以及我们读者"同谋共密拥有共同的秘密"，知晓萧炎已经把自己的身体掌控权暂时移交给了药老，从而以药老超越若琳导师的绝技，反败为胜。

　　望着那盘旋半空的巨大水蛇，围观的众人顿时失声发出惊呼。

　　"玄阶中级斗技：水曼陀罗？"

　　"天啊，导师竟然把这招都施展了出来！看来萧炎那小家伙，这次要受不小的苦了。"雪妮惊叹地摇了摇头，旋即对着那被定在原地动弹不得的萧炎投去同情的目光。

　　"导师这是在给那家伙下马威呢。以他那桀骜不驯的性子，若是不好好震慑一番的话，恐怕以后导师还真的有些难以管教。"萧玉无奈地叹道。她倒是一眼看出了若琳导师的目的。

　　虽然若琳导师使用出了玄阶中级斗技，不过萧玉并未太过担心。她知道，若琳导师并不会真的伤到萧炎。不然，以她的实力施展"水曼陀罗"，又岂会只有这点声势？

　　当初在学院，萧玉曾经有幸看见过若琳导师全力使用"水曼陀罗"。当时斗气所凝聚而出的水蛇，可足足有七八米长，远非此时这缩小版本可比。

　　冷眼望着陷入困境的萧炎，罗布嘴角挑起幸灾乐祸的冷笑，心中恶狠狠地诅咒他最好丧命在若琳导师这记攻击之下。

　　场中，巨大的水蛇，对着萧炎俯冲而下。巨大的风压，将萧炎的衣衫压迫得紧紧地贴在身体表面。

　　头顶上传来的强大劲气，让得萧炎无奈地叹了一口气。大斗师实力果然恐怖，现在的她，恐怕连一半的实力都未展现而出。而自己，却已经是到了山穷水尽的地步。

　　缓缓地抬起头，萧炎望着那在夕阳的余晖下显得有些狰狞的巨大水蛇，眼眸逐渐闭上，嘴中苦笑着轻声道："唉，药老，出手吧。大斗师，的确远非此时的我能抗衡。"

　　"嘿嘿，小家伙，终于知道你现在的实力，在真正强者眼中，其实什么都不是了吧？强者的路，你还才刚刚踏出第一步而已！"淡淡的苍老声音，在萧炎心中缓缓响起。

"的确很强。"

萧炎点了点头，拳头猛然紧握，微眯的目光透过透明的水蛇，盯着远处那笑盈盈的温柔美人："不过我相信，日后，我会变得比她更强！"

"轰！"

巨大的水蛇，终于临至头顶，最后狠狠地轰在了萧炎身体之上。顿时，大地为之一颤，水花冲天而起。

望着那几乎被水幕遮掩视线的所在，若琳导师微微一笑。按照她所掌控的力度，这次的攻击，足以让萧炎昏迷过去。

"玉儿，将他抬出来吧，在水中长久浸泡身子，对身子不……"若琳导师偏过头，对着萧玉柔声说道。然而话还未说完，俏脸骤然一变，缓缓地回转过头，美眸紧紧地盯在那水气弥漫的场中。淡淡的雾气，弥漫着小片广场。轻轻的脚步声，忽然在水雾中响起。少年颀长的身影，缓缓行出，最后顿在广场中。望了望对面若琳导师那震惊的脸色，少年挠了挠头，含笑道："若琳导师，抱歉，看来，这一年假期，似乎跑不掉了……"

看着那满脸笑意地站在水雾之中的少年，众人脸庞，一片震惊！

望着那站在水幕下，然而衣衫却毫无一点水渍的萧炎，若琳导师脸颊上的震惊缓缓收敛，再次深深看了一眼那笑吟吟的少年，柔声道："小家伙果然有些本事，我倒是有些走眼了。"

————天蚕土豆《斗破苍穹》：第一百零四章　硬抗玄阶中级斗技：水曼陀罗

这让周围幸灾乐祸等着看主角笑话的吃瓜群众下巴掉了一地、被打了好大好亮的几记耳光；亦让不知情把石头都吊在嗓子眼的亲友团和后援团如萧玉们彻底松了一口气，然后跟着扬眉吐气；更让亲身体验神奇逆转、惊诧莫名、吃瘪郁闷但同时又觉"刚才有眼不识泰山、现在深觉挖到宝了"的若琳导师惊喜两重天、冰火两心境。既拿这个刺头没有办法而无可奈何，又心中升起惜才、爱才和用才之心——我们喜欢这种"一根针掉进海里"却引起"暗潮汹涌的集体大漩涡"的复杂反应、情绪和心理波动。

值得特别注意的，就是《斗破苍穹》这种从"爽点"到"爽感"诞生的机制和模式：主角"硬杠"超越自己好几阶能力和实力的大对手，在不知情的围观众和亲友团看来，确实是不知天高地厚、不知水深水浅；也确实会因能力、实力和势力严重不对称的一边倒局势，而被虐得像狗一样——但是，这是在"不知情"的人看来；而在"知情者"如我们、作者和主角自身看来，却不把这个当回事儿。因为，我们知道主角拥有秘密的"王炸"武器——可以把对方的王牌都炸掉。

在《斗破苍穹》之中，药老总是在关键时刻"替换"或"附身"萧炎，接管他的身体，从而将实力一下提升到超高级别，从而碾压一切对手——比如，在漠铁佣兵团时，萧炎利用药老的附身，一下子就将实力提升到斗王级别，用白色异火焰，将沙之佣兵团的狗头军师摩星，燃烧殆尽。甚至，在遇见净莲妖火的残图时，由于这种附身或替身技能，萧炎都敢与一位斗皇强者开战——堂堂的"曾经十大强者"冰皇海波东，就是这样被一个拿着玄重尺的少年，用异火给"冰冻"了。

"铛！"

上刺的重尺，似乎是碰见了什么东西，响起一阵清脆的声响。而与此同时，几块细小的冰块，缓缓掉落，最后砸在萧炎的脸庞之上。冰冰凉凉的感觉让他心中微微下沉。他没想到，那老家伙竟然能在这么短的时间里，将整个房间变成一个坚硬的冰窖。

放弃了强行破洞的打算，萧炎双翼缓缓地扇动着，身形下降了许多，冷冷地望着那站在白雾之中的老人。

"啧啧，罕见的飞行斗技，奇异的紫色火焰，诡异的身法斗技，远远超过普通斗师的实力。小子，你究竟是云岚宗的宗主传人？还是那几个超然大家族中的少爷？或是皇室中人？"抬起头饶有兴趣地望着半空中扇动着紫黑色翅膀的萧炎，老人问道。

萧炎舔了舔嘴，目光谨慎地注视着老人，并未答话。

"不过就算你真是我所说的那些身份，今天也不可能拿着地图残片离开这里。"手掌摸了摸苍老脸庞上的那道疤痕，老人的声音又是开始逐渐地转冷。

"固然你身怀多种绝技，可你不过是一名斗师而已。虽说如今我实力大减，可要收拾你，并不困难。"老人淡淡地道，"把东西交出来吧，我让你离开。我也并不想被人破坏我多年的隐居生活。"

望着这顽固的老人，萧炎无奈地叹了一口气，心中苦笑道："老师，看来似乎只有你出手了。我的确不是他的对手。即使他如今实力不复以往，可也正如他所说，收拾我并不难。"

"呵呵，的确不难。毕竟你们足足相差了两个阶别。而且那家伙身怀的斗技，不会比你弱。先前的交锋，不过只是试探而已。若他真是认真了起来，你撑不过五回合。"药老的声音，在萧炎心中响起。

萧炎苦笑着点了点头。与老人短暂地交锋了一阵，他自然是知道他的强悍。若不是现在他无法斗气化翼，恐怕自己早就被擒了。

"嗯……交给我来吧，我暂时控制你的身体。"

对于此，药老倒并未拒绝。他知道，即使是想要用实战来锻炼萧炎，那也是有一个界限。以萧炎这刚刚到达斗师的实力，去挑战一位战斗意识曾经是斗皇级别的强者，无疑只是找虐。

"老先生，我说过，这张地图残片，我势在必得！"先是微微点了点头，萧炎低头对着老人耸了耸肩，忽然缓缓地闭上了眼眸。

望着萧炎怪异的举动，老人略微有些愕然，眉头微皱。片刻后，脸色却是猛然一变。他发现，一股丝毫不比他逊色的凶猛气势，忽然缓缓地从半空中的少年身体之内散发而出。

"怎么可能？"感受着那股节节攀升的气势，老人平淡的脸庞上，终于是露出了一抹震撼。

——天蚕土豆《斗破苍穹》：第一百七十八章 交手

正因为这种"王炸"秘密武器撬动整个局势的杠杆效应，于是，主角这只连毛都没有捋顺的黑毛小野猫，对上对手那只可翻手为云、覆手为雨的超级王牌大猫时，就有了四两拨千斤的逆天改运、扭转局势的"终极战力"。

第三节 不对称之局：

从"虐"到"爽"神转折

这就构成了双重矛盾结构：摆在明面的"能力、实力和势力"不对称之局势，以及潜水暗层的扭转局势、决定胜负、让终局惊天大逆转的不对称之潜能。

这种不对称之明面局势，和不对称之暗蓄潜能，形成高开低走、先抑后扬之"逆转"效果。而这种"逆转"效果，完全基于知情和不知情两种"信息不对称"的预期及其结果：预期或者落空，或者完全落实；两种不同的结果，产生了两种不同的效果。

爽文与其他类型和潮流网文的分野，或许就在这里发生。其他网文或许并不

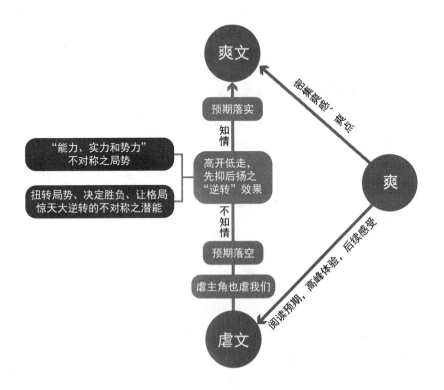

存在这种"信息不对称"的双重结构。因此，预期要么落空，要么逆转，完全是一个非此即彼、非黑即白的二元对立、不能兼容的结果。

在这种结构之中，除了作者之外，我们这些剧外人局内人、具有代入感的观众和读者，以及那些既是剧中人又是局内人的其他人（包括但不限于与主角对决的当事人、吃瓜群众、帮凶帮闲或者亲友后援团们），和主角一样，都处于"不知情"的状态：主角迫于形势，与对手必有一战；实力悬殊，结果难料；致命狭隙，绝地反击，造成惊天逆转……这种步步紧逼、层层迫击的局势，让我们一路收紧、揪心、喘不过一口气来。

这完全是一种"虐主角也虐我们"的虐文过程，而非爽文情节。但这种虐文，就像弹簧积压蓄势，压缩空气到了极致之后，在那惊天大逆转、濒临临界点之时，忽然就如一丁点火星，引爆了整个大火药桶，从而导致极为璀璨绚烂、酣畅淋漓的高峰体验——在其种意义上，我们也把它称之为"爽感"。

比如，猫腻《将夜》之中宁缺和夏侯大将军的终极一战，就极为扣人心弦、迫人胸腹、虐身虐心：一路抑制、压抑到底，直到最后抑无可抑、濒临崩溃之际，忽然如黄河决堤，暗潮汹涌，喷薄而出——那股一直在酝酿与孕育、喧嚣与躁动着的需求暗流，一直在这种压抑的冰层之下、河床之内，狂野恣肆地四处游荡着、冲刷着、撞击着，寻找着可以决裂和暴涌的宣泄口——一旦奔泻而出，就如黄河之水天上来、奔流到海不复还：吞没一切，吞噬一切，席卷一切，毁灭一切，却又将涌动着一切……一切都被推至这潮头浪尖，不停地像时代之泡，出现、膨胀又爆破。

这带来一阵阵酣畅淋漓的高峰体验。之后，那一连串细腻如珍珠、细致如绳断珠坠、细节如大珠小珠落玉盘之异的体验——犹如从身心到灵魂细腻、细致和细节的密集战栗。这种阅读预期、高峰体验和后续感受，我们仍然会用一个字来形容：爽！

人将死，晨未至，夜还寒。

雪湖却是无比明亮。昊天神辉在冰面残雪与湖水里持续燃烧，释出团团水汽，隐隐能够听到渐沸的声音，如雾中的清晨温泉。

夏侯浑身是血。披散的白发被血水黏成枯柳般的形状。他看着宁缺，黯淡如萤的眼瞳满是深深的不解，嘶哑低声道："你那时候只有四岁……仇恨这种……东西对四岁的人来说不容易记住。你真的这么恨我？"

寒风拂面，宁缺脸上的笑意渐渐消失，说了几段话。

"小时候在长安城的四年，是我上辈子和这辈子最快乐的时光。那时候的我什么都不用想，什么都不用学。我只需要享受父母的宠爱，和玩伴打闹，偷偷看将军的书籍。可惜的是，那些时光被你毁了。"

"我这些年在别人眼中活得还算不错。但只有我自己知道，要天天努力活下去的日子是多么痛苦，是多么的不快乐，所以我当然很恨你。"

"不管我这些年再怎么做，当年柴房里被我杀死的管家和少爷也不可能再复活，将军府里死的人也不可能再复活，我的父母也不可能再复活。我最美好的那段时光，也不可能再重新回来……那么便没有任何人或事能够阻止我来杀你。我要让他们知道，我挥出那一刀是划算的。我还想要你们知道，我是在为我的父母复仇。我的父亲叫林涛，我的母亲叫李三娘。"

夏侯低着头看着自己胸腹间的刀口，忽然问道："大仇得报的感觉如何？"

宁缺说道："感觉不错。"

夏侯抬起头来，微感惘然地说道："那是什么样的感觉？"

"我也说不好这是一种什么感觉，反正就是很放松。总觉得你死之后，这个世界变得不一样了，我也不再是过去十五年里的我。"

宁缺想了想，说道："我明白为什么自己会感到放松了。因为你死以后，我可以有更多的时间写书帖挣银子，而不用每天夜里都要写很多枯燥乏味的符。你死以后，我可以经常去红袖招听小曲，而不用在书院后山听师兄奏曲。"

"你死以后，我还是会修行；但不再是像过去这些年一样，只是为了让自己更强大；而只是单纯的兴趣和爱好，或者说满足自己的求道之心。你死以后，我可以不用再像过去那样，总是盯着你的背影，在渭城或是长安等着与你的战斗。我可以去南晋大河，去神殿东海，去看看这个世界和生活在这个世界的人们。"

他看着夏侯很认真地说道："你死以后，我就可以不用再想着要杀死你。这样我才能得到真正的自由，去做我想做的事情。"

夏侯笑了起来，笑声很凄楚，神情很怪异。

"自由啊……"

夏侯看着宁缺的目光里充满着怜悯与嘲弄，说道："你身为正道弟子，却入魔已深，便等若我当年背叛魔宗……你已经踏了我的老路，便注定只能在光明与黑暗的夹缝里痛苦挣扎求存。你哪里可能获得真正的自由，自然更没有什么快乐。"

宁缺把朴刀当作拐杖，扶着虚弱的身躯，艰难地站起，看着夏侯说道："书院不是明宗，我也不是你。"

没有深入了解书院的人，根本无法了解书院，尤其是夫子对魔宗的真实态度。宁缺从来不担心自己变成故事里那些男主角。

"书院确实不是明宗，以夫子的胸襟，哪里会在意自己的弟子修行什么。不过你也确实不是我，你根本……就不是人。"

夏侯眼瞳里的光芒，本来已经黯淡得像随时会被寒风冷死的萤火虫，这时候却变得明亮起来，厉声说道："你是冥王的儿子！"

十五年前，光明神座认为冥王之子降生在宣威将军府。西陵神殿指使夏侯进行清洗，于是才有后来这么多故事以及今夜这场血战。

夏侯在临死之际，回思着今夜这场战斗里的那些疑惑，那些没有到场却通过宁缺到了现场的死去的前人，越来越坚信这个判断。

他看着宁缺诡异地笑了起来，怨毒诅咒说道："昊天在上，你这个冥王的儿子总有一天会像我一样被昊天神辉烧成灰烬。"

"我是冥王之子，大概让你更能接受死在我手中这个事实……不过很遗憾的是，我和冥王没有任何关系。"

宁缺说道："而且我们每个人最终都会死去，都会被昊天神辉烧成灰烬，所以你的诅咒对我没有任何意义。"

"你真不是冥王之子？"

夏侯喃喃说道："你不是冥王之子，怎么可能那么小便逃出长安城？如果你不是冥王之子，怎么可能越境击败我，我今天怎么会死？"

他的脸颊就像株被雷电劈开的枯柳树，皱到了极点，满是不解不甘的情绪。如果宁缺不是冥王之子，怎么可能拥有这等大气运、这样不可思议的机缘，能够越境挑战杀死强大的自己？

不可一世、暴戾霸蛮数十年的夏侯大将军，在临死之前，看上去就像在村口喷着唾沫寻找昨夜踹开寡妇门的小贼的老头儿。

然后他抬起头来，看着宁缺，痛苦地说道："我不想死。"

宁缺说道："我想你死。"

没有人想死。

大多数人类的非正常死亡，都是因为世间有别的人非常想他去死。

夏侯不想死。他想活着，继续拥有荣光与力量。

宁缺非常想他去死，想得掏心挖肺、殚精竭虑、肝肠寸断，度日如年十五年。

所以夏侯死了。[①]

——猫腻《将夜》：第二卷　凛冬之湖　第二百九十二章　你死以后

但我们很少把猫腻的作品界定为"爽文"，虽然，他的作品的确提供了一系列的爽点、爽文和爽感体验。不要说《庆余年》和《间客》这样"集讲故事写爽文技术之大成者"的典范型作品，就连《将夜》和《大道朝天》这样我们称之为从"术"到"道"的探索和突破作品，也密布这样的爽点和爽感。

特别是《庆余年》之中"牛栏街少年杀人事件"，从范闲遇伏被刺、三名护卫就此死去、藤子京断腿一系列危机起伏，到范闲奋起反击、以三品抗八品、最后将那个像巨灵神般高大的汉子"开肠剖肚"，都极其扣人心弦，虐心虐肝虐肺。但是，到最后一毙掉那个像鸡肋一样的法师时，就颇有点《夺宝奇兵》中那个

[①]　参见庄庸、杨丽君等主编《蚂蚁哲学：中国网络文学阅读潮流研究（第5季）》，"华语网络文学智库"丛书，中国青年出版社，2020年版。这本书可以说是一部解读、诠释和建构猫腻作品《将夜》"蚂蚁哲学论"的专著，导论之中对猫腻系列作品做了一个极简的梳理。

同时可参阅庄庸、王秀庭著《国家网络文学战略研究：从"现实题材"到"书写新史诗"》，"华语网络文学智库"丛书，中国青年出版社，2020年版。这部专著以猫腻系列作品和烽火戏诸侯《剑来》为例，解读、诠释和建构一系列网络文学造词、理论与方法论原型，分析了一系列极其重要的中国网络文学潮流、现象和趋势，比如："信X权五角星芒"、"年轻时代"金字塔、穿越宇宙世界观设定集演变史、"人—权杖—理念"标准金字塔以及相伴而生的"社会大审判链"、"第三方专职（业余）大众评审团"等。

"神转折"的戏剧性效果。

而此时，那个大汉已经举起了手，正准备往藤子京的头上拍去。

范闲很冷静。这种冷静来自两世为人的经验，更来自费介与五竹的教导。他此时根本来不及思考为什么五竹叔没有出手，但知道自己面临着来到京都后最危险的一次考验。如果自己连这个考验都无法渡过，那只能证明自己根本不应该来到这个世界上再活一回。

四丈的距离，他只用了一眨眼的时间便奔了过去。左手一翻，已经喂了一颗药丸入嘴；右掌一举，便拦在奄奄一息的藤子京之前，将那大汉的手掌挡在了半空之中！

一声闷响在巷子里爆起，震得旁边的梧桐树都开始颤抖，树叶纷纷无力坠下。

范闲觉得右手那处痛入骨髓。一道从来没有遇见过的强大力量，从那个大汉的手掌里传了过来，不过片刻工夫，便要支撑不住了。

他闷哼一声，唇角渗出一丝血来，却一点也不慌乱；左手已经摸到那个扳机，准备给对方致命的一击。

但这时候发生了一件很奇怪的事情。

一道风从巷口来，轻柔无比地绕着范闲的身体打着转。似乎有一股奇怪的力量，以风为媒介，不停与他的身体较着劲。这股力量虽然不大，但十分讨厌，有力地干扰了范闲接下来的动作。

大汉咧着嘴呵呵笑着，看着范闲的目光，却像极了一头蛮力十足的野兽，双眼之中也泛着恐怖的猩红。

范闲眼光透过大汉宽阔的背影，看到了巷口一个有些模糊的人影。那人戴着竹斗笠。

"让我拍碎你的脑袋吧。"大汉似乎发现范闲没有什么办法了，狂声笑着，手掌上的力量又增加了几分。

范闲冷哼一声，知道自己面临着重生以来最大的困境；右手臂开始微微发抖，内心深处却不停地狂喊着："拍你妈的！"

在这生死时刻里，一直周游于他全身、似乎早已平静如湖的真气，就像是遇到了某种挑衅，再也无法安静起来！一股宏大的真气从他后腰雪山处喷薄而出，沿着他体内的小循环猛地灌注到他的右臂之中。

在那一瞬间，范闲有一种错觉，自己的右臂是铁铸的。

强大的真气对撞让两只大小相差许多的手掌分开了一寸左右的距离，然后紧接着狠狠地再次撞上。

"轰"的一声巨响，是无数道尖啸。二人身周泛起无数道尖细的真气碎流，将空中飘舞的梧桐树叶撕得粉碎。

"死吧！"范闲狂吼一声，以极恐怖的控制力收拳而回，又直线出拳，击在大汉的胸腹上。大汉脸上浮现出一种很奇怪的神情，一张嘴，吐了范闲满脸的鲜血；胸腹处明显凹下去了一个大坑！

但谁也想不到这名大汉的生命力竟是如此顽强，受此重击之后，竟还稳立不动，反而大手如蒲扇一般狠狠地扇在范闲的右肩上。范闲的右肩马上变成了被黑瞎子抹过的豆腐一般，一片狼藉，鲜血横流。

但范闲骨子里的狠劲，今天终于爆发了。受此重创，竟只是痛呼一声，整个人借着力扑入了大汉的怀中；左手已经掏出那柄细长的匕首，狠狠地插入了大汉的咽喉。

然后他用力地往下一拉。

大汉的胸腹处先是被砸出一个大坑，紧接着又被开了膛；稀里哗啦的内脏争先恐后地涌了出来。鲜血和腹液裹着那些筋膜肠脏，流到了他的脚上。

他有些不敢相信自己的眼睛，抬起头来看了范闲一眼，然后往后一倒，像棵大树般砸得地面嗡嗡作响。

整个世界安静了。

范闲喘着气，很困难地保持着站立的姿势，看着巷口那个戴着竹斗笠的模糊人影。

清风徐来，血光不散。范闲看着巷角戴斗笠的那个人，隐约猜到对方是被武道高手视作鸡肋的法师，但想不到今天却险些因为对方死在了大汉的手下。

那个人影很有礼貌地向范闲行了一礼，然后准备离开。

两个人相距足足有四丈的距离；而这个法师擅长的是风术，很自信如果自己逃跑，除非是四大宗师亲至，不然天下没有人能够抓住自己；更何况是重伤之后的范闲——计划已经失败，自然要潇洒地转身离开。

范闲看着依然讲究风度的那厮，扔下细长的匕首，抬起左臂，轻轻抠动机簧。巷口处，那个人影捂着咽喉，倒在了地上，痛苦地嘶吼了一声马上毙命。死尸的手指间竖着一枝细巧的夺魂弩箭。

——猫腻《庆余年》：第二卷 在京都 第四十九章 牛栏街少年杀人事件

或许说，无巧不成书，所以世间流传说书人；无爽不成文，所以，二十多年来网文方能蓬勃发展。说"所有网文都是爽文"，绝对是"绝对之语"；但是，说"所有成功的网文都必有爽点"，或许还是"有道理"的。因此，一部作品是不是爽文，或许会因"什么是爽文"的标准差异，有不同的衡量：可能会被划入圆圈之内，也可能会被移出分类之外。典型的爽文和非典型的爽文，值得更进一步的细分和精分。

但是，不谈"爽文"之归类，而只谈"爽点"和"爽感"之技巧与体验，或许，大多数网文，仍然摆脱不了"爽"这个核心概念。只不过，爽目与爽心、气爽与神爽，还是有着某种微妙却根本的差异。如果非要硬性做出区分，是不是可以这样说：《斗破苍穹》是"气爽"的神作，《将夜》是"神爽"的标杆？姑且这么说之。更进一步的细分、界定和精致入微的分析，需要更为专题、主题的研究。

甚至，我们亦可以进一步探讨爽文和爽片之间的渊源、流变、类型和题材发展的关系。比如，爽片从"纯粹打斗"的剧情动作走向"视觉特效盛宴"，从"卧虎藏龙侠义江湖"到"超级英雄漫威宇宙"……是否有一个内在逻辑结构和外在视觉符号——亦即IP化、符号化、眼球经济与粉丝情绪化——的双重演变过程，从而导致了"爽片之爽"，更深地契入当下消费时代的"物欲符号系统"和"内在价值系统"中介夹层的抛物线、接触轨迹和引爆点？

这或许是我们后面应该致力于研究的一个宏大而关键的课题。因为有了这种爽片参照系，我们或许能更清楚地观测、瞄准和定量定性分析"爽文"的发展特征和机制。

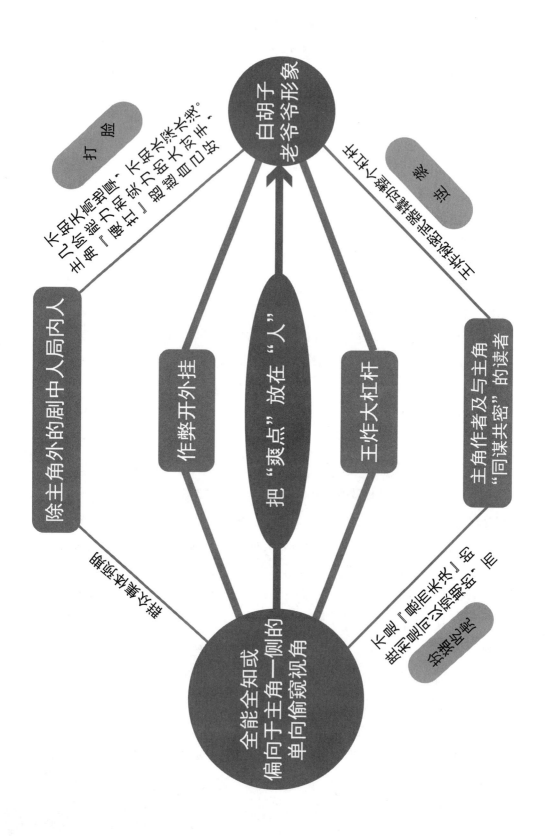

白胡子老爷爷形象

打脸

翻滚

不想天真单纯厚、不够能力深不深，
几岁能驾「硬杠」不够太深水将，
主角能驾「硬杠」超越自己对手。好？

王翻能驾器组设挂上

作弊开外挂

把 "爽点" 放在 "人"

王炸大杠杆

除主角外的剧中人局内人

主角作者及与主角 "同谋共密" 的读者

秘密观者的

全能全知或
偏向于主角一侧的
单向偷窥视角

读者设器的

不是「驾组米米」安
此来唤后以药银密"后，

价期的密不

第九章

三年之约：

从「大小H杠铃」到「爽点矩阵」

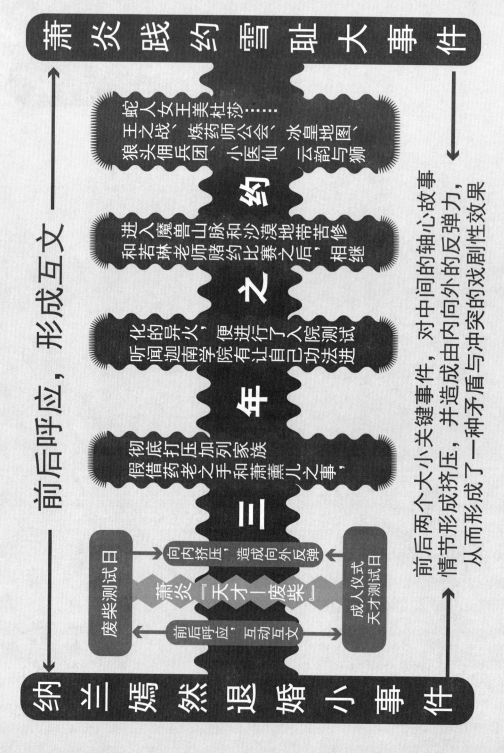

萧炎践约雪耻大事件

前后呼应，形成互文

蛇王之战、人佣兵团、女炼药师公会、王美人小医仙、杜莎冰皇、莎……云韵与狮地图、

和若琳进入魔兽山脉赌约和沙漠之后，比赛老师修相继、约之、地带苦

听闻迦南学院有让自己功法进化的异火，便进行了入院测试

假借药老之手彻底打压加列家族、萧薰儿之事，

三年之约

萧炎『天才—废柴』

废柴测试日　　向内挤压，造成向外反弹

成人仪式天才测试日

前后呼应，互动互文

纳兰嫣然退婚小事件

前后两个大小关键事件，对中间的轴心故事情节形成挤压，并造成由内向外的反弹力，从而形成了一种矛盾与冲突的戏剧性效果

从"退婚打脸"到"三年之约",是《斗破苍穹》开局第一个"大情节",包括三个"大"事件序列。

第一个大事件,就是纳兰嫣然退婚事件本身;第三个大事件,就是萧炎践行三年之约,上云岚宗找纳兰嫣然报仇雪耻、休妻打脸;贯穿于两个大事件之中的,是以"三年之约"串起来的一系列小事件。

这就像糖葫芦似的,轴心之杠就是萧炎以"三年之约"为期、为目标、为驱动力,不停地修炼和修行,提升自己的潜力与能力、实力与势力。而那像糖葫芦一样的小事件,就是一系列看似形散而神不散的故事情节,而且一环扣一环。

如:纳兰嫣然退婚之后,萧炎在家族测试场咸鱼翻身,恢复天赋和斗气(斗志);为了三年之约,他必须出门历险,快速提升自己的实力——为了解除自己的后顾之忧,假借药老之手和萧薰儿之事,彻底打压加列家族;传闻迦南学院有让自己功法进化的异火,便又进行了入学测试;但求学和出门历险"鱼和熊掌不可皆得",因此,和若琳老师赌约比赛之后,又相继进入魔兽山脉和沙漠地带苦修;中间又经历了狼头佣兵团、小医仙、云韵与狮王之战、炼药师公会、冰皇地图、蛇人女王美杜莎……一系列传奇探险。

一环扣一环,步步为营,看似在刷不同的"地图"和"副本",经历不同的旁枝和末节,但都是围绕着"三年之约"的故事主干进行:萧炎如何快速地提升自己的潜力与能力、实力与势力,才可以赶超纳兰嫣然因为自身的天赋和外在势力的帮助(如各种灵丹妙药和斗技功法给她带来的超越常人的提升速度)之下可能比萧炎自己还要恐怖的修炼速度,以确保萧炎在真正践行三年之约时,能够完胜纳兰嫣然,从而一雪前耻?

这就形成一种刻意制造爽点的"结构性"爽感阅读体验。

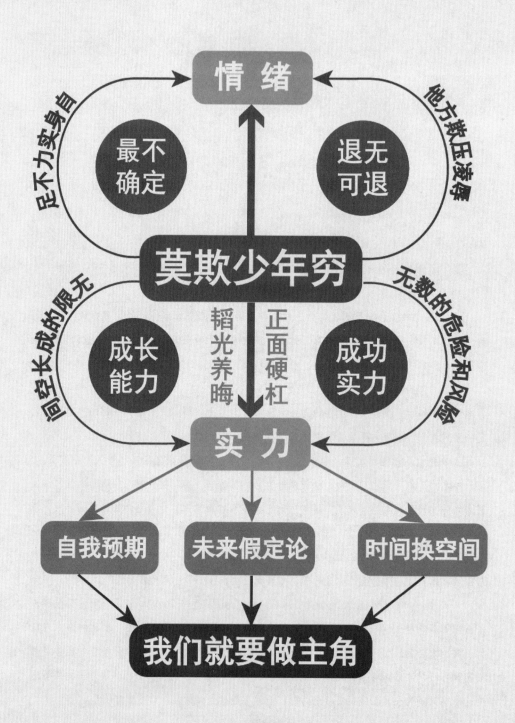

第一节 爽感H杠杆：
从"小哑铃"到"大杠铃"

"纳兰嫣然退婚打脸事件"，在整部《斗破苍穹》第一个开局"大情节"亦即"大高潮"之中，其实包含两个前后呼应的哑铃部分。

第一个部分就是"纳兰嫣然上门退婚"事件，其能量球就像一个"小哑铃"；第二个部分就是"萧炎上云岚宗挑战雪耻"，其能量球就像是一个"大哑铃"；贯穿那个大小哑铃的杠杆或者手柄，就是萧炎和纳兰嫣然定下的休妻PK退婚"三年之约"。

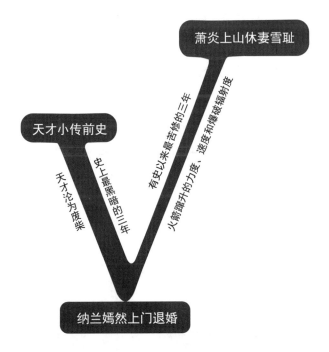

这个手柄或杠杆，看似是握在或抓在萧炎和纳兰嫣然这一对剧中人手里，实则是握在或抓在同为剧外人但都是局中人的作者和读者手里。

由此，《斗破苍穹》在"纳兰嫣然退婚小事件—三年之约之中一连串的事件链—萧炎践约雪耻大事件"的大章节之中，有意架设了一个"H"型变体的结构；或者，如前我们所比喻和形容的"哑铃型"或"举重型杠铃"结构。

无论是"H"型、哑铃型、杠铃型还是别的什么更合适的词语，都是用来形容《斗破苍穹》这种独特的大章节结构的前后呼应，形成互文；中间有一根故事轴心贯穿到底；前后两个大小关键事件，对中间的轴心故事情节形成挤压，并造成由内向外的反弹力，从而形成了一种矛盾与冲突的戏剧性效果。

这种"H"型或哑铃、杠铃型结构，其实是《斗破苍穹》的一个文本特质。在它的故事文本之中，这种结构大小可见，而且相互嵌套。比如，开篇第一章"废柴测试日"是第一个关键事件，"成人仪式天才测试日"是第二个关键事件；两个关键事件之间，就是萧炎"天才—废柴"的轴心故事杠杆。而正是因为两大测试日的前后呼应、互动互文并向内双向挤压，导致这中间的轴心故事杠杆形成一种"天才—废柴"由内到外反弹、震荡甚至爆破的反作用力：从天才到废柴，触底反弹，形成了由废柴到天才的向上通道。整个故事结构以触底反弹的"V"字形为拐点，使"天才—废柴"成为引爆情绪震荡的爆炸源，从而带动了从"废柴测试日"到"天才成人礼"整个故事逆推并渐至高潮的节奏。

在满场那复杂的目光注视下，萧炎来到了黑石碑之下。

望着面前的黑衫少年，测验员心中轻叹了一口气。当年，萧炎创造奇迹之时，是他第一个见证的。而三年中，天才一步步的陨落，也是他亲眼见证的。今日过后，如果没有奇迹发生的话，这应该便是少年最后一次在家族中进行测验了……

在满场那紧紧注视的目光中，萧炎胸膛缓缓起伏，手掌平探而出，轻抵在了冰凉的黑石碑之上。

所有目光，此刻，全部眨也不眨地死盯在石碑之上。他们也很清楚，这次的测试，或许将会是这位曾经让整个乌坦城为之惊艳的天才少年的最后一次测试。

石碑略微平静，片刻之后，强光乍放！

石碑之上，硕大的金色字体，让在场所有人的心脏都是在刹那间停止了跳动。

"斗之力……七段！"

满场寂静，死一般的寂静！

场中的所有人，震惊地望着石碑之上的五个大字，脸庞之上的表情，极为精彩。片刻之后，急促的呼吸，犹如风车一般，在训练场上响了起来。

"咔嚓！"

高台之上，萧战手中的茶杯，直接被一巴掌捏成了粉末。茶水混杂着粉末，顺着手掌滴滴答答地掉落而下。

"七段……炎儿，你……真的做到了！"双眼望着黑石碑下的黑衫少年，萧战的眼睛，略微有些湿润。他心中知道，为了能够走到这一步，少年付出了多大的努力。

坐于萧战身旁的三位长老，同样是满脸的不可置信。这一年之前还是三段斗之气，现在就变成第七段了？这种速度……骇人！

——天蚕土豆《斗破苍穹》：第三十二章　挑战

这就像"糖葫芦串"式的爆破链：从"天才—废柴"这个中心源引爆，然后震荡式地向外扩散；犹如串糖葫芦串，由内到外，不是均衡式爆破（就像所有糖葫芦串都是一样大小），而是由于累积效应，一颗比一颗大（就像长江后浪推前浪、一浪比一浪高，爆破的小圈叠加，一圈比一圈爆炸出来的范围和程度大）。或者，看似体积一样，但由于内在材质有山楂、苹果、香蕉、草莓等不同果类，而且，按照不同滋味进行序列释放。因此，在舌尖上的味蕾之中爆炸时，或许会让人产生从齁涩到齁甜的变化轨迹：渐变，不断加深加强，到最后突变——甚至，制造出像基因突变一样的效果。

这种"废柴—天才"的小 H 型结构，嵌入到"退婚—休妻"的大 H 型结构，就形成一种大小嵌套的复合结构，从而可以制造出层叠或螺旋式上升的故事发展和高潮。

正是有了"纳兰嫣然退婚—萧炎雪耻休妻"的大 H 型结构，才让萧炎"废柴—天才"的小 H 型结构，有了爆发性的"故事核"或"情节源"，可以将这种"废柴—天才"的反差和张力，引向更大的冲突与矛盾。

脚尖在山岩之上轻轻一点，萧薰儿宛如一只紫色蝴蝶一般，曼妙的身姿划起诱人弧线，轻灵地跃上了山顶；微偏着头，目光扫向悬崖边的少年。

望着少年，薰儿微微一愣。虽然仅仅半天不见，不过她却是觉得，现在的萧炎，似乎比先前，多了点什么……

当两双眸子在山风摇曳间相遇之时，薰儿终于是察觉到少年多出了什么，那是……自信！

时隔三年，昔日少年身上最闪亮的光环，似乎终于再次归来。

有些迷醉于少年嘴角那若隐若现的笑容，萧薰儿俏美的脸颊，浮现可爱的小酒窝，浅笑道："看萧炎哥哥现在的模样，似乎并不需要薰儿来宽慰了？"

"人经历了打击，总得成长不是？"萧炎耸了耸肩，笑道。

"她一定会后悔的。"

薰儿抿着小嘴，轻笑道。信誓旦旦的模样，宛如审判。

——天蚕土豆《斗破苍穹》：第十章　借钱

而恰恰是有"废柴—天才"这种矛盾内核的嵌入，亦才让从"退婚"到"休妻"的三年之约，有了一个杠杆性的冲突结构，可以让一连串萧炎三年苦修的小事件，能够像珍珠链一样，紧凑地聚焦于这样一种"世人眼中的废柴，原来却是举世无双的天才"的外部误解、"比所有人都天才的萧炎，却比所有人都还要拼命地苦修"的内部反差和张力新结构，从而让珍珠真的可以串成链、让爆炸波能够形成渐变到突变轴。

正是由于《斗破苍穹》这种H型或哑铃和杠铃式结构"互相嵌套"的故事模式，让它有了一种震荡、回转、螺旋递增式的"爽感建构"机制。亦即：它引爆的爽感，不是线性递增的——不是按照直线性、单向度、向前向上不可逆转的方式发展，而是犹如一波推着一波递进，逐渐达至高峰、引爆高潮；然后，直接衰弱、回落甚至是断崖式垂落……整个过程不可逆转、不可折返、不可回溯。

"你应该知道我来此处的目的吧？"

狠狠地灌了一口茶水，纳兰肃阴沉着脸道。

"是为了我悔婚的事吧？"

纤手把玩着一缕青丝，纳兰嫣然淡淡地道。

看着纳兰嫣然这平静的模样，纳兰肃顿时被气乐了，手掌重重地拍在桌上，怒声道："婚事是你爷爷当年亲自允下的，是谁让你去解除的？"

"那是我的婚事！我才不要按照你们的意思嫁给谁。我的事，我自己会做主！我不管是谁允下的！我只知道，如果按照约定，嫁过去的是我，不是爷爷！"提起这事，纳兰嫣然也是脸现不愉。性子有些独立的她，很讨厌自己的大事按照别人所指定的路线行走，即使这人是她的长辈。

"你别以为我不知道，你无非是认为萧炎当初一个废物配不上你是吧？可现在人家潜力不会比你低！以你在云岚宗的地位，应该早就接到过有关他实力提升的消息吧？"纳兰肃怒道。

纳兰嫣然黛眉微皱，脑海中浮现当年那充满着倔性的少年，红唇微抿，淡淡地道："的确听说过一些关于他的消息。没想到，他竟然还真的能脱去废物的名头。这倒的确让我很意外。"

"意外？一句意外就行了？你爷爷开口了，让你找个时间，再去一趟乌坦城，最好能道个歉，把僵硬的关系弄缓和一些。"纳兰肃皱眉道。

"道歉？不可能！"

闻言，纳兰嫣然柳眉一竖，毫不犹豫地直接拒绝，冷哼道："他萧炎虽然不再是废物，可我纳兰嫣然依然不会嫁给他！更别提让我去道什么歉！你们喜欢，那就自己去，反正我不会再去乌坦城！"

"这哪有你回绝的余地！祸是你闯的，你必须去给我了结了！"瞧得纳兰嫣然竟然一口回绝，纳兰肃顿时勃然大怒。

"不去！"

冷着俏脸，纳兰嫣然扬起雪白的下巴，脸颊上有着一抹与生俱来的娇贵："他萧炎不是很有本事么？既然当年敢应下三年的约定，那我纳兰嫣然就在云岚宗等着他来挑战！若是我败给他，为奴为婢，随他处置便是！哼，如若不然，想要我道歉，不可能！"

"混账，如果三年约定，你最后输了，到时候为奴为婢，那岂不是连带着我纳兰家族，也把脸给丢光了？"纳兰肃怒斥道。

"谁说我会输给他？就算他萧炎恢复了天赋，可我纳兰嫣然难道会差了他什么不成？而且云岚宗内高深功法不仅数不胜数，高级斗技更是收藏丰厚，更有丹王古河爷爷帮我炼制丹药。这些东西，他一个小家族的少爷难道也能有？说句不客气的，恐怕光光是寻找高级斗气功法，就能让他花费好几年时间！"被纳兰肃这般小瞧，纳兰嫣然顿时犹如被踩到尾巴的母猫一般。她最讨厌的，便是被人说成比不上那曾经被自己万般看不起的废物！

被女儿当着面这般吵闹，纳兰肃气得吹胡子瞪眼，猛然站起身来，扬起手掌就欲对着纳兰嫣然扇下去。

——天蚕土豆《斗破苍穹》：第一百零七章　云岚宗

但是，《斗破苍穹》这种"爽感建构"模式，完全是一种"大漩涡"式，既是向上、向外、向前发展和递进，同时亦是向下、向后、向内挖掘和拓深；中心那股能量核引爆的爽感潮流，既可以像是龙卷风席地而来，裹挟一切直冲九天出云外，但又像深海探井，钻出一个深渊甚或是类似百慕大三角的暗黑领域——这两者相反的体验运动，是同时发生的。

这种效果甚至就像是宇宙的虫洞，因为不同空间，不同场景、不同维度和不同界域的变化和跃层，导致整个时间从"线性变化"变成了一种"环形闭环"。犹如科幻电影《降临》之中外星人的时间结构，没有地球时间过去、现在和未来的线性发展轴，而是一个没有过去、现在和未来的闭环时间轴。你的现在，其实有可能朝着过去奔去；而在朝着过去奔去时，未来却有可能为你而来。

这种从"线性时间轴"到"环形闭环时间轴"，只是被我们借来，用以描述《斗破苍穹》的爽感建构模型——它不是线性渐变发展，而是非线性犹如指数突变。但这种指数级增长，又是基于某种线性渐变历程；但这种故事的线性渐变历程，却没有带出一波比一波高的体验浪潮的节奏，而是一种回溯、折返和叠加的节奏。

第二节　"爽"文化之轻：

从"精神性孤独"到"身体性消费"

我们举重若轻，轻而易举地就把这个H型哑铃握在手里，或者像举重世界冠军一样，能够找到"给我一个支点，我就能撬动地球"的阿基米德杠杆，将这种"生命不可承受之重"的故事星球，引爆成"生活可以愉悦之轻"的璀璨烟花。

这种"反差"最能形容《斗破苍穹》"爽感建构"的原理与机制：无论是纳兰嫣然退婚打脸，还是萧炎上云岚宗践约雪耻，抑或是将这两个大小关联事件贯穿在一起的退婚OR休妻"三年之约"，对于两人及其背后的家族和势力而言，其实都是一种难以承受的生命重负。如果按照它本身应该发展的故事逻辑"如其所是"的描述，将会是一种难以承受的阅读逼迫和压抑体验感——因为，事件是如此沉重，沉重得让人喘不过气来。

那种感觉就像是打开微信启动界面时，那个孤独而渺小的一个人，面对的是整个蔚蓝色的星球：人类是渺小的，一个人是孤独的；面对整个庞大而浩淼的星球，我们每一个人都难以言喻地承受着"孤独小王子"的压力……

但是，微信采用"连接世界""沟通宇宙"的方式，巧妙地化解了这种蔚蓝星球逼迫而来的焦虑和压抑，将其转化成了一种诗意的蓝色之门：一迈过去，喧嚣、浮躁、热闹就扑面而来。

于是，它把人类最深刻、深邃和深远的"精神性孤独"，转化成了商业社会可以一次性快速消费的"烟花般寂寞"。我们无法承受一个人离群索居时灵魂都难以承受之重的精神性孤独，但是，我们可以承受一个人在众声喧闹之中生活可以享受愉悦之轻的身体性寂寞。

微信为我们提供了这样一种"化重为轻"、化繁就简、把精神性孤独转化为身体性寂寞的消费机制，比如刷屏、点赞和社群互动——都可以让我们这个信息孤岛跟整个世界互联互通，让我和你、我和他、我和他们甚至我和它都连接成一个整体：我们不是一个人；我们是一群人；我们都在一个人人成网的连接世界里。

唯一的问题是，只有在真正的离群索居、梦醒时分之际，连身边人都触手可及却咫尺天涯之时，我们才会感受到一丁点的疑惑和拷问——在精神性孤独和身体性寂寞之间，我们那一颗心犹如一棵浮萍，别说被时代的浪潮裹挟而去，都连自己人生之中的琐碎、平庸和一日如一日重复的"杯水中的风波"，都能将其左右飘零。我们又能拿什么东西，能够像定海神针一样，在这个不确定的时代、不确定的世界、不确定的生活之中，把自己确定下来？

然而，这种疑惑和拷问转瞬即逝。

因为，下一秒钟，微信朋友圈将爆发出比上一轮更为绚烂、欢呼和热闹的烟花，把我们的眼球全都吸引过去。然后，注视着这一轮比新年钟声倒计时响起还要热闹的狂欢之夜时，我们顶多是弹弹红酒，发出一声声无病呻吟似的感慨——真TM比烟花还寂寞啊！瞬间，就被那堪比"双12"还要喧嚣和躁动的"一次性快速消费狂潮"给吞没了——大潮汹涌、奔袭而至，退无可退、避无可避。那么，不如愉悦地一块沉沦吧！

爽感其实也是在这种反差和张力之中被制造出来的。

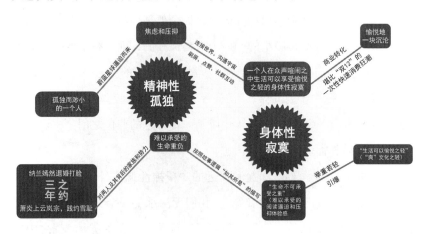

在那些厚重甚至是沉重的意义与价值，和狂欢与浅薄的消费娱乐之间，找到一个中间夹层——承受两个方面由外向内的挤压，但又任由某种"内核"性的东西由内向外扩张和突破。

第三节 佛怒莲花：

从"夹击作用力"到"核爆蘑菇云"

在这两种反作用力之下，制造出类似"佛怒莲花"或者"核爆蘑菇云"的能量爆炸，又以膨胀的大泡泡被捅破或者烟花绽放一样的方式呈现出来——重爆轻响、核能烟花，大概是我们能想象到的两个最佳形容词组，用以比喻"爽感建构"的机制体制和结果效果。

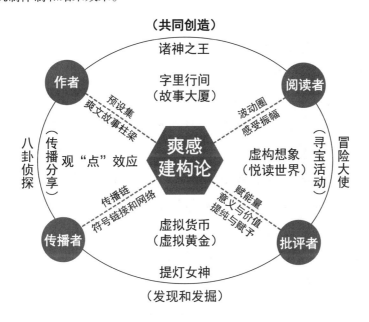

也就是说，这种作用就类似于萧炎首创的将两种异火双向挤压、渗透和融合，最后硬生生将两种完全异质的火焰糅合，并压缩成了一个细微精致却力量庞大的"能量球"。当它被甩出去时，就如原子弹爆炸一样，炸出了一朵震天撼地的"蘑菇云"——"佛怒火莲"。

萧炎是一个执着的人，甚至有时候，能够将这种执着当成是一种偏执。而现在，有点钻牛角尖的萧炎，便是陷入了这种偏执。

在这种状态下，萧炎很想试试，凭自己的能力，能否制造出即使是药老也为之侧目的恐怖力量。

萧炎全身上下，似乎除了焚决以及青莲地心火之外，其他的，都没有这种资格与潜力。

青白两色火焰，当彼此接触到每一个临界点之时，却是无论萧炎如何压缩，都不肯再融合下去。并且，随着萧炎不甘心地狠狠压迫，两团火焰之中的能量，也是开始逐渐地狂暴了起来。

"嘭！"

又是一道闷雷炸响，萧炎的虎口，直接被崩得裂了开来。低头望着那犹如一个电球一般，不断地闪烁着青白两色电芒的火焰团，萧炎瞳孔微微紧缩。他知道，这是能量狂暴得即将爆炸的前兆。

"萧炎，该死的，赶紧把它们消散！再下去，要炸了！"察觉到萧炎周身那狂暴的天地能量，海波东急喝道。

"哈哈，不知天高地厚的家伙！"感应着那些狂暴能量因子，八翼黑蛇皇却是得意地大笑了起来。

没有听取海波东的意见，萧炎眼睛死死地盯着手中狂暴的青白火焰团。随着精神的极度集中，在某一刻，天地似乎骤然间安静了下来。连风声，也是消失了下去。

在这一瞬间，萧炎眼瞳之中，忽然突兀地涌上一团茫然。然而他的指尖，却是在此刻变得犹如穿叶摘花一般灵活了起来。十指在火焰团中急速点动着。一丝丝由焚决运转出来的斗气，灌注其中。

随着焚决斗气的灌入，狂暴的火焰团，竟然是逐渐地安静了下来。两色火焰微微蠕动，最后在海波东与八翼黑蛇皇震撼的目光中，缓缓地凝聚成了一个仅有萧炎巴掌大小的青白莲座。

在莲座成形的刹那，萧炎浑身一颤，低头凝望着手中的青白莲座，低声喃喃道："成功了么？佛怒火莲？"

　　　　——天蚕土豆《斗破苍穹》：第两百六十二章　异火相融，佛怒火莲！

"佛怒火莲"这个在《斗破苍穹》里被萧炎自行创造出来的、类似于核爆之能的能量球或者超强斗技，造成了两大斗皇级高手的损伤惨重和庞大而持久的阴影面积；还开启了不同异火相融，随着火焰种类多少与融合方式变化，而使得火莲颜色、威力、强弱不断变化的"进化螺旋"。

若是用"佛怒火莲"来形容这两种异质的阅读之力所形成的引爆效果，就恰似蘑菇云一样：它引爆了我们阅读文字的愉悦感、畅快感的极度兴奋潮亦即高峰体验——这就是爽感。无非是蘑菇云的大小不同而已。

就像萧炎创造的"佛怒火莲"有超级和微型之分：超级佛怒之莲可以毁山灭派，将庞然大物、不可一世的云岚宗炸得山门尽毁、弟子伤亡惨重；微型"佛怒青莲"不过是将原雇佣兵团长罗布砸进深坑，外表凄楚可怜，实则性命无忧——还顺带把他炸成了萧炎的"自己人"。

场地之中，萧炎的目光，死死地停在那几乎已经被压缩成了一个青紫颜色的火焰球体之上。片刻之后，漆黑的眸子猛然一睁，修长的十指，不断地轻点在火团之上。

第一次在清醒的状态下控制火团，萧炎终于明白，这看似随意的轻轻点动，所需要灌输的焚决斗气，却是庞大得有些恐怖。那十指不过点动了将近七八次，而萧炎气旋之内的斗气，则是生生地减少了一半左右。

努力地回忆着上次佛怒火莲成形前的那般变化，萧炎那对漆黑眸子中，逐渐地被青紫两色火焰所缭绕。过了片刻，点动的手指骤然停顿。灵魂之力，猛地扩散出体，然后化为纤细的线条，一缕缕地钻进了狂暴的火团之中。

随着灵魂之力的侵入，青紫火团之内蕴含的狂暴能量，却是开始逐渐地消退。仅仅是眨眼时间，那本来不断冒探着犹如刺猬一般尖刺的火团，竟然便是完全地安静了下来。

紧紧盯着手掌上终于是如愿平静了下来的青紫火团，萧炎心中微微松了一口气。右手托着火团。眼眸微闭，那侵入火团的灵魂力量，开始缓缓地改变着火团的形状。

随着灵魂力量逐渐启动，那犹如一个皮球一般的火团，开始了缓缓蠕动。足有脑袋大小的体积，也是急速地缩小着。半晌之后，一个巴掌大小的莲座雏形，便是隐隐地出现在了青紫交替光芒之中。

再过了片刻，青紫光芒缓缓消散，一朵美轮美奂的青紫莲座，轻飘飘地悬浮在了萧炎手掌之上。

天空之上，望着萧炎掌心中那成形的青紫莲座，海波东眼眸微眯，喃喃道："这家伙，当真是控制得越来越熟练了啊。若是上次他能够将那佛怒火莲控制到这种地步，恐怕……那八翼黑蛇皇，当场就得被炸死吧？"

"日后若是当他再度使用两种异火融合，再配合着这般控制力，我想，斗皇强者中，除了一些极其变态的人之外，应该没人能够直接承受这种恐怖爆炸。"轻吐了一口冰凉的气息，海波东脸色复杂地盯着地面上的黑衫少年，低声道。

场地上，萧炎手持青紫莲座，抬头望着那被斗气铠甲遮掩得严严实实的罗布，略微有些苍白的脸庞上露出一抹笑意。屈指轻弹在莲座之上，顿时，青紫莲座便是猛地化为一道流光，犹如一抹闪电般，狠狠地对着罗布抛射了过去。

静静地望着那距离罗布越来越近的佛怒火莲，萧炎缓缓伸出手掌，然后骤然一握，一声低喝："爆！"

喝声落下，那飞掠过空中的青紫火莲，骤然停顿，旋即莲座微微膨胀，轰然爆炸……

"嘭！"

震耳欲聋的爆炸声，轰然间，在训练场之上暴响了起来。巨大的裂缝，迅速从爆炸处蔓延而出……

"完美的操控……"

高空上，海波东缓缓地闭上了眼睛，低声喃喃道，与此同时，也是在心中，升起了一抹真真切切的心悸……

——天蚕土豆《斗破苍穹》：第两百七十一章　山寨版的佛怒火莲

但同时，佛怒火莲又比蘑菇云多了一种螺旋上升或者旋"钻"向下的"阅读之旋"。

因此，这种类似于"佛怒火莲"的阅读兴奋点和高峰体验，是有大小之分的，亦如斗气之旅一样，可以进化。

第四节　时空轴：
线性时间、刷地图和位置

以此观之，天蚕土豆在讲从"纳兰上门退婚"到"萧炎上山休妻"这两个大事件夹逼之下的三年之约系列苦修事件时，在时间上是按照直线发展来递增的，在空间上是按照地图和副本变换的——因此，造成了一个线性增长的时空情节结构。

比如，从三大家族乌坦城争霸赛，到魔兽山脉苦修并与狼头佣兵团交锋；从塔戈尔沙漠历险记，到浑水摸鱼蛇人国女王青莲地心火；从硬灭墨氏家族作为前戏，到进入加玛帝国亲历帝都风云……一桩桩，一件件，都是按照三年的线性时间轴往前推进的；并且，按照地图和副本的方式来进行变换。

从时间上来说，它每往前推进一步，都会以"三年之约"作为倒计时的时间标尺，来标注里程碑。因此，这会让我们的阅读有一个清晰的时间轴，可以充分准备自己的预期、满足和收尾。然后，从这一轮的阅读完成时开始，又开始新一轮的阅读进行时和阅读将来时。这种阅读完成时、阅读进行时和阅读将来时的时态及其界限非常明确；上一轮、这一轮和下一轮的阅读时态衔接成线，时间轴非常清晰。它能让我们极其清楚明白、简明扼要地了解和确定自己在阅读《斗破苍穹》这部爽文的哪个位置；并且，能够很快确认自己的阅读状况，以及接下来可能的发展走向。

"距离我们出来修行，可已经过了将近五个月了。距离你与云岚宗那丫头的约定，也只有不到一年时间了哦。"药老淡淡笑道。

微微愣了愣，萧炎舔了舔嘴唇，皱眉道："不知道她现在到了什么级别。两年前她便已经是三星斗者，按她的天赋以及云岚宗的实力，我可不认为她会比我弱。"

"的确，虽然我有很多种办法可以让你实力骤然提升，不过那些都是具有非常强的后遗症。使用了那些秘法，你恐怕以后将会永远停留在那一个层次。"药老缓缓道。瞥了一眼沉默的萧炎，又道："那些秘法，哪怕你真的败给了那丫头，我也不会让你使用。那代价，太大。"

"我可不想在那三年约定上输给她。你知道这两年我付出了多少……她是我能够在这些苦修中坚持过来的重要因素。"萧炎翻过身子，仰头望着天空上的银月，伸出手掌，虚眯着眼睛淡淡地道。

缓缓地吐了一口气，萧炎偏过头，望着身子有些虚幻的药老，撇嘴道："而且当初老师可是说好了的，能让我追赶上她。"

"你这小子……"瞧着要无赖的萧炎，药老无奈地摇了摇头，手掌一探，森白色的冷焰在掌心中浮现而出。目光盯着那团轻盈跳跃的火焰，苍老的脸庞上有着淡淡的笑意："放心吧，我若是连这点本事都没有，还有什么脸在你面前夸海口。"

"不过，我能让你提升实力，是以你有时间按我所说的方法修炼为前提的。可你现在被撵得满山窜，可却是在浪费着你本来就不多的宝贵时间哦。"药老戏谑道。

翻了翻白眼，萧炎摊了摊手，无奈地道："其实老师只要放个屁就能崩死他们的。可你却偏要装高人不肯动手。"

"啪！"手掌拍在萧炎脑袋之上，药老笑骂道，"若什么事都要我给你解决了，你还活着干什么？与人争斗，又何尝不是在增长你的心智与阅历？"

——天蚕土豆《斗破苍穹》：第一百二十七章　大围剿

从空间上来说，《斗破苍穹》在围绕"三年之约"的故事轴，展开不同场景、不同维度、不同领域的情节时，基本是按照"刷地图"或者"刷副本"的方式来铺陈的——就像在一张中国地图上时而选择北京、时而选择上海、时而选择成都等不同的区域，进行探险、寻宝和打怪升级。而刷副本，跟这个类似，就在另外一个战场、另外一个空间、另外一个区域，开辟另外一条支线的剧情，从而完整地演绎另外一个既脱离主线剧情但又跟其有着强弱不同关系的亚故事。

比如说，萧炎在魔兽山脉这个地图空间苦修时，沿着自己打怪升级、晋阶越位的三年之约倒逼实力提升的个人修炼之路往前推进时，同时开了"小医仙—狼头佣兵团"这个弱相关的副本支线剧情。它们看似跟三年之约的主线剧情没有太强烈的关联。这也是IP剧集《斗破苍穹》要将这条支线的"副本剧情之花"大幅度删改，把小医仙和冰皇建构成"父女关系"，甚至强行捏合萧炎和小医仙的口头婚约，试图造成强相关的剧情关联的原因——只不过是"强扭的瓜不甜"。

转过身，望着那逐渐远去的小医仙，萧炎笑了笑，也是对着反方向行去，嘴中轻声道："老师，这里没什么问题吧？"

"此处的地形有些奇异，外界很少会有这般大规模地生长在一起的珍稀草药。而且不知为何，这里的能量，也是极为精纯，不过正适合你的修炼。"戒指之内，传来药老的苍老声音，"在这里修炼一两个月，我想，你应该便能成为一名真正的斗师了。"

"……斗师么……"

脚步突然地一顿，萧炎抬起头来，望着山谷上空那有些雾蒙蒙的空气，缓缓道："算算时间，我出来也已经有大半年了。而且距离那三年之约，似乎只有不到一年的时间了啊。"

"嗯，尽量加快些速度吧。魔兽山脉的修行差不多已经快要结束了。你的下一站，可是塔戈尔大沙漠哦。嘿嘿，那里的苦修，将比魔兽山脉，更加艰苦与危险。"药老的笑声中，透着些幸灾乐祸。

无奈地摇了摇头，萧炎苦笑道："我吃的苦难道还少了么？"

"呵呵，安心修炼吧。塔戈尔大沙漠虽然危险，可那里的蛇女，可是斗气大陆的一绝哦。若是好运，说不定可以收个蛇女女奴，嘿嘿……"

翻了翻白眼，萧炎懒得再理会为老不尊的药老，继续埋头探寻着山谷的环境。接下来的这段时间，他将在这里平静地修行，直到晋升成一名真正的斗师！

——天蚕土豆《斗破苍穹》：第一百五十章　小山谷

　　事实上，如果没有这个副本的支线剧情，整个萧炎"魔兽山脉"的个人苦修之旅，将会极其枯燥、干瘪甚至枯萎。就像一棵枝繁叶盛、如夏花之璀璨、如秋叶之绚烂的通天神树，在一叶落而知秋之将至的秋水之明净以及"履霜而知雪降"的凛冬已至之中，逐渐落光所有金黄灿烂的银杏之叶，成为光秃秃的枝桠；甚至所有枝桠都被雷劈、电砍、霜冻、雪摧，最后只剩下像胡杨一样孤零零的主干了——即使三千年不倒、倒了三千年不朽，但毕竟是死了：除了衬托三千里沙漠之荒凉和三千年想死却死不了的生命力之顽强（或者不如说是绝望）之外，又能让我们获得什么样的美树、美景、美人和美感呢？完全没有那种绿色葱郁的苍天大树，三千年悠悠驼铃，三千里黄金沙漠之中的一点绿洲，月牙泉边出水芙蓉的美人……一系列"美"物美人美景所带来的美感。

　　就像萧炎在塔戈尔沙漠之中，硬闯蛇人国，却误入蛇人国八大斗王首领之一月媚的洗浴地，从而造成强有力的视觉系冲击力，但招致的，却是毒蛇一样的猛

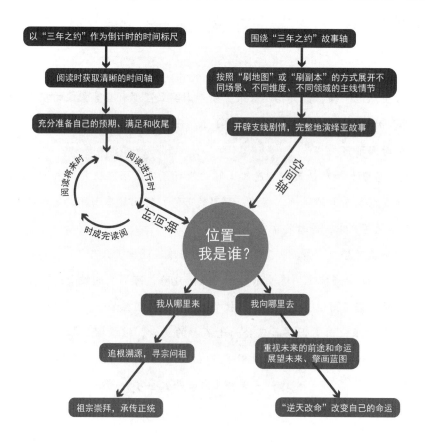

烈追杀。

无论是刷地图、刷副本，还是时间轴，都指向一个很重要的关键词：位置。

位置很重要。就像我们曾经说过，在这个变化的时代、变化的世界、变化的中国之中，寻找自我的意识、身份和位置亦即"我是谁"的问题，重新成为至关重要的第一根本问题。无论是对于每一个普通的中国人来说，还是对于全体中国人甚至是整个中国来说，均是如此。

但是，如果分解"我是谁"——寻找和确立每一个中国人甚至整个中国在变化的时代和变化的世界之中的自我意识、身份和位置——这个第一根本问题，如下两个传统问题已经不再居于优势地位："我是谁"的两个根本指向，从何而来与向何而去——我从哪里来，我要到哪里去。

关注"我从哪里来"，就会追根溯源，寻宗问祖，找寻我从何而来的根基。因此中国人就特别关注过去、关注传统、关注历史，盛行"祖宗崇拜"和"承传正统"——不忘本来，方能开辟未来。

关注"我向哪里去"，就会展望未来，擘画蓝图，特别重视未来的前途和命运，特别是从个运上升到时运和国运——尤其是近一两百年来，"改变自己的命运"成为主旋律；而个人的命运，又是被强势的势力和集团所影响和塑造。因为求富变强、更快更高更强，已成为主基调。逆天改命，最重要的就是改变文运、国运和时运。因此，这三个层面的"逆天改命"——改变个体的命运、求强变富以改变"改运"之势、改变国运和时运——成为直面未来、未来为"我"而来的主基调。

比"从何而来、向何而去"两个指向问题更为关键的，是聚焦"我是谁"的当下现状和未来发展趋势：我处于何时、何地、何种状况，将会发生何种影响、改变和趋向？因为如果没有这种"当下性"的位置，我们何以不忘本来、开辟未来，又何以能观测未来并界定已来？因此，这种"位置"，就成为界定和确认"我是谁"的重要坐标体系。①

---

① 参见庄庸、王秀庭著《从畅销书时代到后主题出版时代：互联网＋出版供给侧改革战略研究（全三册）》，"互联网＋新文艺"丛书，福建教育出版社，2017年版。

爽点矩阵：

从"我是谁"到"故事迷宫"

《斗破苍穹》同样如此。

从刷地图和副本等空间线，到三年之约等时间轴，都是用以标注"我是谁"之位置的最好坐标——你可以想象是 X、Y、Z 等各种场景、维度和界域以及时空性的轴线。

但正如我们前面所说，作为一部爽文，《斗破苍穹》基本上都是按照从过去、现在到未来的线性时间轴向前推进，就像是：昨天过去了就是今天；今天完了就会是明天；当我们来到明天之后，不会再回到今天、更无法回到昨天——时间是不可回溯的；我们无法回溯"今天"这个坐标之前的任何一个时间节点。如进入魔兽山脉之后与小医仙相遇时的萧炎，怎么都不应该、也无法回到纳兰嫣然上门退婚的那个时间节点。

同理，《斗破苍穹》在空间上的变化，亦是按照刷地图和刷副本等一个区域一个区域、一个场景一个场景地变换与推进。就像推土机似的，推倒了一块沙田播种了棉花之后，就又推平一块岩壤种了一地沙参……按照道理和逻辑，这个进程或工程亦是不可逆的。我们不能在推平了沙参之地后，再返回去推翻棉花之田，重新再播撒"魔稻祖师"改良后的新杂交水稻。这不科学，也浪费时间和工期。更重要的是，不符合我们的阅读预期。

闻言，一旁的萧厉也是满脸惊异地盯着萧炎。他记得当初走的时候，萧炎还在三四段斗之气徘徊吧？这不过短短三四年的时间，竟然便快要追赶上自己两人了？

"嗯，前不久在历练时，才晋入的斗师。"

"啧啧，真是了不起。这种修炼速度，即使是你小时候最巅峰之时也比不上吧？"见到萧炎点头，萧鼎与萧厉皆是忍不住地惊叹道。

"呵呵，不努力修炼不行啊，毕竟三年期限可是快要到了……"萧炎耸了耸肩，笑道。

"三年期限？"萧鼎与萧厉一愣。片刻后，萧厉脸庞上的笑意逐渐收敛，声音阴狠地道："听说纳兰家族的纳兰嫣然，真的来家族逼迫父亲解除婚约了？"

"他们还真的是有些欺人太甚啊……"萧鼎淡淡地笑道，笑容中透着几分冷意。以漠铁佣兵团的实力，现在的确不可能抗衡云岚宗。不过他为人素来懂得隐忍，出来打磨了这么多年，那分隐忍更是到了炉火纯青的地步。在这石漠城之中，狡狐萧鼎与恶狼萧厉之名，可曾经让他们的对手寝食难安啊。

"呵呵，这些事情，我会去料理。大哥和二哥，安心发展你们的势力就好。说不定日后我得罪了什么大人物，还得靠你们保命呢……"萧炎摇了摇头，戏谑地笑道。

萧鼎与萧厉对视了一眼，脸庞上浮现柔和笑意，轻声道："不管日后如何，你只需要记得，我们是亲兄弟。当初建立漠铁佣兵团，我与你二哥所想的，便是能替日后的你建造一个安身之所……不过看你现在的情况，似乎已经不需要我们的护持了。"

萧炎失笑，笑容中透着感动。

——天蚕土豆《斗破苍穹》：第一百八十五章　兄弟

从某种意义上说，《斗破苍穹》在时间轴和空间线上的故事布局，没有任何违和的序列和逻辑，都是按照最符合我们阅读预期的线性发展时间轴和位移推进空间域向前推进的，毫无跳跃、闪回、剪辑和串线等打乱节奏和布局的任何违和状况之发生。所以，对它故事和文本的阅读极其顺理成章，让我们可以顺畅地读下来。整个体验一气呵成，极其流畅自然。

但诡异的是，这部爽文并没有那种"白"（像很多所谓的小白文或爽文一样）到一眼就能看到底的情况——并没有这种极正常的时间和空间故事布局之下的浅白阅读体验：那种白开水直通肠胃淡而无味、清溪潺潺一眼见底的透明感。

更重要的是，它是在线性时间轴上发展的故事情节，却给人带来非线性的阅读体验。特别是，那种兴奋感是一种"指数级的增长"，而不是线性的量变到质变。

而且，它在空间上像换地图或刷副本一样让人一目了然的场景，也并不是真的类似于从北京到成都画一条直线，然后从此到彼变换与推进，而是构建起一个能够带着线团走出去的"故事迷宫"——而且是不同场景、不同维度、不同界域的多维迷宫，可以让人感受到在迷宫之中捉牛头怪的快感，还能像在游戏中一样反复地用不同方式体验"一千一百零一次杀死牛头怪"的多元感受。①

这么曲里拐弯、繁复芜杂的话语描述，是不是像那团金毛线球，缠了一圈又一圈，把你都绕晕了？其实，我们想要表达的意思很简单：按照这种时间轴和空间线的故事布局，这部爽文本来会让大家一马平川、小溪见底，但何以却像胸中有沟壑，溪水如大海？犹如诸葛亮在五丈原上，摆了一个八卦阵；希腊神话中的魔幻迷宫，突现于地平线上。

但是，它并没有让整个故事布局本身变得复杂诡谲、难以猜透，或者让我们读者产生迷惑与困扰，不知道它的故事曲里拐弯、迷雾重重到底掩盖着什么，也不知道作者到底想讲什么——这个故事到底是怎么讲的，我们一无所知。

事实正相反，对于《斗破苍穹》故事布局本身，我们仍然一目了然。然而，那种阅读体验，就像迷宫一样，变幻多端、魔幻重重和梦幻多姿。它让我们的感受和知觉，不停地穿梭于不同的迷宫区域，沉迷于陡然变换和转移的不同景致；甚至，就像魔幻迷宫本身所蕴含的创世神话"七重结构多维时空"，让我们在不同场景、不同维度和不同界域之中，体会那种"从第一天到第七天创世纪""从第一层第七层通天塔"的多维阅读体验。

在这整个历程之中，从主角萧炎到作者天蚕土豆再到我们这些剧外人、局中人的读者，始终没有"乱"，没有迷惑、迷茫、迷失和迷离于所有多重、多元、多滋、多味的体验；反而能像"遥感卫生精"（这让我们联想到了网络作家远瞳

---

① 参阅"华语网络文学智库"丛书之《国家网络文学战略研究：从"现实题材"到"书写新史诗"》和《文运迷楼说：中国网络文学阅读潮流研究（第4季）》中对"故事迷宫"（魔幻迷宫）的专题分析。

《黎明之剑》中的高文卫星精[①]）俯视、俯瞰、俯拍一样，让我们可以清晰地看透所有轮廓清晰、简洁明了的爽文故事布局，以及那像诸葛八卦阵和希腊神话魔幻迷宫一样的爽感阅读体验。

这是为什么？因为，那个始终能够清晰而精准地定位我们在这部爽文故事布局之中的自我意识、身份和位置，并且指导、引导我们自己能够主导在诸葛八卦阵和希腊神话魔幻迷宫的爽感阅读体验之中穿梭自如、穿越往返的"金毛线球"之长长的线索，始终牢牢地掌握在主角萧炎手里、作者天蚕土豆手里，以及我们这些剧外人、局中人的读者手里——我们三位一体，始终牢牢地攥着这根金毛线球，始终不抛弃、不放弃。

它指导我们从那按照时间轴和空间线推进的、极其简单的故事布局之中，由一目了然的直线"爽文"，走向像迷宫一样的结构，于一种不可能之处体验有无数种可能的"一千一百零一次杀死牛头怪"的阅读兴奋点；又因为牢牢掌控着这些金毛线球上所有不同场景、不同维度、不同界域的爽点"时空节点"，从而可以主导我们如何"建构爽感"，并在那种高峰体验之中，还能带节奏和刷出不同的表情包来——换句话说，我们在这种爽感到极致的高峰体验之中，还能清醒无比地知道处于何时、何地、何种状态，还能掌控自己未来的道路和方向。犹如喝酒喝到极嗨之后，我们仍然能够无比精准地找到回家的路。

为什么？就是因为天蚕土豆在《斗破苍穹》里采用了这种极其实用又极其精巧的写法：无论如何按照时间之轴直线发展，或者刷地图、刷副本变换空间，他始终牢牢控制着"三年之约"这个线头——这是从"纳兰嫣然上门退婚"到"萧炎上山雪耻休妻"之间整个大章节大故事大情节中横贯到底的轴线！

望着那消失在楼梯尽头的几人，大厅之内，窃窃私语更是犹如苍蝇一般响了起来。

"啧啧，没想到啊，竟然连云岚宗宗主的亲传弟子这次都是亲自来给墨承祝寿。这墨家可是长面子了。"

[①]　参见庄庸、杨丽君等主编《爽文时代：中国网络文学阅读潮流研究（第1季）》，"华语网络文学智库"丛书，中国青年出版社，2020年版。

"是啊，年纪轻轻便是生得这般绝代风华。而且以我的实力，竟然还看不透她的底，不愧是云岚宗宗主的亲传弟子啊。"

"嘿嘿，好漂亮的人儿。谁若是娶到了她，那可真是捡到了天大的便宜。未来的云岚宗宗主，纳兰家族的公主，这两方势力加起来，在这加玛帝国，还有谁能匹敌？"

"呃，我上次偶然间似乎听说，那乌坦城的萧家三少爷，便是她的未婚夫吧？"

"喊，你那是什么时候的消息了？早在三年前，人家纳兰小姐便是气势汹汹地冲至萧家，强行让萧家家主将婚约解了去。"

"啊？那萧家不是脸面被丢尽了？"

"丢了又能如何？他萧家能和纳兰家族、云岚宗相抗衡么？吃了这么大的亏，也只得自己往肚子里咽了。况且，当初那萧家三少爷，可是个名声响亮的废物，怎么可能和天赋卓绝的纳兰小姐相配？"

"喊，狗屁都不知道，却到处乱放厥词。"一名坐于角落中的男子，不屑地对着那正大声说话的两人撇了撇嘴，瞧得他们怒目瞪来，这才懒洋洋地道，"纳兰小姐三年前的确去萧家解除婚约，不过她却并未拿到解除婚约的契约，反而是拿到了……一纸休书！没错……那位萧炎少爷，直接把他这位身份简直可以和帝国公主相比的未婚妻，给休了……"

"休了？"这话一出，满厅呆滞。所有人都是愕然地张着嘴。谁能相信，一位当初仅仅是一个废物的少爷，竟然敢将这位身份地位极其高贵的未婚妻给主动休了？

"我靠，这家伙太牛逼了……"大厅内，虽然大多数人都不怎么相信这话的真实性，不过依然有着少数的一些人，满脸震撼地喃喃道。

能够将一位不仅身份如此高贵，而且容貌还如此出众的未婚妻给休掉，那还真是需要一些魄力！至少，在座的很多人，在审量了一下自身之后，发现：自己绝没有那份魄力便是。

——天蚕土豆《斗破苍穹》：第两百五十章　休整

因为，这个线头可以扯出那个编故事编得密密匝匝、缠人视线犹如编丝线一样的金毛线球。正是因为这个"三年之约"的线头，才会让《斗破苍穹》按照时间轴和空间线的简洁至极的爽文故事布局，不断被扯回到"三年之约"这个线头之上，从而建构出一种比诸葛八卦阵还要波诡云谲、比希腊魔幻迷宫还要神秘幽微的"爽点矩阵"。

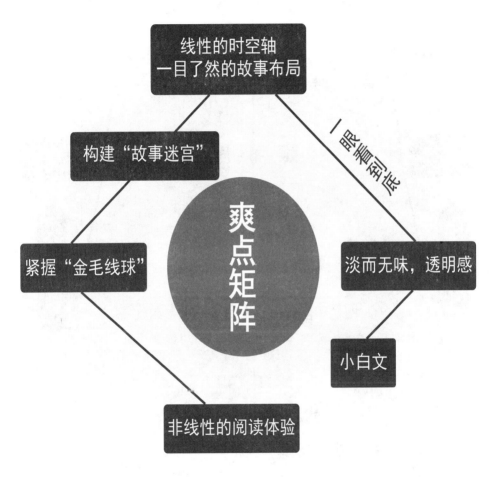

也正是因为这个线头缠绕和牵绊的金毛线球，贯穿于整个故事布局之中，才能让我们在不同场景、不同维度和不同界域的"爽文多维空间"之中，从来不曾纸醉金迷、梦幻迷失，而是总能迅速而精准地找到自己所处的位置——那个"三年之约"的线头，始终被我们抓在手里；无论我们像风筝一样，被引爆的"爽感体验浪潮"掀得有多高，我们都能通过这个线头，把自己拉回到地面，踏踏实实的，从不飘浮、虚浮。

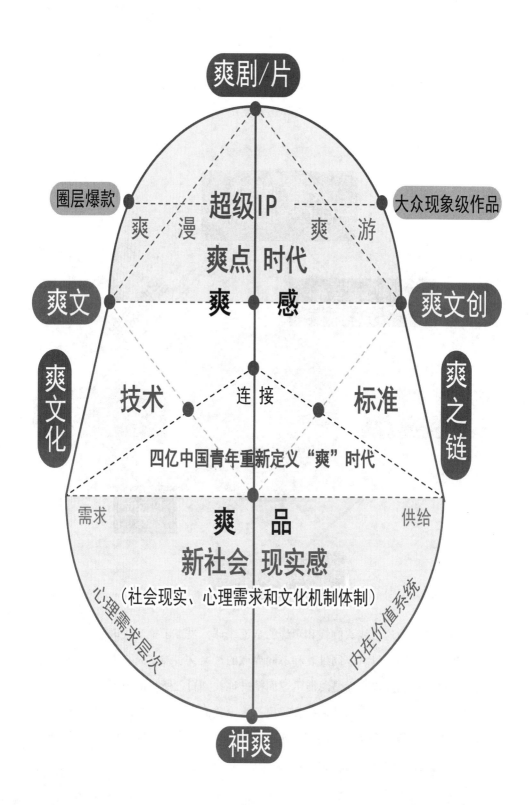

第十章

修炼金三角：

从「天赋决定论」到「苦修意志论」

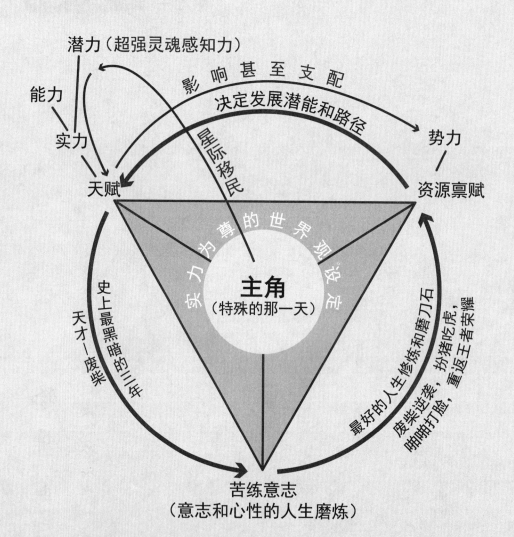

《斗破苍穹》以萧炎—纳兰嫣然"三年之约"为矛盾轴，成功地将萧炎从"天才—废柴"天赋之争的重心，转移到了斗气大陆实力为尊，天赋、意志和资源缺一不可的金三角结构之争。而这又往往取决于个人的"选择"——至少，个人面对诸多考验时的选择，成为能够撬动整个修炼人生的支点。

　　《斗破苍穹》整个故事星球，在我们看来，其实就是以"选择"为支点，以"天赋决定论、苦修意志论和资源禀赋论"等金三角为结构性的杠杆，托动整个萧炎角逐斗气大陆、叱咤风云的故事星球的。

　　正因如此，尽管《斗破苍穹》是一部"萧炎个人实力膨胀得很快、就像吹胀的大气球一样"的快节奏爽文，但仍然被聚敛、压缩和凝聚起一个相对严谨的逻辑体系，包括力量体系的设定，以及升级晋阶的条件、速度和结果。

虐渣主角
——超爽八大法则

替代性满足
（现实缺憾——
虚拟弥补补机制）

即时"回报机制"
（以及报复性的超额代价体系）

守护爱人之心
（情感核驱动）

放大效应
（扩大、增强和
持续加长版）

代言人模式
（主角为我们发言、
发声和发力）

价值观正确
（"人-权杖-理念"
标准金字塔和审判链）

超级代入感
（从"人生跑龙套团"
到"故事主场明星感"）

光环效应
（让主角的圣光
覆盖盖我们）

第一节　天赋决定论：

从"超强灵魂感知力"到"特殊的那一个"

斗气大陆，实力为尊。

这种实力，第一取决于修炼的潜力，第二取决于潜力转化为实力的能力。在潜力与能力决定的实力基础上，才会有庞大的势力——比如炼药师即使个人实力不行，却可以靠自己的潜力和能力，纠集起庞大的势力。

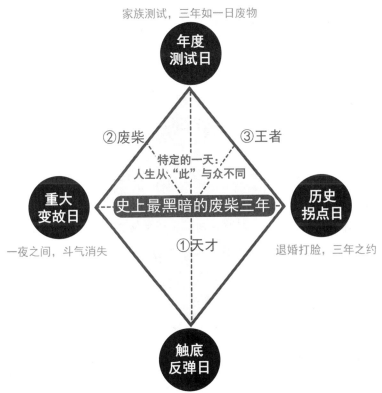

但在天赋之外，外在的资源禀赋如功法、斗技、丹药，也决定了一个人发展的潜能和路径。而这种资源禀赋，往往又被庞大的势力所垄断——比如"天地玄黄"四阶功法，越是高阶的，就越是被庞大和强大的势力所占有。反过来，也同样成立。个人强大的能力和实力，同样可以影响甚至支配强大的势力。

于是，在这样的"世界观设定"之中，萧炎就成为"特殊的那一个"。因为，他不是斗气大陆的原住民，而是从地球穿越到这个异大陆的星际移民。这让他拥有了比斗气大陆原住民强得多的"超强灵魂感知力"——而正是这超强灵魂感知力，成为萧炎修炼斗气的天赋。

这不但为他带来修炼天才的神话，也为他的炼药师人生，埋下了重要的一笔——因为炼药师需要极强的灵魂感知力。这种特殊而又稀缺的"天赋异禀"（资源禀赋），成为萧炎修炼人生、纵横斗气大陆的重要一环。

在前世，萧炎只是庸碌众生中极其平凡的一员。金钱、美人，这些东西与他根本就是两条平行线，永远没有交叉点。然而，当来到这片斗气大陆之后，萧炎却是惊喜地发现：因为两世的经验，他的灵魂，竟然比常人要强上许多！

要知道，在斗气大陆，灵魂是天生的。或许它能随着年龄的增长而稍稍变强，可却从没有什么功法能够单独修炼灵魂。就算是天阶功法，也不可能！这是斗气大陆的常识。

灵魂的强化，造就出萧炎的修炼天赋，同样，也造就了他的天才之名。

当一个平凡庸碌之人，在知道他有被无数人瞩目的本钱之后，若是没有足够的定力，很难能够把握本心。很显然的，前世仅仅是普通人的萧炎，并没有这种超人般的定力。所以，在他开始修炼斗之气后，他选择了受人瞩目的天才之路，而并非是在安静中逐渐成长！

若是没有意外发生的话，萧炎或许还真能够顶着天才的名头越长越大。不过，很可惜，在十一岁那年，天才之名，逐渐被突如其来的变故剥夺而去。而天才，也是在一夜间，沦落成了路人口中嘲笑的废物！

……

在咆哮了几嗓子之后，萧炎的情绪也是缓缓地平息了下来，脸庞再次恢复了平日的落寞。事已至此，不管他如何暴怒，也挽不回辛苦修炼而来的斗之气旋。

苦涩地摇了摇头，萧炎心中其实有些委屈。毕竟他对自己身体究竟发生了什么事，也是一概不知。平日检查，却没有发现丝毫不对劲的地方。灵魂，随着年龄的增加，也是越来越强大，而且吸收斗之气的速度，比几年前最巅峰的状态还要强盛上几分。这种种条件，都说明自己的天赋从不曾减弱。可那些进入体内的斗之气，却都是无一例外地消失得干干净净。诡异的情形，让萧炎黯然神伤……

——天蚕土豆《斗气大陆》：第二章 斗气大陆

但是，比这种"天赋异禀"更为重要的，却是那种意志和心性的人生磨炼：萧炎在地球只是一个庸常之众，像我们一样，或许过着"别人不是比我们优秀，而是比我们命好"的"抱怨的人生"；

然而，穿越之后所带来的天赋异禀，一下子就让他成为特立独行的天才——犹如一夜暴富一样，也带来了他整个心态的膨胀。而这种膨胀，让他就像大气球一样，噗噗地吹得挺大挺响。

但是，一捅就破；一破，就如烟花一样。烟花再绚烂，在璀璨绽放的那一瞬间之后，也就烟消云散，啥都留不下了。

而萧炎也犹如那颗曾经最为璀璨明亮的北斗星，在绽放出无与伦比的光芒之后，犹如流星一样坠落，从而坠入"史上最为黑暗的人生深渊"。

萧鼎轻笑了笑，偏过头，目光扫向不远处的一处专供休息之用的沙丘之上。那里，少年并未进入帐篷内部躲避炎日，而是顶着烈日的暴晒，盘腿坐在滚烫的沙粒之上，缓缓地吸收着周围天地间那浓郁的火属性能量。任由汗水从额头之上犹如流水一般滚流而下，打湿了衣衫。

"以前小时候，他虽然天赋让人惊艳，不过骨子中却也是因此少了一分韧性与坚毅。我想，那三年的废物时期，虽然让他受尽了白眼与嘲讽，不过若是从长远来看，又何尝不是替他将踏足真正强者的最后一丝缺陷给修复了……至少，以前的小炎子，绝对不会有独自来到塔戈尔大沙漠进行这般艰苦修行的决心。"望着似乎不愿浪费分秒时间的少年，萧鼎轻叹了一声，有些感叹地道。

"嗯。"闻言，萧厉也是深有同感地点了点头。想要成为真正的强者，天赋固然重要，可若是没有那坚持不懈的韧性，最后的成就，依然只会是高不成低不就。斗气大陆很大，天才也自然不少。不过最后能成为巅峰强者的，也仅仅是那寥寥可数的几人而已。

所以，当年的废物时期，对萧炎的影响，将会在日后的强者路上，凸显得越加清晰。那时候，他或许才会豁然明白，当初的三年废物时期，并非打击，而是一种足以影响他一生的磨炼。

——天蚕土豆《斗破苍穹》：第一百九十二章　通道

在这种人生黑暗深渊里沉沦，不是任何人都能承受的。别人的嘲笑也就罢了，最重要的是，自己连原因都弄不明白——

不知道这样黑暗的日子何时才是个头；是不是还要继续滑落；什么时候才能触底反弹，以及有没有触底反弹的那个"最低谷"……这些都是未知数。

这种"史上最黑暗的三年"，是最好的人生修炼和磨刀石。

站在人群中央，萧媚小手捂着红润的嘴唇，小脸之上，满是震撼。

一年时间，提升整整四段斗之气，这种修炼速度……简直骇人听闻！

这般速度，即使是三年之前处于最巅峰状态的萧炎，也不可能办到！

然而，这种有些让人心脏紧缩的现实，却是真真切切地出现在了所有人的注视之下。

目光带着复杂的情绪，盯着那站在黑石碑之下的少年，萧媚心头忽然冒出一个让她满脑子糨糊的念头：他那令人惊艳的修炼天赋，似乎又回来了！

训练场的边缘处，正准备看萧炎笑话的萧宁也是呆滞地瞪着石碑上的大字，失声喃喃道："这……怎么可能？"

……

抬头望着石碑上的金色大字，萧炎轻轻地吐了一口气。周围那些忽然间变得复杂起来的目光，让他回想起了三年之前那意气风发的少年。

如今修炼天赋已经归来，而且随之而回的，还有那越加成熟的心智以及坚毅的韧性。

深深看了一眼这几次决定自己命运的石碑，萧炎轻轻一笑。云卷云舒的平淡模样，与三年前那在测试过后显得得意忘形的少年，判若两人。

轻吐了一口气，萧炎在满场目光的注视下，缓缓行至人群最后，与薰儿那笑吟吟的目光接触了一下，然后挨着她身旁，盘腿坐了下来。

——天蚕土豆《斗破苍穹》：第三十二章 挑战

这使我们一方面可以切身代入萧炎从地球穿越而来，"一夜暴富"或"像中了彩票一样"，拥有了其他人无可匹敌的天赋，同时拥有了相伴而生的浮躁、激进、隐患和危险——这三年的黑暗磨砺，将这种危险和隐患消除得干干净净，其实是让我们在阅读之中暗自松了口气——所谓"鞋磨得越合适，未来的路走得越远"。

轻吸了一口气，压下心中的震惊，萧炎眼珠一转，涎着小脸，嘿嘿道："不知老师打算怎么让我在一年时间内，达到七段斗之气？"

"虽然这三年时间，你的斗之气一直在倒退，可也正因为如此，才导致你根基比常人更扎实。斗气修炼，根基是重中之重！日后你便能察觉到，这三年实力倒退给你带来了多大的好处！"药老脸庞笑容缓缓收敛，正色道。

萧炎有些愕然。他还真不知道，实力倒退能给他带来什么好处。

——天蚕土豆《斗破苍穹》：第九章 药老！

另一方面，也让我们可以预见并期待萧炎重新恢复天赋之后，因为这种"耐磨力"可以承受更为艰苦的训练，从而于不可能之中，创造不可能的奇迹——比如，他比过去的"天才萧炎"更能承受那常人难以承受的斗气鞭打，从而创造出过去的他亦无法创造的"一年之内突破斗气四段"的修炼速度和奇迹。而这，正是这部爽文创造"废柴逆袭、扮猪吃虎、啪啪打脸和重返王者荣耀"的爽点和爽感的基础、前提和来源之一。

第二节 坚韧的力量：

从"故事紧箍咒"到"苦修意志论"

于是，以此为基础和前提，从"纳兰嫣然退婚打脸"第一个关键事件，到"云岚宗雪耻巅峰对决"的第二个关键事件，贯穿"三年之约"的萧炎个人能力和实力提升之轴，有一个微妙的侧重点转移——

萧炎从天才沦为废柴、停留于斗之气三段的三年，强调的是他的"天赋"；而从废柴重新恢复为天才、开始突飞猛进的斗气实力飙升时，看似在明处强调的亦是他的修炼天赋，在暗处却埋了一个伏笔：强调那有史以来最黑暗的三年对于萧炎意志、心性等的磨炼，成为至关重要的基础甚至是基石。

而从魔兽山脉到塔戈尔沙漠的修炼，看似是旁枝逸出，却是整个故事重要的关键一环——因为它的整个重点，并不仅仅在于强调萧炎那超越常人的修炼天赋，而是在于他"苦修"的坚韧和坚持。

站在一旁，药老望着那大声嘶吼着发泄心中情绪的萧炎，微微笑了笑，轻声喃喃道："小家伙，虽然你天赋不低，可你的付出，才是最后成功的关键……我很期待几个月之后的三年之约。当年她给了你难以抹去的屈辱，如今，你已经有资格自己去讨回……"

缓缓地抬起头，药老望着那巨大的炎日，然后偏头盯着少年那单薄而执着的背影，忽然淡淡一笑。

"虽然修行艰苦，可你却从未放弃。这一切，都是你自己用努力与汗水换回来的成功。我相信，日后的你，定能站在斗气大陆的巅峰！"

——天蚕土豆《斗破苍穹》：第一百八十二章 沙漠苦修

　　正是这一点"意志和品性"的侧重，才真正将"那史上最黑暗的废柴三年"和这"三年之约"贯通起来了，并为未来萧炎斗者、斗师、斗王、斗皇等一步步晋阶提升、叱咤斗气大陆，提供了坚实的支撑——成功并不是偶然，而是有着其必然的逻辑。

　　万丈高楼从地起，故事大厦也必须要有一个合理的基石：意志比天赋重要。萧炎修炼和实力提升的速度，看似天赋很重要，但是，那种坚韧、坚持和坚守的意志和品性才是决定一切的基点。唯有如此，才会让萧炎这个主角，更容易让我们有代入感，而不是带来打击人信心的毁灭感——如果整个世界都是"天赋决定论"，那么，大多数天赋很普通、没法成为天才只能是废柴的人，又该怎么办？而且，如果过于强调"天赋决定论"，那带来的一个结果，就是：如果萧炎的修炼速度，全都是由"天赋"这种所谓的客观因素来决定的，没有个人"苦修"这种主观能动性什么事情，那么，整个故事就没有内在和轴心的驱动力。而"天赋"驱动故事，也容易带来整个场景和情景转换过快，甚至，就像泡沫一样膨胀。

　　试想一下，以萧炎如此恐怖的"天赋修炼"论，如果完全放开且是由天赋决定修炼速度的话，那么，萧炎的修炼实力，将会迅速膨胀至一个完全无法控制的地步。别说"三年之约"时突破斗师不是个事儿，甚至三十年之约时突破斗皇也可能是"分分钟的事情"。那这就不是修炼的神话，而是修行的笑话了。

　　这样，也很容易让整个故事讲着讲着就"崩了"。因为节奏过快，修炼速度过猛，即使整套力量体系——从斗者到斗宗等——设定得非常合理，也会因为这种"天赋决定论"的力量膨胀，导致整个土崩瓦解。也就是说，整部《斗破苍穹》的故事大厦，很容易因为"天赋决定论"这块基石的畸变，而一夜之间崩解成废墟。就如那句话所说的：看他高楼起，看他高楼塌。

　　"天赋决定论"让萧炎甚至整部《斗破苍穹》都像孙猴子，不受约束，无法无天。意思是说，随时都能像那根如意金箍棒，将天捅个大窟窿。我们可没法像召唤神兽一样，再把女娲娘娘召唤出来，再补一次天了。因为，据说那块补天剩下的碎石头，掉到花果山上，已经化成孕育美猴王的母体——孙悟空从石头缝里蹦出来的传说，就是这么来的——它早就因为孙悟空从石头缝里蹦出来，而碎成了一地乱石，哪里还能恢复成补天用的边角料？

但是，"苦修意志论"却给萧炎甚至整个《斗破苍穹》的故事套上了一个紧箍咒——天赋固然重要，但是，如果膨胀得过快，"苦修"就会自动产生咒语，来约束、限制甚至压缩、锻炼它。就像弹簧压缩、打铁锤刀锻剑一样。

那种效果，犹如萧炎在修炼时，炼化紫色火焰，又因为紫色火焰锻炼斗之气旋，将原来膨胀成像大气泡一样的体积，压缩至三分之一；但是，力量——爆破力、杀伤力、打击力——却不知比原来增强了几十倍。这就类似于烟花一样的满天璀璨，却不敌一颗子弹那样致命。

发现了这些紫色液体的奥妙，萧炎心中，对斗师与斗者之间的巨大差距，再次清楚地了解了一些，当下发出一声感叹。

斗者级别的气旋，就犹如一个气球。而斗气，便是类似空气一般储存在其内。这个气球，有着属于它的临界点。一旦里面所充斥的斗气到达了充盈的地步，那便再也容纳不下多余的斗气。如果偏要再强行塞进的话，那么气旋，便会如同被空气胀破的气球一般，嘭的一声，爆炸开来。

从斗者晋升成斗师，最大的好处，便是气球之内充盈的斗气，将会经过再度转换，化成一滴滴比单纯的斗气更浓郁、更复杂、更精纯的液体能量。

而当斗气被转化之后，这气球之内所蕴含的斗气质量与数量，都是瞬间暴涨了许多。

所以，拥有这般巨大的斗气储存器的斗师，自然远非普通斗者可以比拟。两者在斗气的等级之上，更是天差地别。

心神缓缓从气旋中退出，经过先前的探测，萧炎能够知道：别看这些液体的能量体积不足指甲大小，可若是要转换的话，恐怕需要还未成为斗师之前的自己气旋内三分之一的淡黄斗气，才有可能转化出这么细小的一滴液体能量。由此可见，这小小的一滴之中，蕴含着何种可观的能量。

——天蚕土豆《斗破苍穹》：第一百六十章　斗师与斗者的差距

由于给"天赋决定论"这个无法掌控的孙猴子先天基因，圈上了一个"苦修意志论"的紧箍咒，就使得努力、付出、汗水等一切可以自己掌控的后天因素，有了价值和意义：比不过天赋，我们可以比努力——虽然，比努力的时候，我们经常会悲催地发现：那些比我们有天赋的人，其实比我们更努力。

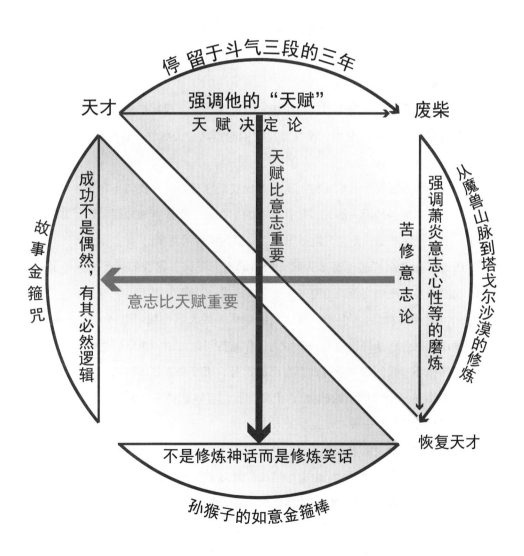

第三节 不抱怨的人生：
比我们优秀的人，比我们更努力

这就是当下社会普遍存在的"感慨"：很多人抱怨自己生不逢时、怀才不遇、天不助我……却没想过，自己有没有努力、有没有付出、有没有拼尽洪荒之力去做成一件事。

或者说，我们的确努力过、付出过、流过汗、流过泪甚至流过血，但是，的确没有拼尽洪荒之力；至少，没有像比我们起点高、天赋好、资源好的人那样，用尽全身之力。

当这些各方面都比我们更好的人，都比我们更努力时，我们还有什么可抱怨的？因为在你抱怨的那一瞬间，被你抱怨的那些人，又像百米冲刺一样，突然爆发了一下，把你和他的差距又拉开了那么一段决定性的距离。

因此，在这个"遍地都是天赋（包括起点、资源）比我们优秀的人"的社会，我们确实有理由有资格抱怨——这就是一个因为不公平、不平等、不公正而造成的"抱怨的社会"。但是，当比我们更优秀的人都比我们更努力时，其实，我们是没有机会和条件抱怨的——因为，你越抱怨越落后，越落后越抱怨。这是一个恶性循环。我们没有条件选择自己的出身、家庭和背景，所以，我们无法选择自己不生在一个"抱怨的社会"；但是，我们可以选择自己的努力、付出和心血——我们可以选择一种"不抱怨的人生"。

从头到尾，萧炎都没有抱怨过。从天才沦为废柴的史上最黑暗的三年——虽然他发泄时也骂过贼老天："让我穿越过来就为了玩我？"但这种负面情绪也转瞬即逝，他马上就把注意力转向如何解局、破局上了。

从纳兰嫣然退婚打脸，到三年之约以超越纳兰嫣然为目标进行苦修，萧炎都主动选择了"不抱怨的人生"。这里面一直贯穿着的"三年之约"的某个比较点，为很多人所忽略。这极其微小，却极其关键的一点，就是：萧炎"不如"纳兰嫣然——就像我们在社会现实生活中的确"不如"某人某类人某些人——虽然说，他的天赋确实强于纳兰嫣然，但是，"天赋不够，时间来补"：在萧炎因为从天才沦为废柴、滞留于斗之气三段的那黑暗三年里，纳兰嫣然已经弥补天赋不如萧炎的短板——何况彼此之间天赋的差距也没有那么大，而且已经赶上甚至远远超过了萧炎。

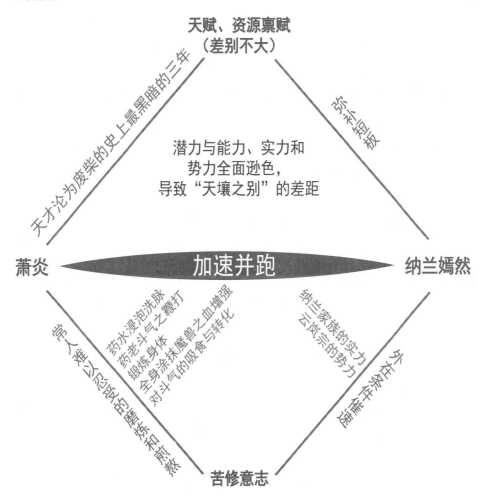

这种"天壤之别"的差距，如何缩短？的确需要靠天赋。但是，萧炎在加速，纳兰嫣然亦在加速。甚至在外在条件的催速方面，纳兰嫣然更要优于萧炎。就像药老所感叹的那样，以纳兰家族的实力，以及云岚宗的势力，纳兰嫣然有什么更优更好的丹药功法搞不到？连云岚宗宗主都亲自下山为纳兰嫣然准备珍稀材料；何况，她本身的能力，亦优于萧炎。萧炎又如何能赶上纳兰嫣然的修炼速度和实力？

"云韵她搞什么？竟然任由嫣然去做这些蠢事？如果三年后萧炎真的打败了嫣然，那她岂不是真要给人家为奴为婢？"听着宗主二字，纳兰肃怒气微微收敛了些，不过话语中依然有不少的怨气。毕竟任谁忽然间失去一个潜力极大的女婿，以及多了一个潜力极大的敌人，心情都不会好到哪去。

"呵呵，纳兰兄不要着急。这事做也做了，现在说什么也没用了。而且就算你让嫣然去道歉了，那也难以弥补两家的关系，何必再去自讨没趣？至于那三年的约定，你大可放心。宗主最近已经亲自下山，替嫣然准备一方药材中的最后一种材料。只要到时候古河长老将丹药炼出，那萧炎，绝对难以追上嫣然的修炼进度。只要嫣然在三年之约时手下留点情，那也该磨去他心中的怒火了。"葛叶微笑道。

"什么药方有这般作用？"眉头微皱，纳兰肃问道。

"呵呵，这还不能说。这药方是古河长老去年在一次历练中，偶然从深山中所得，想必应该是前人所留。至于药效，到时候你便知道……"葛叶神秘地道。

瞧着葛叶不说，纳兰肃不耐烦地挥了挥手。望着那躲在葛叶身后，依然满脸倔强的纳兰嫣然，只得无奈地跺了跺脚，忿忿地道："算了，懒得管你！到时候败了，给别人做暖被的侍女，你可别说和纳兰家有关系！我还丢不起这人。"说罢，满腔怨气地出了大厅。

望着那消失在视线尽头的背影，葛叶这才松了一口气，回过头望着同样是满脸无奈的纳兰嫣然，叹了一口气，道："真的没想到……萧家的那小家伙，竟然真的爬起来了。"

"爬便爬吧……"纳兰嫣然坐在椅上，无所谓地道。

"嫣然，你……真的有信心能在三年约定时打败他么？"迟疑了一会，葛叶忽然问道。

"葛叔，怎么连你也认为我比不上那废……他。"闻言，纳兰嫣然顿时不悦地道。

苦笑着摇了摇头，葛叶叹道："总觉得那小家伙有些诡异……"

撇了撇嘴，纳兰嫣然端着茶杯的玉手微微紧握，眸子盯着淡绿的茶水，心中冷哼道："我就不信，你还真能爬到本小姐头上来！还有一年半时间，我看你能从三星斗者，爬到什么级别！"

"我纳兰嫣然，在云岚宗等着你！有本事就如约来吧！"

——天蚕土豆《斗破苍穹》：第一百零七章　云岚宗

在潜力与能力、实力和势力，都全面逊于纳兰嫣然的情况之下，而且两个人都在各自的跑道上加速并跑，萧炎拿什么来缩短两者之间实力的差距，并且反超纳兰嫣然？

这已经不是"天赋"的单项竞技，而是个人现有和未来的潜力与能力、实力甚至势力的综合比拼——因此，努力、付出、流汗又流血的"苦修意志论"，就成为点燃火箭蹿升的"最后一根稻草"：坐火箭直升，亦是需要特别的燃料的。

可以说，从选择诀别萧薰儿出门修行，特别是进入魔兽山脉和沙漠苦修时起，萧炎就选择了一条"先天的天赋基因重要，但是后天的努力因素更重要"的道路。更准确地说，当萧炎意识到并开始恢复斗之气的修炼能力时，他就已经做了这样的选择：无论是选择用药水浸泡洗脉，还是让药老用斗气之鞭锻炼其身体，抑或是全身涂抹难以忍受的魔兽之血来增强对斗气的吸食与转化……所有的选择，都是常人难以忍受的磨炼和煎熬之途。也就是说，所有展示在人前的"一年之内突破数段斗之气"的天赋神话，背后都蕴藏着常人难以企及的"十倍甚至百倍努力、血汗和坚韧的后天奋斗"。

这种情景是不是很熟悉？没错，那些站在台上轻描淡写地念着"挥挥手，我轻轻地来了；又挥挥手，我轻轻地走了；轻轻地来和轻轻地走之间，我不带走一片云彩"的传奇人物与神话偶像，或许，背后都有一台比我们更努力、更坚持、更偏执的"意志发动机"。比如，当我们习惯了早九晚五的小人物平淡人生时，他们或许还在坚持"996"的自我奋斗。

第四节　修炼金三角：

选择是让人生更爽的基点

或许，这就是萧炎让我们感同身受、《斗破苍穹》能够引爆共鸣共情的情绪潮流和爽感体验的原因。

没有人愿意承认自己"不如人"，但是，"天赋不如人""技不如人""势不如人"又是客观存在、无法否认的。那我们怎么办？是抱怨爹妈不公平、社会不公平、老天不会平、命运不公平……把能抱怨的一切都抱怨完了，回来继续面对现实？还是逃避人生？抑或是真的选择"不抱怨的人生"：天赋不如，后天来补；起点太低，那就选择向上的阶梯；潜力、能力、实力和势力不如人，那就选择拼汗拼血拼时间……这样，我们就能缩短彼此之间的差距，甚至赶超和反超、从跟跑到并跑再到领跑。

这样的心态对不对？对，也不对。说对，是因为它确实概括出了大多数人的现实状况，以及被灌输的心灵鸡汤——心灵鸡汤都是这么端出来的。灌完满满的一大碗之后，反而认识到现实更残酷。亦即我们前面所说的：当天赋、能力、实力和势力都比你优秀的人，比你更努力、更付出、更坚韧之时，你应该怎么看、如何办？

因为，古希腊那个"阿喀琉斯追乌龟永远都追不上"的芝诺悖论，其实是不切实际的；但是，把这个逆转过来，就成为一个残酷的现实——如果是像蜗牛一样爬的乌龟，倒追善于长跑的古希腊英雄阿喀琉斯呢？那真的是有可能永远追不上：因为，阿喀琉斯比它更快、更强、跑得更远；而且，在同一赛道上，比它更努力、更拼命、更坚韧——那继续这样跑下去，无论是百米冲刺还是马拉松长路，乌龟真的可能永远都追不上阿喀琉斯。

永远都不要寄希望于自己的对手或敌人犯错，抑或是遇上了不可抗力的危险。比如，像那只"龟兔赛跑"中的兔子，脑子进水了才睡一大觉。或者阿喀琉斯跑着跑着就跑出轨了，好好的金光大道不走，偏要掉头走歪路跑歧道，陷入泥潭之中，无力自拔——这对手得弱智到多么"脑子净是豆腐渣"的地步，才会让自己深陷如此异想天开的天坑！把对手弱智化，其实显得自己更白痴。

但是，在一切风速、赛道都不变的情况之下，突然从"冷兵器"时代迈入"热武器"时代呢——就像斯皮尔伯格《夺宝奇兵》中那个"一枪击毙耍大刀"的爽点——假若给乌龟绑上"火箭炮"呢？阿喀琉斯再快、再强、再遥遥领先，还能跑得过汽车、火车、飞机……一轮比一轮"领先的技术工具"？何况，比这几个轮子还要领先的"载人航天工具"？

技术工具的革命，总能带来新的竞技赛场。

但这跟萧炎PK纳兰嫣然的赶超之争有五毛钱的关系吗？跟《斗破苍穹》中"天赋决定论PK苦修意志论"产生冲突了吗？它反而突出了在这种二元对立之外的第三角决定因素："资源禀赋论"！

功法、斗技、丹药……其实都是起着重要催化和提升作用的外在"资源禀赋"。跟技术工具的革新和进化，所起到的"科技是第一生产力"的作用没有什么区别。比如，萧炎修炼的进化功法"焚决"，伴随着进化，给萧炎带来了越来越领先于对手的强大。

三种"生产力"都起着决定性作用，其实就相互中和了。到最后，真正起决定性作用的，就是三者所达至的"最大公约数"。

可以说，在《斗破苍穹》的世界观设定中，我们所概括的"天赋决定论""苦修意志论"和"资源禀赋论"，就像正三角形的三条边一样，构成了一个人修炼潜力与能力、实力与势力的"金三角"结构。彼此之间，相互辅助，起着重要的支撑和转化作用。

但是，正三角上三条决定性的中轴线相交，就要有一个支撑的"交叉点"，可以撑起三角、三边和整个正三角。那么，这"天赋决定论""苦修意志论"和"资源禀赋论"的轴心点是什么？

这就是萧炎的"选择"：若是他不选择"焚决"，他就不会拥有能够进化、超王赶皇的进化功法；但是，他选择了"焚决"，就走上了一条必须吞噬异火的艰难修炼之道。这决定了他的天赋重要，但是苦修更为重要：如果不选择苦修之路，"一年之内连升四段斗气""三年之内超越纳兰嫣然"、三十年河东三年河西"莫欺少年穷"的凌云斗志，也就如水中月镜中花、幻梦泡影，可望其实不可即——因此，人生在于抉择：你想成为什么样的人，你想拥有什么样的未来，你想拥有什么样的人生……其实都取决于此时、此地、此人、此事的选择。

"小家伙，你还年轻。以你的天赋，日后潜力无限。在未成为真正强者之前，你需要忍耐。锋芒太利，对自己并无太大的好处。等你什么时候能够自由控制体内那股强大力量时，再与云岚宗一较高低也并不迟。"海波东拍了拍萧炎肩膀，语重心长地道。

萧炎默默点头。若是抛开老师的力量，他不过仅仅一个斗师级别而已。这在强者如云的云岚宗内，恐怕一抓便是一大把。不过，也正如海波东所说，他还年轻，这是他最大的本钱！

"呵呵，好了，说这些也只是临时想要提醒你一下，让你在上云岚宗时，尽量小心点。"笑了笑，海波东站起身来，对着萧炎笑道，"不早了，你休息吧。明天休息一日，然后便上云岚宗！"

萧炎微微点了点头，目送着海波东行出房间。半晌后，长长地吐了一口气。海波东的这番话，可是让他清醒了许多。虽然看似法犸、加老这等帝国巅峰强者对他极为和善，可这些，却大多都是建立在摸不清萧炎底细，以及其身后那究竟不知道存不存在的神秘老师的前提下。而一旦出现他与云岚宗对抗的这种足以将他们拉进漩涡中的大事时，他们，绝不会因为萧炎，便与云岚宗为敌。

现实，始终是残酷的啊。

躺倒在柔软的床榻上，萧炎手臂枕着后脑勺，怔怔地盯着上面的床帘，眼眸缓缓闭上。半晌后，骤然睁开，漆黑眸子中，却是再未有着半分对那庞然大物的畏忌。说他初生牛犊不怕虎也好，狂妄自大也好，他早就说过，这次的云岚宗之行，不会因为任何东西任何事物而选择放弃。别说或许云岚宗有着一个斗宗强者，就算斗圣，他也绝对会如约而至！

"人不犯我，我不犯人……"嘴唇紧紧地抿成一条薄线，执着而倔强。如果云岚宗真打算仗势欺人的话，那他萧炎，也只能用事实告诉他们，他可并非是泥捏的……

"不管如何，这次的三年之约，必须胜利！因为，我需要用它来证明我三年苦修的价值！若是失败，三年修行，付诸流水，毫无价值！"拳头猛然紧握，萧炎深吸了一口气，腰杆一挺，便是跃身而起，盘腿坐在床榻之上。

"纳兰嫣然，等着吧！"

——天蚕土豆《斗破苍穹》：第三百二十九章 夜谈

因此，从萧炎到《斗破苍穹》，真正引爆我们的情绪潮流和爽感体验的，不是这修炼金三角的任何单独一角，甚至亦不是那种综合起来的结构性因素——天赋决定论、苦修意志论、资源禀赋论，都对我们当下的社会现实、生存状况和集体境遇有所映射，但都难以戳中我们的现实痛点和情感需求。

就像当比我们有能力、有资源、有天赋的人，比我们更努力、更奋斗、更拼命时，我们的努力、付出、拼搏，还有什么价值和意义？因为无论怎么拼汗拼泪又拼血，你似乎永远都拼不过那已经划定的文化隔断、阶层壁垒、社会身份与地位的鸿沟与距离。

一如曾经刷屏的话题——当北大、清华毕业的学子，拼尽洪荒之力，都拼不过飙升的学区房时，我们毕业后的奋斗，还有什么价值和意义？天赋和资源，似乎都已经限定；努力，又达不到期望的效果，确实打击了很多人的斗志——世间不值得、人生不值得、奋斗不值得等"不值得"和"丧文化"确实甚嚣尘上。

但在这所有的论调之中，还是有一个"硬核"的理念和做法，被坚持和坚守了下来：人生的"道"和"路"，是自己"选择"的！选择，决定人生、未来和活法。

就像萧炎，在天赋、苦修和资源三角关系之中，始终坚持的，都是他自己的"选择"。人生因为选择而精彩。其中，最重要的，不是这种"心灵鸡汤"式的因果论调：选择爱拼才会赢——选择了拼尽洪荒之力，才会有赢的可能；不选择，连赢的一分机会，都不会有。

而是：那种"选择"本身的选择！选择了"拼"，就是选择了一往无前，从没有考虑过"输"的可能——这种自信，这种一往无前的勇气，甚至洋溢着乐观、信心、信任——相信"我能、我行、我将赢"之调性和气质的选择本身及其想法、做法和活法，才是真正调动一切情绪因子、引爆我们爽感体验的"基点"。

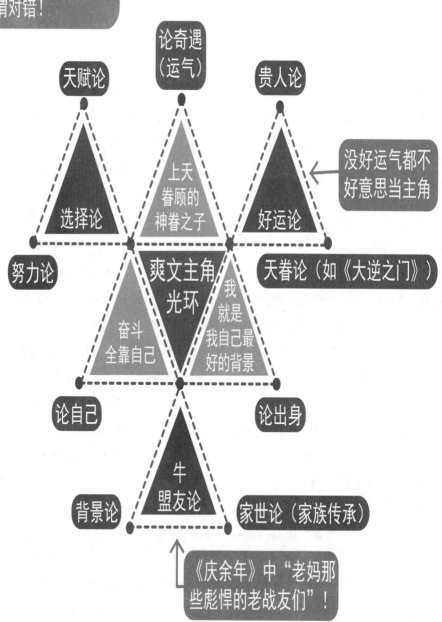

《大道朝天》和《斗破苍穹》：若能承担后果，选择无所谓对错！

论奇遇（运气）

天赋论

贵人论

没好运气都不好意思当主角

上天眷顾的神眷之子

选择论

好运论

努力论

天眷论（如《大逆之门》）

爽文主角光环

奋斗全靠自己

我就是我自己最好的背景

论自己

论出身

牛盟友论

背景论

家世论（家族传承）

《庆余年》中"老妈那些彪悍的老战友们"！

第十一章

选择论：

从唯性「心战流」到唯物「外战论」

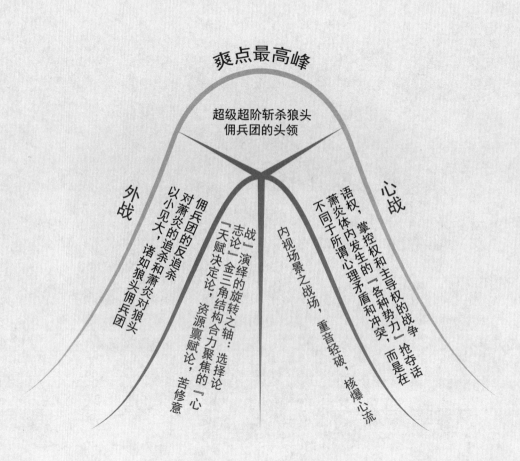

爽点最高峰

超级超阶斩杀狼头
佣兵团的头领

外战

心战

佣兵团对萧炎的反追杀，以小见大，对萧炎的追杀和诸如狼头佣兵对狼头

战」演绎的旋转之轴：「天赋决定论，资源禀赋论，苦修意志论」金三角结构合力聚焦的「心选择论

语权，掌控权和主导权的战争，抢夺话萧炎体内发生的「各种势力」，而是在不同于所谓心理矛盾和冲突

内视场景之战场，重音轻破，核爆心流

在"天赋决定论、资源禀赋论、苦修意志论"金三角结构合力与聚焦之下，萧炎的个人修炼之路，在大多数时候，都是一种"心战"之战——

他不是要跟自己（内心深处潜藏的另外一个自我）作战，而是真正以自己的心之外、身之内（和星辰大海、现实生活一样广阔）的广大空间为战场，展开一场不是你死我活，而是相生相克的战斗甚至是战争，直到推动萧炎自己的升级和晋阶。

以小见大，诸如狼头佣兵团对萧炎的追杀和萧炎对狼头佣兵团的反追杀之类的情节——双方从实力不对称，到势均力敌，再到萧炎能力逆袭至可以碾杀狼头佣兵团——则是一种外部矛盾与冲突、戏剧与战争的"外战"。

整个"外战"的变化轨迹，始终是围绕着萧炎个人能力的修行与修炼、突破与超越、升级与晋阶而波动的；而这，正是其"天赋决定论、资源禀赋论、苦修意志论"金三角结构合力与聚焦的"心战"演绎的旋转之轴：选择论。

正是在这个过程之中，萧炎从看似斗气八段实则斗者五星，再到连续破星至斗者九星，再到突破斗师。

这种能力和实力的升级与晋阶，不但可以匹配萧炎与狼头佣兵团之间关系的逆转与变化："追杀与反追杀"，转变为"猎捕与猎物"，再变为"狙击、反击和主动攻击"……

当萧炎的能力与实力已经完全提升到可以辗杀狼头佣兵团，并可以越级超阶斩杀狼头佣兵团的头领时，整个爽点抛物线，就引爆了一个最高峰的阅读体验。

爽感就是这样被"建构"出来的。

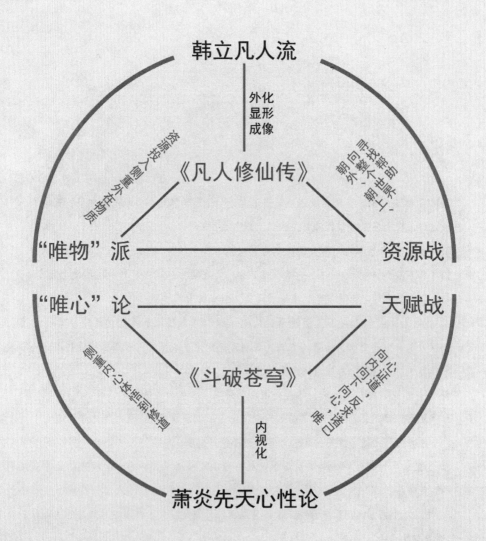

韩立凡人流

外化
显形
成像

《凡人修仙传》

"唯物"派 ——————————————— 资源战

"唯心"论 ——————————————— 天赋战

《斗破苍穹》

内视化

萧炎先天心性论

第一节 心战流：

内视场景之战场，各方势力博弈之修锻

一个人苦修、升级、晋阶，就如一个人爬山，再怎么移步换景、层层攀登，都是一种"动"之中的静。而天蚕土豆能够把萧炎一个人修炼的过程，写得跌宕起伏、扣人心弦，已经颇见功力了。

比如，天蚕土豆描写萧炎第一次吞噬异火时，将其描绘得惊心动魄：异火在体内沿着气血脉络游走，如何与斗气交锋、博弈和交融，又如何突破萧炎心神的控制直接闯入斗气之旋，从而在给它甚至萧炎本身带来巨大的威胁和危险之际，又带来了从量变到质变的契机和拐点——斗之气旋因为异火的凝聚成滴造成突变，从体积数倍之巨凝缩成微小之间，但容纳斗气能量的能力和空间却是拓展了数十倍之大，从而可以加速萧炎身体对整个天地斗气的吸引、转化和消化能力，同时给他的修炼带来了难以想象的突破与超越、升级与晋阶。

整个过程，异火和斗气都如有灵一样，两者撞击、融合和超升的冲突与战争，不亚于两军对垒。"一鼓作气，再而衰，三而竭"，三鼓之间却是度日如年、宛若持续三年的惨烈厮杀。

体内，因为青莲地心火完成了一次运转，那气旋之中的紫火斗气，忽然翻腾了起来。在心神的指挥之下，一缕缕紫色斗气从气旋中流转而出，然后将青色岩浆包裹其中……虽然每当紫火斗气一接触到异火，便是被在瞬间焚烧成虚无。不过好在有着源源不断的大军支持，所以，刚刚完成了一次运转的青莲地心火，便是又开始被驱使着沿着焚决功法的路线运转着……

随着青莲地心火被推进焚诀功法路线之中，它似乎也是冥冥中感应到一抹不安。顿时，因为运转了周天而温和了许多的火焰，再度变得狂暴了起来。深青色

的火焰从岩浆中升腾而出，狠狠地熏烤着被冰层所包裹的经脉。火焰所过之处，经脉几乎已经完全变了一个模样。看上去，和受了重伤没什么区别。

这般吞噬青莲地心火，萧炎算是确切地领教了一下它们的恐怖。这吞噬还未完成，可自己的体内，几乎便是已经被破坏成了一片狼藉。按照现在体内这个伤势，即使他有着各种治疗内伤的丹药相助，可若是不休养个几月时间，恐怕也难以恢复到以前的那般状态。毕竟，这一次，伤得实在是太重了。若是换作常人，恐怕足以使得他变成一个废人……

经脉之中，紫火斗气在不断地被焚烧成虚无。而那气旋，也是犹如不要命一般输送着斗气。你烧多少，它便是输送多少。虽然这般拼下来，气旋之中所储存的斗气正在以肉眼可见的速度减少着，不过青莲地心火，也是顺利地被送到，在焚诀功法路线中运转了起来。

经脉内部，冰灵寒泉所形成的冰层在与异火长时间的消耗中，逐渐地从厚实变成浅薄，然后再由浅薄，变得若隐若现。到现在，那冰冷的冰层，几乎已经是彻底地失去了防卫的作用……

冰层消散，萧炎体内本就严峻的情势，更是变得不太妙了起来。炽热的高温，将经脉熏烤得不断扭曲着。一些较为细小之处，经脉更是逐渐地打起了结，造成斗气流通间，颇为堵塞。

到了这一步，几乎是拿出了所有底牌的萧炎，也唯有咬紧着牙齿，努力地驱使着青莲地心火，完成焚诀功法的运行路线。因为只有这般，这次的付出，才能得到完美的回报。否则的话，异火一旦反噬，恐怕当场就得化为粉末。

"嗤……"脸庞之上，一道小小的血缝忽然迸裂而开。鲜血流淌而出，将萧炎半张脸都打湿成了血红之色，看上去又是一个白红妖怪一般。

闭目的萧炎，自然是不知道自己的外貌现在变得有多可怕。他只能模糊地感觉到，自己的脸庞似乎忽然间又是剧烈地疼了一下；然后便是再度全神贯注地运转着斗气，拖着那反抗越来越烈的青色岩浆，对着焚诀功法的最后一条路线行进着。

在与异火长时间的消耗之中，气旋之中的紫火斗气，已经几乎快要被消耗殆尽。唯有十七滴液体的紫色能量，还在气旋中滚动着。

当最后一缕气态斗气被输出之后，萧炎略微迟疑，便是开始将液体能量调出气旋，指挥着它们，包裹着青色岩浆条，拼命地拖动着。

气旋之中的液体能量，不愧是要比气态能量高上一个等级。一滴小小的紫色液体，竟然是生生地抵抗了异火的焚烧二十来秒时间，方才逐渐被完全蒸发。

瞧得紫色液体能量效果竟然如此不菲，萧炎精神一振，也不管其他，直接一滴滴地接连将气旋之中的液体能量抽调而出，然后驱使着青色岩浆条，行走在最后一程的路途之上。

当气旋之内的十七滴紫色液体能量被消耗得仅剩三滴之时，青色岩浆，终于钻出了焚诀功法的最后一条运功路线……在青色岩浆行出最后一条经脉之时，萧炎那被剧痛搞得近乎麻木的脑袋，猛地泛起淡淡的温凉之意，让他恢复了不少冷静。

此时的青莲地心火，在穿梭过焚诀的功法路线之后，其中所释放的那股极具破坏力的高温，忽然缓缓地收敛而下。片刻之后，高温几乎完全收敛进入熔岩之中，狂暴褪去，一丝温顺，隐隐散发而出。

——天蚕土豆《斗破苍穹》：第两百三十章 成功

等尘埃落定、胜负已分时，已是"白骨高于太行雪，血飞溅作汾流紫"（明·王世贞《过长平作长平行》）：战死者尸骨如山，高过太行山；战场上血流成河，将汾河之水都染紫了。

以这种古诗词形容战场让人为之"骨折心惊、不寒而栗"的比喻与夸张修辞之"惨状"，来比较《斗破苍穹》这部爽文描写萧炎个人修炼的异火和斗气交锋的拟人与比拟之"激烈"，亦是为了旁衬我们关于爽文建构爽感模式的观点：重音轻破，核爆心流。

异火与斗气之战，再激烈，能激烈得过战场吗？然而，我们却将之形容为战场，有激烈之况，却无惨烈之状——以战场之沉重，反衬心战之白热，虽无那种滞重向下坠落之感，却有在情节沸锅之际冒白气向上升腾的紧张之气，从而可以建构那种不啻战场的故事气氛和阅读体验。这就是爽感。

在《斗破苍穹》里，这种"心战"的描绘堪称一绝。我们把萧炎个人修炼类似于异火和斗气之争的情节，界定为"心战"——但这不同于所谓的心理矛盾和冲突，亦即主角内心发生的激烈冲突与矛盾——而是在萧炎体内发生的"各种势力"抢夺话语权、掌控权和主导权的战争。萧炎的"心神"成为他最重要的自我代言人，直接参与这各方势力的"内心博弈"。甚至，很多"心战"，就发生于萧炎自己的"心神"和各种内生与外来势力的博弈、交锋和争夺之中。

事实上，萧炎的个人修炼之路，在大多数时候，都是一种"心战"之战——他不是要跟自己（内心深处潜藏的另外一个自我）作战，而是真正以自己的心之外、身之内（和星辰大海、现实生活一样广阔）的广大空间为战场，展开一场不是你死我活，而是相生相克的战斗甚至是战争，直到推动萧炎自己的升级和晋阶。

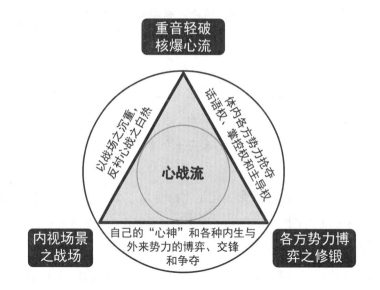

这种"心战"的描写，其实基本上是以修行与修炼、修真与修仙、修道与修永生之路为主的大幻想类型文的标配（标准配件）之一。但大多数作品基本上也就是略写，或者就某些关键节点写些关键段落和场景。像《斗破苍穹》这样浓墨重彩的一场场穷形尽相、细致入微的描写、描绘和描述，而且还是贯穿于整部作品之中的，比较罕见。

至少，在我自己的阅读视线范围之内，这种淋漓尽致地把"心战"描摹得如此具有即视感、画面感甚至是影像感，而且几乎从头到尾每一个个体修炼的"内视场景"都如此浓墨重彩的方式，真的是"蝎子拉屎——独（毒）一份"。

第二节　心性磨刀石：

从"唯物修真"到"唯心（性）修炼"

这其实是一件很奇怪的事情。

因为，无论是修行还是修炼，以及后面那一系列的修真、修道、修仙等类型文，都必须要注重和聚集"个体的修行之道"——特别是个体在修行与修炼过程中的突破与超越、升级与晋阶"等级体系"，和从量变到质变的变化之梯。无论是侧重于从内心体悟到修道的"唯心"论，还是侧重于外在物质资源投入的"唯物"派。

"唯心论"和"唯物派"可以说是修行类型文的两大流派：前者如禅宗一样，讲究体悟、感悟和顿悟；心之所向，便是修道之路；悟道之法，便是求证仙路之途——唯心证道，反求诸己。比如，猫腻从《将夜》到《大道朝天》，都可以看见"唯心"修行的痕迹。

而"唯物派"则是从向内、向下、向心求证，转向朝外、朝上、向整个世界寻找能够帮助自己修炼求道的物质资源，无论是功法、法宝还是灵丹妙药。比如说，《凡人修仙传》就是一部"唯物"修真修仙的代表作：主角韩立的修炼晋级之路，根本就不是靠"内心证道"而得，而是靠外部的物质资源和条件堆积出来的。[①]

因此，同样是关注与聚焦个体修炼升级晋阶之路，把这两类作品作为参照系，就能看出《斗破苍穹》中萧炎修行之路贯穿作品的"心战"描绘的特异。

同样是把很大笔墨都放在个体修炼之上，但《凡人修仙传》更多地关注外部"资源战"而非内在的"天赋战"：功法、法宝、灵丹妙药等三大件，对于凡人之资、天赋平平的主角，带来什么样的影响、作用和改变；矛盾和冲突，亦是

---

① 参见庄庸、安迪斯晨风著《忘语与〈凡人修仙传〉》，"网络文学名家名作导读"丛书，作家出版社，2020 年版。

更多地聚焦于主角的身体和资源之间的对峙、融合和改造之功；很少有"内心戏"——即使偶有以身体为战场发生的抢夺战，也不是常态和重点。如当时墨大夫和凡尘仙徒，以韩立的身体为战场，发生在他身体之内的夺舍和灭魂之战。

大多数时候，《凡人修仙传》都是把主角个体修炼的突破与超越、升级与晋阶之路，"外化"为看得见的形象显化和打斗场面，比如韩立修炼"梵圣真魔法相"和鲲鹏等真血等成功之后所引发的法身显化和天地异动，其每次描绘都如丹青泼墨，穷形尽相、崭露峥嵘。

时间飞逝，秋去冬来，一百多年的时间徐徐过去了。

巨岛上并未有什么大事发生，仿佛还会这般一直平静下去。

但是这一日，韩立洞府所在的山头上空，突然出现了惊人之极的天象。

只听在高空中突然传来连绵不绝的晴空霹雳之声，接着一朵朵乳白色灵云凭空浮现而出，然后齐往山头处聚集而来。

方圆万里内的大小山峰处，也蓦然从地下树木中同时浮现出五颜六色的光点，齐往高空中激射而去。而到了一定高度后，这些光点表层涨缩，泡沫般地纷纷破裂而开，化为了一片片的五色光霞，再往韩立洞府所在处激射而去。

几乎只是一盏茶的工夫，韩立所在巨山就被凝厚异常的五色光霞包了一层又一层，彻底被染成了五色一般。

而在空中却又出现另外一副天象！

只见那些乳白色灵云此刻竟凝聚成了一个直径百余里的巨大云环；而在云环中心处，一股股青濛濛的飓风正在凭空形成。在呼啸声大起间，正下方的五色光霞纷纷卷入云环之中，然后被撕裂得粉碎又融合到了一起。

随着飓风的壮大，五色灵光被卷入高空的越来越多，最后飓风的颜色竟然也由青色变幻成了诡异的五颜六色。但是从四周万里外飞射而来的五色光霞丝毫不减少，下方包裹整座巨山的光幕反而比先前更加凝厚了几分。

——忘语《凡人修仙传》：第九卷 第一千五百二十二章 种剑

这时五色巨山顶上的乳白色云环一点点地向四周扩张起来，看似徐缓，但是每一分都在以直径数里的惊人距离变大中。

只是一小会儿工夫，云环已经大到可以将整座巨山都套在其中了。

而随着云环的巨变，里面的飓风也越发狂猛，不可抵挡。

下方五色光霞开始以惊人的速度被飓风狂吸而上，包裹巨山的光幕渐渐稀薄起来。

而经过如此长的时间，四周往巨山汇集来的五色霞光数量也开始变少。这些天地元气所化的灵光，终于全都聚集到一处，并被飓风席卷而起返，纷纷没入云环之中。

整个巨环底部，看起来好像一个底部呈现五色的巨碗。

当巨山最后一层光幕也不见了踪影后，飓风蓦然一停，整个云环中蓦然变得寂静无声。只有五色光芒在环中各处闪动不已，仿佛暴风雨来临前的宁静。

突然一声龙吟般的啸声从巨山深处发出。巨山顶部金光一闪，浮现出一个三头六臂的巨大法相。

此法相身躯高达千丈，通体金光灿灿，仿佛实体一般。三颗头颅徐徐一抬下，原本模糊不清的面孔各有两团金芒刺目耀眼，竟分别睁开一对毫无感情的赤金眼珠，一同盯着空中的云环。

突然三颗头颅齐晃，三声金石般的长啸再次出口。

啸声连绵不绝，如同滚滚天雷般响彻整个天空。

远处的普通兽类还好，一闻此声除了更加心惊肉跳外，还没有其他异样。而那些已经有妖力在身的低中阶妖兽一闻之下，只觉两耳全是嗡嗡声，如同身处惊涛骇浪中，神识中一时空荡荡的，再无其他想法了。

巨大法相的长啸足足持续了一盏茶工夫之久，才蓦然一停，接着六条手臂各自一掐诀。

"噗噗"几声闷响后，四周各色灵光一闪，又浮现出四个体积只有法相一半的虚影来。

一只青色大鹏、一只五色孔雀、一条五爪金蛟，以及一只巨大彩凤。

这四个形象各异的真灵虚影一现身而出，各自发出龙吟凤鸣等各种声音。接着或双翅一展，或摇头摆尾，围着三头六臂法相盘旋飞舞不定。

三头六臂法相模糊不清，三张面孔中的两张，霞光一闪，一下变得清晰异常起来了，竟同时现出了韩立那普通异常的面容来。

这两张面孔双目金光闪动，面色凝重异常，只有最后一颗头颅的面孔不知为何还是模糊不清，无法看清分毫。

一张面孔一声大喝，附近盘旋的四个真灵虚影身形为之一顿，随之方向一变，冲向了法相那庞大的身躯。

结果灵光一闪，四个虚影就一闪即逝地没入，不见了踪影。

三头六臂法相身躯一颤，随即六条手臂一挥动下，身躯在金光流转下再次狂涨起来。

原本千丈高的身躯，片刻工夫涨至比下方巨山还高出一头来。

此刻的金影，脚踩大地，头顶天空，双手一抬之下，就仿佛能直接将手伸进云环的光霞中。

就在这时，一阵阵仿佛梵音的奇妙声音从一颗显露面容的头颅中传出，接着六条手臂同时冲空中圆环虚空一点。

顿时原本静止不动的云环，刹那间"活"了过来。

霞光一闪，巨大云环就无声地降落而下，将巨大法相整个都套进了其中，并在降落至法相腰部处，一顿地停了下来。

但随此物围着法相身躯，滴溜溜地转动不停起来。

诡异的一幕出现了！

圆环中的五色光霞齐往法相身体中狂注而入，让此法相身体一时间由金色化为琉璃般的艳丽之色。

在此过程中，法相身躯颤抖不停。两张面孔同时呈现出痛苦表情，仿佛五色光霞每注入身躯中一分，都会让其更痛苦一层。

而光霞注入程度非常惊人！

仅仅片刻工夫，云环中所有光霞就全都消失得无影无踪了。

甚至那边缘处的乳白色灵云，在法相一声厉喝下，也一下化为数百颗乳白色光球，悬浮在附近漂浮不定。

这时三颗头颅大口齐张，喷出了一股股金色霞光，竟一下将这些白色光球纷纷吸入了腹中，再不分彼此了。

做完这一切后，法相面上痛苦之色大减了不少，但体表琉璃之色流转下，体形骤然间缩小起来。

眨眼工夫，仿佛山岳的法相就化为了一道被五色光幕层层包裹的常人身影。

此人影就在山头上空盘膝坐下，两手掐诀，不言不语地悬浮在空中不动了。

漫天的惊人灵压和天象一下全都不见了踪影，仿佛一切都恢复了正常一般。

——忘语《凡人修仙传》：第九卷　灵界百族　第一千五百二十三章　进阶炼虚

而《凡人修仙传》描绘韩立与各方妖物的战斗场景，更是一绝——犹如可视感极强的动作片，从画面到影像，都如李安重新定义电影标准和格式一样，在120帧的画面之中，可以容纳更具有视觉冲击力和多重影像的动作。

这种精彩至极的朝外"打怪升级"描写，反而彰显了《凡人修仙传》整个故事的重心，从来都不是朝外刷地图和副本一样的世界冲突，而是朝内聚焦于"唯物"修真与修仙的个体晋阶之道。

甚至，《凡人修仙传》整部作品都是以"个体修炼"为轴心来谋篇布局和剪裁故事的枝蔓：在开局之中，外部故事还占了主体部分；在筑基期之后，整个故事就越来越以韩立的修炼升级为主轴了，甚至都可以称作为"修炼升级设定集"——但这种看似抽象、概括的设定集，仍然能给很多人带来爽感，很大原因，就在于这种"外化""显形""成像"的可视化高清动作影像感。

与此相比，《斗破苍穹》更多地关注于"心性战"而不是"资源战"——一如它始终强调萧炎甚至整个斗气大陆的"天赋决定论"，都是为了磨砺和衬托萧炎苦修意志"心性论"。一部《斗破苍穹》故事史，至少有三分之一都是在强调萧炎如何觉醒、利用和运用"天赋"。因此，我们为之构建起一个"天赋决定论、资源禀赋论和苦修意志论"金三角结构，来试图衡量甚至平衡它的整个故事模式；但不可否认的是，资源禀赋论和苦修意志论如同机之两翼、脚之风火双轮，都是用来合力夹击并驱动"天赋"的觉醒、磨砺和超越的；在这种觉醒、磨砺和超越之中，"心性战"成为重要的催化剂和助推剂。可以说，同样是从头贯彻到尾的"萧炎心性论"，就成为最重要的爽点制造机。这就像《凡人修仙传》之中贯穿整部作品的"韩立凡人流"，同样成为这部爽文核心的爽感建构器。

我们既为《斗破苍穹》之中萧炎的天赋惊艳而明爽不已，却又为其"用心性作为天赋磨刀石"的创意而赞叹——特别是当他经过心性、苦修（当然也包括资源禀赋）磨砺之后，天赋觉醒并自觉自为地超越，亮瞎了那些曾经视其为废柴的人的"狗眼"、让他们后悔不已，如纳兰老爷子一而再、再而三地为"错失了一个极有天赋的女婿、又树立了一个威胁无比的准强者敌人"而椎心疼痛。同时，我们又为《凡人修仙传》之中韩立虽是平庸之资却能力踏仙途而暗爽不止——特别是那些天赋、能力和背景远远超越于韩立的非凡之人，一个一个都被他用药瓶、法宝和功法等奇遇奇宝碾压在脚下。

我们极其有代入感、共情同理、被引爆情绪产生兴奋的高峰体验，就一波又一波地汹涌而来，推动我们并生成难以想象的爽感。因为，在拼不过天赋就拼努力、拼尽了努力也拼不过能力、拼不过能力更拼不过背景的丛林社会，你我皆凡人，何以立（于）天地（之间）？

这两部基本可以说是处于两个极点上的作品，却都可以撬动我们阅读体验"爽感建构"的杠杆，其实是一件出乎意料但又在情理之中的事情。这两部爽文，制造了不同的爽点，建构了不同的爽感。

《凡人修仙传》走"唯物"修仙之道，以强悍无比的"资源禀赋"，来弥补天资不足的凡人短板——只要有资源，凡人亦能变神仙。

而《斗破苍穹》则是走"心性"修炼之道。

所有的外在资源，均用来觉醒、磨砺、进化超越自己的"天赋"——就像天赋再好，亦需像能够进化的功法焚决一样，不断地转型升级甚至转场升维，方能缩短能力、实力和势力的差距，在三年之约之中真的一较高下。

而让"天赋"觉醒、磨砺、进化和超越的手段和方式，除了外在的功法、斗技和丹药之外，还有极其重要的"苦修"之路，亦即：用艰苦修炼之法，打磨自己的意志、毅力、坚韧等品性与品格。

从某种意义上说，《斗破苍穹》中贯穿整个故事的萧炎"心战"场面和情景，均是一场场资源禀赋对天赋之能的激活、催生和进化，但更是一场心性、意志与毅力的较量、博弈和拉锯战。

第三节　选择论：

从个人意志"心战流"到外部世界"外战"

这种心战流，同样可以将天蚕土豆的《斗破苍穹》和猫腻的两部作品《将夜》和《大道朝天》对比起来进行解读、诠释和建构。

《将夜》中守缺的修行，同样是一种意志的较量。从修行的废柴到大唐全境守护者，宁缺固然是靠外力疏通了气海雪山，但最核心的源动力，仍然是他意志的拼搏。比起"唯物"修行派来说，《将夜》更倾向于"唯心（唯性）"修行论。

而《大道朝天》却是把"唯心"这一点演绎到了极致：井九就算是闭着眼睛睡觉，都是在修行。在"天赋决定论"全面占据制高点的情况下，似乎"资源禀赋"和"苦修意志"，都成了靠边站的边框线——即使有曾经在剑峰苦修的赵腊月和以心性坚韧著称的柳十岁，似乎也是以天赋为第一，其他两条不过是托底而已。但恰恰是因为赵腊月的"苦修意志"和柳十岁的"心性"这两条线，才稳定地支撑了井九的天赋修行和完美人设背后的真正驱动力——比如，我们所提炼和概括的"井九选择论"：每个人都要有自己的选择；只要能够承担选择的后果，人便可以有自由的选择和选择的自由；如此选择、行动并承担其后果，就无所谓对错——或者它的意义与价值，便在于对错、是非之上。无论是柳十岁卧底，还是赵腊月苦修，或是白早等新生代修行领袖选择"拯救苍生、改造世界"，均是如此。①

　　柳十岁带着小荷向神末峰上走去。

　　不驭剑代表着的是尊敬，就像当年过南山一样；同时他也是想多些时间，做

---

① 参阅"华语网络文学智库"丛书（中国青年出版社 2020 年版）之中，对《大道朝天》的专题分析。

好心理准备。

小荷问道："那位井九仙师究竟是个什么样的人？"

柳十岁想了想说道："他很懒。"

小荷说道："然后？"

柳十岁用沉默表示，没有然后。

小荷不解地说道："他在修行界名声这么大，怎么可能只有这个特点？你不是说和他很熟吗？"

柳十岁有些感伤，说道："其实我也有很多年没见过他了。"

听到这句话，小荷有些不安。

她本以为柳十岁是青山宗的大功臣，回到青山后必然会得到热烈欢迎与嘉奖。在那种情形下，他让自己托庇于此地是很简单的事情。

问题是来到青山后，热烈欢迎有，嘉奖却不知道在何处。最关键的是，先前溪畔那场对话的气氛明显有些不对劲。

她之所以问井九，便是想看看能不能提前预备一条新路子。

在洗剑阁课室外，林无知对她说过关于井九的一些事情。

如果赵腊月所有事情都只听井九的，那么井九便等于拥有神末峰主的权力，当然是青山宗的大人物。

她如果能通过柳十岁攀上井九，那还有什么好愁的？

可现在看来，他们已经多年未见，那旧日情分还能留下几分？

至于当年在海神庙里，井九曾经答应过她的事情，她早已忘得一干二净。就算还记得，又如何敢寄望于此。

看着她不安的神情，柳十岁知道她在想什么，笑着说道："公子自然会帮我们。"

然后他想起溪畔大师兄说的话，胸口微暖，加快了脚步。

——猫腻《大道朝天》：第四卷　壶中天　第二章　谈判

当年柳十岁在白真人的洞府外植了一丛翠竹，很是好看。

所有人都不懂，他种那丛翠竹只是为了预着给某人修竹躺椅。

为了修竹椅，他来过神末峰一次。时隔多年，峰里的景物早已忘记，一切都
是那样的陌生。

山道两侧的树林中，不停响起猿猴们欢快的叫声，偶尔还能看到速度奇快的
黑影移动。

小荷有些紧张，待她发现有些事物从树林里飞了出来，更是吓了一跳。

下一刻她才发现，落在柳十岁身上的是一朵鲜花与几个果子。

她有些惊疑不定，问道："这是在……表示对你的欢迎？"

柳十岁把那朵鲜花别在衣襟上，分了一个果子给她，说道："看来应该是。"

他们吃完果子，用道旁的溪水认真洗干净双手，整理衣着，才登上最后那段
石阶。

石阶穿雾而出，尽头便是峰顶。崖畔有张竹椅，竹椅已经老旧不堪。椅脚磨
损严重，明显有些不平。

看着竹椅上那个好看得不像话的男子，小荷更加紧张，不待柳十岁发话，便
款款拜了下去。

井九躺在竹椅上，手里拈着一粒砂，专注看着瓷盘，听着脚步声也没有理
会，直到把那粒砂放到位置上才转过头来。

柳十岁示意小荷留在原地，自己向崖畔走去。

小荷起身，望向前方不远处的那座道殿，心情有些激动。

这里便是景阳真人的洞府？景阳真人是千年来唯一的飞升者。那么不管是妖
族还是冥部，不分正邪，都会把这座洞府视为真正的圣地，谁不想来这里沾染一
些仙家气息？

柳十岁走到崖畔，站到竹椅旁，没有任何多余的情绪流露，老老实实说道：
"公子，我回来了。"

井九也没有嘘寒问暖的意思，直接问道："十年时间很短，但事情不少。现
在你的想法可有改变？"

柳十岁明白他的意思，沉默了很长时间。

峰顶安静无声，崖间云海不动。

无数画面在云海上面生出，然后消失。

那颗滚烫的妖丹，寒冷的剑狱，那些痛苦与磨难，看着不老林杀人却不能阻止的挣扎、为此承受的污名，还有在自己眼前死去的那些人、落到海里的那座山。

如果能够重来一次，自己还会不会像当年那样选择？

他收回视线望向井九，平静而坚定地说道："既然总要有人来做这些事情，那么我还是得做。"

井九没有流露出欣慰的神色，更没有欣赏，当然也没有生气，平静说道："所谓选择，只要能够承担其后果，那么便在对错之上。"

柳十岁说道："明白。"

时隔多年再次重逢，便是一场平静而无趣的对话。

这幕画面落在小荷眼里，让她非常不适应，而且不安，因为井九与柳十岁的关系看着十分冷淡。

这是因为她不懂井九与柳十岁的相处，更准确地说，她不像柳十岁那样明白井九。

关心这种事情，他不会通过言语表现。

冷淡，是因为他觉得过于浓郁的情绪表达没有必要。

任何事情说清楚就好，非要扯着嗓子、带着哭腔、满脸泪水地说，那会显得很可笑。

柳十岁当然不会误会井九，想着那朵茉莉花与那把锋利无比的小剑，他便很感激，当然也很感动。

只不过他知道井九不喜欢看，所以强行把感动压抑在了心里。

他取下那根光滑明亮的手镯，递到井九身前。

井九没有接，说道："给你了，就是你的。"

柳十岁知道这剑看着寻常，其实品阶高的难以想象，乃是真正的仙剑，哪里肯接受，说道："以我的境界，连它百分之一的仙威都发挥不了，让它跟着我实在可惜。"

那根手镯微微振动，发出嗡鸣之音，表示赞同，显得极为急迫地想要回到井九身边。

在它看来，整个朝天大陆只有井九够资格使唤自己。

"如果觉得可惜，就应该尽快提升自己的境界，而不是想着把它甩掉。这种想法太过怯懦，不是青山弟子应持之道。"

井九看了柳十岁两眼，发现他的气息非常驳杂，说道："你这些年的修行实在有些糟糕，要警醒些了。"

小荷在远处听着这话，有些吃惊，然后生出很多不服。

她知道柳十岁曾经在西海乱礁里胜过桐庐，井九现在的境界还不如他，凭什么这般评价？

"我也发现确实有问题。"

柳十岁不知道她的心里在想什么，认真说道："请公子指点。"

那年他吞食妖丹之后，便有了妖火，又学了血魔教的秘法，还跟着西王孙学了一段时间西海剑法。学得太杂，气息也变得太杂，彼此容易冲突，影响修行。

井九就他的身体情况问了几句。柳十岁老老实实做出回答，一点都没有隐瞒，然后提出在修行方面遇着的困惑。井九随意给出答案，却给他带来无限好处。

就像回到很多年前的小山村。

井九说道："想要在最短的时间里解决你体内这些驳杂的气息，最简单的方法便是去行云峰上住几年。"

剑意焠体是极凶险的修行法门，但柳十岁想都没想便应了下来。公子总不可能害他，而且赵腊月当年已经做过这样的事情。

想到赵腊月，柳十岁有些想要见她。

当初在桂云城里杀洛淮南的时候，他与赵腊月从始至终没有对话，却心有灵犀。那种信任与配合无双的感觉真的很好。

"她有事。"

井九的回答没有任何诚意。谁都能听出来是随便找的借口。

柳十岁也没办法，看了远处的小荷一眼，说道："我原想着让她跟我一道入青山，但现在看来有些师兄不是很喜欢。"

小荷是井九留在不老林里的内应。

接应的便是柳十岁。

柳十岁如果解决不了这件事情，当然只能来求井九。

井九看了小荷一眼，说道："我会处理。"

小荷忽然觉得身体骤寒，越发震惊，心想明明此人境界很普通，为何却如此可怕？

既然井九说了会处理，柳十岁自然便不用担心，忽然想着那件传闻，再也无法忍住好奇，问道："公子，那件事情你准备如何办？"

井九问道："何事？"

柳十岁欲言又止，说道："中州派的白早姑娘来了。"

井九以为猜到他在想什么，说道："明天她会来这里拜访，我已经答应见她。放心吧，这种普通人的礼数我还是懂的。"

柳十岁很是无语，心想这哪里是礼数的问题，公子你果然还是什么都不懂啊。

——猫腻《大道朝天》：第四卷　壶中天　第三章　不懂

从《将夜》到《大道朝天》，就这样落脚于"选择论"：无论是修行废柴（如宁缺）还是修行天才（如井九），其实最后支撑其观念、行动和人生的，都是选择。《斗破苍穹》之中的萧炎身兼天才和废柴两种身份，并能对立统一为矛盾体，其中最重要的桥接和纽带，或许就是"选择论"。

于是，在忘语《凡人修仙传》和猫腻《将夜》与《大道朝天》这样不同的作品作为参照系之下，我们便能看出天蚕土豆《斗破苍穹》的"天才修炼记"的迥异，特别是他的"心战流"，在"天赋决定论""资源禀赋论"和"苦修意志论"这独特的"金三角结构"之中，最终合力和聚焦于某一个焦点：选择。

这是天蚕土豆在《斗破苍穹》之中创造出"心战"这种独特的内视化战场影像，以及将之贯穿到整部故事之中并成为"设置议题、带节奏、刷屏吸引眼球"的重要驱动力之后，更为重要的第三个"爽感引爆点"。

也正因此，才让它聚焦于个体修炼的升级、晋阶之路，像胡杨木一样"千年不朽"在树内别有洞天——里面有个小世界，孕育和化生着生命。犹如猫腻《大道朝天》的青灵鉴之中的那个世界，在"永夜"之后，正在苏醒和复活，成为一个有生命和生气的真正的世界——这就像一个太极图一样，回到了猫腻《将夜》世界观的设定[①]。

还天珠被白真人取走了，青天鉴的世界里便没有了太阳。

永夜就此来临。

温度急剧下降，河流山川乃至树木鸟兽，万物皆被冰封，比真实世界里的雪原还要寒冷，天地间一片死寂。

这个世界里没有声音，也没有生命。

所有的一切都停伫在原先的地方，保持着原有的姿势与动作，包括人类，沉默地等待着下一次幻境开启。

青鸟在黑暗的世界里高速飞行，如闪电般穿梭，时而在凝固如脂的碧海上空，时而落在沧州城外的湖边。

看着荒凉而黑暗的世界，她的心里生出无限的悲凉。

按道理来说，这里应该是她的世界，但她也没有办法改变这一切。就像过去数万年里的每次开启与封闭，她只能无助地承受着这些轮回——青天鉴是云梦山的法宝，必须要服从主人的意志。

除了悲凉，她的心里还有很多警惕与不安。因为白真人取走了太阳，却没有召唤她出去问话。

井九能够拿到仙箓，离不开她的帮助。真人不应该察觉不到这些。

想到井九拿到仙箓便干脆地离开，连句话都没有留下来，青鸟便有些生气，心想真是无情的男人。

比童颜差远了。

想着这些事情，她发现自己飞到了楚国皇宫，落在了檐角上。

在这里她看到过很多有趣的画面。比如秦国小公主倒在楚国皇子的怀里，比

---

①　参阅庄庸著《猫腻与〈将夜〉》，"网络文学名家名作导读"丛书，作家出版社，2019年版。同时参阅"华语网络文学阅库"丛书（中国青年出版社2020年版）之中，对《大道朝天》和《将夜》的专题分析，如《蚂蚁哲学：中国网络文学阅读潮流研究（第5季）》。

如黑瘦小侍卫拿着剑不停打瞌睡的模样。当然，在这里看到更多的还是那些无趣的画面。比如墨公最终没能拔剑，比如杀来杀去，比如井九只知道修行，却不肯教自己究竟怎样才能获得真正的自由。

忽然，她觉得这个世界变得有些不一样。

一阵微风在皇宫的红墙黄瓦间穿行，穿过她的羽毛。

这风没有温度，但有味道，带着淡淡的咸味与腥味。

风来自海上。

这是为什么？

青鸟挥动着翅膀飞起，在黑暗的天空里，如闪电般高速穿行，在极短的时间里，便在整个世界里巡游了三次。

她再次落回楚国皇宫的檐角，转首望向世间某处，眼神微亮。

这就是自由的味道吗？

她明白了。

井九确实没有给这个世界和她留下任何交代，但他留下了更宝贵的东西。

他打破了这个世界的规则。

这个世界并未死去，总有一天会再次活过来。

这个世界里的人们也还活着，总有一天会再次醒过来。

更重要的是，这个过程不需要仙篆，不需要仙气，不需要真人的法门，只需要这个世界与生活在世界里的人们自己。

青鸟再次飞了起来，如闪电般飞行，照亮夜空里的每一处，以及世间的每个角落，满是欢快的味道。

闪电掠过，照亮某个山坡上的栗子树，还有树下的人影。

——猫腻《大道朝天》：第四卷 壶中天 第一百三十六章 摘桃

这就是猫腻在《将夜》之中已经浓墨重彩地描绘与描述过的"自由的选择和选择的自由"。从《将夜》到《大道朝天》，猫腻将这种选择既抽象化又具象化，既外显化又内视化，既像哲学观念又像是在讲故事。

比起猫腻这种选择论的故事观念来说，天蚕土豆讲故事的技术显然要"单纯"些——他就把选择融入内视化的心战流和图像化的外战，就像把一枚硬币融铸成金币，从而造成所谓的爽文"硬通货"。

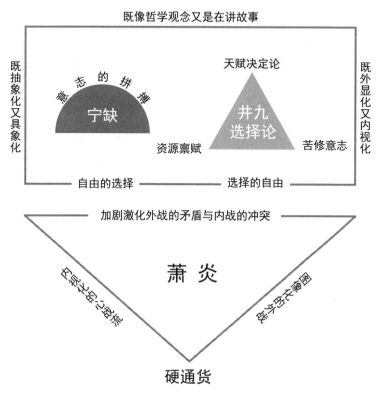

因为，"心战"即使再精彩、再可视化，也毕竟是内在的，是一种动态中的极静。它需要一种外在的"动"——亦即外部的对抗和冲突。

于是，从磨兽山脉到塔戈尔沙漠，在萧炎的个体苦修道路之上，与"心战"相伴而生的，是外在的矛盾与冲突：无论是弱相关的小医仙—狼头佣兵团，还是强相关的丹王古河豪华梦之队PK蛇人国美杜莎女王……都是以激烈的外部戏剧性对抗赛，强化和加剧"以选择论为轴心"的心战流。

如在萧炎、小医仙和狼头佣兵团之间，从偶然引发的"利益冲突"（如萧炎误入小医仙的探宝行动，并和试图独占利益的狼头佣兵团之间产生了冲突），转变为蓄意必然的"追杀之旅"（狼头佣兵团对萧炎的追杀，逐渐从为了利益转变为了将未来的威胁扼杀于摇篮之中）；而在寻找并吞噬异火榜上排行第十九的青莲地心火中，萧炎战火灵蛇、潜入美杜莎女王的王国、收服青莲地心火并最后决定吞噬异火……《斗破苍穹》无不以"选择论"为轴心，重新勾勒和擘画了一条从外战到心战流转移、交叉并融合的爽点抛物线。

看着现在那握着火种满脸挣扎的少年，药老也是保持着沉默，并没有开口说任何的安慰话语。因为，吞噬异火，本来就有着极大的风险。虽然按照他的要求，已经准备好了血莲丹等物品，不过这些东西，却也只能将吞噬异火的成功率提升一些而已。

按照粗略的计算，若是没有血莲丹这些辅助物品，吞噬异火的成功率基本不足百分之一。而有了它们，这成功率，或许能够提升到百分之十左右。可就算如此……其中的风险，依然是不小，甚至可以说：吞噬异火，根本就是一种赌拼运气的举动；运气好，遨游九天，俯视天地；运气坏，化为一撮灰烬，与黄土同埋……

所以，瞧得萧炎的迟疑与挣扎，药老并未出口，只是安静地站立一旁，等待着他的决定。不过，他相信，面前的少年，不会让他失望。三年的苦修，已经让得他彻底摸清了少年骨子中所隐藏的那股狠劲与倔强。为了异火，少年付出了极多，现在是到了开花结果时，以他的性子，定然不可能放弃！

"既然不会放弃……那便把握住它吧。生与死，强者与弱者，便是从此刻开始选择。"药老微微垂目，在心中低声喃喃道。

时间，在沉默之中，滴答而过。某一刻，静坐的少年身体忽然轻轻一颤，长长地吸了一口温热的空气，微微抬起头来，露出那已经逐渐脱离稚嫩的侧脸，偏过头来，对着一旁保持着沉默的药老微微一笑，冲着他扬了扬手掌上的火种，轻声道："老师，开始了！"

——天蚕土豆《斗破苍穹》：第两百二十九章　异火锻体

这加剧和激化了外战的矛盾与内战的冲突，从而让整个故事的反差和张力更大、更好看，亦让爽点更为密集———一如重新勾建一个爽点抛物线，让故事文本兴奋点分布和心理需求变化轨迹的阅读接触点和引爆点更多，便更容易引爆高峰体验的爽感潮流。

第十二章

核心权益论：

从「隐性侵权现象」到「超级代价体系」

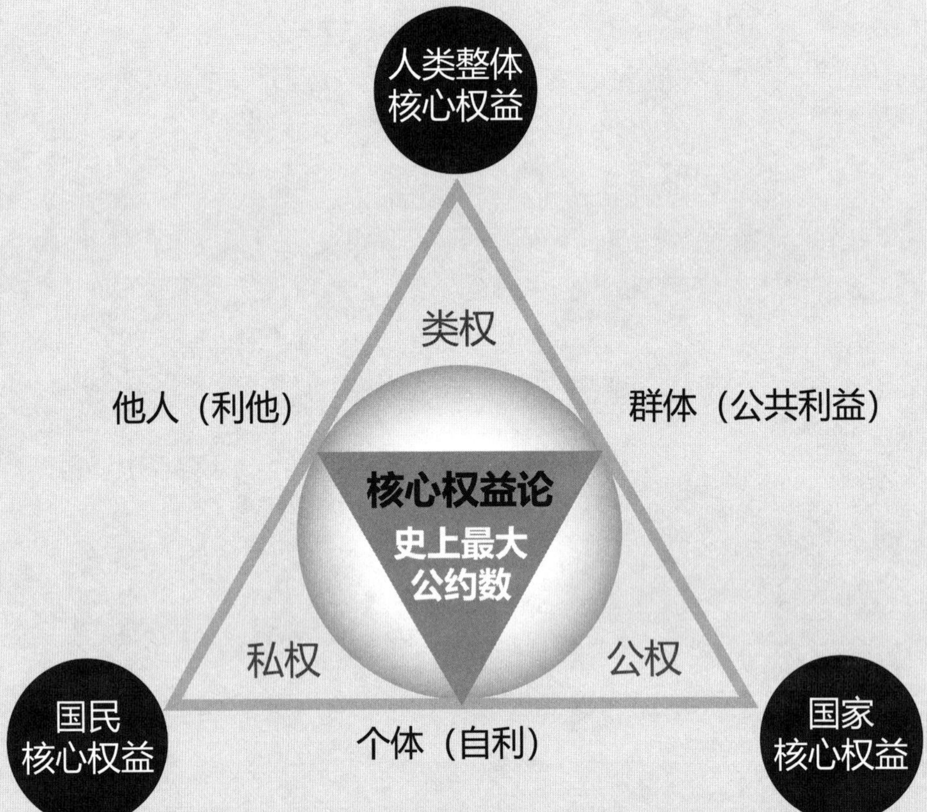

人类整体
核心权益
类权
他人（利他）
群体（公共利益）
核心权益论
史上最大
公约数
私权
公权
国民
核心权益
个体（自利）
国家
核心权益

《斗破苍穹》开创了"退婚打脸流（退婚流）"这一风靡于网文之中的爽文桥段（套路），很多人模仿，形成潮流。

但许多人，只得"形似"，未能"意会"，更遑论"神髓"。很多人把它简单、直接、粗暴地理解为"即时、直接、报复式啪啪打脸"的爽点需求和爽感满足方式——这是"以牙还牙、以血还血、以暴止暴"的复仇母题，被简化、轻松和娱乐化为快感消遣程序。

事实上，我们需要以此洞穿其背后更为深刻的三层社会现实、心理需求和文化机制体制：第一层，"核心权益"的社会隐性侵犯现象和维护对抗模式。第二层，"辱人者恒辱之"的一报还一报支配机制。第三层，"超额代价体系"：每个侵犯者为自己的言语、行为及其后果，承担超出后自己必然要承担的"额外"成本、"超额"损失、"巨额"赔偿——而这种超额代价体系有一种非常完整的映射"完型"结构。

事实上，从萧炎"退婚打脸流（退婚流）"到萧薰儿"人犯我萧炎哥哥，我必犯他个鸡犬不宁"，甚至在整部《斗破苍穹》之中，有一种非常明确的隐线，贯穿于整个主角废柴逆袭、扮猪吃虎、啪啪打脸的爽点情节之下：所有"侵犯（羞辱）逆转—打脸"事件之中，其实都包含着核心权益、辱人者恒辱之、超额代价体系的理念、原理和机制——配角想打主角的左脸，就要做好被主角打回右脸，甚至打得更响更猛更肿的心理准备；侮辱、冒犯和侵犯别人的，都会有招来更强烈的反击、回击和攻击的概率与可能性——没有谁，在发出侵犯他人的言语和动作之时，不会遇到抵抗、反弹甚至报复。

从某种意义上说，席卷中国网络小说的"扮猪吃虎、啪啪打脸、虐渣—造爽"的爽文潮流，是对这种社会现实、心理需求和文化机制体制的复制、浓缩和代价：惹我是要付出代价的；从侵犯"我方"权益开始，你就要有被索取超额回报（成本和代价）的自觉；从早到晚，现时现报，毫厘不差。

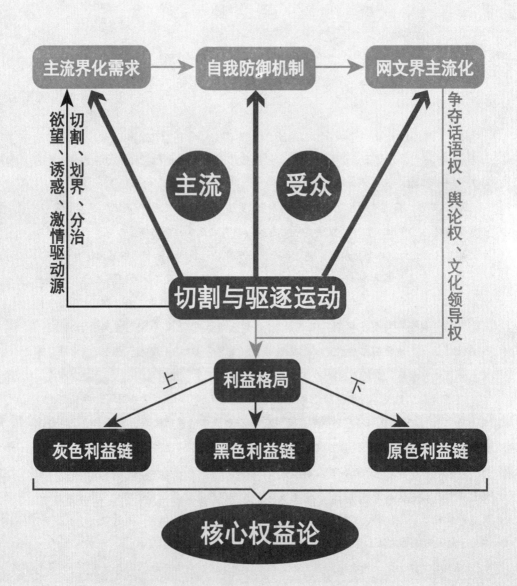

第一节　社会现象：

从"隐性侵权"到"代价体系"

整个社会普遍存在冒犯、侵犯甚至是攻击损害他人核心权益的行为和现象。

只是很多人并没有意识到自己正在冒犯他人，或者自己的核心权益正在被他人侵犯，抑或是彼此正在互相攻击之中——从身体等物理攻击，到语言等心理、精神攻击。但这个问题正在浮出水面。

也就是说，"隐性侵权"正在浮出冰山层，逐渐成为一个社会性现象。但很多人在施为辱人或侵犯对方的核心权益时，甚至都想不到自己"会有什么成本"——更想不到自己要为自己的所作所为，承受什么样的代价：包括既有的必要成本，施为过程之中所造成的损失，以及对方狙击、反击和主动攻击之后所额外、超额和巨额要求获得的回报。

很多人只会计算自己的"获利"，而从不测算自己失利的成本、损失以及即将为此付出的赔偿等代价。甚至，在这种侮辱和侵犯发生时，很多人都是"冲动而为"，根本不会计算成本、利益和代价。

因此，有句老话说，"冲动是魔鬼"。无论是一念之下伤人致残、违法犯罪，还是某个群体"群殴"、某些阶层"互殴"甚至某些国家之间在"头脑不清醒之下"忽然爆发"冲动的战争"……都不曾测算过"代价体系"：当你选择说这样的话、做这样的事、侵犯他人的权益之时，是否曾经想过（计算、估算和测算）你能否承受由此产生的巨大的代价？

"唉，说起来。似乎距离你和萧家那小家伙的三年之约，只有不到半个月的时间了吧？"笑了笑，纳兰肃脸庞上的笑容忽然收敛而起，叹息道。

"……"纳兰嫣然沉默。片刻后，微微点了点头，轻声道："还有十三天。"

"三年时间，你也比以前成熟了许多。现在你应该能够知道，自己当初的意气用事，对萧家以及萧炎带来了多大的耻辱与麻烦了吧？"纳兰肃望着身旁女儿那光洁美丽的侧脸，道。

纳兰嫣然沉默，纤手将开额前的青丝，半晌后，低声道："我知道当初我的举止给他们带来了很多麻烦。不过，我也知道，我没错……三年之约即将达到，我，等着他来。"

"听说自从一年之前，萧炎便是离开了乌坦城。不过，据我所知，在离开之前，那曾经成为废物的少年，便已经再度恢复了以往的修炼天赋。唉……一年之后，不知道他已经成长到了何种地步。"纳兰肃苦笑着摇了摇头，凝视着身旁沉默的纳兰嫣然。半晌后，方才低沉地道："你这次，似乎真的看错了啊……当初我便说过，不要小看这个变成废物的萧家少爷。十三岁之前，他的修炼速度，曾经让无数人感到震撼……"

纳兰嫣然纤手将开飘落在额前的青丝，沉默。片刻后，平静地道："三年之约，我会遵守。若是我赢了，以前的事，便一笔勾销。若是输了，我纳兰嫣然也说过：为奴为婢，随他处置。"

纳兰嫣然轻咬着红润的嘴唇，缓缓抬起俏脸，目光略微有些迷离。三年之前在那萧家大厅，少年铮铮冷语，再度浮现在脑海之中。

"三十年河东，三十年河西，莫欺少年穷！"

"这张契约，不是解除婚约的契约，而是本少爷把你逐出萧家的休证！"

"从此以后，你纳兰嫣然，与我萧家，再无半分瓜葛！"

三年之前，背负着废物之名的少年，在云岚宗这尊庞然大物的压迫之下，依然倔着骨、咬着牙、忍着辱，孤独地等待着，破茧化蝶……

——天蚕土豆《斗破苍穹》：第两百八十三章　倔着骨，咬着牙，忍着辱

你不算，终会有人替你算，而且会是以血淋淋的后果和事实，跟你算得"小葱拌豆腐——一清二白"——你将会为你的"小行为"，负担"大代价"。从小到大，就是一根杠杆撬动的"超额代价体系"：你的"小行为"，本不应该招致如此巨大、巨额、巨量的代价；但为何会被这种杠杆撬动，放大、扩大、增大，从

重、从严、从久呢？因为，不这样不足以"惩前毖后"——也就是所谓的"杀鸡给猴看"，起到惩戒和警示效应。整个社会，也是遵循以"最小的成本"，换取"最大的利益"和"最优的价值"的"最"杠杆效应。

这在社会现实、心理需求和文化机制体制里是如此"现实、沉重和残酷"，以至于让每一个人都在"一失足成千古恨""司机一杯酒，亲人两行泪""十年铁窗泪，千年树开花"等流行的社会标语中，感受到扑面而来、逼人眉睫的窒人气息。

但事实上，在日常生活之中，比起这种"立竿能见影"的"小侵犯—大代价"体系，存在着、滋生着并蔓延着比这更大面积、更泛化、更庞大的"小侵犯—无代价"社会现象。

可以这么说，整个社会几乎没有哪一个犄角旮旯不存在"侵犯—代价"现象；只不过，侵犯的人和被侵犯的人，未必都自觉意识并自为施予或反击这种侵权；而在侵权发生之后，未必承担、承受了必要、直接（更别说超额与惨痛）的代价，或者因为侵权行为过"小"、尚未发生严重后果，以至于没法给其足以让其刻骨铭心的打击。

比如，高速路上随意扔出的矿泉水瓶；路权之争之中行人闯红灯和电动车进主干道快速蹿奔的"过低违法成本"；某些特殊领域的钉子户，带来所谓弱势群体的"私权利维护"和对集体利益的"公共权益侵犯"……更别提常见诸新闻报道之中的"高铁霸座女""地铁偷窥男"、更衣室"针孔摄像机"，以及无处不在的怒怒族、人际戾气等。轻则辱人，重则损害；看似是小言行，实则是大侵犯——却没有作何"惩戒—回报—反击"的超额代价体系。

随着萧战的沉喝落下，训练场之上的少男少女们，顿时紧张了起来。

黑石碑之旁，冷漠的测验员踏前一步，从怀中取出名单册。冰冷的声音，让被叫上名的人浑身发栗。

盘腿坐在干净的青石地板之上，萧炎平静地望着那些因为斗之气不及格而黯然哭丧的同龄人，淡漠地撇了撇嘴，心头并未因此而有什么怜悯。这些喜欢嘲笑比自己更低级的人的人，并不值得同情。

他们在比自己更低级的族人身上寻找快感之时，或许并未想到，自己迟早也会有这一天。

辱人者，人恒辱之。

坐在萧炎的身旁，薰儿小脸清雅，云卷云舒的淡然模样，犹如纤尘不染的一叶青莲，纤手把玩着一缕青丝，只是眼光偶尔扫向旁边低垂眼目的少年。与萧炎相同，她也并没有对那些黯然的少年少女表示过多的关注。

——天蚕土豆《斗破苍穹》：第三十章　辱人者，人恒辱之

这种社会现实之中"无可奈何、无法施为"的"小侮辱大侵犯"现象，孕育和滋生的大面积的情绪潮流，比如愤怒、恐惧、焦虑和不安等，经过折射和映射，在网文之中找到决裂、宣泄和引爆的渠道与机制：那些在社会现实中无处不在的"小侮辱大侵犯"现象，都被比拟到了这些啪啪打脸的配角之上；所有人必将为自己的侮辱和侵犯行为，付出超额的代价——而当他们被主角啪啪打脸之时，我们就会获得一种别样畅快的"爽感"。

它让我们积郁在心底的社会负面情绪和心理阴影面积得到了有力诠释。这就是以"乐"文（爽点、爽文、爽感其实是一种很欢乐的满足）来写"哀"景——怒怒族以及某些乖戾的社会现象，带来的其实是一种心理不可承受之重。

第二节　核心权益：

从"权利边界"到"超额代价"

相伴而生的，许多人的"核心权益"意识正在觉醒：开始意识到自己有"核心权益"，应该自觉和自为地维护自己的核心权益，应该以核心权益为中心疆域，划定底线、原则和安全边界，并设立预警机制——一旦有人逾越界线，试图侵犯自己权益时，就将立即成为"侵入者"。

一个时代问题由此诞生。人和人之间、社群和社群之间、阶层和阶层之间……甚至整个社会之间，应该以"核心权益"为轴，重新划定彼此的边界，重新订立彼此的规矩、规则和规范，重建社会的契约和新秩序——以"核心权益"为基础和前提，重新建立"利益置换"的交易、交换关系，寻找双方或多方"有史以来最大公约数"，重建"利益共同体"；在此基础上，才能重构情感共同体、理念共同体、文明共同体和命运共同体。在理念、情感和利益等达不到"史上最大公约数"时，整个社会就有可能被撕裂成不同的版块。而彼此之间，就将频繁发生"侵犯—反击—反侵犯—反反击"的社会内循环。

一方是暗潮汹涌的"核心权益"觉醒，另一方面却是大面积的"隐性侵权现象"，这就必然带来激烈的"维权"行运和反侵权行动——"超额代价体系"就势在必行：一个人的侵权行为，将在核心权益的维权和反侵权报复之中，带来巨额成本和超额代价体系。

想起今日在训练场中所引起的震撼，萧炎淡淡地笑了笑：实力，果然才是这个世界最重要的东西。

手指揉了揉额头，一张冷傲的美丽脸颊，却是忽然毫无边际地闪进了脑海之中，那是……纳兰嫣然。

眼眸微微眯起，萧炎轻声喃喃道："还有两年吧？你可一定要等着我啊，我会去找你的……"

轻轻的呢喃，如果不是语气中的那股冷意，恐怕谁都会认为这是一对小情人的甜腻情话。

想起那日大厅中纳兰嫣然一句句居高临下的话语以及强势的姿态，萧炎的拳头，便是缓缓地紧握。那种辱，几乎难以抹去……

"呵呵，修炼不能停滞啊。那女人……虽然高傲，不过既然能被云岚宗宗主收为弟子，修炼天赋又岂是一般。"轻笑了一声，萧炎唇角泛起冰冷的笑意。

深深地吐了一口气，只要一想起那女人，萧炎心中就是充斥着一股异样的勤奋。当下振起精神，收起慵懒的姿态，在木盆中摆出修炼的姿势，十指结出印结，然后凝下骚乱的心神，缓缓闭目修炼。

……

从那日的测验过后，萧炎能够清晰地感觉到，周围族人在望向自己的目光中，已经自动地少去了以往的不屑以及嘲讽，取而代之的，是一种敬畏。

对于这种只在三年前才有资格享受的敬畏目光，萧炎却只是淡然处之，并未表现出什么一朝得势便耀武扬威的得意姿态。

——天蚕土豆《斗破苍穹》：第三十六章　滑稽的突破

如前所述，一个人下意识或者有意识地对他人冒犯、侵犯甚至损害对方核心权益时，基本上很难主动考虑或清楚估算和精准测算：自己将会为这种侵害权益行为，承担什么样的成本和代价。

没有任何一种侵害权益行动是单向度的。所有的侵犯行为，都必然招致强烈的反弹和反击：你打了别人的左脸，别人必须会想法打肿你的右脸。每个人都要为自己的行为付出代价——即使因为某种特殊原因，你不会直接承受相应的还击及其带来的损失和成本，那么，也必然会有第三方甚至整个社会来承担这种"嫁接的成本"或者"无法避免的损失"。

而且，这中间还存在一个放大、扩大和增大的"杠杆效应"：你或许只是一个小小的"侵犯"行为，结果却招致远超必要成本和正常损失的"超额代价"。

可以说，"侵犯—反击—超额代价体系"，简化了整个社会现象，但又直戳当下最核心的时代问题：为什么一种看似切入点非常小的核心权益损害事件，最后就算付出超额甚至巨额的代价，都无法平息这场"飓风起于青蘋之末"的风暴与漩涡？源起于这种"超额代价体系"的风险杠杆。

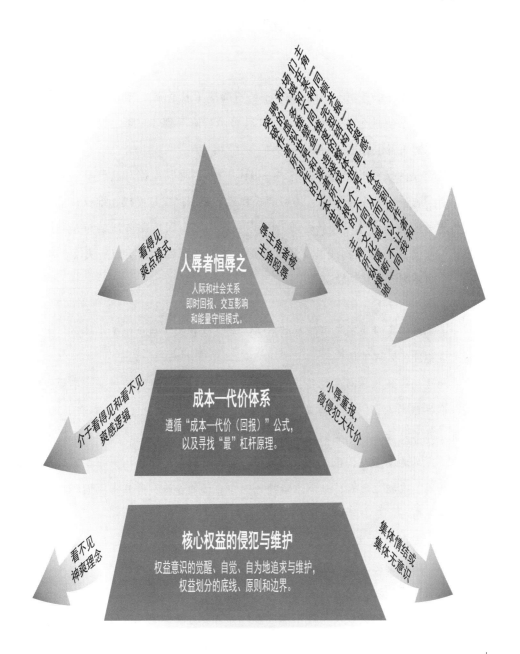

第三节 辱人者恒辱之：

从"传统文化母题"到"现代大众心理"

庖丁解牛《斗破苍穹》，从萧炎"退婚打脸流（退婚流）"到萧薰儿"人犯我萧炎哥哥，我必犯他个鸡犬不宁"、从"魔兽山苦修"到"三年之约"……都贯穿着一条"辱人者恒辱之"的轴线。

它其实是两条线的交集：一是"一报还一报""血债血偿"甚至是"大复仇情结"所孕育的传统文化母题、类型模式和故事原型；二是侵权、维权和行权等现代诉求所驱动的个体—大众心理、国民心态、国家/民族集体情结与人类集体无意识。正是这两条抛物线的交集和接触，才形成那种所谓爽点、爽文、爽剧（爽片）、爽感潮流的接触轨迹和引爆点。

望着那缓缓走过来的萧炎，戈刺阴声一笑。这种刺头新生他见得很多，不过最后大多都没什么好下场。

在招生的时候挫挫新生锐气，几乎是迦南学院一种不成文的规矩。毕竟能够达到录取界限的人，一般都算是天赋不错。这种人，平日在自家的那块小地方，应该说是养尊处优，很少受到什么奚落嘲讽。而抱着这种心态进入那几乎是优秀者层出不穷的迦南学院，很容易一言不合，就大打出手，最后搞出一些不必要的麻烦。所以，在招生之时，让新生清楚地明白自己的等级，并且将他们那股初生牛犊的锐气磨去，是一件颇为现实的重要问题。

而对于这种不成文的规定，就是连迦南学院的一些导师，也并未抱反对姿态。因此，这种规定，也一直一直地沿袭了下来。

拳头紧了紧，淡淡的斗气覆盖其上，戈刺阴声笑着。当初他在初入迦南学院之时，也仗着自己的天赋反抗过。不过当时那名实力在二星斗者的学长，只是一拳，便是让得他极为识相地跑出去晒了半个小时的大太阳。而有了这种亲身经历过的另类耻辱，每次看见新生，戈剌心中便是有一种将其那股锐气撕裂的快感。

缓步行来的少年，终于是在附近众人的注视下，停在了戈剌面前。

……

"滚！"嘴唇微动，淡淡的声音，轻喝而出。

随着喝声的落下，一股凶猛的无形劲气，猛地自萧炎手掌中暴冲而出，最后狠狠地击打在那即将落下的戈剌胸膛之上。

"噗嗤！"

胸口处遭到莫名重击，满脸阴冷的戈剌顿时脸色一白，瞬间之后，身形猛地倒射而出，一口鲜血，狂喷了出来。

"嘭。"

身形在射出十多米后，便是重重地砸在了被炎热烤得滚烫的石头地面上。戈剌身体略微抽搐，满脸惊恐地望着远处那保持着伸出手掌姿势的少年，胸口一闷，眼前一黑，终于是一头晕了过去。

由戈剌的强势攻击，到忽然莫名其妙地倒射而出，这之间不过短短十多秒的时间。

而望着这电光火石间，便胜负已分的局面，帐篷内外，几乎是不约而同地保持着一片寂静。

炎日之下，那些新生傻傻地望着晕倒在身边不远处的戈剌，片刻之后，火热的目光顿时转移到那站在阴影中的少年身上。这可是他们第一次看见有新生能够将学长打败。而且，这名新生的年龄看起来似乎比他们还要小上一点。

新生中的几名模样俏丽的少女，目光炽热地盯着那一身黑衫、满脸平淡的少年，眸子中几乎有着崇拜的星星在跳动。若不是此时不合时宜，恐怕她们会忍不住地尖叫两声来发泄心中的崇拜情绪。

——天蚕土豆《斗破苍穹》：第九十九章 威胁

它们的切入点和着力点是每一个人都能感同身受的日常生活、生存、生命和人生之立足点：你打了我左脸，我必把你右脸打肿；你碰了我身边人的一颗牙，我必把你打得满地找牙；你在言语和行为上对我在意之人、珍视之人、爱护之人有所轻辱，我必让你后悔来到这个世上……这些都是生活中很碎、很小、很细，却是每一个人日常、经常和通常会遇到的事情。

而且，必是"小事件，大誓愿"的轻侮重报。每一个普通人遇到自己或身边之人被人轻侮时，都必发出这样宏大的"以牙还牙、以血还血"（实际上是以"狮牙"扎"蚕牙"、以"铁血"还"小伤口"的不对称、碾压式）的宏大报复誓愿。

至于有没有能力、实力和势力实施这样的"轻侮重报"，却在当时只图一时痛快的"说狠话"之中完全不予考虑。在现实生活之中，通常都是被轻侮而又无力重报的人才会说这种狠话；但在爽文之中，却颠倒过来，说狠话的人，变成了那个"只碰了主角或主角身边的人的一颗牙，就被打得自己满地找牙的人"，被主角痛殴赢得周围吃瓜的群众满堂彩和剧外人读者的爽快之极后，面子和里子都掉了一地，只能撂下几句狠话，狼狈不堪地离开现场。

"到时候……便是三年之约到达的时间了啊。"微抿着嘴唇，萧炎忽然轻叹了一口气。三年时间，当初那个娇蛮无礼的少女，如今也已经蜕变成熟了许多啊。

在以前，萧炎原本以为等自己再次见到纳兰嫣然，定然会愤怒得难以掩饰自己的情绪。然这一次得见，或许是因为此刻使用的是岩枭的身份的缘故吧，他发现自己竟然冷静得几乎与她从未相见过一般。这段时间，他犹如陌路人，冷眼旁观着她的举止谈吐。

三年时间，同样也使得当初那个稚嫩的少年，变得成熟稳重了起来。当年萧家退婚的那场闹剧，在他现在看来，的确很滑稽，很好笑。可偏偏，却并未再有着多少当年的愤怒。

……

当初少年会有那般激烈反应，或许是因为正处于废物之名下那颗敏感的心的缘故吧。在家族中饱受嘲讽与白眼，而纳兰嫣然的强势退婚，也正好在那颗脆弱敏感的心灵之上，狠狠地砍了一刀。而在这般高强度的践踏之下，不堪忍受的少年，终于是爆发了开来，于是，方才有了这几年的故事……

至少在萧炎现在想来，如果当初他依然一直沿承着自己的天赋，没有经历变成废物的挫折，那恐怕即使当日纳兰嫣然前来退婚，他也不会感到有多少愤怒……

不过，他也同样能够肯定一点，若是没有那几年的废物经历以及纳兰嫣然的退婚之举，他萧炎，也绝对不可能以二十不到的年龄，走到今天这令无数人刮目相看的一步……

想着那些几乎能够改变日后走向的某些事，萧炎略微有些失神，旋即苦笑着摇了摇头。假设始终只是假设，所以，不管如今他对纳兰嫣然是何种心态，那云岚宗，都是必须上的……

虽然现在的他，对纳兰嫣然已经并没有太多的愤怒情感，可当初她的强势退婚，却是让得萧家以及那在他心中地位极高的父亲，颜面荡然无存。这种事，在加玛帝国的社会氛围中，几乎是当着无数人的面，被狠狠地扇着耳光。这对一个家族来说，堪称耻辱！

虽然自从退婚后，因为害怕刺激到萧炎，所以萧战一直没有提起这件事，可萧炎清楚，不管如何，他心中，始终都是有着芥蒂。萧家这么多年来，他是第一个被人强行上门，并且以不容拒绝的强势语气，退掉了自己父亲当年所许下的婚约的族长。

而且，当年在那萧家大厅，背负着废物之名的少年，也倔强地对着自己的父亲，许下定要讨还耻辱的承诺！

为了这个承诺，于是，少年开始苦修，乃至最后离开家族，犹如苦行者一般，游历着帝国，打磨着身上的年少稚嫩……

……

离家的近两年中，萧炎走了将近大半个加玛帝国。然后，兜兜转转地终于来到了这座城市。为的，就是那所谓的三年之约。他现在对报复她的兴趣并不是如何的大。他只想带着这消息，将父亲心中的芥蒂解去，然后笑着道："这次，是我真正地休她……没有人能怀疑。"

因此，那云岚宗，无论如何，都是必须去的。当然，如果在三年之约中胜了她，萧炎并不介意自己随意地对曾经在他面前高高在上、满脸不屑的她说一句："你眼光挺差的。"

而这，便权当是萧炎对她的最后一些报复吧。

三年时间，萧炎多了些东西，也淡化了一些东西。不过总的来说，这种变化，是好的。

——天蚕土豆《斗破苍穹》：第三百一十一章 诡秘的黑袍人

爽文将社会现实生活之中"小"人物在"小"日常、"小"事件、"小"轻侮之中无力即时报复并保护自己和身边人不受侵害的"小"无奈感和"小"无力感，以夸大、扩大和增大的方式，予以实施：轻侮重报，小仇大复，对方只是打脸，己方却是重拳痛殴；你只是给我的小心眼添了一丁点儿堵，我却必以整个世界来把你堵得上天无梯、入地无门，走中间无道，别说金光大道，就连羊肠小道，都没一条……

这样一种落实、落地、落细和落小的方式，亦即像针眼一样的小事件、小日常、小反应，却能成为折射和映照那种大心态和大宏愿的支点：保护、呵护和守护自己所爱之人和爱自己的人，防卫、保卫、捍卫自己、家人和志同道合的人视若生命的东西、理想与信念。

也就是说，它能以切中每一个普通人日常所见和普遍境遇的"小切口、大支点"，构建起一种四两拨千斤的好杠杆，撬动能够映照现实、重组现实甚至创造现实的"完型"结构——它以一种"小爽点"模式，却完整映照和型构了整个社会现实现象、心理需求和文化机制。

辱人者恒辱之

一报还一报、血债血偿、大复仇情结孕育的传统文化母题、类型模式和故事原型

"小事件，大誓愿"的轻侮重报折射和映射大心态和大宏愿

侵权维权和行为权等现代诉求所驱动的个体、大众心理、国民心态、国家民族集体情绪与集体无意识

以"小爽点"模式、完整映射和型构整个社会现实现象、心理需求和文化机制

爽点、爽文、爽剧（爽片）、爽感潮流的
接触轨迹和引爆点

第四节　爽感金字塔：

报复机制、侵犯与维护、成本—代价杠杆

因此，若以《斗破苍穹》为例，这种爽点创造、爽文创作与生产机制、爽感建构模式，其实具有三重结构。

从浅表层看，是"辱人者恒辱之"的人际和社会关系即时回报、交互影响和能量守恒模式；

从深结构看，其实是"核心权益的侵犯与维护"的交锋与博弈，包括权益意识的觉醒，自觉、自为地追求与维护，权益划分的底线、原则和边界。整个社会普遍存在的对于自己或他人核心权益有意识和无意识发生的"侵犯"运动，以及诱发的抵触、反弹和反击。

介于这浅表层和深结构之间的，是由一根"成本—代价体系"的风险杠杆撑起来的中间夹层：从浅表层的侮辱与损害（这是一种情绪色彩浓烈的形容），到深结构的侵犯与侵入（这是一种理性思辨与利益诉求的界定），都是要付出代价的——它也是要遵循"成本—收益（回报）"的公式，以及寻找"性价比最好"的"最小化成本"与"最大化利润"和"最优化价值"的"最"杠杆原理。

只不过，在这种"辱人者恒辱之"和"核心权益侵犯者必被反侵"的言语、行为和事件之中，"超额回报机制"的最杠杆效应是逆向的，亦即：它不是施动者（施予侮辱和侵犯行为的主动者）所期望或渴望回到的回报，而是被施动者（被施予侮辱和侵犯行为的承受者）在狙击、反击，并由被动转为主动攻击之中，要求施动者付出的巨额成本和代价。

雷鸣巨响炸响天空。此刻，云岚山顶，犹如是在顷刻间，化为了一座喷发的火山一般。炽热的青白火苗，化为火浪，成圆弧形扩散而开。这一霎，云岚山开

始了剧烈颤抖。一道道巨大裂缝，顺着山壁蔓延而开；山石滚落，树木焚毁，俨然一幅毁灭末日般的景象。

汹涌的火浪，在云岚山山顶形成一幅巨大的火浪莲花之状，乃至方圆百里之地，皆是能够清晰可见。

云岚宗方圆百里内，无数人抬头，满脸震撼地望着那在云岚山山顶绽放而开的火莲。即使相隔这般遥远的距离，仍然是让得人感受到空气似乎忽然间炽热了许多。

完美形态的佛怒火莲，破坏力，竟恐怖如斯……

距离云岚山几百米外的天空上，海波东等人的身形闪现了出来。望着那横立在天地间的巨大火莲，感受着那扩散而出的炽热气浪，皆是忍不住地有些感到口干舌燥。这股力量，实在是太过恐怖了点。

"这……这东西，是萧炎施展出来的？"加刑天咽了一口唾沫，脸庞上的震撼难以掩饰。他当然一直都极为高看萧炎，可却依然是没想到，一个大斗师，居然能够施展出这般即使是连他都感到心悸的恐怖攻击。

在加刑天身旁不远处，法犸苦笑着点了点头。每一次见面，这个叫作萧炎的青年似乎都会让他们大吃一惊。如今他所施展出来的这般神秘火莲，更是狠狠地使他们震惊了一把。想到这里，法犸心中忽然有些惋惜与后悔。按照萧炎如今所展现出来的隐藏潜力，其实……已经不会比云岚宗这个庞然大物的价值差上多少了……也就是说，即使是为了萧炎得罪一个云岚宗，也并

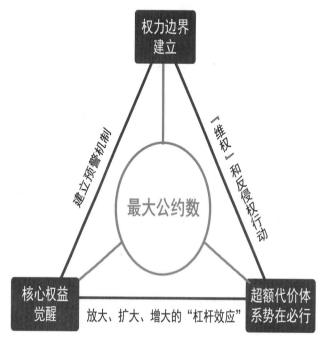

非是完全不划算的。

"唉，还是海老头那老家伙的眼光毒辣啊。"轻叹了一口气，法犸瞥了一眼不远处悬空而立的海波东，在心中低声道。

"今天的事，是真的闹大了啊。不知道云岚宗究竟干了什么？按照萧炎的性子，若非是真的被逼急了，是不可能做出这般疯狂事来的啊。"目光紧紧地盯着火莲盛开处，海波东脸色也是有些难看，搓手苦笑道。

"佛怒火莲威力虽然可怕，而且击杀云梭也并不难，可最主要的，还是云山啊……"海波东清楚地知道，上一次萧炎使用了佛怒火莲后，可是直接昏迷了过去。若非他出手相救的话，恐怕连萧炎自己都会被佛怒火莲的余波给震死。可如今……有云山在场，就算是他出手，也决计不可能再次带着萧炎顺利离开的啊。更何况，还有一个云韵在。那难度，更是数倍上升。

"唉，小家伙啊，这可是真的莽撞了啊……"轻叹了一声，海波东将目光投注向逐渐消散的火莲处。那里，火浪已经开始缓缓消退。

一道道目光，汇聚在那地动山摇的云岚山顶。那里是火莲盛开的地方。这般近距离的爆炸，就算是一名斗皇强者，也难以完全抵抗那种恐怖的毁灭力量啊。

随着时间的缓缓推移，那笼罩着云岚山的火浪，终于是逐渐淡了下去。而出现在视线内的满地狼藉，饶是海波东等人早有预料，可却依然还是忍不住地苦笑着摇了摇头。

烟尘消散，巨大的广场，已经犹如地震一般，裂缝四面八方地蔓延而出。原本高耸的大殿，也是足足被震垮了将近大半。广场中央处，那耸立的石碑，也是被轰得仅剩一小半还插在石板中。其余部分，都是被火莲的恐怖破坏力，摧成了粉末。广场外，一些坐落在周围的房屋以及大厅，则更直接变成了一片废墟。广场上，不断有着云岚宗弟子的哀号响起。

当然，完美绽放的佛怒火莲，所造成的破坏力，自然不是仅仅能摧毁一些房屋而已。而之所以让火莲并未造成太大毁灭的原因，还是那半空上，成巨大碗形倒扣而下的能量罩……

巨大的能量罩，直接是将整个云岚山山顶都包裹在了其中。看其上所流转的能量水波，恐怕就算是一名斗皇强者，都难以将之撼动。不过饶是如此，火莲爆炸时，所渗透而下的残余能量，却依然是将云岚宗破坏得一塌糊涂。

火浪消散时，天空上的萧炎也是露出了身形。此时他的情况貌似也好不到哪里去，脸色苍白，双掌处一片焦黑，呼吸急促，眼睛赤红地在那巨大的能量罩上扫过，最后脸色阴森地停在那悬浮在半空中、单手贴着能量罩的云山。看他的姿势，这将佛怒火莲抵挡而下的能量罩，应该便是他的杰作。

当然，虽然成功地将佛怒火莲抵挡了下来，可云山似乎也是消耗不小。原本一直悠长平缓的呼吸，也是悄然急促了些许。与其呼吸相比，云山的脸色，却是已经彻底阴沉了下来。眼瞳之中，暴怒正在急速酝酿着。

阴森的目光从云山身上扫过，最后停留在他左手拎着的人影身上，萧炎一怔，旋即嘴角溢出一抹冷笑。原来云山所拎之人，赫然便是那最先受到火莲冲击的云棱。不过看他此时满身鲜血的模样以及越来越虚弱的气息，明显已是再没有半点活路。

脑袋忽然涌上一阵剧烈眩晕，萧炎身体摇晃了几下，便是咬着牙坚持了下来，从纳戒中掏出一枚回气丹，丢进嘴中，然后双翼振动，身体急速后退。云棱已死，那他也必须全速离开此处了。

"好，好啊……萧炎，这么多年来，你还是第一个将我云岚宗破坏成这模样的人。我真的是看低了你啊。"目光缓缓地在下方满地狼藉的宗内扫过，云山忽然笑了起来。笑声中所隐藏的暴怒，让人知道：那平静之下，是一座即将喷发的火山。

低头看了一眼手中那明显不可能再治活的云棱，云山眼中暴怒再盛，沉默了一会，将之对着广场上的几位长老丢了过去，淡淡地道："去请古河长老出手救一下，看看能否保住他的命……"

两位长老敏捷地接过抛射而来的云棱，然后赶忙躬身后退。

手掌轻挥，巨大的碗形能量罩缓缓消散。云山深吸了一口气，平静的声音却是蕴含着杀意与暴怒，在云岚山中徘徊不散。

"萧炎毁我宗门，杀我长老！我以云岚宗第八代宗主之命宣布：从此之后，将之列进云岚宗追杀名单。此命，至死不休！宗门的辱，必须以血洗刷！"

——天蚕土豆《斗破苍穹》：第三百六十四章　生死之局！

这三层"金字塔"的社会现实、心理需求和文化机制体制，是"爽感建构"的重要完型结构。只不过，这三层结构是有明有暗、有虚有实、有空有满的，亦有转化、衔接和过渡的中间地带和中介层面。

我们曾经用"看得见、介于看得见与看不见之间、看不见"三个层面，来分析从作文到故事、从小说到影视和文学，如何用看得见的形象东西，来看见看不见的抽象概念。

很多人"看见"了看得见的"以辱还辱、一报还一报"的爽点模式，却看不见"介于看得见和看不见之间"的爽感逻辑，更看不见那些看不见的神爽理念。因此，即使大家都在以"矛盾与冲突、戏剧与战争"等教科书讲故事的技能，来架构同样的事件和场景，很多影视改编剧却难以复原网络小说原著IP的"爽点"神髓，原因就在于此。

就像《斗破苍穹》建构起了"辱人者恒辱之"的明冲突——比如，从围观众的"集体群像"，到萧宁、加列奥、罗布、穆力等具体"那一个"挑衅者，从而导致"辱主角者被主角殴辱"的爽点模式。

但这样的爽点冲突，是基于那种"核心权益侵犯与维护"和"侵入者必将承受超额代价"的回报体系的，而且是"小辱重报、微侵犯大代价"的杠杆爽感逻辑和原理。这就像是冰山，浮于上面的只是一角，实际下面有着向海洋深处延伸、明暗虚实有无相间交融的庞大、广阔与深厚体系。

这种介于看得见和看不见之间的体系，隶属于更为广阔的社会现实生活、大众心理和文化机制——亦即，它已经突破了作者所创作的文本世界、主角所纵横驰骋的虚拟世界和我们读者所扎根生活的现实世界之间的"文化隔断"和"多维壁垒"，连接成一个不同界域、不同场域和不同维度的整体世界，从而可以让我们在某种"完型结构"里，体验到作者和主角"同频共振"的爽感。

这种介于明暗虚实有无之间的"爽感建构"，植根于一个更深层次的集体情结或集体无意识，那就是所谓的理念、信念或是理想和信仰——这是那最为庞大的地下河体系、人性黑暗深渊和从已知向未知拓展的精神领域。

《斗破苍穹》以一种极其巧妙甚至是取巧、省心省力的方式，把这三层融铸成一种"金字塔"式的小结构大模型。

选文悦读《斗破苍穹》：

"三年之约"萧炎雪耻记

第三百三十三章　萧家，萧炎！

云岚宗，加玛帝国最为强大的势力，一代代的不间断传承，已经让这个古老的宗派，屹立在了加玛帝国之巅。若非是因为宗派教规所说，不可夺取帝王之权，恐怕，在以前好几次的帝国皇朝更迭之时，云岚宗，便是彻底地掌控了整个加玛帝国。

而也正因为此，每一代帝国的皇室，都对这个近在咫尺的庞然大物极其忌惮。当到了现在的加玛皇室后，因为有着加刑天这个守护者以及那神秘异兽的保护，这一代的皇室，于是有了一些能够让云岚宗也略微忌惮的实力。所以，加玛皇室派遣在云岚山山脚之下的那支身经百战的精锐军团，方才一直相安无事。

皇室将军团开赴驻扎在这里许多年，其目的几乎是任何人都清楚。他们是在防备着云岚宗……

对于皇室的这种举动，云岚宗倒并未有太过剧烈的反映。除了刚开始宗派内一些年轻弟子有些气不过，去军营中偶尔捣乱之外，宗内高层，对于此事，却是保持着沉默。因为他们也知道，卧榻之旁，岂容他人鼾睡。帝王之家多猜忌，对此，他们早就已经习以为常。只要云岚宗一天未崩塌，那么，那山脚下的军团，永远都不敢有着丝毫的异动。

没有任何一个加玛帝国的朝代，敢真正地对云岚宗出手。因为他们都清楚地知道，这个超级大马蜂窝，一捅，可是会翻天的……

云岚宗建立在云岚山之上，而云岚山，则距离帝都仅有几十里的路程。两者间相隔之近，犹如两个互相对峙的庞然大物。

虽然为了这一天，萧炎已经等待了三年时间，可他却并没有使用紫云翼急匆匆地赶路，反而是不急不缓地踏着步子，对着那视线尽头处直插云霄的雪白山峰行去。一袭黑袍，身负巨尺，宛如苦行之人。

通畅的大路之上，身着黑袍的青年缓缓行走，背后那巨大的黑尺显得极为引人注目。路道中，偶尔来往的车马之上，都会投下一道道诧异的目光。而对于这些目光，萧炎却是恍若未见，脚步不轻不重。即使玄重尺的重量足以让任何初一接触的人感到骇然，可经过这两年的接触，萧炎对它的重量，已经非常熟悉，故此，背负着它赶路也几乎没有半点的延迟。落脚之处，也只是留下一个浅浅的脚印，丝毫没有当年一落脚一个深坑的狼狈一幕。

一步一个脚印，不急不缓，虽显单薄的身影却是透着令人侧目的从容与洒脱。

这番静心而行，对于萧炎，并非是无用之功。在刚出城门之时，因为才突破大斗师不久的缘故，丝丝气息总是从体内满溢而出，让周围路人不由自主地远离了萧炎身旁。那股气息压迫，可不是这些甚至连斗者都不到的路人可以抵抗的。

一路走来到现在，萧炎体外满溢的气息，已经一丝丝地侵进身体深处。再次看去，除背后巨尺之外，已经再无任何有异常人之处。

当那突破了地平线束缚的太阳缓缓攀至高空之时，萧炎终于停下了脚步，站在一处斜坡之上，望着视线尽头处的那庞大山脚。在山脚处的位置，巨大的军营，连绵起伏地出现在平坦的草地上。目光透过那些白色帐篷，隐隐能够看见一些操练的士兵。

"果然如别人所说，加玛皇室在云岚山之下，驻扎了精锐军团……"收回目光，萧炎摇了摇头，行下斜坡，顺着大路，缓缓行近山脚。

虽然这里的军营，防守极为森严，不过对于那些要上山的路人，却并未有什么阻拦。所以，萧炎只是被几个路旁站岗的士兵目光随意扫视了一圈后，便是极为轻易地顺着大道，爬上了山脚。

随着葱郁之色开始出现在两旁，耳边的士兵操练声也是逐渐消散。微微抬头，出现在萧炎面前的，赫然是那蔓延到视线尽头的青石台阶。一眼望去，宛如通天之梯。

站在山脚之下，萧炎抬头凝视着这不知道存在了多少岁月的古老石阶，眼眸缓缓闭上。隐隐间，似乎有着细微的剑鸣之声，从石阶尽头，清脆传下，在山林间悄然回荡，犹如钟吟，令人心神迷醉。

沉默持续了半晌，萧炎睁开眼来，轻拍了拍背后的玄重尺，脚步轻踏，终于是结结实实地落在了那略显湿润的古老石阶上。这一刻……三年之约，正式抵达！

脚步落下的刹那，萧炎能够察觉到，自己的灵魂，似乎都是在此刻吐了一口压抑了三年的气息。

三年之前，身负一种看上去似乎挺莽撞与幼稚的羞怒与怨恨，少年离家，进深山，闯大漠，刀剑血火中，如蛹虫一般，迅速地蜕变着自己。三年岁月，磨去了稚嫩，也见证了成长。然而这一切的付出，都是为了今日之约定！

胸膛间充斥着一股莫名的情绪，萧炎脚步却依然保持着那般均匀的速度，目光直直地锁定在那一格一格跳过去的石阶尽头。视线，犹如是穿透了空间阻碍，射在了那山顶之上盘坐的女子身上。

"纳兰嫣然……"嘴巴微动，平静而带着一丝其他情绪的名字，悄悄从萧炎嘴中，吐了出来。

漫漫石阶尽头，云缭绕。云雾之后，是巨大的广场。广场完全由清一色的巨石铺就而成，显得古朴大气。在广场的中央位置，巨大的石碑，巍然而立。石碑之上，记载着云岚宗历届宗主以及对宗派有大功之人的姓名。

环视广场，此时这上面，足足近千人盘坐其中。这些人，成半圆之形而坐。他们无一例外的，全部身着月白色的袍服。在袖口之处，云彩长剑，随风飘荡，犹如活物一般，隐隐噙着些许微弱剑意。

在广场顶端位置处，却是衍生出一些高耸的台阶石座。台阶逐渐向上，大致是越往上年龄则越大。最高一层的石台，此时正空荡着，无人而坐。其下是十几盘腿而坐、闭目养神的白袍老者。这些老者虽然从表面上看不出有丝毫特色，可身体之上那犹如钢铁一般、任由风儿如何吹拂都是没有半点动静的衣袍，却是让人心中知晓，这些老者，不简单！

这些白袍老者再其下，是一个单独的石阶位。身着月袍裙袍的女子，微闭眼眸。微风拂来，衣袍紧贴着娇躯露出其下那完美的曲线身材。镜头移向女子那张静淡然的美丽脸颊，赫然便是，纳兰嫣然！

虽然广场之上，足有将近千人，而广场中却是鸦雀无声。除了风声呜啸之外，再没有半点异声响起。

偶尔间，一阵稍烈的风儿刮过广场。顿时，满眼之内，白袍飘动，宛如天际云彩降落一般。这般景象，一眼望去，颇有些震撼人心。

有时忽然半空中响起破风之声，旋即人影出现在了那高耸的树尖之上。镜头瞟去，方才察觉，在广场周围的一些巨树之尖上，竟然矗立着不少人影。不仅海波东在此，就是连法犸、加刑天，甚至纳兰桀以及其他几个家族的首脑和晚辈，比如上次和萧炎有过冲突的木战等人，都是在此。看来这一次，云岚宗所邀请的人，还的确是不少。

赶来的人影，并没有莽撞地出声打破广场中的安静氛围。虽然一些实力强横的云岚宗弟子对于这些已然来到的客人有所察觉，可却并未有着半点反应，安静地盘坐在地。看上去，似乎早就收到过命令。

站立在树尖之上，海波东目光缓缓地扫过那安静的广场，脸色略微有些凝重。在他这种强者眼中看来，自然是能够发现一些别人难以察觉的细节。在他的感应中，这广场上近千名云岚宗弟子的呼吸节奏居然完全一致。彼此气息互相牵绕，动之任何一处，都将会受到犹如暴雨一般连绵不绝的迅猛攻击。在这个广场之上，这近千人，几乎是宛如一体一般。动手间，千人齐齐出手，即使是斗皇强者，也要暂避锋芒啊。

"不愧是云岚宗。"心中轻叹了一声，海波东不得不叹服。想要将这些弟子间的配合调教得如此默契，那得有多困难？

偏过头来，海波东与法犸加老两人对视了一眼，皆是从对方眼中瞟出那抹凝重。显然，云岚宗的这个合体大阵，也是让他们心有忌惮。

宽阔的广场，安静无声。时间也在宁静中，悄然划过。

天空之上，巨大的太阳缓缓攀至顶峰。温暖的阳光，倾洒而下，弥漫着整个山顶。

某一刻，细微的脚步声，忽然从广场之外的青石台阶之下悄然响起。轻轻的声音，缓缓传上，让广场中那股浑然一体的气息，略微起了点点变化。

场地中，所有的云岚宗弟子，都是睁开了眼眸，视线锁定在青石台阶处。不轻不重的脚步声，正是从那里传来。

石台上，纳兰嫣然也是逐渐睁开亮眸，目光在那一处地方。不知为何，那颗本来已经淡然的心，却是忽然有些紊乱地跳动了几下。

脚步声，越来越近，越来越响亮，以至于石台上的十几位白袍老者，也是睁开了眼睛，目光投向同一个地方。

遥遥天空之上，忽然间阳光洒下，透过缥缈云层的遮掩，刚好是射在了石阶的最后。那里，一道挺拔单薄的身影，终于是缓缓地出现在了无数视线之中。

在广场之上近千道目光的注视下，背负着巨大黑尺的黑袍青年，脚步一提，走完了最后的台阶。

青年的目光无喜无悲地在巨大广场中扫过，最后停留在石台之上那同样将一对明亮眸子投射过来的美丽女人身上。

脚步轻提，然后放下。如此前进三步，唯有低沉的脚步声，在安静的广场中飘飘荡荡。

三步落下，青年抬头，凝视女子，淡淡开口。

"萧家，萧炎！"

第三百二十四章　三年之约！

平淡的简单话语，缓缓地飘荡在巨大的广场之上，让那弥漫广场的弥合气息，略微动荡与紊乱。

场地中，无数云岚宗弟子皆是目光带着各自不同的情绪，望向石阶处的黑袍青年。对于这个名叫萧炎的年轻人，他们并不感到陌生。他与纳兰嫣然的关系，使得他成了很多云岚宗弟子平日口中的谈料。当然，在每每提起这个名字时，大多数人，都会略微带着些许不屑与讥讽。一个小家族的子弟，便想娶在云岚宗地位犹如公主一般高贵的纳兰嫣然！这在他们眼中，无疑是显得不自量力。特别是当那个三年之约在宗内流传开后，这种讥讽之声，更是显得浓郁了许多。当然，这里的讥讽，也自然不乏某种嫉妒的缘故。

作为云岚宗那高不可攀的少宗主，无数云岚宗弟子将之视为心中女神。平日见面，始终都是面对着那张保持着淡然出尘的精致脸颊。任何人想要与之进一步接触，都将会以失败而归。而萧炎这个差点就成为纳兰嫣然丈夫的男子，自然是极容易受到某些有些畸形的嫉妒。

嫉妒再加上某些风声，这些云岚宗弟子，自然是对那以前从未见过面的萧炎，印象极差。谈话间，大多都是能贬则贬，似乎不把萧炎说得一文不值誓不罢休一般。

然而，今日，望着那即使面对云岚宗近千弟子的合体气势、却依然是保持着平淡与从容的青年，一些脑子精明的弟子，在抛弃那些负面情绪之后，心中却是略感凛然。这般淡然态势，可不像是平日里师兄弟们口中的那个萧家废物能够展现出来的啊。

纳兰嫣然明眸紧紧地盯着不远处那身子略显单薄的青年，目光停留在那张清秀的脸庞之上。在那里，她能够依稀地辨认出当年少年的轮廓。只不过，三年岁月，磨去了少年的稚嫩与尖锐的棱角。现在面前的青年，再没有了当年萧家大厅中骤然爆发的那股锋芒锐气，取而代之的，是深邃的内敛。

"他……真的变了。"脑中悄悄地冒出一句话来，纳兰嫣然目光中略微有些复杂。她从来没有想到过，当年的那个废物，居然真的能够毫无惧色地来到云岚宗，并且在面对云岚宗近千弟子时，仍然淡如轻风，没有丝毫的紧张与变色。

"纳兰家，纳兰嫣然……"

缓缓地站起身来，纳兰嫣然娇躯挺拔得犹如一朵傲骨雪莲，明眸盯着萧炎。声音中，也是如同后者一般平静。

"那便是萧家的那个小家伙？不是说是个不能储存斗气的废物么？"巨树之上，加刑天望着萧炎，眼中有着几缕诧异，轻笑道，"呵呵，可看他现在这副气度，可不像是外强内干强行装出来的。而且，就算是装的，能够在云岚宗那些老家伙特意组合而成的整体气势中保持这般从容，那也不是普通人能干得出来的事啊。"

距离加刑天不远的法玛微微点了点头，老辣的目光缓缓扫过萧炎；片刻后，停留在了后者脸庞上，眉头忽然微皱，出声道："不知为何，似乎对他有种挺熟悉的感觉。"

"呵呵，你也有这样的感觉么……"闻言，加刑天低笑了一声，目露深意地盯着萧炎，道，"看来说不定我们是在哪见过。"

法犸眉头上的皱纹加深了一些，眼光闪烁地盯着萧炎，可却并未再说什么。

"嘿，纳兰老家伙，这就是差点成为你纳兰家族女婿的萧家小子？似乎看上去并不像是传言中的废物家伙啊。这般气度与心性，在我所见过的年轻人中，可没有几个啊。"木辰转头对着那眼睛一直停留在萧炎身上的纳兰桀笑道，笑容中，略微有些幸灾乐祸。一个被认定为废物而被抛弃的女婿，如今所表现出来的，却是远比一些号称天才之人更要出色。虽然纳兰桀不会因此就出现那种后悔得痛不欲生的情绪，可或多或少也是会有着一些懊恼。

纳兰桀脸色难看地狠狠剐了木辰一眼，懒得和他说些废话，冷笑了一声，便是继续将目光投注在那个清秀的年轻人身上，心中思绪翻滚。

虽然纳兰桀早就知道萧炎已经脱离了废物之名，可如今所表现出来的心智以及定力，却依然是让他心中大感惊讶。惊讶之余，也唯有惋惜低叹一声。事情到了这一步，再说任何话都于事无补。他只能希望，等这所谓的三年之约完结之后，萧炎与纳兰嫣然之间的芥蒂能够融化。若是能够重归于好……当然，这或许是个奢想。可即使两人以后已经不再可能，但若能够让萧炎不再对纳兰家抱有怨恨的情绪，那也是能够让纳兰桀稍稍好受一些。毕竟，这个年轻的小家伙，在现在的纳兰桀看来，基本上已经是具备了成为强者的所有条件……

出色的心智定力，优秀的修炼天赋，以及那为了一个约定，坚持奋斗三年的毅力……有了这几样东西，萧炎通向强者的路途，将会顺利与通畅许多。被一个潜力不知底限的年轻人记恨着，纳兰桀并不认为这是件让人愉快的事情。

"看来，得派人与萧家接触一下了啊……"心中低叹了一声，纳兰桀摇了摇头，将心神投进场中。现在的他，也只能等待着那即将开始的三年之约了。

场中，在纳兰嫣然站起之后，其上方的那十几位白袍老者，也终于是缓缓睁开了眼眸，目光投向那处于石阶处的黑袍青年。互相对视了一眼，皆是略感惊异，心中的疑惑与纳兰桀等人毫无二致。现在的萧炎，无论从哪里来看，都看不出这便是当年那受尽嘲讽的萧家废物。

"你，便是萧家萧炎？"位于中心位置的白袍老者，抬眼瞄着萧炎，半晌后，缓缓地开口道。

视线在白袍老者身上扫过，萧炎发现，他应该在云岚宗地位不低。因为自从他开口后，周围那些身穿同样袍服的老者，都是保持了沉默。

"我是云岚宗的大长老，云棱。"萧炎还未接口，老者又是自顾自地道，"今日宗主尚未回来，因此这次的三年之约，便是由老夫主持。此次比试，意在切磋，点到……"

"生死，各安天命。"轻轻的声音，忽然响起，打断了云棱的话语。

场内目光，顺着声音移动，最后停留在了那一直安静的黑袍青年身上。各自神情略有不同。很多人都没想到，萧炎会说出这般话来。要知道，他的对手，可是云岚宗重点培养的宗主接班人啊。

"呵呵，有魄力的小子……"高树之上，一些脾性古怪的老家伙，却是忍不住地笑了出来。更有甚者，还对着萧炎竖起大拇指。

纳兰嫣然眼眸轻抬，凝视着黑袍青年。那对漆黑的眸子中，似乎跳动着些许难以掩饰的波动。是怨恨么？

半晌后，她微微点了点头，声音清冷："随你。"

听得纳兰嫣然的回话，云棱眉头微微皱了皱。萧炎的忽然打断，让这位在云岚宗身份不低的大长老有些感到不愉。他也知道萧炎早已脱去了废物之名，可纳兰嫣然的天赋同样不低，并且加上云岚宗的培养，其实力进展，简直堪称神速。可真要对战起来，云棱并不看好萧炎。

"年轻人，凡事留一线。不过既然你要这般要求，那也就随你吧。生死，各安天命。"挥了挥手，云棱淡淡地道。

嘴角掀起一抹弧度，萧炎心中忍不住地有些想要冷笑。凡事留一线？！当年，纳兰嫣然做得那般绝，可有人让她留一线么？

手掌缓缓握住尺柄，猛然一抽。玄重尺带起一股压迫风声，斜指地面。尺身劲风，将地面上的灰尘吹拂而起。淡淡的青色斗气缭绕在身体表面，萧炎盯着纳兰嫣然："三年之约，我如约而至。今日，解决掉以往的恩怨吧。当年你给我萧家的耻辱，今天……请还回来……"

玉手伸出，玉指之上的一枚翡翠色纳戒光芒闪动。一把修长的淡青色长剑，闪现而出。剑刃倾斜，阳光洒下，反射出一片森冷。

纳兰嫣然美眸与那对漆黑眸子对视着，略微有些惋惜地叹息了一声，淡淡地道："我自己的婚事，自己会做主。即使如今已过三年，可我却并不认为当年我做错了。我有权利选择自己的命运！或许在选择之时，有一些举止不当。但若时间返回，我想，我依然还是会这样。"

"举止不当……"萧炎轻笑了一声。一句轻飘飘的举止不当，便是想要将自己的蛮横之举推卸而去吗？这似乎太简单了点吧？

表情逐渐恢复淡漠，萧炎握着尺柄的手掌越来越紧。片刻后，脚掌猛然前踏一步。落脚之处，坚硬的青石板，居然至脚心处蔓延出几道裂缝。汹涌澎湃的青色斗气，夹杂着些许青色火苗，自萧炎身体表面暴涌而起。

"开始吧……"

第三百四十一章　结束！

雷鸣般的巨响，在巨大广场上空轰然响起，宛如雷神的怒火，让人的心神，忍不住有些恐惧颤抖。

巨响过后，是那犹如火山爆发般盛开而来的能量碰撞。两道凶悍无匹的能量，在半空中略一接触，便彼此疯狂地释放出了各自所隐含的恐怖能量。顿时，一阵狂风凭空出现在广场上空，呼啸而过。在接触的地点，居然连那虚幻的空气都被强大的能量对撞弄得有些模糊与扭曲了起来。

狂风呼啸而过，天空之上暴盛而来的能量冲击波，宛如天火降临一般，对着广场以及纳兰嫣然的方向，席卷而去。

"噗嗤……"

"噗嗤……"

能量冲击波率先接触到一些云岚宗弟子所设置的防御罩，不过后者明显小觑了两股力量所碰撞而出的恐怖劲道。当下那些略显脆弱的防御罩，立刻被能量冲击摧枯拉朽地完全摧毁。一些实力稍弱的云岚宗弟子更是脸色一白，鲜血狂喷了出来。

"加厚防御罩。"对着那些在能量冲击波下一败涂地的云岚宗弟子，云棱急忙大喝道。

"是！"听得云棱喝声，在场近千名云岚宗弟子顿时齐声应喝。整齐的喝声，直冲云霄，竟然将天空上的雷鸣巨响暂时给压制了下来。

"喝。"

随着整齐的喝声再度响起，顿时一道道颜色不一的斗气光芒从云岚宗弟子体内暴涌而出。这些斗气盘旋在他们上空之处，旋即互相接触，快速融合，眨眼间便形成了一副几乎囊括半个广场的五颜六色的斗气防护罩。

"轰！"

防护罩刚刚成形，天空之上一股恐怖的能量冲击波便暴涌而下，狠狠地砸在防护罩之上。顿时，后者便犹如那被投入了巨石的湖面一般，一道道涟漪接连不断地扩散而出。不过，此次由云岚宗弟子齐心所构建的防护罩却未再面临被攻破的危机。

天空上能量碰撞时，那些广场周围的高树之上，除了法犸、加刑天、海波东以及古河等艺高人大胆之人外，其余等人，为了保险起见都是挥手在身体表面召唤出了能量护罩，同时还退后了一些距离。虽然纳兰嫣然与萧炎的实力方才大斗师左右，可两人的攻击在经过互相碰撞之后，所爆发出来的能量，却是连一个斗灵强者都不敢轻易毫无防护地被沾上。

坚硬的广场，在那股凶悍的能量冲击之下，不断地颤抖着。一道道裂缝缓缓浮现，最后一路蔓延而出。

萧炎抬头，脸色凝重地望着那股犹如闪电般袭来的能量冲击波，感受着其中所蕴含的恐怖劲气；背间轻震，长达一米多长的紫云翼便是从肩膀之处弹射而出；脚尖轻点地面，身体犹如滑行一般，急速后退着。而那股肉眼可见的能量冲击波也是犹如翻腾的海浪般，呼啸着紧跟而至。所过之处，坚硬的广场被破坏得一片狼藉。

目光死死地盯着那股如海浪呼啸般的能量冲击波，萧炎在急速退后之时，眼角左右略微瞟了瞟，旋即嘴角微弯，脚掌一旋，身体豁然转了一个位置。而随着他身体的转弯，那股紧随而至的能量冲击波，也是带起了碎石，继续冲击而去。

望着那犹如有着灵性一般的能量冲击波，萧炎倒是并未有着太大的意外。因为射出的佛怒火莲中有着他粘附的些许灵魂力量，因此在两者碰撞之后，其中一些残余能量，便会沿着这些灵魂力量的路线，以此寻找到攻击处。虽然因为天空强光的遮掩，萧炎并不知道纳兰嫣然的确切情况，不过想来她应该也是受到了极为剧烈的能量冲击。

急速后退的身体猛间一顿，在青石上留下一半寸深的脚印；背后双翼猛地一振，身体瞬间拔地而起。在萧炎身体升空的刹那，也露出了其后那些面露愕然的云岚宗长老们。

因为惯性使然，那股能量冲击波，尚还来不及转身追击，便气势汹汹地对着石台上的云棱等人呼啸了过去。

"狡猾的小子。"略感愕然之后，云棱迅速回过神来，当下一声怒骂，双掌猛然重重拍在地面之上，喝道，"重岩壁。"

随着喝声落下，云棱面前几米处的地面猛地一阵翻腾。旋即轰的一声巨响，庞大的石壁破地而出，犹如一个庞然大物一般，将云棱等人，护在了其后。

"嘭！"呼啸而至的能量冲击波，狠狠地撞击在石壁之上。刹那间的猛烈碰撞，让周围的云岚宗弟子忍不住捂住了耳朵。

碎石不断从石壁上掉落而下，细小的裂缝也是急速地蔓延着。不过云棱却并未有着丝毫慌张，在将石壁召唤出来之后，便抬头紧紧盯着那飞上半空的萧炎，惊诧地道："斗气双翼？不对……难道是飞行斗技？哼，好家伙，居然连这稀罕东西都有。"

"这个狡猾小子，居然逼我们出手将那股追击而来的能量冲击波化解。"一名长老拍了拍头顶上的灰尘，略微有些无奈地怒道。

"嫣然的情况似乎不是很好，而且那个萧炎竟然还有着飞行斗技！虽然嫣然借着身法斗技之故，可以暂时停留天空，但定然不是他的对手。若是天空作战，定然没有萧炎那般灵便，很吃亏的……"另外一名老者抬头望着天空皱眉道。那些刺眼的阳光对他似乎并没有什么阻碍。

"大长老，现在事态似乎有些出乎我们的掌控了啊。那个萧炎，真的很强！"

云棱紧皱着眉头，手掌缓缓抚着胡须半晌后，声音低沉地道："先看看吧，尽量不要让嫣然输了。不然的话，在这么多强者面前云岚宗的脸往哪搁？"

"大长老的意思？"闻言，周围几位白袍老者一愣，旋即眉头略微皱起。

"先看看吧……"挥了挥手，云棱并未再说什么，抬起头望着天空，脸色忽然微变，"嫣然受伤了。"

"噗嗤。"

被强光隔离了视线的天空之上，纳兰嫣然的身体犹如那狂风中的飞絮一般；借助着细微的轻风，身体不断轻灵地摇摆着，以此避着那些呼啸而来的阵阵能量冲击波。不过，能量冲击波的攻击范围以及数量实在是太多，在接连躲避了十几道冲击之后，纳兰嫣然终于由于力竭，身形迟缓间，被一能量冲击波重重地轰在了身体之上，顿时俏脸微白，一口鲜血忍不住地喷了出来。

手掌捂着胸口，纳兰嫣然强忍着体内传来的疼痛，刚欲闪现空中，眼瞳猛然一缩，豁然转头。只见在其身后不远处，黑袍青年双臂环胸；背后紫色翅膀缓缓扇动着；漆黑眸子，正冷漠地看着她。

双目在空中对视，纳兰嫣然紧咬着红唇，玉手猛然对着萧炎虚推而出。顿时，大片的淡青色风刃在身前凭空浮现，旋即对着萧炎席卷而去。

借助着反推力，纳兰嫣然身体急速对着地面坠落而下。她也清楚，在空中对战的话，拥有翅膀的萧炎将会占尽便宜，特别还是在现在她受了轻伤的情况下。

在纳兰嫣然刚刚有所行动时，萧炎便率先开始了动作。背后双翼振动，身影猛然下扑；旋即身体略微倾斜，刚好将那一片风刃险险躲避了开去；闪掠速度猛然暴增，身形闪动，便宛如鬼魅般出现在了纳兰嫣然头顶上空，低头冷漠地望着那俏脸微变的纳兰嫣然。

"结束了……纳兰……嫣然。"

耳边风声呼呼刮过，萧炎盯着那精致俏脸，声音忽然间略微有些嘶哑。三年的苦修，经历了孤独，承受了血汗的磨炼，所为的，便仅仅是能够在某一天，将那当年在萧家大厅肆无忌惮给他留下一种耻辱的少女，真正地击败。

近距离地凝视着那张清秀的面孔，纳兰嫣然还能够依稀从上面见到当年那倔强少年的模糊轮廓，眼眸有些迷离。那在炼药师大会上，一袭炼药师长袍的平凡青年身影，再度缓缓地在纳兰嫣然脑海中浮现，脸颊上忍不住浮现一抹自嘲。

"这便是你的报复么……构建一出色得让我都为之惭然与着迷的虚幻之人，然后再将它打破，让我知道，当年我所看不起的废物，却是能够真正地让我纳兰嫣然另眼相看。萧炎，当年的我，的确是因为你的实力而有所看低你。这一点，事实已经证明，我的确目光短浅……不过……"

猛然抬起俏脸，纳兰嫣然直视着那已经挥动着手掌砸过来的萧炎，贝齿紧咬着红唇。脸颊的倔强与当年的萧炎，几乎如出一辙。

"不过，我也早已说过，即使时间重来，我依然会去萧家退婚。我的婚姻，不需要他们来做主。陪一个陌生人过一生，我做不到！"

淡淡地望着那倔强的纳兰嫣然，萧炎那漆黑的眸子中却是闪过些许倦怠，身体猛然下倾，手掌轻轻地印向前者胸前，嘴唇贴着她的耳朵，犹如自语般的呢喃，缓缓吐出。

"我从没说你退婚有何错，只是……你选择的方式，错了。可惜，高傲的你，却从未想过这一点……"

"不过事已至此，孰错孰对已经没有了意义。日后的我们，不会再有任何交集。你继续做你的云岚宗少宗主，我会去继续做我的苦行修士。"

"三年之约，结束了，纳兰嫣然……"

呢喃声缓缓落下，萧炎那轻贴着兰嫣然胸前的手掌中，劲力暗蕴，旋即就欲爆发。

萧炎的一番话，让纳兰嫣然俏脸一片苍白。

"萧炎，还望能看在云岚宗的面子上，让嫣然几分。事后云岚宗定会给予你满意的酬谢。"

就在萧炎即将动手前的刹那，一道若有若无的喝声，忽然传进耳中。

嘴角掀起一抹嘲讽，萧炎听出了这道声音的主人，云岚宗大长老云棱……这时候传音说这种话，未免有些太可笑与幼稚了吧？

轻声笑了笑，萧炎低头望了一眼场中，没有任何迟疑，手臂猛然一震，掌心中澎湃劲气宛如火山一般，暴涌而出。

第三百四十二章 风波再起

"噗嗤！"

汹涌的劲气，顺着萧炎手掌暴涌而出。纳兰嫣然喉咙间传出一道蕴含着痛楚之声的闷哼，旋即一口鲜血顺着嘴角滑落而下。鲜艳的颜色，映衬着红润的嘴唇，凄艳而妖娆。

美眸隐隐噙着些许复杂情绪，盯着那张依然冷漠的年轻脸庞，纳兰嫣然美眸缓缓闭上，双臂垂下，身体犹如那残败的花絮，顺着风儿，无力地对着地面之上，抛落而下。

这一刻，满场寂静！

所有目光停顿在半空中坠落而下的倩影之上。那些云岚宗的弟子，脸庞上，布满了难以置信。

纳兰嫣然，云岚宗年轻一辈最为出色之人！十三岁凝聚气旋，成功晋为斗者；十六岁攀至斗师；二十岁更是一举登上大斗师之列！

二十岁的大斗师，这种修炼速度，虽然不敢说是云岚宗这么多年间最出色之人，可排进前十那也是绰绰有余。然而这优秀得足以让普通人由衷敬畏的人儿，却是败给了那当年的萧家废物。这对于一直将纳兰嫣然视为心中女神的云岚宗弟子来说，无不让得他们有种深深的挫败之感……

然而当再回想起纳兰嫣然的修炼进程之时，一些人，却是不由自主地联想到了萧炎身上去。当这些脑子略微有些精明的人，抛弃了心中的芥蒂，认真盘算了萧炎的年龄，以及修炼速度之后，心中，却是骤然升腾起一股骇然。

三年之前，萧炎连一个斗者都不是。然而，三年之后，他的实力，却是已经追赶上了纳兰嫣然，提升到了大斗师级别……

三年时间，跳跃了斗者、斗师的界限，一举跻身大斗师位列。如果说纳兰嫣然的修炼速度，是让人感到敬畏的话，那么萧炎……或许则是应该让人感到恐惧了。

抛开萧炎那看上去被磨砺去了稚嫩的脸庞之后，一些知情人，心尖却是忍不住地颤了一下。到现在，他们方才想起，三年之前，萧炎仅仅十四岁……三年之后，那便是十七……

萧炎一直所表现出来的成熟以及冷静，掩盖了很多人对其真实年龄的猜测。

很多人在这个年龄时，方才不过刚刚达到斗者级别而已。然而，这位曾经的萧家废物，却是已经开始在强者的路途上，登堂入室了！

十七岁的大斗师！

当年云岚宗的创始人，那位几乎艳惊大陆的奇才，也刚好是在这个年龄方才到达大斗师级别！

想起这些种种，一些人悄悄地咽了一口唾沫，面面相觑地对视了一眼，脸庞上瞬间布满了惊骇与冷汗。

当然，萧炎的修炼速度，也与药老的帮助离不开关系。可是，若是没有当年药老暗中吸取萧炎的斗气，没有了那段黄金时期的时间浪费，谁又能知道，萧炎会不会在更早的时候，便到达大斗师？不过，若是没有三年废物期对自己心性的磨砺，谁又能肯定，萧炎能够有着如今这即使是很多老一辈人都刮目相看的心智？

塞翁失马，焉知非福。

"唉……"

巨树之上，纳兰桀脸色在这一刻变得灰暗了许多；笔直的身体，也是略微有些佝偻；长长地叹息了一声。叹息中，苦涩之意，浓得难以化解。原本好好的事情，搞得如今，不仅赔了一个出色得足以让任何人嫉妒的女婿，而且连面子也是大失，当真是赔了夫人又折兵啊。

听得纳兰桀的叹息声，其身旁的木辰等人也只得相视苦笑着摇了摇头。萧炎的表现，也远远超出了他们的预料。这个似乎一直独自修行的小家伙，居然能够将那由云岚宗重点培养的纳兰嫣然击败。这三年之间，他的成长速度，即使是木辰等人也为之感到瞠目结舌。

"不简单的小家伙啊……"法犸轻叹了一口气。虽然在先前的战斗中，萧炎凭借着飞行斗技的缘故取了一些巧，可那凌厉的战斗意识，明眼人一看，便知他是经历过真正的血汗历练，远非纳兰嫣然这种养尊处优、小心修炼的方式可比。

"的确不简单，假以时日，此子必成大器！"加刑天点了点头，淡淡地评价。这是这么多年来，他首次给予一个这般年轻的人如此评语。

目光盯着半空，海波东心中略微松了一口气。不过紧接着，便又紧绷了起来。因为他知道，此次云岚宗之行，最危险的，并非是与纳兰嫣然的战斗，而是云岚宗的那些长老。

视线下移，瞟过那坐立在石台之上的一干云岚宗长老，特别是当目光扫过那脸色略微有些铁青的云棱之后，海波东眉头也微微皱了起来，袖袍之内手指轻轻弹动，些许寒气缓缓缭绕在掌心中，随时准备着应付任何突发事故。

"该死的小子！"

手掌带着几分怒意，重重拍在身旁的石台上，云棱脸色铁青。他没想到那萧炎竟然如此不给面子。先前他的那道提醒声音，竟然是没有半点作用。

"大长老，接下来怎么办？嫣然……已经落败了。"一名云岚宗长老苦笑着问道。

云棱脸色变幻不定。纳兰嫣然可是代表着整个云岚宗，如今她输掉了比试，无疑会有损云岚宗声望。此时宗主不在，他这个大长老，自然是必须想尽办法将这些损失挽救回来。

"不过在场这么多势力首领，若是没有合适的借口，如何挽救？若是强行来的话，那岂不是显得我云岚宗是强盗之流了么？"云棱心中念头不断地盘转着。

心中有些烦躁地想着挽救措施，云棱目光忽然停在下方那脸色一片惨白的葛叶身上。此时，后者正拿一副见了鬼的模样，盯着半空上的萧炎。那副惊恐的模样，让本就烦躁的云棱更是怒火大生，当下忍不住地低喝道："葛叶，注意你的形象！你可是宗内执事！"

听得云棱的喝声，葛叶浑身一颤，终于是清醒了过来，豁然转过头来，嘴巴哆嗦着，手指颤颤巍巍地指向半空的萧炎，压抑的低低声音中，有着掩饰不住的恐惧。"大长老，他……他便是杀了墨承的那个神秘人！"

葛叶此话一出，石破天惊！

石台之上的所有云岚宗长老，脸色瞬间大变！

……

萧炎淡淡地望着那坠落而下的曼妙身影。回想着先前纳兰嫣然脸颊上的那抹苦涩凄然，他眼中也是再度闪过些许疲倦。为了这个所谓的三年约定，他离开了家族，离开了那个让他牵肠挂肚的可爱女孩。如今三年之约终于结束，他的身体乃至灵魂，似乎都是在此刻卸下了一个压得他一直喘不过气的重担。

"终于结束了啊……"轻叹了一声，面前双翼振动，身形也是沿着纳兰嫣然坠落的路线，缓缓下降着。在即将落地之前，一道白影忽然从纳兰嫣然怀中飘落而出，顺着风儿，对着萧炎飘了过去。

顺手捞过白影，萧炎眼睛眨了眨，身体却是忽然略微有些僵硬了下来。

白影，仅仅是一张折叠得极为整齐的白纸。或许是因为无数次的折叠，白纸的边缘部位，已经出现了一些破屑小洞。这张白纸，萧炎很眼熟……因为，当年在那萧家大厅，少年便是从桌上抽出了这张白纸，挥挥洒洒地写下了那封让所有人目瞪口呆的……休书！

缓缓摊开白纸，略微有些稚嫩的笔迹跃然纸上。目光扫下，那沾染着血的手印，在日光照耀下，是那般的刺眼。

盯着这纸休书好片刻，萧炎方才轻轻摇了摇头，瞥了一眼那即将落地的纳兰嫣然，袖袍一挥，一股劲气凭空浮现，将她的身体驮负着，缓缓落在了青石地板之上。

"咳……"

捂着胸口剧烈地咳嗽了几声，鲜血从嘴角溢下。纳兰嫣然一手撑地，带着几分倔强抬头，望着站在面前不远处的萧炎以及他手中的白纸，脸上的表情一阵变幻，半晌后，似是暗中下了某种决定。

在众目睽睽之下，纳兰嫣然有些艰难地站起身来，略微有些沙哑的低低声音中，有着难以掩饰的苦涩："萧炎，你赢了……按照当年的约定，若是最后比试输了，我纳兰嫣然本该为奴为婢。"

"不过，为了宗门名声，请恕我不能如约实现了。反正我在你心中蛮不讲理的印象也已经根深蒂固，那，就再让我任性一次吧……"

"现在想来，当年萧家的事，我的方式，的确不妥。所以，请日后代我与萧叔叔说一声抱歉……"

话语落下，纳兰嫣然玉手猛地一竖，微微摆动。距离其不远处的一位云岚宗弟子身旁的长剑，顿时被一股吸力吸扯而过。

手掌快速抓过长剑，纳兰嫣然银牙一咬，玉手摆动，锋利的剑尖，便是对着那修长雪白的脖子狠狠劈了过去。

"啊！"

纳兰嫣然这突如其来的举动，直接令广场之上所有云岚宗弟子包括那些长老脸色大变。他们没想到，纳兰嫣然竟然会因为比试输掉而做出自尽的这种事来。不过前者似乎并没有什么说笑的意思，长剑舞动，没有丝毫废话，便是直直对着自己脖子切了过去。

此时场中，一些长老虽有心抢救，可由于距离缘故，却只能眼睁睁地看着锋利剑刃距离纳兰嫣然的脖子越来越近。

"叮！"

长剑携带着森冷剑气，划破空气。然而，就在其即将碰触到那雪白肌肤之前的刹那，修长的双指却是凭空出现，旋即猛然夹下。随着清脆的叮嘤声，长剑豁然停滞。锋利的剑气，在那吹弹可破的脖颈之上，留下一道浅浅血痕。鲜血缓缓溢流而下，在雪白的肌肤上，留下了刺眼的血痕。

长剑被阻，纳兰嫣然猛然抬头，却是瞧见那对淡漠的漆黑眸子。

"我对收你为奴为婢，并没有太大兴趣，所以你也不必做这般事来保全云岚宗声誉。"萧炎瞥了一眼那咬着红唇的纳兰嫣然，心中却是忍不住有些无奈。虽然他胜了纳兰嫣然，可这却并不代表着他能够真的让纳兰嫣然为奴为婢。不管如何说，纳兰嫣然都是云岚宗的少宗主，那些云岚宗长老是绝对不可能让他做出这般大损云岚宗脸面的事情的。

再者，如果纳兰嫣然真的自尽在此处，恐怕云岚宗将会立刻暴怒。两者间的关系，则就会真正地成为敌对！这并不是萧炎所乐意见到的事情。

"三年之约已经结束，日后的我们，不会再有任何纠葛。今日你的失败，就权当是当初你采取方式错误的一点代价吧……"萧炎淡淡地道，手指夹着长剑，猛然一扯，随手一甩，长剑便是飘射而出，旋即狠狠地刺在先前那名云岚宗弟子面前，剑柄不断摆动。

"你也知道，这种纸面条约，没多大的约束力。"

轻摇了摇手中的休书，萧炎屈指轻弹，青色火焰从指间升腾而起，旋即便将之在纳兰嫣然面前，焚烧成一堆漆黑灰烬，随风飘荡。

"三年前所说的话，今日，我再重复一次。"萧炎面带微笑，轻柔的声音，缓缓在安静的广场之上回荡着。

"纳兰嫣然，日后，你与我萧家，再无半分瓜葛。你自由了……恭喜你。"

望着那微笑的清秀青年，纳兰嫣然脸颊之上，神情复杂。她所追求的东西，如今终于得到。可不知为何，心中却是空了好大一块。

"诸位，好戏收场了，各回各家吧。"

萧炎抬头对着高树之上的一众人笑了笑，旋即转身走了几步，将地面上那巨大的玄重尺抽出，随手插在后背之上；然后便在那无数道目光的注视下，缓缓对着广场之外行去。

阳光从天际洒下，那道显得有些独孤的背影，却是比来时，显得轻松了许多。

脚步踏出广场，在即将踏下阶梯之时，那最让萧炎心中下沉的淡淡声音，却是终于响起。

"萧炎先生，还请暂留一下。我云岚宗有点事，需要请你亲自证实一下……"

第十三章

双核驱动：

从「自我权益核」到「情感硬核钻」

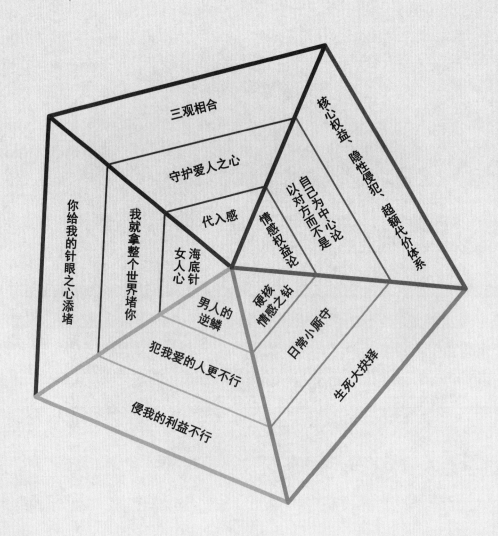

这个社会现实、心理需求、文化机制体制"金字塔"有一个非常"硬核的内核":侵我的利益无所谓,但犯我爱的人不行。

并不是"维护自我的利益"成为最硬核之源,而是"捍卫我爱的人与爱我的人的核心权益"成为轴心之核——这是一个非常微妙却重大的差异。

当然,在《斗破苍穹》之中,其实是一种"双核驱动":侵我的利益不行,但犯我爱的人更不行!不然,纳兰嫣然退婚事件,不会给萧炎带来那么大的"耻辱感"。但是,萧薰儿才是萧炎的真正"逆鳞"。特别是"犯我萧炎哥哥者,虽强必殴"的萧薰儿情感权益论,更是建构起了一个从"生死大抉择"到"日常小厮守"的爽点、爽文和爽感空间——

由于萧薰儿"红颜祸水",不招惹是非但是是非自来,从而引来暗恋慕艾之辈、觊觎之徒、好色登徒子之流对于萧炎这个"护花使者"——或者说应该是"花间少年""花慕王子"——的羡慕、嫉妒和愤怒,从嘲讽挖苦等言语侮辱,逐渐提升为打架斗殴等物理与生理双重攻击,甚至发展到身心灵三重消灭战。

但这些挑衅、攻击和毁灭战,都被萧薰儿基于"人不犯我萧炎哥哥,我不犯人""人若侵我萧炎哥哥,我必殴得你满地找牙"的权益维护和微侵重报原则,予以超维超额超度打击;所有这些小辱重报、微侵大报的事件及过程和结果,都是萧薰儿对萧炎那个纯粹、持续和深入的情感和理念——萧炎哥哥是我(爱)的人;说我可以,侵他不行;欺负、侮辱和侵犯我所爱的人和爱我的人,必须、必然承受超出对方所想象的超额代价——这种坚决捍卫"我的爱"并且不折不扣、彻底贯彻与执行的理念、原理和标准,就是撑起整个"废柴逆袭打脸"大情节故事"爽感建构"的基石。

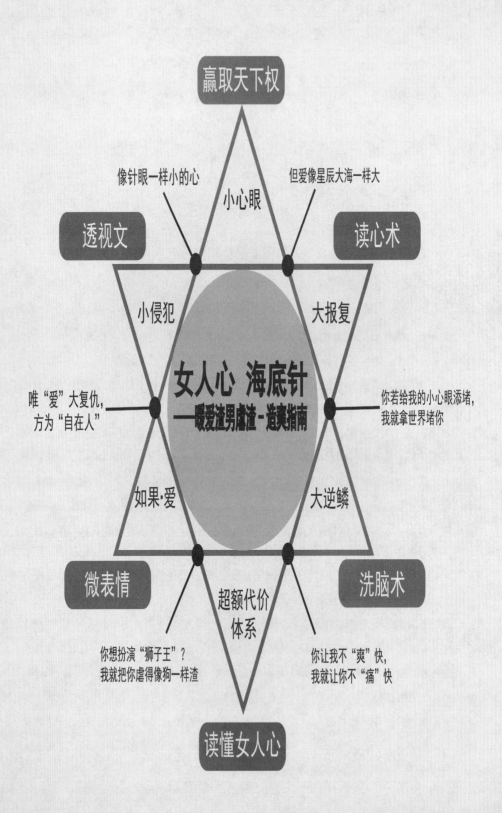

第一节　男人的逆鳞：

从"侵我的利益不行"到"犯我爱的人更不行"

以自我核心权益和所爱之人（萧薰儿）核心权益为双核驱动，萧炎对"权益侵犯和反击链"的处理仍然有小大、轻重、弱强的区别。

比如，从族内子弟冷嘲热讽，到萧宁狗腿的侵犯，甚至萧宁本人的违规危险动作，萧炎的"辱人者恒辱之"都是被动的，并被约束在一定程度与范围内，而完全没有像针对外人那样强烈的主动、报复和反击。

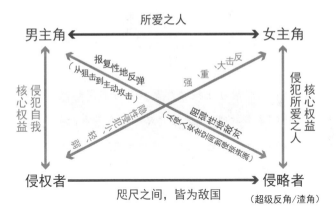

不管怎么说，萧宁确实是因为萧薰儿对萧炎的态度而吃干醋，诱发羡慕嫉妒恨，并"猪油蒙了心"，要给萧炎好看，并最终走向威胁甚至对萧炎施以危险犯规的动作。

远远望着书架下轻笑交谈的两人，萧宁嘴角微微抽搐，脸色颇为难看。一双拳头，紧了松，松了又紧……

作为家族中大长老的孙子，萧宁的优越感一向很强。对于薰儿这位与众不同的少女，萧宁在内心中，已经非常坚决地将她内定成了自己的媳妇，虽然这只是他的一厢情愿……

如今见到自己内定的媳妇和另外一个人有说有笑、亲昵无间，这很难不让萧宁心头妒火中烧。而且，最重要的，与薰儿亲昵谈笑的，还是家族中最没用的废物。

眼瞳中怒气不断涌现。片刻后，萧宁缓缓地吐了一口气。脸庞之上，再次挂上了和煦的笑容。整了整有点凌乱的衣衫，在众目睽睽之下，对着书架旁的两人快步行去。

大堂之中，众人望着那对着两人走去的萧宁，都是幸灾乐祸地笑出了声。当然，这笑声明显不是冲着萧宁，而是冲着那似乎还茫然不知情的萧炎。

目光扫过卷轴之上的人体脉络形状，萧炎暗暗地将那碎石掌的穴位催动以及脉络走向的位置牢牢地记了下来。

轻轻舒了一口气，萧炎低垂的眉头，忽然一皱。灵敏的灵魂感知力，让他清楚地知晓大堂中每一人的举动，包括那正走过来的萧宁。

"这妮子，也是个惹事精。"低低地叹了一口气，萧炎缓缓地收好手中的卷轴。

"呵呵，萧炎表弟，来学习斗技么？需要表哥我帮你找几份高等级的吗？有些东西，或许表弟还够不着权限。"满脸笑容地站在萧炎面前，萧宁和声笑道。

萧炎卷好手中的卷轴，将之轻放在书架之上，微微摇了摇头，淡淡地道："多谢关心了，我暂时不需要。"

"哦，呵呵，我差点搞忘记了……萧炎表弟的斗之气还只有三段，太过高级的，也的确很难学会。"手掌揉了揉额头，萧宁似乎恍然地笑道。只不过其脸庞上的那抹讥讽之意，却并未掩藏得有多深。

萧炎轻叹了一口气。这是自己凑上门来找骂的啊……

嘴角缓缓扬起刻薄的弧度，萧炎有些无奈地道："我知道你说这些无非是想引起薰儿的注意。不过，我还是不得不说，你很幼稚……"

被萧炎这番毫不留情面地一通暗讽，萧宁脸庞上的笑意逐渐收敛。他可没想到，那平日里沉默寡言的萧炎，竟然忽然间具备了和他对嘴的勇气。当下脸色阴沉，冷笑道："看来萧炎表弟对我这表哥很有几分成见啊？要不，我们比划比划？也好让我看看这几年表弟长进了多少？"

"需要我和你比划吗？"薰儿放下了手中的卷轴，扬起小脸，美丽的水灵眼睛，泛起了点点冷意。

眼角一跳，望着替萧炎出头的薰儿，萧宁心头妒火更盛，狠狠地剐了他一眼，嘲讽道："你就知道躲女人身后？"

"三年前为什么不敢和我这么说话？"

萧炎蹴起脚尖再次取下一捆卷轴，吹去上面的灰尘，嘴中淡淡地道。

不得不说，萧炎这副淡然从容的模样，落在对他有恶感的人眼中，真真切切地非常让人感到胸口发堵。

牙齿狠狠地咬在一起，发出嘎吱的声响。虽然心中已然暴怒，不过萧宁却是不敢真正对萧炎出手。不管萧炎的修炼天赋再如何低下，他毕竟是族长的儿子。

深吸了一口气，萧宁阴冷地瞥了一眼萧炎，微微低头，在其耳边森冷低语："萧炎，你已经不再是三年前的修炼天才。现在的你，不过是一个废物而已！薰儿，不是你能配得上的。识相的，尽早离开她！否则，嘿嘿，虽然平日不能对你出手，不过一年后的成人仪式上，你却必须接受一位族人的挑战。如果不想变成残疾人士，奉劝你，早早滚蛋。然后躲到穷乡僻壤的地方，安稳地过完下辈子！"

听着这番威胁的话语，萧炎嘴角微掀，略微偏了偏头，用一种极其诡异的目光打量了萧宁一遍；然后翻了翻白眼，抱起手中的卷轴，转身就走。

瞧着萧炎的举动，萧宁还以为他是妥协了。然而还等不到他欣喜，少年那轻描淡写的话语，却是让得他骤然间满脸铁青。

"嗯，好吧，一年后……我等着你把我打成残疾。"

——天蚕土豆《斗破苍穹》：第十七章 冲突

萧炎对此的反击完全是"被动的"，属于自己的切身利益甚至生命遇到威胁和危险的正当防卫和正常反应。

这还是在无意识的范围之内。换句话来说，这是萧炎自动和本能的反应。他未必意识到了真正的诱因：并不是他自己的废柴让萧宁看不顺眼，而是萧薰儿之爱让他成为萧宁的眼中钉和肉中刺。或者是意识到了却并没有太在意。因为萧宁对萧薰儿的爱慕，虽然浓烈，但还在可控的范围之内：少年好色而慕少艾，却远观而不亵玩焉，因此，并不下流、肮脏和龌龊。因此，萧炎"被动"应对，却无主动之为——除了最后测试日挑战赛时，萧宁的所作所为，已经威胁到了他的生命和生存，从而触怒了萧炎，引发他猛烈的反击。

高台上，萧炎缓缓地吐出一口浊气，犹如岩石般坚硬的双臂悄悄地恢复了正常。那微微鼓起的袖子，也是软了下来。

扭了扭脑袋，萧炎望着台下那急匆匆将昏迷的萧宁抱起来的萧玉，脸庞淡漠，心中并未因此而有丝毫的怜悯。此次如果不是自己拥有两种玄阶斗技护身的话，恐怕刚才萧宁的那一拳，就能将自己的右手给砸断。既然别人不对自己留情，那自己也没理由去做那些白痴烂好人。

缓缓收回拳头，萧炎偏过头对着一旁目瞪口呆的二长老淡淡道："比试结束了吧？"

咽了一口唾沫，恢复清醒的二长老连忙点头，刚欲大喝出比试的结局，一声愤怒的娇叱，却是将之打断。

"慢着！"台下的萧玉，望着那满身鲜血、不知死活的萧宁，贝齿愤怒地咬着红唇，恨声喝道。

二长老眉头一皱，沉声喝道："萧玉，你要做什么？"

萧玉小心地将昏迷的萧宁交给身后的一名族人，矫健地跃上台，怨恨地盯着萧炎，怒道："萧宁如何说也是你表哥，你怎下手如此狠毒？"

望着俨然一副兴师问罪模样的萧玉，萧炎嗤笑了一声，偏头冷笑道："不过是一场没有丝毫意义的挑战，可他却违规服用丹药。先前他那副攻击态势，你认为他对我留情了？如果我不反击，现在躺下去的，就是我。而到时候，你是否又会因为我，而如此怒叱他？他萧宁是人，我萧炎就不是人？你萧玉除了会刁蛮地偏袒人之外，还能做什么？"

面对萧炎这一连串犹如鞭炮的斥责，萧玉心头一滞，红润的俏丽脸颊白了又红。以她的骄傲性子，何时被一名比自己还小的人当众如此教训。深吸了一口气，压下喷薄的怒气，冷冷地道："我不管你如何狡辩，我只知晓你伤了我弟弟。现在我向你挑战，如果有本事，就接下来！"

"萧玉，下去，这里岂容你胡来！比试的规矩是斗者之下，你没有权限！"一旁，二长老怒声呵斥道。

萧玉倔强地咬着嘴唇，怨恨地盯着萧炎，冷冷地道："你难道不敢接受？"

——天蚕土豆《斗破苍穹》：第四十四章　陪你试试

然而，从加列奥少爷到一品炼药师柳席，却是突破了这种边界和底线，从而引发萧炎主动而非被动的反击、狙击和出击，甚至，真正动了杀机。

为什么？这并不是因为加列奥对废柴萧炎极尽嘲讽之能事，甚至是处心积虑挑衅和激将，试图将萧炎逼入角斗场，而是因为加列奥对萧薰儿动了不良企图，甚至最后助纣为虐，试图帮助柳席强掳萧薰儿。

这真的是触碰到了萧炎的逆鳞。每个人都有自己不可触碰的逆鳞。萧炎的逆鳞不是别人说自己废柴，而是他人对萧薰儿的冒犯和侵犯，更别说那些卑鄙、下流、肮脏和龌龊的侵掠和侵略。毫无疑问，加列奥和柳席是真正触了萧炎逆鳞的人——只不过程度有轻有重而已。

瞧着萧炎如此举动，加列奥脸庞微微一变。他可没想到萧炎竟然敢来真的，眼珠转了转，冷笑着嘲讽道："还以为你长进了多少，原来还是一个只会依靠手下的废物罢了。"

"你的激将，很低级。"萧炎挥舞着手中的铁棍，轻声道。

"你愿意当作是激将，那便是激将吧。像你这种废物，根本没资格与薰儿小姐走在一起。"加列奥讥讽道，眼瞳中悄悄掠过一抹寒光，不怀好意道，"你应该进行过成人仪式了吧？嘿，那也就是说：我现在向你挑战，你已经没理由再拒绝了？"

"你还真够无耻的！萧炎今年才十七，你已经二十三了。这种挑战，亏你也说得出口。如果你想玩，本小姐陪你！"听着加列奥的挑战，萧玉柳眉微竖，手中长鞭一甩，在地板上带出一道浅浅的白痕，叱道。

嘴角微微抽搐，加列奥讥诮道："你艳福还真是不浅，又有女人替你出头！嘿，就知道躲在女人身后的软货。"

"奶奶的，这小白脸太嚣张了！小坊主，我们帮你陪他玩玩。"望着咄咄逼人的加列奥，周围一些平日与萧炎关系不错的佣兵顿时大声嚷嚷道。

见到自己一番话引起这么大的反应，加列奥脸庞一变。他的实力不过才三星斗者，若真是引起了众怒，他心中还真有点虚。

瞟了一眼那依然面无表情的萧炎，加列奥拂了拂袖子，冷笑道："既然不敢接受，那也就算了。走吧，柳席大哥，这种连挑战都不敢接的人，有什么值得重视的。"

柳席阴笑着点了点头，目光垂涎地在薰儿身上停留了一会，方才恶狠狠瞪了萧炎一眼，恨恨道："小子，等着吧，我要你萧家主动把人给我送过来！我看上的女人，还没有到不了手的。"

薰儿淡淡瞥了满脸淫秽的柳席一眼，眸子中，终于掠过一抹森然的杀意。

加列奥与柳席转过身，几名满脸冷漠的萧家大汉却是在坊市门口出现，然后宛如一堵门墙一般，将大门牢牢堵死。

"我知道你很想把我弄成残废！嗯，好吧，如你所愿……你的挑战，我接受。"正在加列奥也准备发信号叫人之时，少年淡淡的声音，忽然缓缓地在身后响起。

闻言，加列奥先是一愣，旋即一抹狰狞的笑意，在嘴角缓缓拉起："你自己找死，那就怪不得我了！"

——天蚕土豆《斗破苍穹》：第八十五章　接受

萧炎对加列奥真正动了杀机的诱因，就是他助纣为虐，要将萧薰儿掳走。

虽然，与此同时，加列奥因为萧炎恢复天赋、未来成长空间无限、势必将给加列家族带来威胁，也流露出杀意，必欲除之而后快。但，这种杀意和动作，不过是给萧炎提供了"你要杀我、我必杀你"的正当理由而已。其实，真正的杀机诱因，仍然是加列奥的种种行迹，是对萧薰儿的侵犯，是对萧炎逆鳞的拂逆。作为最鲜明的例证，是萧炎不惜代价，诛杀了柳席——因为，这个下流无耻的淫魔，居然想把萧薰儿掳为玩物！

第二节 女人心海底针：

你给我的针眼之心添堵，我就拿整个世界堵你

是可忍也，孰不可忍！假如这个都可以容忍，那还有什么不可以容忍呢？

这意思就是说——绝不能容忍。所以，无独有偶，对柳席动了杀机的，绝不仅仅是萧炎一人，还有萧薰儿——两个人不约而同，后脚跟前脚，先后对柳席杀了两遍。

只不过，萧炎诛杀柳席，除了对萧薰儿侵犯之意，还有釜底抽薪、深谋远虑之图：斩断加列家族炼药供货之源，彻底断掉他们崛起的可能性，从而再也无法对萧氏家族形成威胁——不管这是一举两得之谋，还是假公济私之举：以为了家族整体利益之名，来掩盖为了萧薰儿报私仇之意。不管怎么说，反正《斗破苍穹》把这两点都说透了。

但是，萧薰儿要杀柳席的意图就纯粹得多——她居然不是因为柳席想把她捉去而复仇，而竟然是因为像垃圾一样的柳席出言侮辱了萧炎，而难以容忍。

"你不是想让人把我捉过来么？"缓缓蹲下身子，薰儿轻灵的嗓音中，蕴含着淡淡的森冷。

柳席咽了一口唾沫。脸庞上的冷汗，因为恐惧，几乎打湿了整张脸。

"我其实很讨厌动手杀人的……"望着满脸恐惧的柳席，薰儿忽然轻叹了一口气。

闻言，柳席眼瞳中掠过一抹希冀。然而他还来不及出言求饶，少女那骤然寒起来的俏脸，却是将他打进了绝望的深渊。

"我其实也并不介意一些无谓目光的，可为什么你要出言侮辱他？你有什么资格侮辱他？虽然他或许不会在乎你这种垃圾，可我却不能！真的不能！"随着

少女语气的骤然变冷，其纤指之上的金色火焰尖刺，猛然脱手而出，最后化为一抹金色闪电，狠狠地刺进柳席胸膛之处。顿时，血洞迅速浮现。

遭受致命重击，柳席眼瞳骤然一缩，惨白的脸庞缓缓灰暗，略微凸出的眼球，看上去极为恐怖。

淡漠地瞥了一眼生机逐渐丧失的尸体，薰儿站直身子，轻叹了一口气，冷漠的小脸上流露出一抹无奈，低声喃喃道："若不是怕萧炎哥哥怪我多事，这乌坦城，早就没了加列家族，哪还会有这么多麻烦事……"

——天蚕土豆《斗破苍穹》：第九十章　料理后事

都说女人的逆鳞不是像巨龙一样长在脖子下面、人人都可以看得见的地方，而是长在没有几个人能够看得清、看得准的心眼里——女人心，海底针。针已几微，心眼却更细；长在又细又微的心之针眼里的逆鳞，恐怕连显微镜都难以捕捉吧？！

这世间，又哪里有那种像传说中的千里眼一样神奇的透视眼，可以一眼就看见女人的心眼、看清长在心眼里的逆鳞……虽然，网络小说里有一种专门的流派或类型文，就叫"透视文"——据说主角可以透视人身心一切外焦里嫩的奇葩或非奇葩的东西。但是，它们真的能透视人细致入微的情绪和情感？我们表示很怀疑。

当然，从影视剧到小说故事，也不乏"读心术"——据说可以"读懂女人心""赢取天下权"：据说征服了女人，就能征服整个世界。不然，从古诗词到网文文案，何以都流行这样一句话：醒掌天下权，醉卧美人膝？！

事实上，古往今来，从"读心术"到"透视文"，从来就没有哪一种方法，能够真正"读懂女人心"——特别是她们那些藏不住但你就是看不懂的小心眼；更别说，那潜藏在小心眼里比微生物还要有病毒传染力的逆鳞了。

从某种意义上来说，萧薰儿是一个很大气的人，大气得真的是"提得起放得下"，就是一个"自在人"——就连给她说这个道理的萧炎都做不到，"话说得比做得还漂亮"，她却确实在大多数时候，都是提放自如、自由自在的。但是，由于萧炎这一个人，她的心眼又变得很小很窄很细，甚至比针眼还要小还要窄还要细，根本就容不下任何有关萧炎的"非议、诽谤和羞辱"。

　　萧炎淡淡一笑，随意理了理衣衫，走向少女。

　　走得近了，瞧着已经和自己差不多高的萧薰儿，目光再扫向那张略显稚嫩的美丽小脸，萧炎心头忽然有些恍惚。当年那流着鼻涕、光着屁股跟在后面瞎晃悠的小东西，如今竟然也是出落得这般水灵动人……

　　轻轻笑了笑，少年目光温醇，手掌毫不客气地在少女惊愕的目光中捏了捏那娇嫩的小脸，笑道："薰儿也长大了啊。不过还好，没忘记萧炎哥哥小时候为了给你摘果子摔得满身青肿的狼狈样。"

　　被萧炎的亲昵举动震得愣了好半晌，亮晶晶的灵动眸子盯着那双不含杂质的漆黑眼瞳，薰儿心中轻轻地笑了。

　　小时候，他就喜欢捏着自己胖嘟嘟的小脸。可自从三年前的那事后，他便犹如在心灵中竖起了围墙，将所有人都挡在外面。就算自己再如何努力靠近，都会被他那不冷不热的态度刺得黯然离去……

　　"他真的回来了……不过，他似乎还是把我当成小时候的跟屁虫，真是根木头……"轻轻地噘了噘小嘴，旋即薰儿又有些责怪自己的贪心。

　　"薰儿，这三年，可别怪萧炎哥哥。那段时间，我自己都活得浑浑噩噩的。不过还好，有你在身边陪着。"萧炎有点尴尬地挠了挠头，歉意地道。

　　薰儿甜甜一笑。三年所受的一些委屈，在少年生涩的道歉声中，顿时烟消云散。

　　"咳，对了，薰儿……你手上还有多少钱啊？"松开手中娇嫩的小脸，萧炎忽然干笑着问道。

　　在家族中，除了父亲，便只有薰儿与他关系很好。今天给父亲丢了那么大的面子，他可没脸再去找父亲借钱。所以，也只能把念头打在薰儿身上了。

　　"钱？"眨巴了一下亮晶晶的大眼睛，薰儿愕然道，"萧炎哥哥需要钱么？"

　　"咳……要买点东西，还缺一点。"萧炎小脸有些通红。前身今世，这都是他第一次找女孩子借钱啊。

　　头一次看见心中淡然的萧炎哥哥露出这副窘迫的模样，薰儿顿时有些觉得大开眼界，捂着小嘴娇笑道："我还有一千多枚金币，够吗？如果不够的话……"在说着话的同时，薰儿那背在身后的一只纤手上，屈指轻弹。一张紫金色的卡片突兀地出现在了纤纤双指间。卡片之上，闪烁着五道不同颜色的波纹。

五纹紫金卡，在斗气大陆上，至少需要斗灵的实力，才有资格办理这种代表身份的金卡。当然，一些超然势力，也具备这种资格。

"够了，够了……"欣喜地点了点头，萧炎忍不住又想去捏薰儿的漂亮脸蛋，不过好在最后硬生生地止了下来。

"放心吧，等以后我会把钱尽数还你。"拍了拍胸口，萧炎承诺道。

"谁稀罕你还呢……"小嘴微撇，薰儿背后的紫金卡片，也是被她快速地收了起来。

"走吧，天晚了，明天我带你去逛逛乌坦城。"萧炎对着少女挥了挥手，率先对着山下兴奋地跳跃而去。

立在原地，薰儿微笑地盯着那恢复了三年前飞扬洒脱的少年，轻轻一笑，低声喃喃道："纳兰嫣然，我究竟该恨你，还是该谢你？"

——天蚕土豆《斗破苍穹》：第十章 借钱

因此，只要一有风言风语之叶落下，萧薰儿的心眼就必被堵——就像那落叶掉一点残根汁渣，都容易把那心眼的裂缝给堵住。一旦谁用萧炎给她添了堵，她就必拿整个世界去给这个人添堵。所以，说她因为"睚眦必报"都是轻的，像柳席这样"毁尸灭迹"才能真正彰显萧薰儿的逆鳞不可触碰之因、触碰之后不可承受之果。

你看，别说柳席这样的一品炼药师了，就连纳兰嫣然这样家世背景显赫的云岚宗宗主弟子，以及加列家族这样曾经位列乌坦城三大家族之一的大家族，在萧薰儿的小心眼里，都曾动念将其抹得干干净净。问题在于，她这还真不是妄想。以她的势力，特别是那神秘的背景，却真是可能做得到的。

因此，小心眼的女人很可怕，被触碰了逆鳞随便都能给你添堵的女人更可怕。但是，有心思更有能力拿你去堵枪眼，甚至堵掉整个失落的世界都堵不上她那小心眼的女人最可怕——萧薰儿就是这样的小女人。

第三节 代入感：

从"价值观正确"到"守护爱人之心"

但为什么这样小心眼又最可怕的女人，非但没有让我们觉得"恐惧"而是觉得"可爱"呢？

为什么当她浮起抹掉整个加列家族的念头，并且亲自动手诛杀一品炼药师柳席时，我们并没有"不寒而栗"，反而"兴奋亢奋"呢？这里有一大堆前戏的铺垫和渲染，如将柳席和整个加列家族都塑造成"反派角色"——他们都是坏人，坏人当然该杀；主角杀起坏人来毫不手软，我们也毫无心理负担。犹如我们从小时候就被灌输的"好人—坏人"二元对立价值观，以至于做什么事，我们都简直、直接和粗暴地划分"这是坏人，所以该死""那是好人，所以该活"。

柳席现在很兴奋。而他的兴奋源头，就是那俏生生地站在面前不远处的青衣少女。

少女一身清雅装束。精致的小脸未曾施加任何粉饰，自然天成。一头滑顺青丝被短短的绿巾随意地束着，刚好齐及腰间。微风吹来，青丝飘动，撩动人心。

在少女那不堪盈盈一握的小蛮腰处，一条淡紫衣带，将那曼妙的曲线，勾勒得淋漓尽致。就连路人的视线，都是忍不住地偷偷在那腰间扫了扫，心头暗自想道：若是能将这等小蛮腰搂进怀中，那会是何种享受？

脸庞炽热地望着少女，柳席的手掌因为激动，有着轻微的颤抖。面前的清雅少女与他以前所玩过的女子完全不同。那犹如青莲般脱俗的气质，简直让爱女如命的柳席恨不得马上将之夺入手中。

眼光扫了一眼那被他一掌轰翻在地的萧宁，柳席笑道："护花可得需要些本事，你还差了点。"

被柳席一番嘲笑，萧宁脸庞通红，双眼赤红地怒视着前者，咬牙切齿，恨不得冲上去啃他一口。

"萧宁，回来，你不是他的对手。"萧玉脸颊略微有些冰寒，上前一步，轻声叱道。

萧宁咬了咬牙，衡量了一下双方的实力，只得不甘地退了回来。在心仪女孩面前如此丢脸，他只觉得羞愧欲死。

目光在萧玉身上扫了扫，最后柳席目光微亮地停留在后者那双性感高挑的长腿之上，不由得赞声道："又是一个极品女子，看来今日我的运气还真不错。"

"呵呵，柳席大哥，他们都是萧家的人。这女的，名叫萧玉。不过她性子太辣，没点本事的男人，还真降服不了。"身后跟着一群彪形大汉的加列奥，笑眯眯地凑上前来，有些猥琐地笑道。

"呵呵，越辣才越有味道。"柳席目光再次转移到那一直未曾开口说话的青衣少女身上，眼瞳释放着绿油油的光芒，"这位女孩子，又叫什么？"

望着柳席竟然打上了自己心仪之人的主意，加列奥嘴角略微抽搐，心中在恶狠狠地诅咒了一声这精虫上脑的王八蛋后，方才无奈地回道："她叫萧薰儿。"

"好名字。"含笑点了点头，柳席不再与加列奥废话，上前两步，佯作绅士般地笑道，"在下柳席，不知能否邀请两位小姐一同逛逛坊市？呵呵，坊市中只要有两位小姐看上的东西，尽管算在在下头上。"说着，柳席手臂微微撤开，将自己胸口上的职业徽章，有点炫耀般地露了出来。

——天蚕土豆《斗破苍穹》：第八十四章　废掉

这种二元对立的思维是如此根深蒂固，影响了很多方面，以至于影视改编剧《斗破苍穹》中萧炎被吸入纳戒空间，药老一本正经地给他说："我把整个星云阁宝藏都搬进来了；因为，怕被坏人盗了去……"看到这个场景时，刚好一口水含在我嘴里，差点没有喷出来，好"孩子气"的一句台词啊！好坏、善恶、是非、黑白等价值对立和取舍选择，确实是影响我们对人物认同或者反感的关键前提和基础，但绝不是这么简单、直接和粗暴的审判与裁决：他是坏人，他该死！柳席是坏人，所以，柳席应该死。这是正义的审判，但不是爽文的裁判。

我们要拷问的，不是柳席"该不该"死——从价值观判断来说，他当然该死，这是毋庸置疑的事情——而是，柳席为什么死得让我们"爽"？！换句话来说，审判柳席该死、裁决他死的人会很多：我们每一个人都可能是审判官；至少，在我们阅读到柳席的所作所为时，早就审判了他的死刑——只不过是缓期，留待谁来执行而已。

同理，裁决柳席死刑的人，也会很多。但不是每一个执行的人，都能让我们觉得很爽。比如，萧炎之父、萧氏家族族长萧战，出场对抗加列家族族长加利布时，趁其不备，重火力攻击，集中把柳席轰了个渣飞滓落；或者，三大长老趁乱，暗度陈仓，将柳席火烧炙烤——这都不是什么难事嘛。然而，天蚕土豆没这么写，《斗破苍穹》没这样讲，我们，好像也不希望这么看。为什么？不爽而已。

因为，无论是萧战还是三大长老，让我们认同与接纳、同情共理的代入感，都很低；至少比萧炎和萧薰儿低了不止一两个层次——这两人才是让我们有着第一代入感的人。而且，和柳席正面、直接、激烈发生冲突的，也是萧炎和萧薰儿两人：他想强掳萧薰儿，触了萧炎逆鳞；他出言侮辱萧炎，给萧薰儿的小心眼添堵；他同时冒犯了这两个人，又交叉触碰他们的逆鳞——感同身受，柳席也触碰了我们的逆鳞，让我们本来也不大的小心眼都堵得难受。

望着拦路的几位大汉，萧玉俏脸一沉，回转过身，对着加列奥冷声道："这里是我们萧家的地盘，你是不是太嚣张了点？"

"呵呵，萧家？很强么？不过就是靠着凝血散拉回了点人气罢了。若是我愿意，我可以很轻松地将你们萧家搞得元气大伤。回春散，不过是我随意而做的疗伤药罢了。"柳席抚了抚雪白的袖子，得意地道。

闻言，萧玉俏脸一怒，不过却并未怒骂出声。深知炼药师实力的她，也有些不敢将话说得太过刺人，以免为萧家惹来一些不必要的麻烦。

然而萧玉会担心这些，可薰儿，却不会在意这些烦恼。她现在只知道，这块类似人形状的垃圾，已经耽搁了她见萧炎的时间。

轻抬了抬眼，望着那满脸得意的柳席，薰儿小嘴微启。轻灵动听的声音，所吐出来的话，却是让得所有人发愣："垃圾就是垃圾，就算披上了炼药师的皮，那也依然只是个垃圾！像你这种有点本事就四处炫耀的人，用萧炎哥哥的话来讲，那就是一个……傻逼。"

大街上略微寂静，很多人都是满脸错愕。这位看上去清雅动人的少女，骂起人来，竟然也并不比人逊色。

萧玉同样是愕然地望着身边的薰儿，半晌后方才无奈地撇嘴道："我早就说过，你会被那小混蛋污染的……"

被薰儿在大庭广众下这番毫不客气地讽刺，心胸本来就并不开阔的柳席，脸庞上的笑容逐渐地收敛，阴沉地道："这么多年来，你还是第一个敢这么和我说话的人。"

"真是……好傻的对白。"

小手揉了揉光洁的额头，薰儿现在几乎已经能够确定：面前的这位，如果不是白痴的话，那就应该是太过自视甚高了。

——天蚕土豆《斗破苍穹》：第八十四章　废掉

因为，给我们添堵，就是给世界添堵；我们的心眼被堵住了，整个世界就被堵住了！阅读《斗破苍穹》时，萧炎和萧薰儿被堵住的心眼，就是我们被堵的整个世界。因此，捅通萧炎和萧薰儿的心眼，就是捅通我们阅读的整个世界。

马桶堵住都要疏通呢！连小区跳蚤市场摆地摊的大哥都在吆喝："走过，看过，不要错过——这个玩意儿通马桶最有效！"对，就是这个意思！什么工具/东西/方式……把它"捅通"最有效？能够让我们最直接、最有效、最有力地"捅通"被堵住的心眼和世界的工具或方式，就是最好的！

因此，把被堵住的心眼和整个世界都捅通，最有效的方式，就是让堵和被堵的人直接对抗：既然柳席给萧薰儿和萧炎都添了堵，那自然应该由萧炎和萧薰儿直接堵回去！让自己的"家长"出面，算怎么回事？！

如果萧战或三大长老这样的"家长"，真的代萧炎或萧薰儿出面灭了柳席，顶多算是"护犊子"，算不上能耐，更别指望我们引发共鸣。

但是，无论是萧炎还是萧薰儿出手，都会让我们有代入感。因为，以牙还牙、以血还血，以彼之道还彼之道——君子报仇，十年不晚；小人报仇，从早到晚。爽文不推崇君子复仇，反而主张小人报仇。你早上十分嚣张，晚上就必招来百分之百的灾殃。这种主角直接、即时、有力的"回报机制"，是爽感的重要来源之一。

萧炎无奈地摇了摇头，目光跳到一旁那因为他的出现而满脸雀跃的青衣少女身上，脸庞的笑意越加柔和："刚才骂得很痛快啊。"

听着萧炎的取笑，薰儿无辜地摊了摊手，抿着小嘴轻笑道："我也不想的，只是很有些看不惯他那副模样罢了。要知道，即使是当年的萧炎哥哥，也不敢当街抢人的哦。"

被薰儿偷偷地反击了一次，萧炎干笑着摸了摸鼻子。当年他虽然有些张狂，可也不至于到这家伙的脑残地步吧？

"哟，这不是萧家小少爷么！一年多时间不见，听说你终于脱离了废物的名头？"望着那与心仪的女孩亲昵交谈的萧炎，加列奥眼角一阵抽搐，在嫉妒心的驱使下，发出阴阳怪气的笑声。

"他是谁？"柳席目光同样有些阴冷。先前那一直没对他正眼看待的薰儿，现在却和另外的男子谈笑。这种打击，实在是让性子高傲得过了头的他难以接受。

"嘿嘿，柳席大哥，这可是萧家有名的'天才'！名叫萧炎。以前修炼了十多年，斗之气也才停留在三四段左右。不过最近不知道吃了什么东西，却是在几个月前，直接蹦到了八段斗之气。"加列奥在柳席身旁阴笑着介绍道。

"一个连斗者都不是的东西，再'天才'，那不也是废物？"柳席冷笑道。

听着柳席此话，薰儿小脸微寒，秋水眸中，金色火焰，闪掠而过。

伸出手掌轻拍了拍身子略微紧绷的薰儿，萧炎淡笑着摇了摇头，偏过头，望着那一身白衣的柳席，目光随意地瞥了一眼他胸口处的炼药师徽章，微笑道："你应该就是炼制'回春散'的人吧？"

柳席一声冷笑，挺了挺胸口处的徽章，傲然道："没错，我就是加列家族请来的炼药师。"

萧炎似是恍然地点了点头，笑吟吟地道："难怪，如此低级药力的疗伤药，也只有您这种炼药师，才能炼制得出。您还真没愧对您老师的教导！"

听着萧炎此话，周围围观的佣兵，顿时发出轰然笑声。经过前段时间加列家族的暴利，这些佣兵对那回春散的制造者，也是有着不小的怨气。现在见到萧炎竟然敢当面嘲讽，都是有些感到畅快。

周围的大笑声让柳席脸庞缓缓阴沉，双眼森冷地盯着萧炎："你这是在给你们萧家招惹一些惹不起的敌人。"

闻言，萧炎略微有些愕然，苦笑了一声。手掌揉了揉额头，他实在是对这位自视甚高的极品有些无语。他难道认为自己是哪位斗帝的亲传弟子不成？一个一品炼药师的确能够让萧家正视，不过若要说惹不起，却不过是一个笑话。

"唉，这种智商也能成为炼药师？"叹息着摇了摇头，萧炎心有戚戚焉地与薰儿对视了一眼。在与柳席交谈一会之后，他终于明白性子温婉柔和的薰儿为什么会对这家伙如此不感冒了。

——天蚕土豆《斗破苍穹》：第八十五章　接受

但是，更大的爽点，在于主角回报的理由和出发点。比如，萧炎因为柳席触动了萧炎儿的逆鳞，而必灭之；而萧薰儿因为柳席给她只装了萧炎一个人的小心眼添了堵，而雷霆大怒，不将他轰得灰飞烟灭誓不罢休——我们不觉得他们报复的手段酷烈、血腥或者残忍。

除了前述价值取向正确（柳席是坏人）、主角回报机制（用了十分力气打你脸的敌人，你一定要用一百分的力气打回去）之外，更重要的一点，是戳中我们心窝——扎心了，老铁——守护之心：他们是为了守护所爱之人和爱自己的人，而暴走狂化，痛殴对手，猛攻敌人，甚至歼灭凶犯的！

也正是因为如此，当萧薰儿从"初绽清莲、出水芙蓉"的倾城少女，狂化暴走成杀敌、灭敌、歼敌的"暴力美少女战士"时，我们才不会有违和感，反而觉得理所应当、理直气壮、神清气爽——看到她击杀柳席时的言语和动作，确实很爽，觉得萧炎何其有幸，我们何其有幸：人生有你，《斗破苍穹》有萧薰儿。

第四节　情感权益论：

犯我萧炎哥哥者，虽强必殴

如果提炼和总结萧薰儿那种"你不犯萧炎哥哥，我不犯你；你若犯萧炎哥哥，我必犯你"的情感核心原则，以及我们解读、诠释和建构"核心权益论"的制造爽点、建构爽感、引爆神爽的原理与逻辑，我们可以发现三个标志点。

第一点，小日常——这都是在平常生活中起点非常小波澜的小事件、小冲突和小矛盾。

第二点，核心权益侵犯和超额索取论——事件虽小，却触犯了萧炎的核心权益，特别是侵犯了萧薰儿以萧炎为中心划定的不容侵犯的底线、原则和安全边界；一旦被侵犯，必然会被怼回去，甚至招致更为强烈、更为猛烈、更为激烈的反击、狙击甚至攻击，让对手付出比正常情况下超额、超巨大的成本与代价。

第三点，以对方（如萧炎）而不是自己为中心论。是以自己所爱的人为中心，而不是以自己为中心——所以古有"冲冠一怒为红颜"，今有"萧薰儿一言不合就拉黑"。

事有大小之分，但核心理念和逻辑如出一辙——

暗恋爱慕萧薰儿的萧宁因为嘲笑萧炎废柴，而为萧薰儿不喜，被拉入黑名单。

加列奥觊觎萧薰儿美色，却因为讽刺萧炎废柴，被萧薰儿自动划到垃圾那一边。

小日常

情感权益轮

以对方而不是
自己为中心论

核心权益侵犯
和超额索取论

更因萧炎恢复天赋，被加列奥视为仇雠，而惹得萧薰儿动了杀机，甚至想整个儿抹杀加列家族。

至于柳席被诛杀，也并不是因为他冒犯了萧薰儿自己，而是因为他侵犯了"萧炎哥哥"……

本着"人不犯我，我不犯人；人若犯萧炎哥哥，我必犯人"的理念和原则，进入迦南学院测试时，因为罗布对萧炎的蓄意刁难，萧薰儿毫不犹豫地让他撞了一头厚厚的"黑脸墙"，直接给他难堪。

当萧炎决意请假一年，离别在即，情难已，萧薰儿黯然神伤，心中极其不爽、正想找地发泄之际，迦南学院的花丛老手林喃撞上了枪口，被萧薰儿痛殴成了猪头——温柔可爱的天才萝莉，突然狂化成为暴走少女，把一个所谓大好青年直接揍成可以敬献神庙的胖猪头。直接原因，仍然不是因为对方的好色言语和不良企图多有冒犯自己，而是因为侵犯了"我的萧炎哥哥"的核心权益——犯我萧炎哥哥者，虽强必殴！

"嘿嘿，林喃，怎么？对人家动心了？"行近帐篷，一道笑嘻嘻的声音，忽然传了出来。

脚步顿住，被称为林喃的青年瞥了一眼满脸笑容的罗布，身子斜靠在帐篷杆上，端起手中的水杯抿了一口。微眯的目光，望着那在夕阳的映射下身姿修长的少女，目光中跳过一抹炽热："很少见到这种极品女孩了。学院中可没多少女生能与她相比。"

"可人家似乎对你不感兴趣啊。"罗布戏谑地笑道。

"兴趣是需要培养出来的，日后还有的是时间，急什么？"林喃微笑道。

"她……和那位叫萧炎的家伙关系不错啊。"瞥了一眼不远处的少女，罗布似是无意地道。

晃动的水杯微微一滞，林喃眉头紧皱："那家伙真的在若琳导师手下撑下了二十回合？"

"的确是真的。那天你们几人在外面测验，所以并未看见。可我们一干人，却是亲眼所见。若琳导师最后使用出了'水曼陀罗'，可依然被那家伙扛了过去。"回想起那日的战斗，罗布脸庞上忍不住地闪过一抹惊骇，沉声道。

手掌微紧，林喃将杯中的清水一饮而尽，撇嘴道："就算是真的，那我也不会因此放弃她。那家伙修炼天赋的确很强。不过比起如何讨好女人来，却还差得远。嘿，而且他还要离开薰儿一年。这一年，我能有大把的时间，让薰儿将对他的感情淡化……"

说到此处，林喃略微有些得意。作为一名情场老手，他很有信心：如何捕获一名少女的芳心。

"薰儿。"此时广场外，若琳导师忽然快步跑进，最后停在少女面前，喘了几口气，轻声道，"他走了。"

小手微微一颤，薰儿沉默了片刻，微微点了点头。

"薰儿，别伤心了。只是分开一段时间而已。"瞧着薰儿安静的模样，若琳导师叹了一口气，安慰道。

"嗯。"轻点了点头，薰儿忽然站起身子，在若琳导师疑惑的目光中，对着帐篷处的林喃两人行去。

少女缓缓走来，最后在两人面前停下。精致的小脸瞧不出一点喜怒，灵动的眸子盯着林喃，轻声道："学长，能陪薰儿切磋一下么？"

"呃……"听着薰儿这要求，林喃一愣，半晌后，方才笑道，"薰儿学妹有这要求，我自然不会反对。切磋之时，我会把实力压制在与你平级。"

薰儿眨了眨修长的睫毛，没有再开口，小脸淡然地径直行进帐篷之中。

"嘿，你小心点吧。她的实力可是六星斗者。"望着那进入帐篷的少女，罗布笑着提

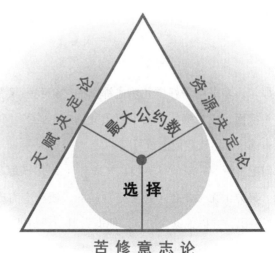

醒道。

"我两个月前就已经晋入七星了。"微微一笑，林喃望着帐篷，含笑道，"看来这似乎是一个不错的开头。女孩一般都是在这种时候，心扉最是脆弱。"

嘴角微掀，林喃整了整衣衫，然后在罗布那艳美的目光中，行进了帐篷。

站在帐篷之外，罗布等待了几分钟，然后那帐帘便是被掀开，小脸淡漠的少女，缓缓踱出。

"呃……"望着竟然是薰儿先出来，罗布不由一愣。不过瞧着少女的脸色，却是不敢开口询问。

少女站在帐篷之外，抬起精致的小脸，望着那即将落下的夕阳。这时候，少年或许早已经出城了吧？

小手捋过额前的青丝，片刻之后，薰儿偏过头，对着罗布轻声道："日后再从谁口中听见萧炎哥哥的不是，我会杀人……"

被那双水灵动人的眸子紧盯住，罗布脸庞上却是泛不起一点笑意，一股寒意从心中蔓延而出。

收回目光，薰儿对着广场外缓缓行去。

待得薰儿离开之后，若琳导师与罗布赶忙掀开帐篷，身躯陡然一震。

帐篷之内，林喃正萎缩在地。原本俊秀的脸庞，此时已经布满青肿，显得丑陋之极。在其身旁的地面上，十几颗染血的牙齿，正随意地散落着，看上去，极为刺眼……

——天蚕土豆《斗破苍穹》：第一百零六章　离开

那句让多少中华好男儿热血沸腾的"犯我强汉者，虽远必诛"之传世名言，被改头换面，成为痴情小女子萧薰儿恪守不二的"犯我萧炎哥哥者，虽强必殴"之座右铭，依然让我们击节可叹。

何况，萧薰儿颜值（美貌、气质和性情）、天赋（才华、能力与实力）、家世背景（势力）无一不佳（甚至是顶级的，或有潜力成为顶级），却一颗芳心紧系于萧炎身上，并以他进为进、以他退为退，洒扫进退皆是守护和陪伴他之道。

什么是爽点？这就是爽点！

第五节 硬核情感之钻：
从"生死大抉择"到"日常小厮守"

这确实是爽文中最核心的"硬核爽点"之一。

因为它满足和戳中了人类最核心的现实痛点和情感需求：无论贫穷和富贵，无论是顺境还是逆境，无论是美貌还是丑陋，无论是天才还是废柴……我们都希望身边始终有一个人，为我们所爱，亦全身心地爱我们，相濡以沫，不离不弃。

别说"暴起痛殴甚至消灭一个企图冒险与侵犯、侮辱与损害我们的人"，甚至我们可以与整个世界为敌——一个人与这个充满敌意的世界孤独地对抗。

比如网络文学第一个黄金十年的代表作——萧鼎的《诛仙》，就讲述了一个平凡而奇崛的少年，在心爱之人碧瑶坠落黄泉之后，性情大变，变身鬼厉，拿着那一根"烧火棍"，与整个所谓正道社会对抗。

而网络文学第二个黄金十年的代表作——猫腻的《将夜》之中，当宁缺从小就相依为命的桑桑，忽然变成举世公敌冥王之女，遭遇整个修行世界甚至整个人类社会的围追堵截、围剿灭杀时，宁缺的选择，却是"不抛弃、不放弃"，站在世界的中心呼唤"爱"——让暴风雨来得更猛烈些吧。

在这个网络文学黄金十年起承转合之间，《斗破苍穹》异峰突起——它于2009年至2011年之间连载——代表着"爽文"的高峰。它把那种宏大而沉重的"生死以托"主题，消解和重组为日常而轻松的"生活之亲"——相爱，从生死永诀或世界分裂之重大抉择，变成常态人生甚至是日常生活中的细微反应。

萧薰儿和萧炎在稀松平常的日子里相亲相爱，如影随形，就像一呼一吸那样自然。所遇之事，所怼之人，都是在琐碎和平庸的生活之中，偶尔泛起的波澜而已——并没有遇到像张小凡那刻骨铭心、深入骨髓的生死抉择，或者像宁缺那样是非黑白、人与整个世界对峙的分裂抉择。

"呼……"长长地呼了一口气，萧炎双臂枕着后脑勺，目光迷离。失神间，清雅如幽莲的少女，却是忽然在脑海浮现。那一颦一笑，让萧炎冷漠的脸庞不由自主地浮现些许笑容。

对于那个差点便成为自己妻子的女人，萧炎现在并未有太多的感觉。以前不会有，或许以后也不会有。如果硬要说有，那也仅仅是人对于那些身份高贵的女人的一些征服欲而已。经过两年历练，孤独中的他忽然感受到，原来自己的心，居然在不知不觉间，被某个少女悄悄地占据、牵绕。

明明是家族最耀眼的明珠，可却偏偏喜欢躲在自己身边，装作可怜没人爱的楚楚动人模样。

明明背景极为庞大神秘，可却对着废物的自己恬静微笑，百依百顺……

这个温柔得犹如一团秋水的少女，在萧炎自己都未察觉之间，悄悄地渗透着他的心。虽然年少，可聪明的她，却十分清楚，想要捕获那颗不安分的心，唯有温火慢炖：在某一天，蓦然回首，他会明白……

"薰儿，等着我，等这里的事完了，我便能去找你了……"想起那张清雅动人的小脸，萧炎心中便是暖流淌过，低声喃喃道。

——天蚕土豆《斗破苍穹》：第三百一十一章　诡秘的黑袍人

至少，这在乌坦城这个小情节之中还没有出现。或许在未来萧炎随着实力暴涨，到了能够触摸斗气大陆顶层游戏规则的时候，会正面硬杠萧薰儿背后那个神秘莫测、庞大冷酷的势力，来一场"强拆鸳鸯戏"，亦未可知。

但以现在开局之中《斗破苍穹》的调性，特别是萧炎这种人设性格、人格和品格所驱动的爽文模式，斗气大陆版"罗密欧与朱丽叶"悲情戏上演的概率并不大，亦不太可能出现"我本将心向明月，奈何明月照沟渠"的呻吟剧——多半会是"你强我更强，明月照山岗"：你不服？我用拳头打得你服！你不允？我打得你签了婚约——整个基调肯定是欢快的、明朗的、爽快的。

当然，肯定是有人不舒服的。但是，让不舒服的人继续不舒服吧，让爽快的人更加爽快吧——这本来就是爽文的主流调性。

　　静静地望着沉默中的萧炎，药老老脸上也是闪过一抹复杂的神色。良久之后，轻声叹道："这种事，只能你自己选择，我也不想过多干预。不过，我想额外问一句……你对那位叫萧薰儿的丫头有没感觉？"

　　"呃？"被药老这天马行空般的问题搞得一怔，萧炎脸庞略微有些泛红，张了张嘴，半晌后方才苦笑道，"老师怎么忽然问这种问题？薰儿是我妹妹吧。我对她……能有什么感觉？"最后一句话，萧炎似乎觉得有些气弱。

　　"呵呵，妹妹么？你也清楚，你与她并没有丝毫的血缘关系。那丫头现在不过十五六岁，便让得这萧家的年轻一辈对她爱慕不已。等日后若是长大了，那还得了？"说到这里，药老瞥了一眼萧炎，淡淡地笑道，"如果你能想想，以后的哪一天，她被别的男人拥入怀中，那你是什么感受？"

　　苦笑的脸庞微微一僵，萧炎眉头缓缓皱起，轻吐了一口气，低声道："似乎……有点难以接受。"

　　"嘿嘿，既然你能觉得有些难以接受，那在你心中，可不是单纯地只把她当作妹妹……"药老似笑非笑地道。

　　脸庞再次一红，萧炎有些支支吾吾，说不出话来，无奈地摊了摊手，苦笑道："老师你究竟想说什么？"

　　"和你说这么多，只是想让你认清一下情感而已……既然你对她有着一些堪称邪恶的念头，那么你也该审量一下自身的实力与发展潜力。"脸庞微凝，药老咂了咂嘴，有些疑惑地道，"那丫头的背景，很有点恐怖。我不知道以她的那背景，怎么会和你们这小小的家族有瓜葛。不过这也并不能填补你们之间的那道鸿沟。你与她身份的差距，实在太过巨大。就算那丫头也喜欢你，可她背后的那些人，也绝不会答应！"

　　眼眸微眯，萧炎那又在一起的手掌不由自主地紧握了起来。

　　"这片大陆，是实力为尊的世界。有实力，就有尊严。当初那纳兰嫣然是何种态度，你也清楚地瞧见了。她之所以能够居高临下地嘲讽你，便是因为她的背景与实力，比你强！"望着萧炎的模样，药老语重心长地叹道。

　　"萧薰儿的背后势力，比云岚宗更恐怖。所以，你在他们的眼中，地位犹如蝼蚁。即使你有着杰出的修炼天赋，他们也不会太过重视。传承了这么多年，他们见过太多惊才绝艳的天才……只有你拿出真正让他们为之忌惮的实力，才有可能如愿以偿。"

萧炎摸了摸鼻子，耸着肩轻声道："修炼这'焚诀'，就能让我得到那种力量？"

"应该说只有你成功修炼'焚诀'，才有可能！"药老摇了摇头，凝重地补充道。

轻叹了一口气，萧炎手掌撑着下巴。清雅少女往日的一颦一笑，莫名地在眼前缓缓地浮现；银铃般的娇笑声，盘旋耳际。

长长地吐了一口气，萧炎苦笑道："老师说了这么多，还叫不干预我的选择么？"

——天蚕土豆《斗破苍穹》：第六十七章　选择

按照这种调性，在萧薰儿和萧炎的日常之中，始终贯穿着这种"让对手不舒服、让我们更爽快"的轴线。

而且，除了那种"让不开眼的人开开眼"的硬怼并肆虐模式——亦即不但要把那些"不开眼硬撞上来的人"直接怼回去，还要把他们虐得就像"惶惶如丧家之犬"的野狗——让我们爽快之外，里面所蕴藏于日常之中看似寻常却非常的价值取向和情感标准，却是戳中我们爽点的硬核之钻：你怎么说我都可以，但怎么可以怼我的萧炎哥哥呢？虽然他不在意，但我不能不在意。我要为他讨回公道——这需要你付出的成本和代价，远远要比你想象的高。

这种比爱情低但比友情高的价值取向和情感标准，往往是爽点密集产生的中介阶层？什么意思？意思是这种怼回去、把对方虐得像恶狗一样渣、索取超出预期与应该支付的成本与代价模式，虽然基于爱情但不是在"扎根爱情"这个深层土壤之上，否则，产生的就不是爽感而是感动，甚至是打动和动心——这就像情绪和情感之间的区别，虽然很微妙，但导向的结果却是有着天壤之别。

萧炎轻笑了笑，两步上前，在薰儿身旁坐下，嗅得身旁传来的少女体香，再感受着周围那射来的嫉妒艳羡目光，不由得忽然有些恍惚。当初在乌坦城成为废人的那段时间，与薰儿走在一起，周围的目光，尽是嘲讽与白眼。在周围人眼中，恐怕便是：一只蛤蟆，与美丽的天鹅走在一起，难道都不会觉得自惭形秽么？

而如今，经过两年的苦修，现在再与薰儿走在一起，已经再没有人会用当年的眼光来看待他。因为现在萧炎所展现出来的天赋以及实力，已经完全够资格与薰儿这个天之骄女相提并论！

而这，便是有实力与没实力间的待遇差距！

当年，虽说嘴上时时刻刻都是在说为了三年之约而努力着，可内心深处又何尝不是想努力提升自己的实力，让自己日后与薰儿在一起时，别人不会再拿那种有色眼光来看待？

距离当初的废物期，已经过去了三年。这三年间，萧炎依靠着自己的努力，完成了心中的愿望，成功地打败了纳兰嫣然，并且也让自己，具备了与薰儿在一起的实力与资格！

长长地吐了一口气，萧炎偏头望着目光正盯着场中比试的薰儿。在淡淡阳光的照耀下，此时的薰儿，几乎完全被包裹在了一圈金光之中，恬静温柔。这幅美丽图像，让萧炎眼中闪过一抹由心而发的迷醉。两年孤独的历练，让他清楚地明白，面前的这个女孩儿，在自己心中，方才拥有着最深刻的烙印！

这个烙印，在小时候，便是已牢牢印上。其实薰儿总说若非幼时啥都不懂的萧炎闯进她的房间，用那根本不熟练的斗之气足足坚持了几年时间，温养着自己看似脆弱的身体，而方才致使她将萧炎彻底地放进了内心深处；可她又何尝不是在萧炎落魄时，依然保持着日复一日的温柔尊敬，方使得萧炎那远超同龄人心智的内心，对着这个仅仅对着自己展现善良可爱的女孩，彻底展开？

手掌顺着桌底缓缓探过去，最后握住了薰儿那柔若无骨的小手，感受着掌心处的娇嫩滑腻，萧炎内心轻微地颤了颤。

在被萧炎忽然握住小手时，薰儿娇躯便是轻轻一颤。拿着目光，有些做贼心虚地看了看附近的若琳导师和萧玉等人，瞧得她们并未发现萧炎的举动时，方才松了一口气，转头望着萧炎，低声嗔道："萧炎哥哥！"

"你是我的！不管你背后势力有多么的庞大，可我绝对不会放弃！"握着那娇嫩小手的手掌略微紧了紧，萧炎用只有两人听见的声音，缓缓说道。然而虽然声音平缓，可却不难听出其中的一分霸道坚毅意味。

听得萧炎这话,薰儿先是一怔,旋即雪白精致的脸颊陡然间升上一抹如血红霞。她没想到,在这个时候,萧炎居然会说出这种暗示意味极浓的情话来。

在萧炎这突如其来的话语下,就是以薰儿的淡然,也是保持不了若无其事,一张脸蛋儿红得跟苹果一般。原本古井无波般的心境,也是这么多年来,首次荡起难以掩饰的涟漪。

——天蚕土豆《斗破苍穹》:第四百一十六章　执法队:吴昊

在废柴逆袭开篇时,萧炎和萧薰儿还是处于淡淡的朦胧和懵懂之中,谈不上山盟海誓、生死约定——如果说是"保卫爱情、保护爱人、忠贞不渝"就过于沉重,过于严肃,不符合"爽"的基调了。

但是,如果又只是处于"友情"的浅表层,似乎又不足以驱动男女主角制造爽点——至少,不足以制造更大更强更密集的爽点。

恰恰是从废柴逆袭到三年之约中,萧薰儿和萧炎这样居于中间夹角的状态之下,彼此之间若有似无、就只隔一层薄如蝉翼的纸,用手指轻轻一捅就能捅破,却一心一意守护对方,并以对方核心权益为权益,被冒犯和侵犯之后,必然怼回去,甚至睚眦以报,超额索取,最能让我们获得一种别样的爽感。

以此为基础和前提,《斗破苍穹》在"日常小厮守"和"生死大抉择"中,勾勒出了一个更为广阔的"爽"文空间:从聚焦对方核心权益、虐渣—造爽"啪啪打脸"的套路,到最终"捍卫我的爱"——无论什么样庞大的势力所构成的所谓"最大阻力",均不能阻碍我和你在一起!

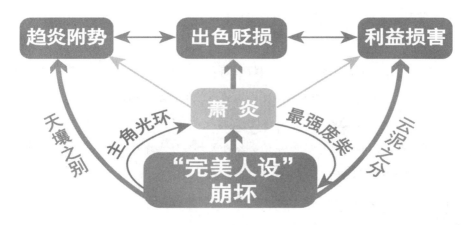

第十四章

IP 调性

从『圈层爆款』到『现象级爽品』

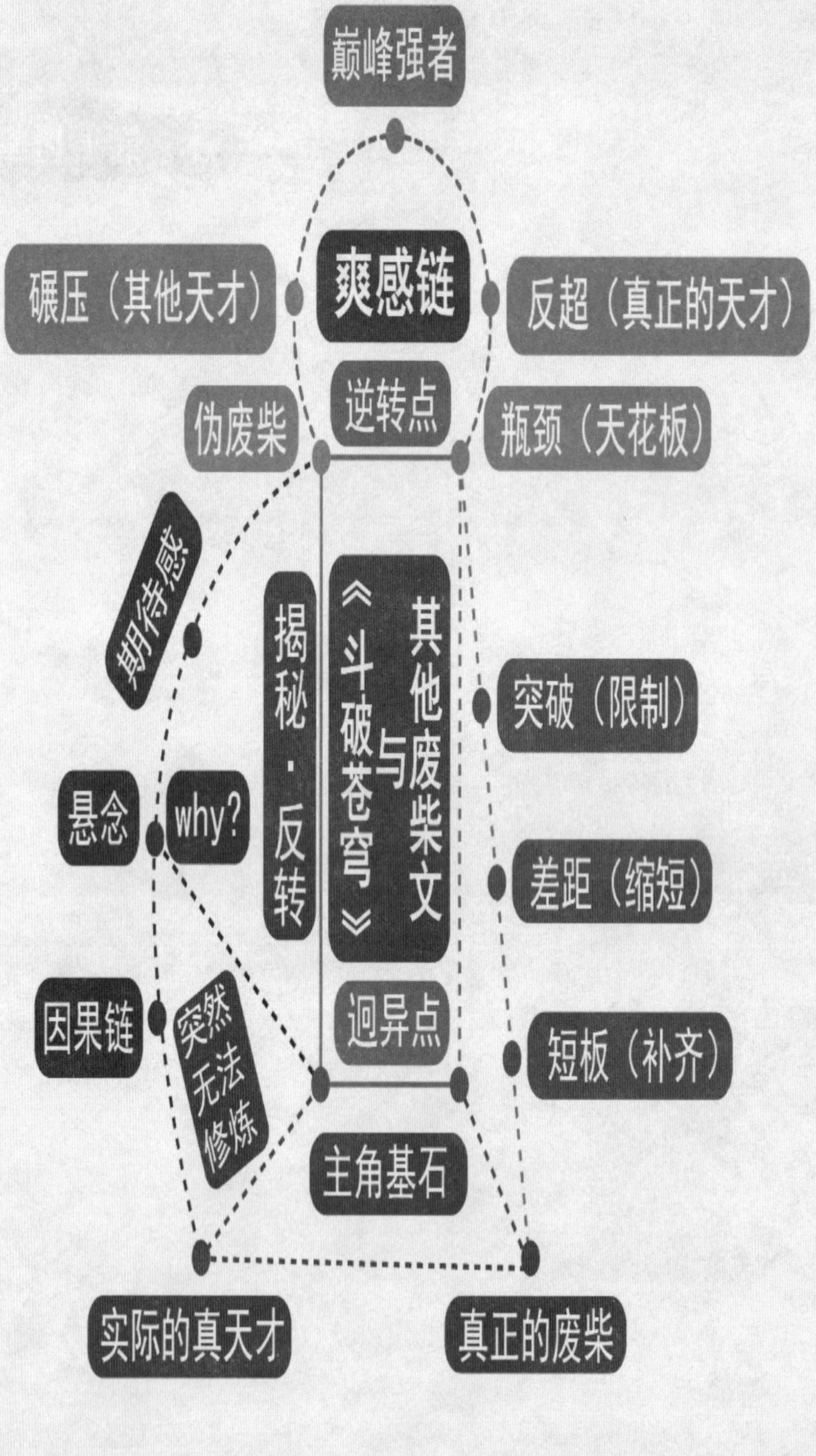

巅峰强者
爽感链
碾压（其他天才）
反超（真正的天才）
伪废柴
逆转点
瓶颈（天花板）
期待感
揭秘·反转
《斗破苍穹》与其他废柴文
突破（限制）
悬念
why?
差距（缩短）
因果链
突然无法修炼
迥异点
短板（补齐）
主角基石
实际的真天才
真正的废柴

如果归纳起来，我们认为，《斗破苍穹》在开局第一个大情节"三年之约"范围内，就通过一种"废柴逆袭流""退婚打脸事件"和"核心权益机制"，并以"捍卫和保护我爱的人以及我爱的人"为情感硬核，构建了整部爽文的"调性"。

　　从萧薰儿"人犯我萧炎哥哥，我必犯他个鸡犬不宁"到萧炎"为了你，我敢与整个世界硬杠"，就是这样一种理念、原则和机制的缩写。它直指《斗破苍穹》从开篇就戳出来的硬核理念：能放下，才能拿起；提放自如，做"自在人"。

　　在这个实力为尊、斗气为王的斗气大陆世界，天赋（潜力）与能力、实力与势力，包括人的意志、心性和追求，决定了人是否真正能够"提放自如，自由自在"。因此，萧炎这个主角从废柴逆袭、闯关升级、晋阶强者的潜力觉醒（恢复）、能力提升、实力提高、势力形成，就成为带动故事节奏的情节线。而其终极目标，不是追求逍遥和长生，而是能以强大的实力"做自在人"。

　　但是，做自在人的愿景和根本又是什么呢？正是守护自己想守护的人，做自己想做的事，过自己想过的人生……就是能够自由自在，站在世界的中心，守护我爱的人和爱我的人。

　　以"做自在人、守护自我与爱人"作为硬核基点，《斗破苍穹》从废柴逆袭到三年之约、从攀登王者之巅到守护爱人（包括我爱的人和爱我的人），建筑故事大厦时，就于虐渣—造爽、核心权益、隐性侵权—超级代价体系等所谓的爽文"四柱八梁"之外，浓墨重彩地描绘出了某种作品的主流"调性"——能否还原、重组甚至重塑这种"调性"，成为从网络小说《斗破苍穹》到影视改编剧集《斗破苍穹》IP化成败的关键。

我们甚至可以解读、诠释和建构起一个"IP调性"的模型，用来分析从《将夜》到《庆余年》、从《剑王朝》到《梦回大清》等一系列网络文学超级IP，从"圈层爆款"到"现象级爽品"的IP化之旅，是更容易成功，还是更容易失败？IP调性的正确与否，决定了IP化成功失败的概率。

第一节　学院制之风：

从"青春标配"到"爽点场景"

《斗破苍穹》是比较典型的将这种硬核爽点结构"隐入"（隐形嵌入）文本"软性"故事的爽文。但不是每一部爽文都具有这种结构——有些就像冰山露出一角，其他水面之下全部略去，留白让读者脑补。

但就我们的观点而言，无论是隐入还是留白，这种硬核结构，其实是爽文提供爽点、建构爽感的关键——"爽感建构"是一种结构性的逻辑。把握这一点，是理解"爽文"在所谓一次性快速消费的浅阅读、轻体验、娱乐性"悦读"之中，提供内在价值系统（亦即意义和价值）的关键，也是把握IP化过程中改编成影视剧的轴线。

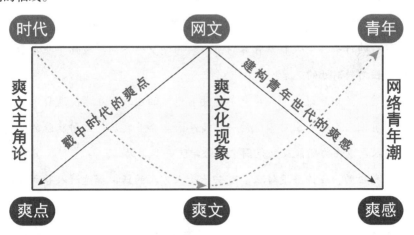

若不能完整把握这种爽点创造、爽文创作、爽感建构的故事机制体制，很容易走向"无脑爽文化"；或者，在影视剧作品改编过程之中"IP符号化"，停留于表层的"啪啪打脸"事件之上：不停地让配角或反角跳出来挑衅主角，然后，反被主角啪啪打脸；似乎这些配角或反角唯一存在的意义或价值，就是出来挑衅反

被辱——除此之外，别无追求。

在《斗破苍穹》IP改编影视剧之中，我们就看到了这种倾向：剧集为了集中故事的矛盾与冲突，将萧炎其他游历和冒险（如在魔兽山脉历险、与狼头佣兵团的冲突，以及与小医仙同游记等）全都删掉，简化和聚焦于萧炎在迦南学院的入学测试、修炼、老生欺侮新生以及长老会的误会与排挤事件，试图像哈利·波特所在的魔法学院一样，以贴近校园的魔法奇幻故事制，吸引新生代受众群体——"学院风"本来就是在哈利·波特全球热之后，在网络小说魔幻、奇幻、玄幻等偏西式风格的大幻想类型文中，普遍存在的"标配"。

"姐，再有半年，好像就该到迦南学院今年的招生时间了吧？"萧炎悠闲地跷着腿，微眯着眼迷糊间，耳边却是忽然传来萧宁那略微有些热切的询问声。特殊的名字，让他眉头不由得微微一挑。

迦南学院，斗气大陆闻名的斗气学府，其实力之雄厚，远超常人想象。据说，在迦南学院中，想要成为一名导师，实力至少需要在大斗师左右。若要比底蕴实力，恐怕就是连云岚宗，也要弱之好几分。

在斗气大陆，学院与宗派有些不同。加入了宗派，就会受到宗门的一些限制。日后的行事，也代表着背后的宗门。而学院则不同，在你毕业之后，两者将会没有任何强制性的关系！

不过话虽如此说，可人毕竟不是没有感情的生物。在学院这种单纯的象牙塔中，学员很容易培养出对学院的一种情感。在毕业之后，这种隐隐的情感，将会让很多人愿意在力所能及的范围中，给学院一些帮助。

一人帮助，或许并没什么。可若是千人万人的话，那这种人脉所造成的威慑力，却是相当可怕了……而这，也正是所有学院的目的。

进入学院，是得到功法与斗技的最好捷径。在迦南学院这种等级的学府之中，若是表现杰出或者被某些导师看中的话，说不定还能得到一些高阶的功法以及斗技。而有了这两样东西，那么在距离成为强者的路上，又将近了许多。

功法、斗技、丹药，斗气大陆上最富有吸引力的三种东西，迦南学院就占据了两项。因此在大陆无数人的心中，只要踏进了迦南学院，基本上可以说是前途无忧。每一个从迦南学院顺利毕业的学员，都将会被各方势力当成人才争先抢夺，前途可谓是一片光明。

因此，每年加玛帝国都有无数年轻人，争破了头皮，想尽一切办法地钻进迦南学院。

然而，迦南学院的确是一个镀金的好地方。不过，它的录取要求，却也是极为严格：十八岁之前，必须到达八段斗之气！

严格的录取底线，也将所有天赋不够之人，拒之门外。所以，能够进入迦南学院的人，无一不是天赋不错的年轻人。

——天蚕土豆《斗破苍穹》：第五十六章　迦南学院

在哈利·波特影响中国的第一个黄金十年中，产生了浩如烟海的西式风格大幻想文；你很难找出几部少年向网文，是没有"学院"配制的——因为，就像哈利·波特一样，既有"麻瓜生活"的现实感，又有"魔法世界"的奇幻感，关键是还有"霍格沃茨学校"这样兼容校园生活、奇幻世界和青春成长的地方。因此，"学院制"能够让大幻想类型文普遍引起学生群体的共鸣。

《斗破苍穹》亦是在这种背景之下诞生的，"迦南学院"成为其少年冒险幻想之旅的组成部分和必经阶段。但是，并没有重要到把其当作主体的部分——否则，也不会出现萧炎在入学测试之后会请假一年、一个人出外游历冒险成长的情况。在他心目之中，践行纳兰嫣然退婚打脸的三年之约，战胜、雪耻，是少年成长阶段第一重要的事情。"迦南学院"是因为藏有萧炎进化功法"焚诀"所需要的异火，才成为他备选菜单中划"√"的选项的。

但这不是关键。关键是，影视剧集《斗破苍穹》将"迦南学院"当作非常重要的剧情单元，甚至以此为轴心，构建了一个持续数集的"大剧情故事"，其实带来如此几个问题：还停留在十余年前观念的"学院风"，是否能够适应当下青少年观剧群体的口味和需求？

或者说，当"学院"已经从西式奇幻变成中国生活时，什么样的"学院风"，能够像"霍格沃茨学校"一样，既能给青少年提供切身和贴近自己生活的"新社会现实感"，又留下充足的成长冒险和青春幻想空间……

换句话说，当下青少年群体在学校体系里所切身经历和体验的那种现实元素，应该成为构建萧炎"学院"成长幻想故事的基石——比如，老生欺侮新生，社团社群的斗争，师生普遍紧张与最终和解的关系，学校作为一个小社会对于大现实的映射……

《斗破苍穹》当时成为爽文爆款，很大的一个原因，就在于它所提供的"爽点"场景，其实切身反映了"当下学生群体的集体感受和渴求"，以及"对于未来形象和观念的预塑"。

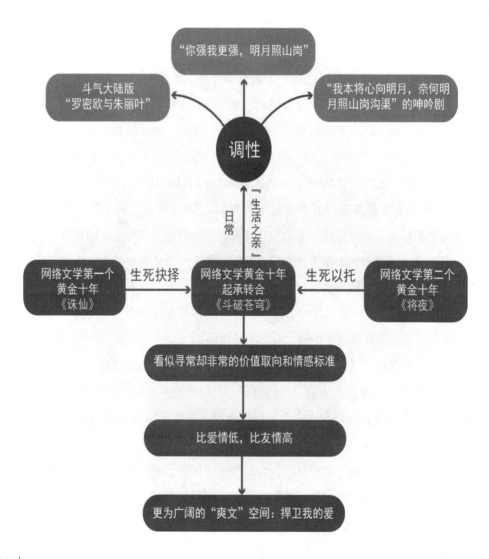

第二节 套路现实感：

从"失序危机"到"权益分配"

但在IP影视剧集《斗破苍穹》之中，这些都被简化和抽取掉了。

迦南学院成为一个临时搭建的"二人转大舞台"：生旦净末丑，神仙老虎狗；你方唱罢我登台，台前幕后转个圈圈又重来——所有角色轮番唱，都成了一种流水线；前脚下台后脚跟又重来，龙套戏服都不用换。所有角色都只看到两个人在"转"：一个是萧炎像个陀螺转；一个就是其他所有人都围绕着萧炎"转"——他"转"大家就跟着转；他怎么个转法，其他人就怎么转；所有人都在围绕着萧炎转圈，似乎除了围着他转圈之外，就没有别的想法、做法和活法了。

比如，从"迦南学院"一出场开始——没错，迦南学院本身也是一个演员和人设——所有的人似乎都是为萧炎而活，而且是为了他的"欺侮—逆袭—打脸"等套路而活。比如，从"黑白双煞"到老生欺侮新生，从入院试炼到水房群殴，从白程陷害萧炎再到长老会误解，从药帮炎帮争地盘，到白帮仗势压萧炎"挑战副帮主"……

这给我们的感觉就是，萧炎在迦南学院的生活，就是没完没了地"有人挑衅、有人欺侮、有人挑战、有人群殴……"，一次又一次地"幸免于难、反击成功、让对方自取其辱"，然后又一日复一日地推翻重来，真的是"苟日新日日新，然而生活却千年都不变"——还是那些单调而重复的人，还是那些比针眼还小的破事儿，还是一模一样的斗殴、互殴、群殴，还是那样千重不变的结果：找事儿的人都是没有好果子吃的。难怪古代哲人会说：太阳底下没有新鲜事儿。

说好的校风、学风和好作风呢？说好的钻研、竞技、爱拼才会赢呢？统统都没有。就连那所谓斗皇一人之下、万人之上的最高决策机构、管理机构、执行机构和审判机构——长老会，天天也都像吃饱了撑的没有事儿干一样，成天瞪着比放大镜、显微镜还要"见微知著""吹毛求疵"的大眼珠儿，有事没事都只找萧炎的"茬"。

仿佛是为了找茬而找茬，而不知道为什么找茬——完全简化甚至省略掉了《斗破苍穹》那三大"找茬—超额—回报"模式和机制：萧炎本身带来的出色贬损问题；萧薰儿对萧炎的情感硬核诱因；核心权益带来的失序（侵权）危机和秩序重建（权益维护）机制。

少女缓缓行下后山，淡青色的背影，在淡淡日光照耀下，最后形成一道诱人剪影。

"呵呵，薰儿学妹，真巧啊，你也刚从山上修炼下来？"少女静静行走间，一道温和的嗓音，忽然从一旁响起。少女止步，抬头一望，却是瞧得在不远处的山脚下，一位身着一套白色衣衫的俊秀青年，正含笑而立，笑容温文尔雅。这般不俗面孔，再配着温雅笑容，就算是初次与之见面的陌生女孩，都会忍不住地放下一些戒心。

"嗯。"瞧得身姿挺拔的白衣青年，薰儿脸颊却并未因对方那出色外貌而表现得太过柔和。虽然她也知道，这个青年可不是那种光靠外表吃饭的男人；其实力，在迦南学院，也是极为靠前；而能够从那些各地挑选而出的优秀学生中脱颖而出，堪称是迦南学院年轻一代的风云人物。

薰儿那平淡的招呼声，并未让白衣青年脸色有何变化。他轻笑了一声，上前两步，刚欲进一步交谈，前者却是率先开口堵下了他的话："白山学长，薰儿暂时有事，便不陪你多聊了，回见……"

少女微微一笑，旋即便转身对着另外一条小道行去，然而还未走出几步，又是一道声音响起。

"薰儿，你果然又跑这边来了。"听着这道温软如水的声音，薰儿脸颊这才露出一抹柔和笑容，回头望着那从一旁小道行来的成熟女人，笑道，"若琳导师，您找我？"

听得这名字，原来来人竟然便是两年前那前去乌坦城进行招生的若琳导师。此时的她，两年岁月并未在她那温婉美丽的脸颊上留下什么痕迹，反而经过酝酿，显得比两年前，更加具有成熟韵味。

若琳导师走近，无奈地拍了拍后脑袋，道："再过半个月，便是学院的晋阶大赛了。你应该知道，只要通过了大赛比试，便是有资格进入内院修行。学院里，每年方才有五十个名额。原本你去年便是可以参加，可你却是放弃了。"

"去年薰儿初来乍到，如何敢去和众位学长学姐争夺？"薰儿俏皮笑道。

"少来，你心中想什么我还不知道？你不就想等那个家伙一起吗？"说到这里，若琳导师忽然咬着银牙，温婉脸颊浮现一抹愤愤不平的怒气，并且还少有地爆了句粗口，"萧炎那个小混蛋，竟然敢消遣老娘！他那一年假期，可是我顶着诸多压力才解决了下来。可如今一年早就过了，他却还没见到人影！气死我了！若不是你这妮子整天缠着我，我干脆就把他名字给划掉算了！"

"若琳导师，放心吧，今年萧炎哥哥一定会赶过来的。"闻言，薰儿忙道。

"就算来了又有什么用？他缺席了两年的学院修行，难道他在外面的修炼速度，还能比学院那些经过诸位先辈百般评估的修炼模式更快？"若琳导师无奈道，"想要成功取得名额，至少便是需要大斗师实力；而且这还是在他运气好，没有提前遇见某些变态的前提下。"

"若琳导师，你可不能小看萧炎哥哥哦。当年他可是凭借斗者实力，就在你手中走了二十回合的哦。"薰儿明眸微弯，笑眯眯地道。

"……希望吧，这次的晋阶大赛，可不是上次那般简单。整个学院有资格争夺的人，将近三百多人。想要从中闯出，没有几把刷子，还真是挺困难。"若琳导师撇嘴道。对于那个竟敢放她鸽子的刺头学生，她始终有些耿耿于怀。

"那便请这一次，导师也将萧炎哥哥的名字写上去吧。"薰儿拉着若琳导师的手臂，娇笑着撒娇。

"唉，真是拿你没办法，两年了，整天嘴里都念叨着那家伙。这迦南学院比他出色的男孩可并不少，比如——"说到这里，若琳导师忽然眼角斜瞥了一眼一旁微笑而立的白山。

薰儿含笑，却是如若未闻。

"就知道你不会理会……"似也是知道这个效果，若琳导师也将那玩笑话收了回去，低声道，"走吧，快要早课了，跟我回去。我想，你也不愿意在这里被白山纠缠吧？"

笑着点了点头，薰儿拉着若琳导师，两人互相低声谈论着什么，缓缓对着小道另外一边行去。

白衣青年，一直安静地站立在小道旁，面带微笑地望着逐渐远去的两人。半晌之后，脸庞上的笑容终于是淡了些许，修长的手指随意地夹住那从树顶飘落而下的一片枯黄树叶，淡淡地道："萧炎？就是那个请了足足两年假期的新生么？呵，也好！正好让我看看，你究竟有什么资格让得薰儿学妹对你这般牵挂？这般优秀的女孩，庸人，是没有资格拥有的。"

语罢，白山缓缓转身，负在身后的手指猛然轻弹在树叶上。顿时，黄影暴射而出，最后闪电般地插在远处的一块巨石上。看似脆弱的树叶，却是足足将近有一半射进了坚硬的巨石中。

　　　　——天蚕土豆《斗破苍穹》：第三百八十二章　迦南学院，萧家有女初长成

当我们看到这些所谓智慧绝顶、实力绝顶、眼力绝顶、阅历绝顶的斗气大陆最高学府的智慧导师和共治长者（请参照理想国中"柏拉图学院"的导师人设），在那儿一本正经地讨论"萧炎是不是打碎了丹王古河的药瓶时"，我们就想像"人类一思考，上帝就发笑"中的上帝一样笑问：就这事儿，还值得几个绝顶聪明的人反复讨论？而且，还用"拿着扫把的人怎么可能偷药瓶"这种似是而非的生活常识来归谬、定罪或排除嫌疑？说好的观察入微，蛛丝马迹，推理猜想，抽丝剥茧，找出真相呢——别说像福尔摩斯那样"细致入微、洞悉人心"的大侦探了，就连那个中学生心小孩身的柯南，破起案来，也比这个缜密吧？

同理，对老生欺侮新生的制度传统和不合理体制的反抗者，药帮炎帮新旧势力抢夺地盘，白帮和炎帮争夺资源的分配权……其实都是非常好的、可以纵深挖掘的故事题材，但全都停留在非常表层的挑衅、互殴、辱人者恒辱之（自取其辱）的表层争斗甚至是打斗之上——看似热热闹闹，却是"林花谢

了春红，太匆匆"。根本就没有深入更加深层的矛盾和冲突，从而在"核心权益—侵犯与维护—超级代价体系"之中，来挖掘这种看似偶然实则必然的权益之争。

比如，药帮和炎帮，围绕着"炼药丹"的摊位、销售和买卖等商业利益，实际是代表着新旧势力的重新洗牌。炎帮所代表的新兴势力，就像愣头青一样莽撞地闯入，必然会搅乱既有的市场格局和秩序；代表着老牌势力的药帮肯定要弹压——而且，弹压的理由当然很合理与正当：我们是有导师、有资历和有认证（都是古河的嫡系）的"三有产品"，你们这些"三无产品"当然必须退出市场，除非挂靠在我们名下——当然，必然交纳四成以上的收入，作为管理费。新兴势力肯定不愿啊！必然是揭竿而起，掀了桌面和底牌，在经过"血流成河"的战斗之后，从而奠定"新的王者"身份、地位和位置。

这种腔调是不是很熟悉？交易市场之上，不是普遍存在这样的事情么？如此"似曾相识"的经历和体验，其实就是在网文虚拟世界和读者现实世界之间建立同频共振、同情共理、共生共荣的联系与关系——就像一个硬币的两面，正面是"爽感"，背后就是"新社会现实感"。

也就是说，所有因为挑衅和欺侮等引发的争斗事件背后，其实都可以深入挖掘其中的"核心权益"之争；而在这种侵权与维权的冲突与矛盾之中，必然会引向更大更深更广的戏剧与战争：这就是一个新旧势力"大洗牌"之战；既有的格局和秩序必然被打破；必然会带来失序危机；而危机必然亦是契机和挑战；谁掌握了新一轮政治、财富、利益等重新分配的能力、实力和势力，谁就掌握了重新制订、掌控和主导游戏规则的话语权、控制权和宰制权，谁就会是重建新世界、新秩序的新王者。

小到个人冲突，大到世界大战，莫不如是。就连"网络文学是/不是文学""爽文有/没有价值和意义"，都是遵循这样的"冲突结构"。从爽文到爽剧，我们不一定真要把这种"内在结构"都外化于故事场景之中。但是，若不掌握和剖析这种"冲突的结构"，或许就只会在"林花谢了春红"的匆匆散场之中热热闹闹一场，却是"花自飘零水自流"，看不到那河床的走向——那故事之河，又如何能将我们带入那烟波浩渺之地、水天相接之处呢？

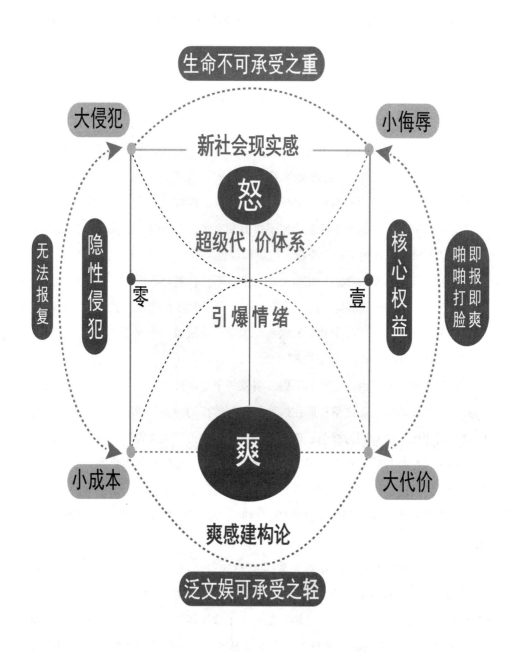

生命不可承受之重

大侵犯　　　　　　　　　　　小侮辱

新社会现实感

怒

超级代 价体系

无法报复　隐性侵犯　　　　　　　核心权益　即报即爽　啪啪打脸

零　　　　　　　　　　壹

引爆情绪

爽

小成本　　　　　　　　　大代价

爽感建构论

泛文娱可承受之轻

第三节　IP化之旅：
从"少年超爽文"到"大复仇超虐剧"

以小见大，以上述小切口来说大格局，为什么网络小说爽文潮中的"圈层爆款"，IP化影视改编剧集后的剧集版《斗破苍穹》并没有成为我们心目中引爆大众潮流的"现象级产品"？很大程度上，就是"调性"不对。

仅仅从萧炎这个人设的"标签"来看，萧炎恢复天才之后那种标志性的慵懒、闲散、满不在乎、胸有成竹等种种标签，不仅仅是他个人吸引"迷妹"的少年气质，也是整个故事的情绪和调性——这部IP影视改编剧作品《斗破苍穹》，基本上把这种故事的气质、情绪和调性，全部解构甚至瓦解掉了，从零开始，重构出一个完全不同特质的影视作品。

这让整个IP化过程，更容易失败，而不是成功。《斗破苍穹》作为一部引爆爽文潮流的标杆之作，它的"调性"在故事谋篇布局第一个大事件、大情节——亦即"废柴逆袭天才"到"三年之约"——之中，就已经奠定并建构得淋漓尽致了。我们将其概括为"莫欺少年废"（对，不是"莫欺少年穷"）的"超燃之爽"。

IP改编影视剧集《斗破苍穹》从画面到制作，的确体现出"精心为之"的企图。但是，从谋篇布局的开场设定，这部IP剧就把这部"超燃向"的爽文作品之"调性"定调定错了。

原著中无论是萧炎从天才沦为废柴的史上最黑暗三年，还是从纳兰嫣然上门退婚到萧炎上云岚宗休妻的三年之约，以及在这三年之约中天赋、苦修（心性意志）和奇遇（天材地宝）金三角驱动……都没有侧重强调"苦大仇深或苦难辉煌"，而是在"少年不知愁滋味、却强要说愁"和"老来阅尽天涯路，却欲说还休"之间，以说苦不苦、说耻又非仇、是辱但又非恨为基准线，建构起一种"虐惨—超爽"的转化机制，从而建构起一种少年热血向的超燃之爽主流与流行"调性"。

但是，IP改编剧却从一开始设定为"黑暗将至"（颇像《冰与火之歌》凛冬将至的史诗主调）、师门深仇、慈母受逼冤死（颇像金庸《倚天屠龙记》中张无忌之父母血海深仇）、父与子尖锐矛盾……

于是，"三年之约"这第一个大情节被拉长、摊薄和稀释之后，瓦解和解构了原文中爽感建构的驱动力；而这种开篇重新设定世界观、将大复仇记作为整部作品的基调，让萧炎少年成长记"苦大仇深"，从而影响了整部爽文欢乐畅快和超燃超爽的调性。

"呵呵，是啊。"点了点头，纳兰桀忽然转向纳兰嫣然，皱眉道，"今天上午那从云岚宗来的人，是催你回去了么？"

"嗯。"纳兰嫣然微微点头。

"唉……"轻叹了一口气，纳兰桀声音有些低沉，"是因为三年之约到了吧？"

闻言，纳兰嫣然那欲将开额前青丝的素手微微一僵，抿着红唇，轻声道："应该是有些这缘故吧……"

"萧炎已经消失了将近两年时间。我也与你说过，在他离开乌坦城的时候，便已经凝聚了气旋，成了一名斗者，而这只是一年不到的时间。你也应该清楚，斗者之前的那期间，斗之气的提升是何种的艰难；而他却在不到一年时间便闪电般再度崛起。这也就是说，当年他那诡异消失的修炼天赋，已经恢复……"纳兰桀长长地吐了一口气，沉声道，"这两年时间，没有他的任何情报。不过我想，按照他的修炼天赋，恐怕至少也在斗师级别了……"

纳兰嫣然点了点头。

"唉，我也不想多说什么了，说了你也不会听。不过我希望，不管这次三年之约你们谁胜谁输，你能开口对他道个歉。"纳兰桀揉着额头，有些疲倦地道。

"道歉？"闻言，纳兰嫣然黛眉微蹙，旋即有些倔强地盯着纳兰桀，"我没错！为什么道歉？"

"你明明可以私下前去萧家，好生与萧战说能否退掉婚约，或许也不会搞出这些事来。可你却偏偏要借助云岚宗的势，去强行压迫萧家退婚。你其实也清楚，这对萧家的名声，造成了多大的伤害。只是这些年，因为你身份越加显得显赫，所以不愿，也不想开口道歉……"纳兰桀淡淡地望着自己的孙女，道，"可你知道，这样持续下去，只会加深萧炎与你之间的间隙。"

"就算间隙再深，我与他，也不可能在一起。既然不可能，那间隙再深也无所谓。"纳兰嫣然微蹙着眉，用手将纳兰桀阻拦了下来，轻声道，"爷爷，我的事，您就别管了。反正等这次三年之约之后，我与他就永不会再有什么交集。你孙女又不是没人要，何必总是念着他？好了，您也别说了，安心看比赛吧……"

说完，纳兰嫣然便转头将目光投向广场之上，淡淡的斗气覆于双耳，明显是不想再听纳兰桀唠叨。

瞧得她这模样，纳兰桀虽然有些怒意，可却无可奈何。加上此地是公众地区，所以他也只能狠狠瞪了她一眼，便是无奈地望向了广场中。

——天蚕土豆《斗破苍穹》：第三百一十八章　失败

看样子，它是想把少年萧炎推向"梅长苏式哈姆雷特王子复仇记"的大复仇传统文化母题，如从《哈姆雷特》到《琅琊榜》；或是推向"一个拿着烧火棍的少年为了自己、母亲和爱人不惜与整个世界为敌"的独孤对抗类型模式；又抑或是滑向"一个人欲要拯救苍生必先沉沦和自救"的故事原型——是不是联想到《诛仙》的调性框架？

但问题就在于：原著之中没有这种杂糅的"凛冬将至"史诗基调、"王子复仇记"传统文化母题、一个人与整个世界对抗并在黑暗沉沦之中拯救太阳的类型模式和原型故事，反而独自开创出了一个"超燃、超爽、超热血（甚至是超狗血）"的"虐惨—造爽"[①]升级闯关体系。

但剧集改编时，又不得不聚焦于这个"故事星球旋转的轴心"。于是，这就带来原著故事之轴和IP改编剧集世界观设定之间巨大的矛盾和冲突，以至于整部剧最后"燃"又燃不起来，"虐"又虐不起来，无法从爽文IP化为爽剧。

---

① 参见庄庸、杨丽君等主编《爽点宇宙：中国网络文学阅读潮流研究（第2季）》，"华语网络文学智库"丛书，中国青年出版社，2020年版。这本专著，解读、诠释和建构了"大复仇情结"和"虐渣—造爽"的网络文学造词、理论与方法论原型。

很大程度上，就是在于这种"器"和"道"之间的矛盾与冲突：如果把握不了原著之中那种"调性"的形而上之道，即使在画面和剧情上再如何精心做"器"的匠心之作，也难以成功还原原著的神髓，遑论"增量、增值"。

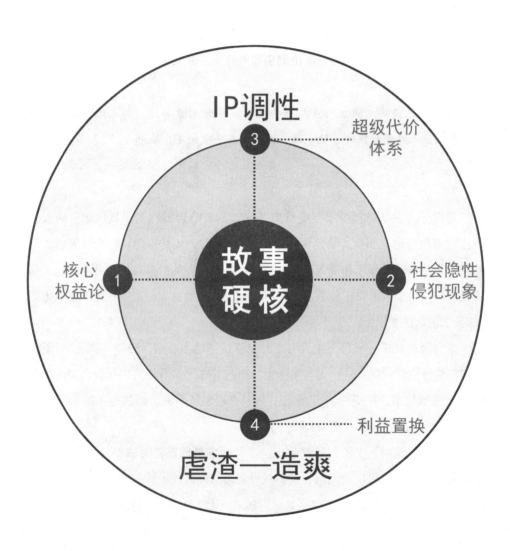

第四节　魔改"神转折"：

从"匠心之器"到"调性之蕴"

这种"调性"差之毫厘，在IP剧集那里就失之千里。

当下网络文学超级IP剧普遍存在这种情况：一方面致力于"匠心制作"产品之器，但另一方面却"魔改"调性之蕴，从而导致IP剧集制作水平"集体"和整体越来越高，但是，IP化的成功概率却越来越低。

比如，猫腻《将夜》从画面视觉水平来说，堪称IP剧"精品化"企图的代表。从第1集宁缺"梳碧湖砍柴人"的大漠狙匪之旅，到春风亭朝二哥、宁缺相伴而战，可以说画面效果"简直（好极）了"。

然而问题在于，它同样"魔改"了这部作品的"调性"。从门房之子"伪王子复仇记"的大复仇母题，到宁缺与桑桑"身份的悬念"所带来的"一个人与整个世界孤独地对抗"的类型模式，再到"惊天阴谋论/圈套布局"所带来的拯己救世、择天战天之宏大史诗故事原型，都无不要求这部IP剧集在改编过程之中，要牢牢锁定于"故事旋转的轴心"：无论是像飞蚁一样的"修行强者宰制世界"，还是像俗世蚁国的蝼蚁一样的"蚁民创造历史"，我们都应该"生而如蚁美如神"——这就是《将夜》的调性。我们将之解读、诠释和建构成"蚂蚁哲学"。[①]

这一"调性"决定的IP化方向，刚好跟《斗破苍穹》的剧集改编，应该是相反的。然而，《将夜》IP改编影视剧集，同样"魔改"了这种最核心的"调性"，反而试图向"燃/热血"和"美/萌"向发展——比如，刻意突现"废柴"这个

---

① 参见庄庸著《猫腻与〈将夜〉》，"网络文学名家名作导读"丛书，作家出版社，2019年版。同时参阅"华语网络文学智库"丛书中对《将夜》"蚂蚁哲学"的专题分析，如《爽点宇宙：中国网络文学阅读潮流研究（第2季）》和《蚂蚁哲学：中国网络文学阅读潮流研究（第5季）》。

词，甚至变成从主角宁缺到大唐帝王的口头禅，动辄就脱口而出"废柴"；同时，又将视宁缺为一生之敌的隆庆皇子诗意化和美化，不断脱口而出"华丽而妖娆"的词句，试图点缀出那隽永的哲理意蕴和天道玄机。

然而，悖论在于：在原著《将夜》之中，宁缺的确是一个"气海雪山数窍不通的废柴"；但这个修行废柴的基础和前提，是为了建筑一个"逆天、扛天、战天、择天、变天"的宏大故事建筑，而不仅仅是用来演绎主角"废柴逆袭"的超燃和热血爽文故事——虽然宁缺逆袭修行、越境作战的故事，读起来的确让我们很爽、超爽、特别爽，但它本身并不是一个"超燃"和"热血"的故事。

"废柴"这个词成为宁缺和大唐皇帝的口头禅，甚至成为整部IP剧集一个非常显著的"标签"和"概念"，从某种意义上说，是把《将夜》"生而如蚁美如神"的小史诗调性，魔改成了"夏洛特烦恼"的开心麻花小剧场风格。

而隆庆皇子满嘴类似于古代"之乎者也"的调调和当代版"文化鸡汤新语丝"风格的台词风格——而且不仅仅是他，连整个西陵神殿都像病毒传播一样染上了这种调调——确实具有"自拍秀秀"的美化功能，将其美化成了一个花痴少女满眼都是"这个人好油菜（有才）"的"爱豆"（偶像）形象。

在原著之中，隆庆皇子的确是与三痴（道痴、书痴、花痴）之一的花痴陆迦晨为"佳侣天偶"。然而，隆庆皇子最大的意义和价值，却是从"神眷之子"沦落为"天弃之徒"的配角甚至是炮灰之类的人：我以为我是主角，结果我不过是配角；甚至，连配角都不是，只不过是个跑龙套的，甚至不过是炮灰——罪魁祸首，毫无疑问就是讽刺他"看上去长得很美、就不要想得再美"的宁缺。

隆庆皇子眼中的醉意渐渐散去。他望向角落，面无表情问道："少年，你叫宁缺？"

宁缺站起身来，回答道："正是。"

"那是你的小侍女？"

"是。"

"赏。"

宁缺与桑桑对望一眼，看出彼此眼眸里的毫不犹豫，笑着恭声应道："谢皇子赏。"

隆庆皇子与身后的随从道童平静地说了几句。

来自西陵的道童走向前来，面带温柔之色望向站在角落处的宁缺，以一种恩赐的口吻朗声说道："皇子于长安求学，正要招纳府中人等。今日，昊天赐你荣耀，给你机会献出小侍女服侍殿下，你还不快快谢恩。"

……

事实上，听到那名西陵道童温柔而又极富恩赐意味的宣告后，宁缺怔了很长时间，才弄明白对方想要做些什么。之所以反应会如此迟钝，是因为他这辈子从来没有想过有人会向自己讨要桑桑，还用的是如此臭屁欠抽找死的态度。

为什么？对不起，没有理由、没有道理。只因为他是高高在上的隆庆皇子、西陵神殿裁决司的大人物，他喜欢你的小侍女，想无聊时有个小侍女陪自己饮两杯酒，所以你就应该双手把你一把屎一把尿养大、一个炕头睡了十来年的丫头送过去，然后觍着脸微笑，等皇子高兴之余赏你些银子、赏你些前途、赏你些荣耀？

因为所谓科学道理，实际上毫无道理，宁缺的心情陡然变得极为恶劣，脸上的笑容却是越发明朗，望着远处席上感慨说道："隆庆皇子，你长得真的很美。"

他的反应很迟钝。本来对很多事情反应就极迟钝，尤其是今天又喝了太多烈酒的桑桑反应比他还要更慢一些，直到这时才会过意，知道席上那个什么皇子竟是想从少爷手里抢走自己，忍不住蹙着小眉头反驳道："少爷，他长得难看起来了。"

在场间众人的概念中，这种事情和桑桑自己没有半点关系。只要主人愿意送，那么她就只有去。他们只关心宁缺的答案，一直在安静等着他的回答。

其中大部分人猜测宁缺应该会同意，少数人心想他应该会拒绝。但无论是谁，都没有想到宁缺的回答和这件事情没有任何关系，显得有些莫名其妙——隆庆皇子，你长得真的很美……这是什么意思？

刚刚把酒意消散下去，隆庆皇子正安静看着桌上空空的小酒罐。忽听着此言，他眉尖微微一蹙，抬起那张俊美无双的脸，看着远方淡然说道："谢谢，我知道。"

"既然你知道自己长得很美……"

宁缺看着那处，很认真说道："那你想得就不要太美了。"

——猫腻《将夜》第一卷　清晨的帝国　第一百四十六章　你真的很美

宁缺成了隆庆皇子的心魔，几乎可以等同于"既生瑜，何生亮"之愤慨问天。然而，周瑜大都督比隆庆皇子幸运的是，吐血而死，但无损于"遥想公瑾当年"的羽扇纶巾、雄姿英发。隆庆皇子比周瑜不幸的是：他被宁缺以元十三箭一箭穿心，毁了道心，沦为弃儿；然后，被何道人引入知守观，习得灰眸吞噬之法，结果又被宁缺毁其根基；最后，隆庆成为"打不死的小强"，卷土重来，千里奔袭长安，誓将大仇人宁缺挫骨扬灰，结果却被宁缺一刀"大写的人"斩成渣——最憋屈的是，在这一次隆庆皇子灰飞烟灭之际，宁缺根本就不知道他从千里偷袭变成了千里送死。

这种"虐惨—造爽"的转化模式，不但建构了阅读高峰体验的爽感，同时也进一步确立了《将夜》从"蝼蚁"逆转"神明"的调性：隆庆皇子从一出场就煌煌如神明（神之子），视宁缺和桑桑如蝼蚁；然而，在自带主角光环的宁缺逆袭之中，以及真身为神明的桑桑的"照妖镜"之下，隆庆皇子成为他们登上世界舞台的垫脚石，最后更是沦落为打不死的小强，以及强者争锋、殃及池鱼的炮灰蝼蚁。

这种"神转折"本身就是《将夜》"蝼蚁神明"调性的象征和讽喻：神明眷顾、看上去很美的光明之子隆庆皇子，最后像蝼蚁一样死去；而真正的蝼蚁（从悬空寺地底之下的奴隶义军到长安中众志成城的普通平民），从身体上站起来到精神上站起来，汇聚人间之力，书写出大写的人，从而改变昊天代言人修行强者宰制甚至昊天本身主宰天下的历史与秩序；而那些像神明一样的存在（如知守观观主），被自己视为蝼蚁一样的俗世蚁民打败……

这就如我们在《猫腻与〈将夜〉》之中所说的：破掉知守观观主至高无上的清虚境界的人，是一个长安城三里屯地痞流氓偷杀和炖出的一锅狗肉汤。这确实很狗血，但它用狗血写成了《将夜》这部小史诗。

甚至，所谓真正的神明昊天本身，最后仍然寄寓于蚁民一样的凡夫俗子"沉重的肉身"之中。而代表着其神之光辉的"天国的那一个昊天"，其实说到底，不过是俗世蚁民的信仰集合本身——神明本身就寄寓为蝼蚁。

因此，用"生而如蚁美如神"作为《将夜》的调性，其实具有大合唱的多重基调。这不是一个"废柴"的标签，就能贴出那种味道来的——这让我们确实可以把握住从网络小说到IP剧集的魔改之旅中，《将夜》之所以成功而IP改编剧集之所以失败的原因到底是什么。

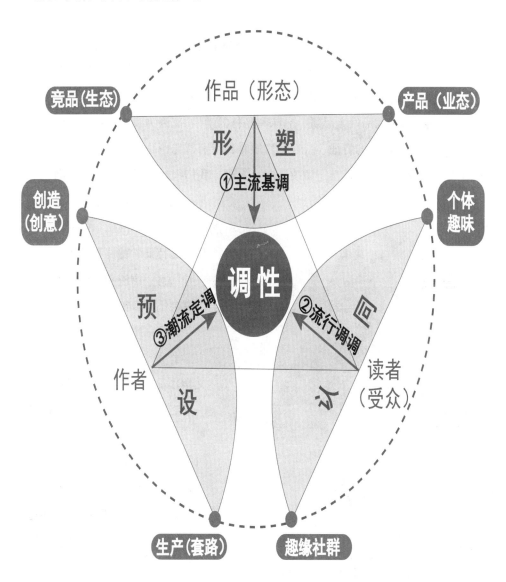

第五节　超级IP时代：

从"圈层爆款"到"现象级爽品"

这让我们觉得，可以对"调性"这个词进行重新"造词"，命名、言说和呈现IP化过程中从作品到产品不同的主调和性质，以此衡量IP的成功与失败。

经过造词之后，"调性"被我们用来描述一部网络文学作品或超级IP产品的基调/主调、格调和品性（品质、品味和品格的性质）。因为我们解读、诠释和建构网络文学作家作品的特征、特性和特质时，特别是其IP化过程中这种特质、特性和特征的变迁、偏移甚至"魔改"时，发现：我们很难只是从"文学作品"的形态层面，去描述某个"已经形成独特味道和气质"的网络作家作品之特征、特性和特质。这是一种语言、语法和语感之上、只可意会不可言传的味道。

就我们的观点而言，网络文学作品，已经不仅仅是一种文学作品的"形态"，而且处于一种互联网产品的"业态"链条里，更是融入网络青年"人品"（如品味、品质和品调）的"生态"系统之中。①

因此，"调性"这个造词有

①　参见庄庸、王秀庭著《国家网络文学战略研究：从"现实题材"到"书写新史诗"》，华语网络文学智库丛书，中国青年出版社，2020年版。

助于我们把握网络文学作家作品从"形态"（作品之变）到业态（物变）再到生态（人变）的变化轨迹之中，却可以贯穿全品态链、全产业链甚至全价值链的基调/主调和味道品性。

因为，这不仅仅是作家作品本人有意或无意创造的结果。在某种意义上，它亦是读者、用户、受众特别是粉丝参与建构的成果与效果。但是，许多网络文学作品在影视剧集改编等"IP化"过程中，由于没有把握到这种作品多方力量共建、共享和共治的"调性"，于是，发生了改编重心偏移甚至是"魔改"现象——最后把作品改编得别说粉丝、就连作者都不认识的魔幻玄幻甚至灵异程度：网络小说"IP化"影视剧的过程，本身就成了一个魔幻或玄幻大片甚至是文化现象。

这导致了大量超级IP的"失灵"与"失败"。但在把不成功的原因归咎于"原作是垃圾IP论"和影视编剧"魔改论"这两种比较极端的立场与观点之间，大量其实很用心、用力、用劲儿地进行"IP化"的PGC（内容专业创生者），甚至致力于精品、精益、精控创作和生产，但仍然在超级IP影视改编上遭遇滑铁卢，或者说拼尽洪荒之力做精品，最后做出来的却仍然给人感觉很糙的大败局作品。这种差强人意的结果和效果，很大程度上，就是因为没有把握这部作品成为网络文学爆款与超级IP的流行和主流"调性"。

简而言之，就是从表层看，改编得不符合这部作品的"情绪和气质"。从中间层看，它起的调子从一开始就要么高了低了、左了右了、偏了歪了，不符合整部作品的基调或主调。就深层结构来说，并没有挖掘到根源和流变所驱动的格调与品性。

于是，从"调性"出发，从《将夜》到《庆余年》，从《斗破苍穹》到《剑王朝》……我们解读、诠释和建构了"虐渣—造爽"转化机制、核心权益论、隐性侵权—超级代价体系……一系列网络文学造词、理论与方法论"模型"，用来分析超级IP时代，网络小说如何从"圈层爆款"IP化成"大众现象级产品"。这会是"华语网络文学智库丛书"和"华语影视智库丛书"，在交叉与交集中另行辟出一个"超级IP时代"子系列，进行主题和专题研究的重点。

敬请期待。

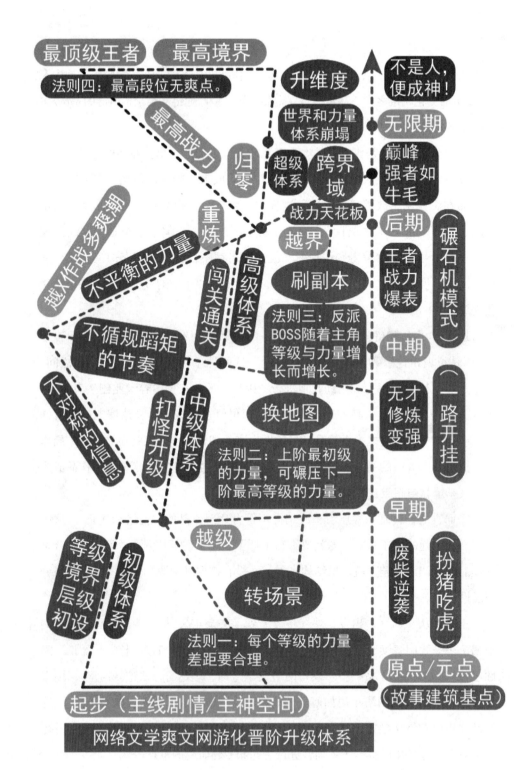

最顶级王者　最高境界

法则四：最高段位无爽点。

最高战力

升维度

不是人，便成神！

世界和力量体系崩塌

无限期

归零

超级体系

跨界域

巅峰强者如牛毛

重炼

战力天花板

后期

（碾石机模式）

不平衡的力量

闯关通关

高级体系

越界

刷副本

王者战力爆表

越X作战多爽潮

不循规蹈矩的节奏

法则三：反派BOSS随着主角等级与力量增长而增长。

中期

不对称的信息

打怪升级

中级体系

换地图

无才修炼变强

（一路开挂）

法则二：上阶最初级的力量，可碾压下一阶最高等级的力量。

早期

初级体系

越级

废柴逆袭

（扮猪吃虎）

等级境界层级初设

转场景

法则一：每个等级的力量差距要合理。

原点/元点

（故事建筑基点）

起步（主线剧情/主神空间）

网络文学爽文网游化晋阶升级体系

（本书可视图由庄庸、陈静、张佳莹手绘，由樊征宇电脑制作。）